마담 엑스

추방

마담 엑스
MadameX

재신다 와일더
신윤진 옮김

Exiled

글누림

Madame

X

Exiled

Madame X   01-20

Exiled

01

"옛날 옛적 머나먼 나라에 한 소년이 살았어. 소년의 이름은 제이콥이었지." 당신의 목소리가 웅얼거려서 나는 귀를 쫑긋 세워야만 했다. 당신의 억양, 길게 발음되는 모음, 세게 발음되는 자음이 대양을 건너고 대륙을 지나고 있었다. "제이콥? 그 녀석은 망가진 꼬맹이 개자식이었어. 원하는 건 무엇이든 갖고 있었거든. 그뿐 아니라 원하는 게 생길 경우 그걸 손가락질하기만 하면 자신의 것이 되었고 말이야. 그 녀석은 '안 돼'라는 말을 한 번도 들어본 적이 없었어. 제이콥의 아버지는 부유한 상인이었는데 본인보다 더 돈 많은 유대인 여자와 결혼해 더 큰 부자가 되었지. 그래서 소년은 언젠가는 프라하 전체가 자신의 소유가 될 것이라 마음 깊이 믿으면서 성장했어. 그 꼬맹이 개자식, 망가진 군주는 걸핏하면 도시를 행진하면서 소리 지르고, 무언가를 요구하고, 심술을 부리고, 장난을 꾸

멌어. 그러면 아들을 애지중지하는 아버지, 아들을 끔찍이 여기는 어머니, 조심스러운 유모가 그 뒤를 따랐지. 제이콥은 따분한 학교 같은 곳에 억지로 다닐 필요가 없었어. 아무렴, 그럴 필요 없었지. 개인 가정교사한테 교육을 받았거든. 제이콥은 자신의 저택 서재에서 역사, 수학, 과학, 고전 언어 등을 세계 최고 수준으로 교육받았어. 몹시 질색하긴 했지만 피아노 연주도 배웠지. 우쭐해하면서 바이올린 연주도 배우고. 제이콥은 본인 성격만큼 닥치는 대로 펜싱, 승마술, 정치학, 경제학도 배웠어. 성격이 극도로 예민한 녀석은 지식에 관해서는 훨씬 더 예민했고 욕심도 하늘을 찔렀거든.

녀석의 세상은 작지만 완벽한 곳이었어. 열여섯 살 생일이 지나고 몇 주가 흐른 어느 날 승마 레슨을 마치고 귀가해 집이 텅 빈 것을 알아채기 전까지는. 아버지도 어머니도 집에 없었지. 외국어를 제대로 할 줄 모르는 그리스인 가정부는 말을 더듬거리며 자신의 모국어로 뭐라고 계속 말했지만, 말이 너무 빨라서 아무도 그 말을 알아듣지 못했어. 딱 한마디 '아프다'는 말만 빼고. 그 여자는 '아프다, 너무 아프다'라는 말만 계속 반복했어. '누가 아프냐'는 질문을 받자 그 불쌍한 여자는 그저 고개를 저으면서 울기만 하더군.

제이콥은 팔자 좋은 인생에서 처음으로, 정말로 불쾌한 감정, 그때까지는 한 번도 느껴본 적 없는 감정이 자신을 건드리는 것을 느꼈어. 바로 두려움이었어. 묘목이 자라듯이, 싹이 트듯이 두려움이 자랐지. 제이콥은 유모와 함께 병원으로 갔어. 거기서 친절하고 동정심 많은 간호사를 만났고 조용한 복도를 지나 어두운 방으로 안내되었어. 커튼이 쳐져 있는 그 방, 그림자 속에 잠겨 있는 그 방은 물청소를 한 것 같더군. 그런 냄새가 났어. 질병 같은 냄새가, 죽음 같은 냄새가. 그 시절 제이콥은 그 냄새의 정체를 몰랐어. 그저 끔찍한 냄새라고만 생각했지. 두려움에 사로잡힌 소년은 까치발로 조심스럽게 침대를 향해 다가갔어. 크게 발소리를 내며 걸었다가는 하필 가장 나쁜 두려움이 현실이 될까 봐 겁이 났거든."

당신은 말을 멈추었다. 기나긴 침묵이 흘렀다. 당신은 눈을 깜박이지도 않았고 몸을 꼼짝하지도 않았다. 당신은 마치 석상 같았다.

"제이콥의 아버지는 강인한 사나이였어. 그 사실만큼은 꼭 알아야 해. 너무나 강하고 키가 크고 과묵하고 완고한 사내였지. 그래서 자신의 감정을 밖으로 분출하는 법이 없었어. 하지만 아내를 너무나 사랑했어. 지나칠 정도로 지독하게. 하늘에 달이 걸려 있는 것도, 별이 흩뿌려져 있는 것도, 심지어는 태양이 타오르는 것도 모두 자기 아내 덕분이라고 생각할 정도로. 제이콥의 아버지는 그런 말을 한 적이 없지만 그건 누가 봐도 사실이었어. 중력만큼이나 부정할 수 없는 사실, 진실이었지. 그렇지만 그는 **강한** 사내였어. 그런데 제이콥은 무릎을 덜덜 떨면서, 병실의 악취와 그림자를 뚫고 침대 가까이 다가갔을 때 보고 말았지. 아버지가 울고 있는 것을……. 아버지는 다시는 해가 뜨지 않을 것처럼 울고 있었어. 그것은 한 대 얻어맞은 것 같은 충격이었고, 그 광경은 어린 소년의 마음속에 잊을 수 없는 기억으로 새겨졌지.

'뭐가 잘못됐어요?' 제이콥은 아버지에게 물었어. 침대 위에 꼼짝도 하지 않고 누워 있는 형체를 보고 싶지 않았거든. 하지만 아이는 그저 심통을 부리고 있었던 거야. 보지 않으면 진실이 부정될 수 있을 것처럼. 제이콥의 아버지는 아무 말도 하지 않았어. 아버지가 할 수 있는 일이라고는 가을바람에 흔들리는 나뭇가지 위 낙엽처럼 어깨를 떨면서 우는 것뿐이었거든. 제이콥은 점점 더 화를 냈어. 그게 그 녀석의 방식이었지. 그 망가진 꼬맹이 제이콥은 늘 그렇게 얼굴에 온갖 못된 표정, 짜증 난 표정을 지으면서 화를 내고는 했으니까. 녀석은 발을 쿵쿵 구르고 비명과 고함을 지르며 욕설을 내뱉다가 물건들을 마구 집어 던졌어. 거의 성인이 다 된 열여섯 살이었는데도 그렇게 성질을 부렸던 거야. 자신의 방식을 절대 포기할 수 없다는 듯이. 아무튼 제이콥은 점점 화가 나서 아버지를 마구 때렸어. 얼굴, 어깨를 주먹으로 때리면서 무슨 일이 생긴 건지 말하라고 요구했지. 하지만 아버지는 꼼짝도 하지 않았어. 눈물 속에서 헤어날 수가 없었거든. 그래서 제이콥은 어쩔 수 없이 마침내 어머니를 쳐다봤어. 억지로 침대 쪽으로 시선을 돌렸더니 거기 누워 있는 어머니가 보이더군."

다시 길고 긴 침묵이 흘렀다. 너무나…… 깊게 느껴지는 침묵, 깊은 수렁 같은 침묵이었다. 나는 주문이 풀려 버릴까봐 겁이 나서 말을 할 수도, 함부로 몸을 움직일 수도 없었다.

"어머니는 너무나 창백한 얼굴로 누운 채 꼼짝도 하지 않았어. 마치 도자기로 만든 조각상처럼. 어머니의 코와 입에는 튜브가 연결되어 있었어. 어린 제이콥의 눈에는 그것들이…… 그것들이 마치 반투명한 뱀처럼 보였어. 어머니의 몸속으로 슬금슬금 기어들어 생명을 앗아가려는 뱀처럼 말이야. 알다시피 제이콥은 어린애였어. 그때까지 제이콥은 나이에 걸맞게 성장해야 한다는 강요를 받아본 적이 없는 아이였거든. 그래서 거기 누워 있는 어머니를 보면서 녀석은 어린애처럼 반응했어. 안 돼, 안 돼, 안 돼. 이렇게 소리를 지르면서 발을 구르고 욕설을 내뱉었지. 심지어 어머니를 깨워보려고도 했어. 어머니의 양쪽 어깨를 잡고 흔든 거야. 물론 거칠거나 난폭하게 흔든 것은 아니었지만. 그저…… 어머니를 깨우려고. 하지만 제이콥의…… 그런 행동에 마침내 아버지가 일어섰어. 의자에서 벌떡 일어서서 자신의 아들에게 돌진해 제이콥을 밀쳤고 녀석은 바닥에 쓰러졌어.

'그냥 좀 내버려 둬!' 제이콥의 아버지가 소리쳤어. 그때까지 소리를 단 한 번도 지른 적이 없는 양반이었는데, 언성을 높이는 일이 없는 양반이었는데, 실은 말도 거의 없는 분이었는데 말이야. 그런데 자신에게 소리를 지르다니…… 제이콥은 믿을 수가 없었어. 그래서 바닥에 쓰러진 채 믿기지 않지만 난생처음으로 자신이 두려움을 느끼고 있다는 사실을 인정할 수밖에 없었지. 소년은 누군가의 손길에 이끌려 병실 밖으로 나와서 대기실로 가서 앉았어. 그 누군가가 소년에게 차를 가져다주면서 괜찮을 거라고 장담했어. 하지만 제이콥은 괜찮지 않으리란 사실을 마음 깊이 알고 있었어. 정말로 알고 있었다니까. 예전에 자신이 장차 프라하 전체의 주인이 되리라 생각했던 것과 똑같은 방식으로, 아무것도 괜찮지 않으리란 사실을 알았어. 제이콥은 대기실에 앉아서 그날 하루를 보냈어. 둘째 날 소년은 결국 가정교사와 유모한테 끌려 나가 억지로 음식을 먹고 억지로 잠을 잤어. 하지만 최대한 일찍 다시 그곳으로 돌아와서, 어떻게든 어머니의 병실에 들어가려고 했지만 아버지가 허락하지 않았어. 아버지는 소년을 밀어냈어. 아무 말도 하지 않았지만 돌연 겁에 질린 모습으로 난폭하게 소년을 병실 밖으로 쫓아냈어. 슬픔에 눈이 멀어서 이성을 잃었던 거지.

제이콥이 대기실에서 기다린 지 거의 한 주가 다 되어가던 어느 날 제이콥의 아버지가 병실 문밖으로 나왔어. 어찌나…… 구부정해 보이던지. 그새 야위고 약해져서, 병실에서 보낸 그 한 주라는 시간이 아버지의 생명을 모조리 빨아먹은 것 같았어. 뱀파이어가 피를 다 빨아먹어서 살아있는 거죽이 되어버린 것 같은 모습이었어. 아버지는 말없이 비틀비틀 발을 끌면서 병원 밖으로 나가더군. 혼자서. 제이콥은 유모와 가정교사의 다정하고 걱정 어린 손길을 마구 뿌리치고 아버지의 뒤를 쫓아갔어. 아버지를 쫓아 집으로 갔어. 제이콥의 아버지는 사무실로 들어가 문을 잠그고는 몇 시간 동안 밖으로 나오지 않았어. 어린 제이콥은 겁에 질린 채 아버지의 사무실 밖 바닥에 앉아서 기다렸지. 완전한 침묵 속에서 아주 길고 긴 시간이 흘렀어.

그런데 돌연 한 발의 총성이 들렸어. 제이콥은 사무실 안으로 들어가지 않았어. 녀석은 청년의 신체를 한 어린이, 겁쟁이에 불과했거든. 그래서 바닥에 가만히 앉은 채, 경찰이 도착할 때까지 기다리다가, 결국 그 자리에서 끌려 나왔지. 제이콥은 경찰이 자신을 끌어내도 그냥 내버려뒀어. 그 안에서 무슨 일이 일어났는지 이미 알고 있었으니까. 아버지가 그때 어디에 있었는지 알고 있었으니까. 그런데도 제이콥은 모르는 척했어. 그래서 사람들이 자신에게 가장 좋은 옷을 입혀도 가만히 있었지. 그저 자신의 손에 쥐어진 옷 가방 손잡이를 꽉 잡았을 뿐. 소년은 거대한 대륙 횡단 항공기에 탑승해 1등석 자기 자리에 앉았어. 비행기가 자신을 미국으로 데리고 가는 동안 그 자리에 가만히 앉아 있었어. 녀석은 그렇게 아버지의 사촌, 먼 친척의 집으로 보내진 거야. 그런데 아버지의 사촌은 착한 사내가 아니었어. 이기적이고 야비하고 잔인한 악당이었지. 그래서 제이콥은 할렘이라고 불리는 동네의 비좁은 방에서 살게 됐어. 독일어도, 체코어도, 히브리어도 못하는 사내, 그리스어와 라틴어를 못하는 것은 물론 심지어 프랑스어도 못하는 먼 친척과 함께. 그 친척은 영어밖에 말하지 못했는데, 그나마도 천박하기 짝이 없는 영어더군. 제이콥은 늘 영어 교육을 받아왔기 때문에 그 사실을 알 수 있었어. 물론 영어로 말을 하는 실력은 형편없었지만.

　제이콥은 한 달 동안이나 그런 생활을 참았어. 그 무렵 아버지의 사촌은 엄청난 액수의 돈을 수령했지. 제이콥의 유산, 부모님의 부동산을 처분한 돈이 프라하에서 송금된 거야. 제이콥을 돌보는 대가로. 정말로 엄청난 금액의 돈이었는데. 그 친척이 어떻게 행동했을까? 그 작자는 할렘이란 동네에 있는 작은 방에서 제이콥을 꾀어서 밖으로 끌어냈어. 그러고는 소년을 데리고 전철을 탔지. 한참 동안 타고 간 뒤 전철에서 내려서 그 도시의 아주 낯선 동네 거리로 제이콥을 데리고 올라갔어. 그러고는…… 거기에 소년을 버려두고 가버렸어. 아버지의 사촌은 군중 속으로 사라져버렸고, 제이콥은 난생처음으로 진짜 혼자가 되었어. 녀석은 그 친척집 주소를 알지 못했어. 자신이 서 있는 곳이 어디인지도 알지 못했고, 돈도 한 푼 없었지. 배낭에 든 옷가지가 소년이 가진 전부였어. 그동안 소년이 받아온 다방면에 걸친 최고급 교육도 그런 상황에서는 아무짝에도 쓸모가 없더군. 제이콥이 제법 잘 읽고 쓸 줄아는 라틴어와 그리스어, 바흐의 콘체르토까지 연주할 줄 아는 바이올린 솜씨, 어려운 문제도 척척 풀어내는 수학 실력, 그 모든 게무슨 필요가 있었겠어? 아무짝에도 쓸모없는 것들이었지. 제이콥이 제 밥벌이를 할 줄 모른다는 것은 말할 것도 없고 말이야. 그래서 제이콥은 뉴욕이라고 불리는 도시의 거리에서 굶주렸어. 어쩌면…… 녀석은 그런 운명을 타고난 것인지도 모르지."

당신은 다시 말을 멈추고 숨을 내쉬었다. 거칠고 고통스러운 숨소리였다.

그러고는 다시 말을 이었다.

"그러던 중 에이미라는 이름의 여자가 제이콥을 발견했어. 미스에이미. 아름답고, 세상 물정에 빠삭한 여자였어. 옷차림은 또 얼마나 도발적이었는지, 제이콥은 그 여자를 보자 흥분이 됐어. 그여자가 녀석에게 음식을 주고, 잠잘 방을 주었지. 처음에 제이콥은 그걸 그 여자의 진심에서 우러난 친절이라고 생각했지만 알고 보니 그건 그런 호의가 아니었어. 녀석은 어렸지만 나이에 비해 키가 컸고, 펜싱과 승마 등으로 다져져서 몸도 좋았어. 그러니까 외모는 잘생기고…… 성격은 순진했던 거지. 그리고 절망에 빠져 있었고 말이야. 흠, 어느 날 미스 에이미가 친구 한 명을 데려왔어. 그 친구는 훌륭한 옷차림에 예쁘게 꾸민 머리, 잘 가꾼 손톱, 멋진 구두, 고급 지갑을 두루 갖추고 있더군. 미스 에이미는 어린 제이콥에게 말했어. 계속 음식을 얻어먹고 싶으면, 잠잘 때 비를 가려줄 지붕을 계속 누리고 싶으면, 자기 친구의 요구사항을 모두 들어주라고. 그렇게 말하고 미스 에이미는 제이콥을 자신의 친구와 남겨두고 나갔어.

제이콥에게는 눈이 번쩍 뜨일 만한 경험이었어. 미스 에이미의 친구는 요구사항이 아주 많았고, 그 모든 요구사항이…… 제이콥에게는…… 새로운 경험이었거든. 말했다시피 제이콥은 온실 속의 화초처럼 자란 순진한 녀석이었으니까. 그렇게 제이콥에게는 완전히 새로운 종류의 교육이 시작됐어. 그 교육은 그렇게 그날, 그 친구 한 명과 함께 시작된 거야. 그런데 미스 에이미는 친구가 굉장히 많았어. 그 친구들은 도시의 부유한 동네에 있는 미스 에이미의 아파트로 한 번에 한 명씩 찾아왔어. 점심 데이트, 브런치, 커피, 반주, 디저트, 술을 즐기러. 그러다가 우연히 제이콥을 보게 되면, 우연히 제이콥이랑 시간을 잠깐이라도 함께 보내게 되면, …… 흠, 그 여자보다 더 영악한 사람이 세상에 있을까? 일은 아주 천천히 진행됐어. 한 주에 한 명씩, 이어서 한 주에 두 명씩, 곧 한 주에 세 명씩, 그다음에는 매일, 그러다가 하루에 두 명씩. 제이콥의 질문이 너무 많아진다 싶으면, 미스 에이미는 소년에게 문을 가리켰어. 문밖으로 소년을 끌고나가 가버리라고 말했어. 그러고 싶으면 니 갈 길 가라고. 제이콥은 거리에서 몇 주를 혼자 지낸 적이 있었어. 미스 에이미가 어떤 골목길에서 발이 걸리는 바람에 녀석을 발견했을 때, 녀석은 죽어가고 있었지. 그때 소년은 비쩍 마른 몸을 덜덜 떨면서 죽음에 자신을 내맡긴 채 훌쩍이고 있었어. 녀석은 그곳으로 다시는 돌아가고 싶지 않았어. 돈도 없고, 영어로 대화를 나누는 것 역시 여전히 형편없었거든. 그래서 미스 에이미의 친구들을 즐겁게 해주는 일을 계속했어.

그런데 그 무렵 제이콥이 악몽을 꾸기 시작했고, 미스 에이미는 잠을 잘 수 있게 해준다며 녀석에게 알약을 줬어. 그 작은 알약 역시 또 다른 시작이었지. 또 다른 교육이 시작된 거야. 그것은 악몽을 쫓아버리는 일, 부글부글 끓어오르는 소년의 내면을 진정시키는 일이었어. 제이콥은 여전히 화가 나 있었거든. 그래서 미스 에이미는 녀석에게 알약을 줬어. 그러더니 하루는 고무줄로 제이콥의 한쪽 팔을 묶은 다음 녀석의 혈관에 주삿바늘을 찌르고 주사기를 눌렀어. 그 뒤로 제이콥은 그 주사를 맞지 않으면 단 하루도 버틸 수가 없었지. 녀석은 주사가 필요했고, 미스 에이미는 주사를 놔줬어. 그런 식으로, 길들이기가 계속된 거야."

나는 꼼짝도 할 수가 없었다. 숨을 쉬는 것도 힘이 들었다. 당신의 이야기가 거짓말이었으면, 나를 위해 당신이 허구로 이야기를 꾸며내고 있는 것이었으면 싶었다. 그러나 당신의 두 눈은 오직 과거 속을 더듬고 있었고, 당신의 목소리에서는 묵은 고통의 무게감이 느껴졌다. 당신이 진실을 말하고 있다는 사실을 알 수 있었다. 아니, 적어도 그 이야기의 일부는 진실인 것이 분명했다.

"마침내 미스 에이미는 제이콥에게 혼자만의 아파트를 마련해줬어. 그 여자가 월세를 내주고 제이콥에게 약물을 공급했어. 그래야 떨림, 가려움, 통증이란 궁지에 제이콥을 계속 가둬놓을 수 있었으니까. 친구라는 물줄기는 마를 줄을 모르더군. 그 사람들은 모두 제이콥을 아껴줬어. 하지만 그들은 제이콥과 충분히 긴 시간을 함께 보낼 수가 없었어. 점점 더 많은 친구가 찾아왔거든. 미스 에이미의 친구 중 일부는 여자가 아니었지만 그들도 똑같은 걸 원했어. 그리고 다른 것도. 제이콥은 그 사람들이 원하는 짓을 자신에게 하도록 그냥 내버려뒀어. 굶주린 기억이 있었고, 이제는 약이 필요했으니까. 녀석의 가장 깊은 마음은 그것이 마약이란 사실을 알고 있었어. 녀석의 가장 어두운 마음은 자신이 어떤 존재인지도 알고 있었지. 하지만 그런 점에 대해 녀석은 깊게 생각하지 않았어. 그저 미스 에이미의 친구들을 즐겁게 해주고 혈관에 주사를 맞았을 뿐, 그런 문제에 대해 생각해보려 하지 않았던 거야.

그런데…… 어느 날…… 미스 에이미가 죽었어. 사고로. 길을 건너다가 부주의한 운전자의 차에 치인 거야. 그 여자는 즉사했고, 제이콥은 다시 혼자가 되었어. 그리고 이제는 중독자였지. 미스 에이미가 없어져서 중독을 만족시켜줄 약을 구할 수가 없었어. 녀석은 그 여자의 아파트에 찾아가 온 집안을 다 뒤졌어. 하지만 그 여자는 바보가 아니었고, 녀석은 약을 전혀 찾아내지 못했어.

그 대신 그보다 더 좋은 걸 찾아냈지. 바로 그 여자의 명함첩. 그 물건은 장롱 가장 안쪽, 보석 상자의 가짜 바닥 밑에 꼭꼭 숨겨져 있었어. 제이콥은 그 명함첩에 있는 이름 중 상당수를 이미 알고 있었기 때문에 그게 뭔지 단박에 알아챘어. 그 물건으로 무엇을 할 수 있는지도 곧 깨달았지. 그때는 이미 미스 에이미가 정해준 일정대로 생계를 이어온 지 몇 년이 흐른 상황이었고 다른 것은 아무것도 할 줄 몰랐기 때문에 녀석은 에이미의 아파트에 직접 들어앉았어. 친구들이 전화를 걸어왔고 평소와 똑같이 사업을 계속했어. 돈을 직접 받아 챙기게 된 점은 달랐지만.

상황이 간단하게 정리될 줄 알았는데, 그렇지가 않았어. 녀석이 금단 증상을 겪고 있었기 때문이야. 아파트도 금세 빼앗겼어. 보증금을 내지 않았고, 그런 돈을 지불하는 방법도 몰랐거든. 하지만 이제는 돈이 좀 있었고 마약의 손아귀에서도 벗어나는 중이었어. 그래서 그 즉시 결정했어. 다른 살 곳을 찾아야겠다, 그곳으로 친구들을 초대해야겠다고. 제이콥의 이야기가 거기에서 끝날 수도 있었어. 아니, 솔직히 말하면 그래야 했지만, 그게 끝이 아니었어. 사람은 일단 돈맛을 보고 나면, 헤로인, 메스암페타민, 코카인보다도 더 심하게 거기에 중독되거든. 제이콥은 돈맛을 본 터라 더 많은 돈을 원하게 되었어.

그래서 골목길에 혼자 웅크리고 있는 한 십 대 소녀를 우연히 보게 되자 자신이 무엇을 해야 하는지 바로 감을 잡았어. 그 애에게 음식을 주고 옷을 주고 살 곳을 제공하기로 한 거야. 얼마 후 제이콥은 소녀를 어떤 외로운 지인에게 소개해줬어. 그 지인은 그 소녀와 단둘이 몇 시간을 함께 보내는 대가로 상당한 금액의 돈을 기꺼이 내려는 사람이었어. 그 무렵 제이콥은 비슷한 처지에 놓여 있는 소녀를 한 명 더 발견했어. 그리고 또 한 명. 그곳은 뉴욕이었기 때문에, 돈을 지불할 능력이 있는 외로운 남자들이 늘 넘쳐났고, 굳이 애쓰지 않아도 그 남자들을 즐겁게 해줄 굶주린 소녀들 역시 쉽게 찾을 수 있었지."

나는 이제 속이 메스꺼웠다. 일의 전모가 보였기 때문이다.

그러나 당신의 이야기는 아직 끝난 것이 아니었다.

"그래도 제이콥은 그런 소녀들처럼 사는 것이 어떤 기분인지 기억하고 있었어. 그래서 수입이 안정되고 나서부터는 다양한 기술을 배웠지. 돈을 저축해서 회사, 합법적인 회사를 사들였고. 그렇게 다른 일들을 차근차근 배워나간 거야. 모험적으로 시작한 사업들이 매번 성공을 거두었고 그때마다 한 명씩 차례로 소녀들을 자유롭게 풀어줬어. 직업과 아파트를 제공해서. 그게 어떤 기분인지 스스로 너무나 잘 알고 있었기 때문에 자기가 데리고 있는 소녀들이 마약을 하는 것을 절대로 용납하지 않았고 말이야. 그런 식으로 해서 끝끝내 녀석의 수중에는 합법적인 사업체들만 남게 되었어."

당신의 두 눈이 마침내 내게로 향했다. 당신은 나를 바라보았다.

"그런데 어느 날, 제이콥은 자신의 아파트에서 걸어 나가 모든 업체를 팔아치우고 프라하행 비행기에 오른 뒤 다시는 돌아오지 않았어. 그 뒤로 제이콥을 본 사람은 아무도 없어."

02

당신은 그것으로 이야기가 끝났다고 생각하는 모양이었다. 당신은 자리에서 벌떡 일어서서 화가 난 듯 성큼성큼 빠르게 방을 가로질러 가서 디캔터에 든 스카치를 한 잔 따랐다. 그것을 한입에 털어 넣고, 다시 따르고 털어 넣고, 그 동작을 두 번 더 반복했다. 그러고는 유리잔을 쥔 손이 놓여 있는 테이블 위로 상체를 숙이고 거칠게 숨을 몰아쉬었다. 디캔터에 담긴 술의 삼분의 일은 이제 당신의 배 속에 들어가 있었다.

"이게 제이콥 카슈파레크의 이야기야." 이야기꾼의 어조는 이미 사라지고 없었다. 아득하고 텅 빈 표정 역시 지워진 상태였다. 당신의 얼굴은 이미 제자리로 돌아와 있었다. "더 알고 싶은 거 있어?"

"로건은 어디 있지?"

당신은 번거롭게 고개를 돌려 나를 바라보지도 않았다. "시체 안치소. 내 생각엔 그럴 것 같은데."

"난 당신 말 안 믿어."

당신은 어깨를 으쓱했다. "당신이 믿든 안 믿든 난 상관없어. 그

자는 죽었고 당신은 내 여자니까."

"난 당신 여자가 아니야."

당신은 손으로 문을 가리켰다. "그럼 떠나시든지."

나는 세 걸음 만에 문 앞으로 가 손으로 손잡이를 잡고 돌렸다. 문이 열렸지만 떠날 수가 없었다. 내가 당신 여자라서가 아니었다. 아직도 의문점이 너무나 많았기 때문이었다.

"제이콥 카슈파레크가 사라졌다면, 어째서 내 퇴원 서류에 케일럽 인디고가 아니라 그 이름으로 서명을 한 거지?"

그 질문을 맞이한 것은 침묵이었다.

당신이 했던 말 가운데 다른 말이 떠올랐다.

"당신은 내가 열여섯 살부터 당신 여자였다고 말했어, 케일럽. 그게 무슨 뜻이지?"

침묵이 더 짙어졌다.

"난 지금 몇 살이지? 내가 실제로 당한 일은 자동차 사고인데, 왜 노상강도한테 당했다고 말한 거야? 왜 내가 의식 불명에 빠졌을 때 열여덟 살이었다고 말했지? 내가 얼마나 오랫동안 의식 불명에 빠져 있었던 거야?" 나는 질문을 하나 던질 때마다 한 걸음씩 앞으로 발을 내디뎠다. "진실이 뭐야? 나에 대한 진실이 뭐냐고, 케일럽? 아니, 제이콥인가? 뭐라고 불러야 해?"

당신은 눈 깜짝할 사이에 공간을 질러 왔다. 당신의 거대하고 강인한 손이 내 턱을, 내 목을 움켜잡았다. 고개가 뒤로 젖혀졌다. 당신은 다른 손으로 내 척추를 덮고 내 몸을 당신의 몸쪽으로 확

잡아당겼다.

"제이콥 카슈파레크는 이제 없어. 녀석은 아무것도 아닌 존재야. 아니, 더 이상 존재하지 않아. 내 이름은…… **케일럽**이야." 당신의 목소리는 얼음처럼 차갑고 면도날처럼 날카로웠으며 독사의 독처럼 원한이 서려 있었다.

당신의 손가락이 내 아래턱으로 파고들어 숨통을 조였다. 나는 옴짝달싹할 수가 없었다. 무기력하게도. 다음 순간 당신의 입술이 거칠게 내 입술을 덮쳤다. 처음에는 화가 난 듯 난폭하고 격렬했다. 충격적이게도 입술에 멍이 들 정도로 세게……

당신은 내게 키스했다.

내게 최면을 걸려는 듯, 당신은 열정적으로 키스를 퍼부었다. 거칠던 키스가 점점 부드러워졌다. 키스 자체보다도, 부드러운 당신의 태도에 나는 더 놀랐다. 다정하고 정교한 키스였다. 당신은 내게 섬세하고 기교 있게 키스했다. 당신은 내게 키스하고, 또 키스했고, 나는 숨이 막혀왔다. 당신의 혀가 내 입술을 간질였고 우아하게 내 앞니 사이로 미끄러져 들어와 내 혀를 희롱했다. 당신의 두 손이 내 등을 받치고 있었다. 내 살을 누르고 있는 당신의 손가락이 서서히 아래로 내려갔다.

도대체 무슨 일이 일어나고 있는 거지?

당신의 마법, 그것은 원래 이런 애정 표현이 아니었다. 아마도 새로운 마법, 새로운 마술 기술의 일종인 모양이었다.

그 키스, 케일럽 당신의 키스는, 지금껏 내 평생 단 한 번도 느껴본 적 없는 키스였다. 당신은, 마치 내게 영원히 키스하게 되기를 기다려온 것처럼, 마치 내 입술에 굶주린 사람처럼, 내 입에 갈증을 느끼는 것처럼 키스했다. 당신은 내 등을 누르며 마치 나를 잃을까 봐 겁먹은 사람처럼 나를 끌어안았다. 내 턱을 조르고 있던 다른 한 손도 부드럽게 풀렸다. 그 손은 슬그머니 내 뺨과 귀를 지나 내 머리칼 속으로 들어왔다. 당신은 내 등이 뒤로 젖혀져 당신의 손바닥 위에 놓이게 될 때까지 고개를 숙였다. 결국 나는 오로지 당신의 힘만으로 몸을 지탱하게 되었다.

그것은 호흡이 없는 키스였다. 생각이 끼어들 틈도 없었다. 그 무엇도 끼어들 여지가 없는, 키스만 존재하는 키스였다.

"세상에, 이사벨, 이사벨." 당신은 내 아랫입술에 대고 속삭였다. 너무나 낮은 숨소리에 섞여 나와서 나는 그 말이 내 상상일지도 모른다고 생각했다.

그 속삭임은 애원이었다. 산산이 조각난 고통이 가시처럼 박혀 있는 애원이었다.

이게 무슨 뜻일까? 나는 전혀 이해할 수가 없었다.

당신은 돌연 키스를 멈추더니, 상처받은 것처럼 뒤로 주춤주춤 물러섰다. 당신의 두 눈에 그림자가, 두려움이 어렸다. 내가 당신을 알고 지낸 지 몇 년 만에 처음으로, 당신의 두 눈에 드리워져 있던 커튼이 옆으로 걷힌 것이었다. 나는 그렇게 불쑥 진짜로 당신의 영혼이 무엇을 담고 있는지 들여다보고 있었다.

잠시 동안 당신은 제이콥이었다. 운명 속으로, 뉴욕이란 잔인한 거리 속으로 내쳐진 어린 소년이었다. 당신의 이야기 속에 든 진실이 보였다. 당신은 혼란스러운지 손목으로 입을 문질러 닦으면서 눈썹을 찡그렸다. 두 눈은 고통으로 번득였다. 당신은 열일곱 살의 제이콥, 매춘 소년이었다. 마약 중독자, 노리개였다.

나에게 키스를 한 번 더 한 사람 역시 제이콥이었다. 소년은 망설이는 손길로 다정하게 내 드레스 지퍼를 내리고 브라 후크를 푼 다음 팬티 속으로 손을 집어넣었다. 스스로 옷을 벗은 사람 역시 제이콥이었다. 소년은 내 몸에 자신의 피부를 밀착시켰다.

나는 주문으로 짠 그물에 걸려들었다. 진실을 소재로 한 거짓의 직물에 뒤엉켜버렸다. 바닥에 발이 닿지 않게 나를 안아 올려 내 침대로 데려간 사람 역시 제이콥이었다. 소년은 나를 침대에 눕히고는,

내게 키스하고,

키스하고,

또 키스했다.

그것은 제이콥이었다.

맙소사. 제이콥은 내가 저항할 수 없는 특별한 존재였다. 케일럽의 힘, 기술, 끈질긴 굶주림 외에, 제이콥만이 가질 수 있는 다정함과 연약함이 그 안에 있었다. 혼란, 증오, 혐오감, 역겨움이 내 영혼 속 비밀스러운 가마솥 안에서 끓어올랐지만 제이콥의 불같은 손길이 그 감정들을 모조리 태워버렸다. 그것은 내가 아는 손길이었다. 그리고 그 손길은 나를 알고 있었다. 내 몸을 알고 있었다.

어떻게 하면 손가락 하나의 속삭임만으로 내가 욕망에 몸을 뒤트는지 확실히 알고 있는 손길이었다.

제이콥과 케일럽, 두 개의 이름이 엇갈려 나타났다. 당신의 두 눈에 담긴 연약함은 그림자와 전투 중이었다. 난폭함은 당신의 다정함을 덮는 유막이었다.

제기랄, 나는 길을 잃고 말았다. 나는 익사하는 중이었다.

당신은 물끄러미 나를 내려다봤고, 당신 안에 있는 무언가를 내게 보여줬다. 영혼의 힌트 같은 것을. 그것은 전투 중인 영혼, 고통에 빠진 영혼이었다. 당신은 고통이 울퉁불퉁 튀어나온 그 영혼으로 내게 키스했다. 내 젖가슴 위에 키스를 퍼부었다. 당신의 호흡은 거칠고 불규칙했다. 당신은 내 틈으로 손가락을 집어넣어, 당신만 할 수 있는 방식으로 나를 신음하게 만들었다. 두꺼운 손가락 하나에 내 체액을 묻혀 애무함으로써 내가 오르가즘을 느끼게 만들어놓고, 내가 흐느끼자 내게 키스했다. 내가 훌쩍이면서 몸을 조이거나 뒤틀거나 떠는 동안, 당신은 내게 키스하면서 엉덩이를 앞으로 찔러 내 안으로 들어왔다. 당신의 골반과 내 골반이 맞닿자, 당신은 키스를 멈추고, 교전 중인 두 눈, 고통으로 가득한 두 눈으로 내 눈을 들여다봤다. 당신은 내 안으로 밀고 들어오는 동안 내게서 시선을 떼지 않았다. 뒤로 엉덩이를 뺄 때도 시선을 돌리지 않았다. 엄청난 고통에 시달리는 남자의 표정을 하고 있는 당신의 얼굴을 내게서 돌리지 않았다. 외과 수술로 피부에 이식해놓은 얼굴을 한 꺼풀 벗겨내기라도 하려는 듯. 영혼의 껍질을 벗기고, 당신 안에 남아 있는 삶의 깊은 상처를 내게 보여주기라도 하려는 듯.

당신은 그 행위에 상처를 받고 있는 듯한 태도로 나와 사랑을 나누었다. 마치 내 안에 있는 쾌락이 너무 극심해서 고통스러운 것처럼. 정교한 고통. 황홀경의 괴로움. 그런 표현은 매우 상투적이지만 그런 일, 그러니까 진짜 황홀경의 괴로움을 느끼는 일이 일어나면, 그 현실은 바라보기에 끔찍한 것이 되고 만다. 그런 압도적인 쾌락은 지나친 것이라서, 죽어가는 폐에 너무나 깨끗한 산소를 지나치게 오래 불어 넣는 행위, 굶주린 위장에 기름기 가득한 잔치음식을 쏟아 넣는 행위와 마찬가지이다.

당신은 내 몸속에서 엉덩이를 계속 움직였다. 내 상체 위에 지렛대처럼 몸을 띄운 채 나를 빤히 내려다보면서, 광인처럼 격렬하게 나의 안팎을 오갔다. 나는 당신에게 시선을 고정한 채 당신의 두 눈에 담긴 흥분을 꿰뚫어 보려고, 당신의 내면을 들여다보려고 애썼다. 당신이 누구인지, 지금 왜 이런 짓을 하고 있는지, 이게 무슨 의미인지, 조금이라도 알아내려고.

당신은 불안정하게 신음했고, 고통스럽게 으르렁거렸다. 미친 듯이 나를 찔러대던 광기 어린 당신의 동작이 격렬하게 흔들렸고, 당신은 내 안에 사정했다. 그러는 동안 당신은 눈도 깜빡하지 않았다. 깊이 내 몸을 찌른 채 숨조차 쉬지 않고 몸을 떨었다. 엉덩이가 부르르 떨렸다.

당신의 입에서 신음 소리가, 갈가리 찢긴 영혼의 소리가 흘러나왔다.

당신의 이마가 아래로 내려오더니 내 이마에 닿았다.

당신은 헐떡였다. 숨을 내쉴 때마다 끙 소리, 신음 소리, 으르렁 소리가 섞여 나왔다.

"이사벨." 당신이 다시 속삭였다.

내 이름이 무슨 주문이기라도 한 것처럼, 미지의 신에게 받치는 기도문이라도 되는 것처럼.

시간이 얼마나 흘렀는지 감이 잡히지 않았다. 알 수 없었다.

잠시 뒤 당신은 고개를 들고 내 눈을 들여다보았다. 그 안에서 뭔가를 찾는 듯.

"케일럽?"

당신은 놀란 듯 움찔하더니 몸을 떨었다.

그러고는 그 순간,

당신은

내게

키스했다.

천천히 깊고 다정하게.

당신은 손으로 내 얼굴을, 내 뺨을 어루만졌다. 당신의 손가락 끝이 내 눈꺼풀을 쓰다듬더니 콧날을 따라 내려갔다. 기억 속에 내 얼굴을 새기듯.

당신은 내게서 몸을 일으키고 다시 한번 나를 바라보았다.

그때 찰칵 소리와 함께 마스크가 제자리에 씌워지는 것이 보였다. 갑옷투구가 내려와 닫힐 때 들리는 찰칵 딸깍 소리가 울리는 것만 같았다.

나는 궁금했다…….

내가 이름을 잘못 부른 걸까?

03

당신은 천천히 느긋하고 한가로운 동작으로 내게서 몸을 떼어 침대 밖으로 나갔다. 두 발로 일어서서 문간 쪽으로 걸어갔다. 당신의 실루엣이 보였다. 두꺼운 허벅지, 탄력 있는 종아리, 둥글고 강철만큼 탄탄한 엉덩이, 정교하게 갈라진 등 근육, 떡 벌어진 어깨, 미켈란젤로가 살아 있는 대리석으로 손수 조각한 듯한 갈색 이두박근. 당신은 문설주를 잡고 기운 없는 사람처럼 잠시 기대어 서 있었다. 그러다가 살짝 고개를 돌렸지만, 나를 바라보지는 않았다. 당신의 옆모습이 내게 보였을 뿐.

할 말이 있나 보다, 나는 생각했다. 당신의 입이 열렸으니까. 하지만 그 순간…… 당신의 몸이 뻣뻣해졌다. 당신의 강철 척추가 곧게 펴지면서 양쪽 어깨가 뒤로 젖혀지고 고개가 위로 올라갔다.

당신은 다시 고개를 돌리고 내게서 멀어져갔다. 사라졌다.

문이 열렸다 닫히는 소리가 들렸다. 엘리베이터 소리가 들렸다.

다시 혼자 남겨진 나는 궁금했다. 방금 무슨 일이 일어난 거지?

침대에서 나와 사랑을 나눈 사람은 누구였을까? 케일럽은 아니었다. 하지만 제이콥 역시 아니었다. 그는 그 두 남자의 잡종이었다. 그리고 이제는 사라지고 없었다. 어쩌면…… 그 남자라면…… 내가 사랑에 빠질 수 있었을지도 모르는데. 그런 생각이 나를 관통했다. 조금 전의 나는 그의 고통이 어디에서 비롯된 것인지 알고 싶었다. 그를 치유해주고 싶었다. 지켜주고 싶었다. 편안하게 만들어주고 싶었다. 그의 곁에 가까이 머물면서 그의 비밀을 알아내, 그 비밀 때문에, 혹은 그런 비밀이 있더라도 그와 무관하게 당신을 사랑한다고 말할 수 있었으면 싶었다.

그러나 그 남자는 가 버렸다. 당신의 불가사의한 영혼 깊은 곳으로 들어가 버렸다. 당신이 덮어쓴 강철 마스크 뒤로 숨어 버렸다.

한 가지 생각이 문득 떠올랐다.

난 그저 케일럽과 섹스한 것뿐이야. 또다시.

그의 마법에 걸려든 것뿐이야. 또다시.

그렇지만 이번엔 좀 **달랐잖아**, 나의 일부가 반박했다.

이번에는 널 **마주** 보고 있었어. **알몸으로**. 내내 너와 눈을 맞추고 있었다고.

그건 **특별한** 의미가 있는 거지…….

내 내면에 담겨 있는 모든 것들이 일그러지면서 무너져 내렸다. 별안간 나는 울음을 터뜨렸다.

난 누구지?

자신의 정체에 대해 계속 거짓말을 하는 남자랑 사랑을 나눌 수 있는 여자는 도대체 어떤 여자인 건지?

그 남자는, 맙소사, 그 남자는,

당신이었다.

나에게 나를 숨기는 당신, 나에게 거짓말을 하는 당신, 나를 혼란스럽게 만드는 당신, 대답을 거부하는 당신, 진실을 말하느니 차라리 도망치고 마는 당신이었다. 도대체 왜? 왜? 우리가 공유하고 있는 과거에 어떤 끔찍한 비밀이 숨겨져 있기에 당신은 내가 그것을 알게 되는 것을 그토록 두려워하는 걸까?

그리고 나는 어째서 당신이 내 몸을 취해 당신의 욕망을 채우는데 이용하도록 내버려둔 걸까? 어떻게 당신이 내게 그 짓을 하고 또 하고 또 하게 내버려둘 수 있지? 아무것도 영원히 변하지 않으리란 사실을 잘 알면서?

당신은 로건을 죽였다.

로건.

세상에, 로건. 이제 로건의 얼굴을 어떻게 보지? 설사 로건이 살아 있다고 하더라도, 내가 로건의 얼굴을 어떻게 볼 수 있을까? 로건과 내가 그런 일을 함께하고도 당신이 내게 그 짓을 또 하게 내버려뒀다고 어떻게 그 사람에게 가서 말할 수 있을까?

당신과 나 사이에는 그저 그 짓만 있는 거야, 케일럽?

아니, 이번에는 뭔가가 달랐다. 그게 뭔지는 모르겠지만. 생생하고 고르지 않고 필사적인 뭔가가 있었다.

아니, 네 생각은 틀렸어.

그래도…… 당신과 함께 보낸 그 어떤 순간보다도 이번은 훨씬 더 현실적이고 솔직하게 느껴졌다.

하지만 로건, 로건. 그의 생각이 떠올라 나는 다시 울음을 터뜨렸다.

나는 쉽게 무너지는 사람이 아니에요. 이사벨. 하지만 일단 무너지기 시작하면 거침없이 순식간에 무너지죠.

나는 이제 돌아갈 곳이 없어요…….

그의 목소리가 귓가에 들리는 것만 같았다. 나를 바라보던 그의 인디고색 눈빛이 눈에 보이는 것만 같았다. 눈부시고 편안한 그의 미소도.

다음 순간, 내가 했던 말, 내가 그에게 했던 약속이 들렸다. 당신이 내가 가야 할 길이에요. 로건.

나는 끔찍하고 나약하고 비열한 인간이다.

내게는 길이 없다. 죄악과 상처와 고통과 실수로 포장된 도로 말고는.

그러나 나는 아직 포기할 수가 없었다.

그럴 수가 없었다.

그러지 않을 생각이었다.

내면에서 어떤 충동이 일어나서 나는 침대에서 나왔다. 내 몸에서 당신의 흔적을 씻어냈다. 축축한 머리를 뒤쪽으로 넘기고 아침에 입었던 옷, 소매를 찢어내고 가슴골이 조금 더 보이도록 앞섶을 찢은 비싼 드레스를 입었다.

하이힐을 신었다.

무엇이 나를 재촉하는지 알 수 없었다.

하지만 나는 그 건물을 떠나고 있었다. 다른 사람들의 시선을 무시한 채, 회전문을 지나 거리로 나왔다. 사람들의 목소리, 자동차 달리는 소리, 경적 소리, 엔진이 으르렁거리는 소리가 나를 덮쳤다. 그래도 나는 공포에 무릎 꿇지 않았다.

몇 십 미터 앞에서 모퉁이를 느긋하게 도는 창문을 내린 차 한 대가 보였다. 지붕에 경광등이 붙은 흰색 자동차, 뉴욕시 경찰차였다. 나는 열려 있는 조수석 창 쪽으로 상체를 숙였다.

"실례합니다, 경관님. 여기서 가장 가까운 병원이 어딘지 알 수 있을까요?"

차 안에 타고 있는 경찰은 약간 뚱뚱하고 머리가 희끗희끗했다. "성 빈센트 병원이오. 8번가와 34번가가 만나는 모퉁이에 있소." 무뚝뚝하고 정중하지 못한 말투였다.

"감사합니다, 경관님." 나는 몸을 돌려 걷기 시작했다.

"이봐요!" 경찰이 목소리를 높여 불렀다. 나는 뒤돌아보았다. 그는 창문 안에서 반대쪽 방향을 가리켰다. "잘못된 방향으로 가고 있잖소, 아가씨."

나는 성 빈센트 병원을 찾아갔다. 안내 데스크에 제복을 입은 젊은 히스패닉 여성이 서 있었다.

"아는 사람이 여기 환자로 입원해 있는지 확인하려고 하는데요. 로건 라이더라고요."

여자는 말없이 자판을 두드리더니 눈을 깜박이며 화면을 쳐다 봤다. "죄송하지만 그런 분은 안 계시네요."

"어젯밤에 혹시 총상 환자가 들어오지 않았나요?"

탁-탁-탁-탁. "죄송하지만 없습니다."

나는 감사를 표했다. 문득 로건이 그 병원에 있을 리가 없다는 사실을 깨달았다. 그 병원은, 로건이 총을 맞은 장소가 아니라 내 아파트에서 가장 가까운 병원이었던 것이다.

당신이 로건을 쏘았을 때,

우리가…… 어디에 있었더라? 로건이 날 어디로 데려간다고 말했더라? 로건이 운전하는 동안 나는 길에 관심을 전혀 기울이지 않았었다.

브루클린.

"브루클린에 무슨 병원이 있는지 알 수 있을까요? 병원 이름 말예요." 내가 물었다.

여자는 나를 향해 눈썹을 찌푸렸다. "글쎄요. 십여 개 있을 텐데요. 마운트 시나이 브루클린 병원, 뉴욕 감리교회 병원, 서니 다운스테이트 병원. 그 밖에도 많아요."

"브루클린에 어떻게 가죠?"

여자는 어깨를 으쓱했다. "브루클린에요?"

"사람을 찾고 있는데, 어느 병원에 있는지 몰라서……."

"그럼 그 환자를 찾을 때까지 한 군데씩 돌아다니면서 묻는 수밖에 없어요. 다음 분이요!"

나는 피가 흘러나가듯 희망이 몸에서 빠져나가는 것을 느끼며 터벅터벅 병원에서 걸어 나왔다. 브루클린에 어떻게 가지? 로건이 어느 병원에 있는지 어떻게 알아내지? 그 사람이 아직 살아있는지도 모르면서?

로건은 살아 있었다.

난 그냥…… 느낄 수 있었다. 로건은 살아 있었다. 살아 있어야만 했다.

어떤 행인에게 브루클린으로 가는 길을 물었더니 이해할 수 없는 외국어 대답이 돌아왔다. 다른 행인에게 물었더니 엄지로 한 방향을 가리켰다. 나는 그 방향이 맞기를 간절히 바랐다.

발이 아플 때까지 그 방향으로 계속 걸었다. 얼마나 먼 거리를 걸어왔는지 알 수 없었다. 저 멀리 강이 보였다.

그때 검은색 SUV 한 대가 부드럽게 다가오더니 내 옆에 멈추어 섰다. 선팅된 창문이 내려갔다. 토머스였다.

강렬한 검은 얼굴 속 까만 눈이 나를 빤히 바라보다가 천천히 깜박였다. "타요." 나는 망설였다.

"그 남자 살아 있어요. 데려다줄 테니까 타요." 아득한 곳에서 울리는 천둥소리 같은 목소리였다. 달고 진득한 시럽 같은 목소리, 샘 밑바닥에서 울려 나오는 것 같은 목소리, 영어 악센트가 둔탁한 목소리였다.

"토머스, 당신이 왜……."

"그 남자 안 보고 싶어요?"

나는 숨을 내쉬며 대답했다. "보고 싶어요."

"그럼 타요."

나는 차에 탔다. 침묵 속에 몇 킬로미터를 달렸다. 그때 알고 싶은 것이 떠올랐다.

"당신이 날 도와준 게 이번이 처음이 아니잖아요. 그러면 안 되는 것으로 알고 있는데, 왜죠?"

그는 천천히 어깨를 한 번 으쓱했다. "잘 모르겠어요. 때로는 남자라면 꼭 해야 하는 일이 있기 마련인데, 내 안의 남자가 그 사실을 알고 그렇게 행동하는 모양이에요. 아마도 예전에 당신의 영혼을 본 적이 있어서 이러는 거겠죠."

그게 무슨 뜻인지 알 수 없었지만 아무래도 상관없었다. 토머스는 원래 완전히 수수께끼 같은 인물이었다. 그것도 아주 무시무시한. 그는 내가 평생 본 사람 가운데 덩치가 가장 큰 사람이었다. 그리고 살로 만들어진 그림자라고 느껴질 만큼 피부가 새카맸다. 마치 침묵과 어둠으로 이루어진 산봉우리 같았다. 두 눈은 모든 것을 보았지만 아무것도 드러내지 않았다. 단단하게 똬리를 튼 폭력성이 느껴졌을 뿐. 그런데 그런 토머스가 다시 나를 돕고 있었다. 당신의 뜻을 정면으로 거역하는 방식으로.

토머스는 한 치의 망설임도 없이 나를 어떤 병원으로 데려갔다. 당신의 세계로부터, 맨해튼의 부자 동네로부터 멀리 떨어져 있는 병원이었다. 그는 현관 지붕 밑에 차를 세우고 나를 쳐다봤다. "그 남자는 여기에 있어요."

"고마워요, 토머스."

그는 어깨를 으쓱했다. "가요. 인디고 씨가…… 곧 다시 당신을 찾으러 올 거예요. 당신도 그 정도는 알죠?"

나는 고개를 끄덕였다. 그 점은 나도 알고 있었다. 느끼고 있었다. "그래요, 알아요."

"됐어요, 그럼. 그 사실을 잊지 말아요."

나는 SUV에서 내려 차 문을 닫았다. 천천히, 눈에 띄지 않게, 조심스럽게 차를 몰고 멀어져가는 토머스를 바라봤다. 토머스가 나의 수호신 노릇을 한 것이 이번이 두 번째였다. 그 사실을, 이 남자를 어떻게 받아들여야 할지 알 수 없었다. 왜 토머스는 당신의 다른 심복이나 렌과 달리 계속 나를 도와주는 걸까? 렌은 악랄함, 난폭함, 당신을 향한 전적인 충성심 등으로 악명이 자자했다. 그는 가책을 전혀 느끼지 않는 킬러였다. 하지만 토머스는 좀 달랐다.

나는 토머스와 렌과 당신에 대한 생각을 접었다. 내가 어느 길로 해서 왔는지 또다시 주의를 기울이지 않아서 정확한 위치를 알 수 없는 그 병원의 안내 직원은 눈에 무관심과 피로가 가득한 중년 백인 여자였다.

"도와드려요?"

"사람을 찾고 있어요. 여기 입원해 있는 것이 틀림없어요. 로건 라이더라고."

탁탁탁탁…… 탁탁탁…… 탁. "네, 513호네요." 그녀는 커다란 녹색 스티커 한 장을 내게 건네고 그 위에 볼펜 한 자루를 올려놓았다. "방문객 스티커에 아가씨 이름을 적고 보이는 곳에 붙이세요."

나는 내 이름을 적었다. 이사벨 드 라 베가. 그러고는 그 스티커를 가슴과 어깨 사이에 붙였다. 엘리베이터를 타고 5층으로 올라갔다. 복도는 넓고 형광등 때문에 눈이 시릴 정도로 밝았다. 바닥에 내 하이힐 닿는 소리가 크게 울렸다. 소독약과 질병의 냄새가 내 콧구멍을 습격했다. 병실 호수를 봤다. 왼쪽에 503호, 오른쪽에 504호가 있었다. ……모퉁이를 돌자 511호, 512호, 513호가 나타났다. 병실 문은 닫혀 있었고, 병동은 고요했다. 병원 직원인지, 간호사인지 한 사람이 카트를 밀고 내 옆을 지나갔다. 카트 바퀴 하나가 흔들리면서 끼끽 소리를 냈다. 그때 키가 크고 호리호리한 원주민계 남자 의사 한 명이 나타났다. 가슴에 청진기를 건 의사는 차트를 넘겨보느라 자신이 어디로 가고 있는지도 잘 모르는 눈치였다.

나는 병실 안으로 들어가고 싶지 않았다. 다친 로건의 모습을 보고 싶지 않았다. 죽어가고 있으면 어쩌지. 의식이 없거나 나를 기억하지 못하면 어쩌지. 기력이 쇠해서 야위고 허약하고 창백한 모습을 하고 있으면 어쩌지. 미라처럼 온몸에 붕대를 칭칭 감고 있으면 어쩌지.

내 가슴 속과 배 속에서 공포가 푸드덕거렸다. 나는 눈을 깜박였다. 숨이 막혀서 불규칙하게 호흡을 내뱉었다. 다시 눈을 깜박였다. 머리가 어지럽고 방향감각이 느껴지지 않았다. 나는 문설주에 기대설 수밖에 없었다. 나무 문짝에 머리를 기대고 두 눈을 감았다.

어둠.

온기.

고통.

규칙적인 삑삑 소리. 코 고는 소리. 나는 두 눈을 뜬다. 눈꺼풀이 떨린다. 앞이 뿌옇고 흐릿하다. 방향감각이 없다. 나는 다시 두 눈을 뜬다. 눈이 완전히 뜨이지 않는다. 초점을 제대로 맞출 수가 없다. 두꺼운 면 소재 천이 두개골을 꽉꽉 감고 있는 것이 느껴진다. 그래도 내가 병원에 있다는 사실은 알 수 있다. 하지만 어느 병원에? 왜? 무슨 일이 일어난 거지? 다시 코 고는 소리가 들린다. 있는 힘을 다해 병실 안을 살펴본다. 저쪽 구석에, 침대 대용 의자가 비스듬하게 놓여 있다. 하얀 담요가 커다란 근육질 몸 위에 덮여 있다. 검은 머리가 살짝 보인다.

코 고는 소리, 인조 가죽이 쓸리는 소리가 나면서 형체가 몸을 돌려 자세를 바꾼다. 이제 형체의 얼굴이 보인다.

제이콥?

제이콥이 여기서 뭘 하고 있는 거지?

나는 목이 멘다. 목구멍 속에서 뭔가가 치밀어 오른다. 내 코에 테이프가 붙어 있다. 말을 할 수가 없다. 소리를 내보려고 애쓴다.

제이콥이 깜짝 놀라 벌떡 일어난다.

"이사벨?" 졸음으로 가득한 그의 목소리는 까칠까칠하고 몽롱하다.

"아가씨?" 억양이 경쾌한 남자의 목소리가 걱정스러운 듯 나를 불렀다. 방금 전 그 의사였다. 뺨에 닿는 차가운 손이 느껴졌다. "괜찮아요?"

나는 몸을 펴면서 그의 손을 뿌리쳤다. "네, 괜찮아요. 고마워요. 그저 잠깐…… 현기증이 나서요."

"이 병동 환자 문병을 오셨나요, 아가씨?" 펜라이트가 내 눈을 비추었다. 눈동자의 움직임을 보는 모양이었다. "잠깐만, 아래를 보세요. 위로…… 왼쪽으로…… 오른쪽으로." 나는 지시에 따랐다. "잘했어요. 마지막으로 식사를 한 게 언제죠?"

"방금 전이요. 한두 시간 전쯤."

"배가 아픈가요? 메스껍진 않아요?" 의사는 차갑고 가늘고 기다란 손가락을 내 목에 대고 맥박을 짚었다. 친절한 갈색 눈은 아날로그 손목시계를 바라보고 있었다.

나는 그의 염려를 털어내듯 어깨를 으쓱했다. "난 괜찮아요. 그저…… 하루가 너무 길었을 뿐이에요." 숨을 내쉬며 마음을 가라앉혔다. "병문안을 온 거예요. 로건 라이더라고. 그 사람이 이 병실에 있다고 해서요." 나는 손을 뻗어 문고리를 잡았다.

"아, 나는 칼라와트 박사예요. 라이더 씨는 정말 천운으로 생명을 건졌어요. 어떤 사람들은 이런 걸 기적이라고 부르죠. 제 생각에는 그분이 굉장히 강인하고 결단력이 있어서 그런 것 같지만요."

나는 묻기가 망설여졌다. 하지만 물어야 했다. "그 사람은 어떤가요? 제 말은…… 아직 그 사람을 못 봤거든요. 그때, 그때 이후로……." 그 말을 입 밖에 내기가 꺼려졌다.

"누군가가 라이더 씨를 죽이려고 했을 때라고 말하려는 거죠?" 의사의 두 눈에 단호함이 어렸다. "말씀드린 대로, 라이더 씨가 생명을 구한 것은 천운이에요. 총알이 눈구멍으로 들어가서 비스듬하게 빗겨 나간 덕분에 뇌를 다치지 않았거든요. 물론 한 눈을 잃긴 했고, 추가로 재건 수술이 필요한 상황이긴 하죠. 그래도 단 몇 밀리미터만 다른 각도로 총알을 맞았더라면 라이더 씨는 지금 이 세상 사람이 아닐 겁니다. 만에 하나 살아났다고 하더라도 심각한 뇌 손상으로 고통을 겪었겠죠. 물론 전적으로 확신하긴 아직 이르지만, 지속적인 뇌 손상 증상을 겪는 일 없이 완치될 거라고 의료진은 생각합니다."

한 눈을 잃어? 맙소사, 로건.

"그 사람을 볼 수 있을까요?"

"만약 잠들어 있으면 계속 자게 두세요. 좀 더 빨리 건강을 회복하려면 휴식이 필요하니까요."

"알겠어요. 감사합니다, 박사님."

의사는 고개를 끄덕였다. "그래요. 그리고 다시 현기증이 나면 간호사한테 말씀하세요. 무엇보다도 여긴 병원이잖아요." 부드러운 작별의 미소가 얼굴에 나타났다.

의사가 가고 난 뒤 나는 조심스럽게 로건의 병실 문을 열고 까치발로 들어갔다.

삑—삑—삑. 귀에 익숙한 소리였다. 그 소리가 내 두개골 속으로, 내장 속으로, 기억 속으로 울려 퍼졌다. 방향감각 상실 증상이 또 느껴졌지만 나는 그 느낌을 털어내듯 몸을 흔들었다.

로건은 상체 쪽이 약간 세워진 침대 위에 똑바로 누운 채 잠들어 있었다. 왼쪽 눈을 덮은 압박붕대가 광대뼈에서부터 머리 위로 감겨 있었다. 입은 살짝 벌어져 있었고 두 팔은 얇은 흰색 담요 위에 놓여 있었다.

나는 울고 싶었다.

그렇게 수많은 일을 겪은 남자가 또다시 죽음의 문턱에 이르다니. 그것도 나로 인해서. 나 때문에.

눈물이 차올라 시야가 흐릿했다. 뜨거운 소금물이 앞을 가렸다. 몸무게를 지탱할 수가 없어서 무릎이 푹 꺾였다. 배가 아팠다. 칼라와트 박사가 물었을 때는 그렇지 않았는데 지금은 속이 메스꺼웠다. 속이 뒤집어져 욕지기가 치밀었고 어지러웠다. 입안에 침이 고여서 치아까지 물기가 흥건했다. 배가 쑤시고 속이 뒤틀렸다. 나는 간신히 화장실로 들어갔다. 내장이 저항하듯 경련을 일으켰고 나는 억지로 위에 든 내용물을 변기에 토해냈다. 여러 번 반복해서. 담즙과 침 말고는 아무것도 나오지 않게 될 때까지. 위가 진정된 것 같아서 세면대에서 입을 헹구고 손을 씻었다.

화장실 밖으로 나와 보니 로건이 깨어나 있었다.

"이사벨?" 그의 목소리가 거칠게 갈라졌다.

나는 손님용 의자를 침대 옆으로 끌고 와 앉아서 그의 손을 잡았다. "나 왔어요, 로건."

"당신…… 완전히 나온 거예요?" 맙소사. 그 목소리가 어찌나 기운 없게 들리는지.

나는 웃으려고 애를 쓰며 그의 손을 잡은 내 손에 힘을 주었다. "말하자면, 그래요. 그 문제는 걱정하지 말아요."

로건은 함께 웃으며 손가락으로 붕대가 감긴 눈구멍을 가리켰다. "아하하, 난 해적이에요."

그 말에 나는 웃을 수밖에 없었다. "맙소사, 로건." 나는 그에게 가까이 몸을 숙이고 떨었다. "정말, 정말 미안해요. 정말로 미안해요."

그는 내 손을 꽉 쥐었다. 다른 손은 참새처럼 팔랑팔랑 움직여 내 어깨 위에 얹었다. "쉿. 그러지 말아요. 나 여기 있어요. 살아 있다고요."

"하마터면 죽을 뻔했잖아요. 나 때문에."

"하지만 안 죽었잖아요." 로건은 화장실 쪽으로 시선을 돌리며 물었다. "그런데 당신도 아파요?"

나는 어깨를 들었다. "잘 모르겠어요. 아까는 갑자기 속이 안 좋았어요. 이젠 괜찮아요."

"아픈 거면 병원에 있으면 안 돼요."

나는 눈썹을 찌푸렸다. "무슨 말인지 이해가 안 되는데요."

"병에 걸릴 수 있잖아요. 여긴 병균 천지거든요."

"난 아프지 않아요, 로건. 단지…… 구역질이 좀 난 것뿐이에요. 왜 그런지 몰라도. 하지만 이제 괜찮아요. 난 당신 옆을 떠나지 않을 거예요. 퇴원할 때까지."

로건은 나를 잡아당겼다. 몸을 모로 눕혀 침대에 공간을 만들었다. 나도 그 옆에 모로 누웠다. 침대 가장자리에 아슬아슬하게. 로건이 한 팔을 내 허리에 둘렀다. 적어도 잠깐 동안은 아무렇지 않은 척할 수 있을 것 같았다. 다시 로건의 팔에 안겼으니까. 그의 심장박동 소리가 들리니까. 모니터에서 나는 삑삑 소리만 아니면, 그의 집, 그의 침대에 누워 있는 척을 할 수도 있을 것 같았다. 둘이 뒤엉켜서 걱정도 없고 거짓말도 없는 상태로, 실수도 저지르지 않고 서로 시선도 피하지 않는 상태로.

로건이 한숨을 쉬었다. "케일럽은……."

"케일럽 이야기는 하고 싶지 않아요. 그 사람에 대해서는 걱정하지 말아요."

"노상 케일럽 걱정뿐인걸요. 그 작자는 절대 당신을 놔주지 않을 거예요. 당신을 잊을 리도 없고."

"나도 알아요. 하지만 지금 나는 여기에 있잖아요. 당신과 함께."

"얼마나 오래 있을 수 있는데요?"

나는 알 수가 없었다. 아마도, 내가 저지른 짓을 그에게 말할 수 있을 때까지?

"당신은 쉬어야 해요." 내가 애원하듯 속삭였다.

"영원히 회피할 수는 없어요, 이즈." 로건은 잠에 취한 듯 몽롱한 목소리로 말했다. 가물가물해지는 정신과 싸우고 있는 모양이었다.

"알아요, 로건. 나도 알아요." 나는 살짝 몸을 돌려 그의 턱에 다정하게 키스했다. "그러니까 이제 제발 쉬어요."

로건은 천천히 길게 숨을 내쉬고는 체념한 듯 말했다. "고집쟁이 아가씨."

"당신은 총을 맞았어요. 쉬어야 회복할 수 있어요."

"칼라와트 박사처럼 말하네요."

"그런 것 같네요. 병실에 들어오기 직전에 복도에서 박사를 만났거든요."

"훌륭한 의사, 멋진 사내죠."

"그래요." 나는 그의 가슴을 토닥였다. "로건?"

"응?"

"입 다물고 자요."

"고집쟁이 아가씨."

나는 피식 웃었다. 그는 여전히 명백하게, 로건 그 자체였다.

얼마쯤 시간이 흐른 뒤 나는 잠에서 깼다. 병실은 어두워져 있었지만, 커튼 사이로 오후의 햇빛이 살짝 들어오고 있었다.

로건은 생각 속에서 길을 잃은 듯 천장을 바라보고 있었다. 그러다 나를 쳐다보더니 수심에 잠긴 표정을 지우고 밝고 유쾌한 표정을 지었다. 나는 생각했다. 나를 위해서 용감한 표정을 짓기로 했나 보다고.

"안녕, 내 사랑." 로건이 말했다.

나는 기지개를 켰다. "안녕."

"칼라와트 박사가 왔었어요. 뇌 손상이 전혀 없는지 두 배로 확실하게 확인하기 위해서 몇 가지 검사를 더 하고 싶다고 하더군요. 검사 결과가 깨끗하면 며칠 더 경과를 지켜본 뒤 퇴원시켜준대요. 한동안은 생활이 불편하겠지만요. 많이 쉬어야 하고, 운동도, 운전도 할 수 없을 테니까. 박사는 옆에서 간병해줄 사람이 있는지 확인하고 싶어 했어요."

"내가 옆에 있을게요. 당신이 원한다면 말이에요."

로건은 내 말에 약간 혼란스러운 것 같았다. "당연히 원하죠. 내가 왜 안 그러겠어요?"

"글쎄요. 당신이 원할까, 잠깐 그런 생각이 들어서요."

"이사벨?"

"그 사람이 여전히 저 밖에 있어요. 정말로 변한 건 아무것도 없고요. 그런데 당신은 다쳤잖아요. 눈도 하나 잃었고." 나는 숨을 쉬어 용기를 내려고 말을 잠시 멈추어야 했다. "이 모든 게 다 나 때문이잖아요. 나만 아니었으면 그 사람이 당신한테 관심을 두는 일은 없었을 텐데. 내가 당신을 위험하게 만들었어요."

"당신이 여기 있는 거 케일럽이 알아요?"

나는 어깨를 으쓱했다. "모르겠어요."

"당신은 여기 어떻게 왔어요?"

그 과정을 설명하려면 그 이야기를 해야 했다. 그 이야기를 어떻게 하지?

나는 오래 망설였다.

로건이 불안한 목소리로 말했다. "이사벨? 말해 봐요."

내 입에서 떨리는 한숨 소리가 흘러나왔다. "이제 아무것도 이해가 안 돼요."

"그게 무슨 말이에요?"

로건의 품에 계속 안겨 있을 수가 없었다. 나는 침대에서 나와 커튼을 조금 더 열었다. 하지만 창밖에는 맞은편 건물의 벽과 창문, 흰 자갈이 깔리고 에어컨 실외기가 돌아가는 네모난 옥상 말고는 볼 것이 아무것도 없었다. 나는 창을 향해 말했다.

"그 사람이 나한테 주사를 놨어요. 그 일이 일어나기 몇 초 전 토머스가 보였는데, 토머스가 당신을 때렸어요. 렌은 어떤 주사약을 주입해 날 기절시켰고요. 그것 때문에 토를 한 것 같아요. 그게 마약이었는지는 모르겠네요. 토머스가 당신을 때리는 걸 보고 총소리를 들었어요. 그 사람이 당신을 쏜 걸 난 알고 있었단 말예요. 그러고 나서…… 깨어나 보니까 내 아파트였어요. 모든 것이 예전이랑 똑같았어요. ……당신을 만나기 전이랑. 그 사람은 다시 나를 엑스라고 부르고 있었고요. 마치 아무 일도 일어나지 않은 것처럼 행동하더군요. 그런데 내가 꿈을 하나 꿨어요. 아니면 기억이었나? 그건 잘 모르겠네요. 그 사람이 내게 말한 것보다 더 많은 사실을…… 알고 있는 것 같은 기분이 들었어요."

"지금까지 내가 여러 번 당신한테 그렇게 말했잖아요, 이즈."

"알아요. 내 말은 당신 말이 옳다는 사실을 내가 깨달았단 뜻이에요. 어쨌든 그 사람이 나한테 해준 이야기들과…… 그 사람이 실제로 알고 있는 사실은 많이 다른 것 같다는 생각이 들었어요. 난 여전히 아무것도 이해되지 않고 더 알게 된 것도 없어요. 그 사람이 내 질문에 대답하지 않으려고, 내게 진실을 말하지 않으려고 했으니까요. 내게 진실을 말해달라고 부탁하고 또 부탁했지만 그 사람은 그러지 않았어요. 그럴 마음이 없었거든요. 그냥 나를 무시하고 무의미한 대답을 하거나 그냥…… 내 주의를 산만하게 만들었을 뿐. 그런데도 나는…… 알고 싶어요, 로건. 내가 누군지 알고 싶어요. 나한테 무슨 일이 일어났는지 알고 싶어요."

차마 그 말은 내 입으로 할 수가 없었다. **케일럽이랑 또 잤다고, 케일럽이랑 또 그 짓을 하고 말았다고.**

그때의 내 기분을 말로 표현할 수 없는 것 역시 분명했다. 이번에는 얼마나 다른 느낌이었는지.

나는 몸을 돌렸다. 로건의 얼굴은 나를 향해 있었지만 그는 나를 바라보고 있지 않았다. 그의 시선은 아래쪽, 그의 무릎을 덮고 있는 침대보를 향해 있었다. "이사벨, 나는……."

"지금 무슨 말이든 해야 하는 사람은 나예요, 로건."

"내가 당신한테 거짓말을 했어요." 로건은 내 뒤쪽을 바라보며 말했다.

"나는…… 뭐라고요? 당신이 거짓말을 했다고요? 어떤 거짓말이요?"

"케일럽…… 제이콥 카슈파레크에 대해서요. 그 이름에 대해서 아무것도 알아내지 못했다고 그랬잖아요. 거짓말이었어요. 그 이야기가 당신한테는 너무 큰 충격일까 봐…… 그저 걱정이 돼서 그런 거지만. 나중에 자세히 알려줄 생각이었어요. 그 내용을 더 자세히 알아낼 기회가 생기면."

"그럼, 제이콥에 대해서…… 뭔가 알고 있단 말이에요?"

로건은 고개를 끄덕였다. "그래요. 사실 그렇게 많이 알아낸 건 아니지만요." 잠시 말을 멈추고 숨을 들이마셨다가 내쉬었다. "제이콥 카슈파레크는 1976년 토머스와 마르타 카슈파레크 부부 사이에서 태어났어요. 토머스는 굉장히 부유한 체코의 상인 가문 출신이었고, 마르타는 빈에서 성장한 아슈케나지 유대인으로 토머스보다 돈이 더 많은 집안 딸이었어요. 그 말은 당시 체코슬로바키아의 도시였던 프라하에서 태어난 제이콥이 엄청난 부자였다는 뜻이겠죠. 그런데 어머니가 갑자기 세상을 떠났고 얼마 지나지 않아 아버지마저 자살했어요. 자세한 기록은 별로 남아 있지 않지만, 그의 어머니는 유대인이 아닌 토머스와 결혼하는 바람에 가문으로부터 의절을 당한 것 같아요. 그래서 빈에 거주 중이던 제이콥의 외가는 부모를 여읜 그 소년과 관련된 일은 아무것도 하지 않겠다고 양육을 거절했나 봐요. 토머스에게는 미국 뉴욕에 살고 있는 먼 사촌 말고는 친척이 전혀 없었어요. 토머스가 권총 자살을 한 뒤에 제이콥은 이곳으로 보내졌어요. 그 사촌과 함께 살아야 해서. 하지만 내가 알아낸 바에 따르면 그 관계는 오래가지 못했어요. 사촌이 갑자기 엄청난 돈을 수령했고 그 무렵 제이콥은 종적을 감추었어요. 내 가설은 이래요. 제이콥의 부모가 보유하고 있던 부동산을 처분한 돈을 사촌이 받은 직후에 애를 길거리에 내다 버린거죠." 로건이 나를 쳐다봤지만 나는 표정을 바꾸지 않았다. 새로운 내용, 추가된 내용은 없었다. 당신이 내게 들려준 이야기와 똑같았다. 나는 몸을 돌려 창밖을 바라보면서 이야기를 들었다. "그 부분에서 나의 아마추어 탐정 실력을 진짜 제대로 발휘해야 했어요. 1990년대부터 뉴욕 자치구 몇 곳을 장악하고 있던 매춘 알선업체가 있었는데, 에이미 르웰린이란 여자가 그 업체를 운영하고 있었죠. 들리는 말에 따르면 그 여자는 외모가 끝내주게 예뻤대요. 그 업체 자체는 철저한 비밀이 아니었는데도 그 여자에 대해 정확하게 알아낸 사람은 아무도 없었다더군요. 에이미는 원칙적으로 성적 취향이 다소 불법적인 경향이 있는 굉장히 부유한 인사들, 상류층 사업가들한테만 그 상대를 공급했어요. 그 여자는 에스코트 서비스를 제공하지 않았고, 사창가를 직접 운영한 것도 아니에요. 길거리 창녀들을 고용한 것도 아니고요. 내가 지금 당신한테 들려주고 있는 내용은 모두 은퇴한 형사한테 알아낸 것들이에요. 그 형사가 1990년대에 그 여자 뒷조사를 했거든요. 그 여자는 별명인 미스 에이미로 잘 알려진 마담이었는데도, 그 형사는 그 여자를 잡아 넣거나 옭아맬 수 있는 결정적인 증거를 하나도 찾지 못했대요. 내 생각에 제이콥은 어떤 경위를 통해 그 여자의 업체에서 일하게 된 것 같아요. 예전에 미스 에이미의 콜걸로 일했던 여자 몇 명을 만나봤는데, 그 여자들은 에이미 밑에서 일하는 젊은 남자에 대한 이야기를 들은 적이 있다고 했어요. 하지만 제이콥은 에이미 업체에서 중심인물은 아니었어요. 말하자면 비밀리에 운영되던 부업쯤이었다고 봐야겠죠. 내가 들은 바로는 그래요. 내가 만나본 사람들 중에 실제로 그치를 만나본 사람은 아무도 없었어요. 누가 그치의 고객으로 승인되었는지, 한 명도 알아내지 못했고요. 그 부분은 대체로 베일에 가려 있었어요. 그러니까 이 내용들은 기본적으로 모두 내 짐작일 뿐이긴 하지만, 앞뒤를 맞춰보면 대충 그래요.

그러던 1998년, 미스 에이미는 제정신이 아닌 운전사가 모는 택시에 치여서 사망했어요. 매춘 알선업체의 운영도 끝났어야 말이 되는 거죠. 그리고 그 업체에서 일하던 콜걸들에 대해 말하자면 정말로 서비스가 끝났어요. 그 여자가 죽은 뒤 콜걸들은 모두 뿔뿔이 흩어졌거든요. 그 여자들 중 일부는 합법적인 일자리를 구할 수 있었지만, 일부는 또 다른 포주의 손아귀에 걸려들었죠. 그런데 그 무렵 성매매 금지 법안이 발효되면서 어떤 새로운 업체에 대한 단속이 시작됐어요. 그 업체 소속의 가출 소녀나 노숙자 출신의 젊은 여자들이 줄줄이 엮여 들어갔지만, 그 여자들의 포주는 그때도 잡기가 힘들었대요. 그 사람을 찾아내는 것 자체가 거의 불가능해서 말예요. 여자들은 그 포주에 대해서 입을 열려고 하지 않았어요. 전형적인 에스코트걸이나 콜걸과 다른 방식으로, 일반적인 창녀들과는 완전히 다른 방식으로 일을 하고 있었기 때문이에요. 좀 더 조심스러웠다고 해야 할까, 매춘 행위에 이런 단어를 써도 되는 건지 모르겠지만 우아한 방식으로요. 그 여자들은 수당제로 일했대요. 일정 수준의 기본급이 보장되고 거기에 수당과 성과급이 붙는 거예요. 단골 수당, 시간외근무수당, 뭐 그런 식으로요. 그런 근무 조건 덕분에 그 여자들은 돈을 모을 수 있었고, 그것은 최고급 에스코트걸이 아닌 평범한 매춘부들은 전혀 할 수 없는 일이었어요. 최고급 에스코트 사업도 대개는 한시적인 사업일 뿐인데 말이죠. 그 업체 소속의 여자들한테는 특이한 점이 또 있었어요. 언제나 철저하게 청결한 상태로 관리되었대요. 마약 중독도 전혀 없고, 성병 감염도 전혀 없고."

로건은 말을 멈추고 눈 옆 붕대 위를 조심스럽게 긁다가 몸을 움츠렸다.

"그 부분이 이상한 거예요. 법적으로 말하자면 제이콥 카슈파레크가 갑자기 짠하고 재등장한 셈이니까요. 그러니까 그때까지는 그의 존재를 증명해주는 증거가 있었단 뜻이에요. 갑자기 돈이 어디서 났는지 그 돈을 마구 쓰고 있었어요. 레스토랑을 하나 인수했고, 몇 달 뒤에는 선적 업체도 사들였어요. 1년 뒤에는 무역업을 시작했고요. 이어서 거대한 회계 기업, 호텔, 그런 식으로 기업을 하나씩 턱턱 사들였어요. 거래 액수가 어마어마하더군요. 내가 추적한, 예전에 제이콥 밑에서 일했던 매춘부들이 한 명씩 차례로 합법적인 일을 하기 시작한 것도 그 무렵이에요. 그 여자들은 좋은 아파트에서 살면서 자신의 원래 직종과 무관한 일을 하면서 살고 있었어요. 그 여자들은 내가 쫓고 있는 그 남자가 중요한 역할을 맡고 있던 일에 대해 수많은 이야기를 털어놓았지만, 구체적인 내용은 아무것도 없더군요. 그 남자의 성이 무엇인지, 그 남자가 어디에 살고 있는지. 그 여자들은 그 남자에 대해서 아무것도 몰랐던 거예요. 제이콥, 그 남자에 대해 여자들이 알고 있는 것은 그게 다였어요. 키가 크고 어둡고 잘생겼다는 것, 아마도 유럽 어딘가에서 온 것 같다는 것.

그런데 거기쯤에서 제이콥이 돌연 사라졌어요. 아무런 이유도, 설명도 없이. 엄청난 이윤을 낳고 있던 업체와 부동산을 모조리 처분하고 그냥…… 뿅 하고 사라진 거예요. 완전히. 그 뒤로는 아무도 그 이름을 듣지 못했고, 그 이름을 입에 올리지도 않았어요."

다시 이야기가 중단됐다. 이번에는 이야기의 효과를 높이려는 의도인 모양이었다. 나는 몸을 돌려 로건을 쳐다봤다.

로건도 나를 쳐다봤다. "케일럽 인디고라는 남자의 소문이 뉴욕 기업가에 퍼져나가기 시작한 것은 그로부터 얼마 지나지 않아서였어요. 여기서 부동산, 저기서 기업을 사들였으니까요."

나는 숨을 내쉬었다. "나랑 관련된 내용은 아무것도 없는 것 같네요."

로건은 한쪽으로 고개를 갸웃했다. "그래서 제이콥한테로 다시 돌아가야 했죠. 그 매춘부들, 별동대 같은 그 여자들이 한 이야기들은 모두 다 굉장히 비슷했어요. 자신들은 납치되어 매춘 일을 하게 된 것이 아니라, 우연히 그 일을 하게 된 것이란 이야기였거든요. 이를테면 이런 식이었대요. '저는 배가 고파요. 구강 섹스를 해 드릴 테니까 10달러만 주시겠어요?' 그 여자들은 모두 노숙자, 가출 소녀, 고아, 마약 중독자였어요. 돌봐 주는 사람도 없고 갈 데도 없는 어린 소녀들이었죠. 그 여자들은 모두 이구동성으로 제이콥이 자신들을 얼마나 잘 돌보아 줬는지 떠들었어요. 자기들을 데려가 음식을 주고 옷을 주고 약을 끊게 해줬다고요. 매춘부 수가 점점 늘어났고, 소녀들한테는 선택의 기회가 언제나 있었대요. 성적 범죄가 이루어지는 방에 갇혀 지낸 것이 아니래요. 그저 '제이콥의 친구들'을 소개받았을 뿐인거죠. 돈도 없고, 갈 곳도 없고, 거리의 뒷골목만은 어떻게든 피하고 싶은 여자들이었으니까요. 굶주림은 늘 강력한 동기가 되잖아요. 그걸 이용해 먹는 건…… 천박하고 음침하고 역겨운 짓이고요. 하지만 그 효과는 믿기 힘들 만큼 놀랍더군요. 그 여자들은 기본적으로 그 일을 직접 선택한 거였어요. 거리에서 굶주리는 창녀한테 선택의 여지가 얼마나 있겠냐만, …… 선택은 선택이잖아요." 로건은 다시 한번 나를 쳐다봤다. "어디서 이미 들어본 얘기 같죠?"

"당신 생각은 어떤데요?"

"흠, 첫째, 제이콥이 케일럽 인디고가 된 것이 분명해요." 로건은 다시 숨을 쉬느라 말을 잠시 멈추었다. "제이콥은 외로움과 절망에 빠져 있는 어린 여자들을 먹잇감으로 삼았어요. 그중 일부는 케일럽을 만났을 때 겨우 열여섯, 열일곱 살이었어요. 그자는 개별적으로 여자들을 건드리지 않았고, 그 여자들은 항상 깨끗하게 관리되었죠. 자동차 사고가 났을 때 당신은 어땠죠? 기억이 없는 열여섯 살의 아름다운 고아였죠. 과거도 없고 미래도 없는. 깨끗한 도화지나 마찬가지였어요. 그래서 자신이 조각할 수 있는 한 덩이 흙으로 자신이 원하는 존재를 만들어낸 거예요. 애완동물로, 하나의 프로젝트로."

나는 고개를 저었다. "그만 해요. 지금 무슨 말을 하는 거예요, 로건?"

"당신 부모님을 죽이고 당신도 죽일 뻔한, 당신의 기억을 앗아간 그 교통사고 이야기를 하고 있는 거예요. 기록들을 다 다시 살펴봤어요. 내가 손에 넣을 수 있는 다른 유사한 사고 기록들과 일일이 비교하면서. 그 기록들은…… 최대한 모호하게 작성되어 있더군요. 당신 부모님에 대한 기본적인 정보는 부모님이 빌린 자동차의 등록번호뿐이었으니까요. 다른 운전자도, 목격자도, 다른 등록증도, 고속도로 통행 티켓도, 아무것도 없었어요. 그저 충돌 사고라고만 적혀 있을 뿐, 그 외에는 아무런 정보가 없었죠. 무엇에 충돌했을까? 다른 차에? 아니면 건물에? 그 기록에는 그런 내용조차 적혀 있지 않았어요. 애매하기 짝이 없죠. 쓸모없는 내용만 가득했다니까요."

"진정해요, 로건."

"그게 만약 사고가 아니었다면요? 당신을 원해서, 어린 여자들과 즐기는 취향이 있어서, 그자가 당신을 그런 상황에 빠트린 것이라면요?"

"로건……."

"정확하게 일치해요. 모든 여자들이 완벽하게 혼자였고 열여섯에서 열여덟 살 사이였어요. 어리고 아름답고 절망에 빠져 있었고요. 부모는 물론 정체성도 없는 어린 소녀보다 더 절망적인 사람이 세상에 어디 있겠어요?"

"그 사람이 그렇게까지 사고를 가장할 필요가 있었을까요?"

"그 사고는 가장이 아니에요, 이사벨. 실제로 일어난 일이지. 당신 부모님이 사망했잖아요."

"일단 그렇다고 치고요, 그럼 내가 죽지 않을지 그 사람은 어떻게 확신할 수 있었을까요? 기억 상실…… 그것도 이해가 안 돼요, 로건. 날 일부러 기억 상실에 빠뜨리려고 그런 식으로 자동차 사고를 조작하는 건 불가능해요. 말도 안 돼요, 로건. 불가능한 일이라고요."

"그렇긴 하죠. 하지만…… 그 사건엔 뭔가가 있어요, 이즈. 그자가 당신에게 말하지 않는, 혹은 거짓말하고 있는 어떤 것이요."

헛소리. 불가능한 이야기였다.

그런데…… 그 순간 어떤 기억 하나가 섬광처럼 떠올랐다. …… 기억을 잃기 전 내가 이미 제이콥을 알고 있었다는 것을 보여주는 듯한. 당신은 내가 수술 뒤에 갑자기 기억을 잃게 되었다고 말했었다.

당신이 내게 들려준 거짓말과 당신의 입에서 우연히 흘러나온 진실 사이에는 어긋난 부분이 있었다. 2006년? 2009년? 열여섯 살? 열여덟 살? 자동차 사고? 노상강도?

이사벨…….

당신은 사정하면서 내 귀에 대고 그렇게 속삭였었다.

당신의 이마를 내 이마에 맞대고.

당신은 너무 연약하고 너무 가녀렸어. 너무 어리기도 했고. 나는 생각했어. 고작해야 열여섯 살이겠구나. 열여섯이나 열일곱 살쯤 되었겠구나. 아직 소녀구나. 그런데도 이렇게 아름답구나. 길을 잃은 채 겁에 질려 죽어 가고 있는 소녀. 응급실에 도착해 내가 당신을 간이침대에 내려놓자, 당신은 그 커다랗고 까만 눈으로 나를 올려다봤어. 그래서 나는…… 병원 밖으로 걸어 나갈 수가 없었어.

이사벨? 로건의 목소리였다. 아득하고 따뜻한, 염려와 사랑이 담긴.

저 멀리에서 아련하게 들리는 목소리였다.

나는 어지러웠다.

두개골 안에서 뭔가가 불꽃을 일으켰다. 가슴 깊은 곳에서도. 그것은 어떤 풍경, 어떤 생각이었다.

망가지기 전 내 삶이었다.

나는 혼자 있다. 학교에 가 있어야 할 시간이지만 가지 않는다. 따뜻한 햇살이 쏟아지는 아름다운 날이다. 나는 가장 아끼는 드레스를 입는다. 머리도 말아 올리고 엄마의 화장품으로 몰래 화장도 하고 귀걸이도 낀다. 아름다워 보이는 것 같아 신이 나지만 조금 무섭기도 하다. 전철역 계단을 내려가 전철을 탄다. 몇 정거장 안 가서 내린다. 계단을 올라가 건널목을 건넌다. 거기에 카페가, '우리'의 카페가 있다. 그 남자는 매일 아침 이곳에 온다. 지금 그 남자가 여기 있다는 사실을 나는 알고 있다.

신이 나서 서두른다.

저기 그 남자가 보인다. 세상에, 얼마나 잘생겼는지, 키는 얼마나 크고 어깨는 또 얼마나 넓은지. 그 사람은 테이블에 앉아서 에스프레소를 홀짝이고 있다. 편안하면서도 강렬한 인상으로 주위를 장악한다. 남자가 고개를 들고…… 나를 본다! 심장이 벌렁벌렁한다. 나는 달아오른 얼굴로 비틀거리며 걸음을 옮긴다. 내가 다가가자 남자가 일어선다. 나는 산들바람처럼 카페 여주인 옆을 지나 문을 통해 테라스로 나간다. 그의 두 팔에 안긴다.

그는 내 양어깨를 잡고 내 정수리에 자신의 턱을 얹는다. 한순간, 영광스러운 한순간, 몸을 밀착시키고 그의 품에 안겨 있을 수 있는 한순간이 내게 허락된 것이다. 하지만 그 시간은 순식간에 끝나고 그는 뒤로 물러선다.

"케일럽!" 나는 내뱉듯이 그의 이름을 부른다.

"와, 오늘 멋지네! 어떻게 지내?" 아, 그의 영어는 너무나 유창하다. 샘난다. 그 억양에서는 외국어 악센트가 거의 들리지 않는다.

"난 잘 지내요, 케일럽. 당신은 어떻게 지내요?" 윽, 스페인어가 들린다. 영어가 아니다.

"지금 학교에 있어야 할 시간일 텐데. 그렇지 않아?" 그는 나를 놀리듯 웃으며 말한다.

"당신을 만나야 하니까요." 나는 또 스페인어로 말한다. 어쩔 수가 없다. 의식적으로 생각을 하면서 말을 하지 않으면 내 입에서는 늘 스페인어가 흘러나온다.

"영어로 말해, 이사벨."

나는 곰곰이 생각한다. 그 표현이 맞는지 머릿속으로 확인을 하며 말한다. "난 아주 잘 지내요, 케일럽. 당신은 어떻게 지내요?"

"그건 의문문이 아니야, 이사벨." 그는 또 나를 놀리듯 웃는다. 우리는 자리에 앉는다.

"이 악당. 그만 놀려요." 난 일부러 더 스페인어로 말한다.

"이사벨, 영어로 말하라니까." 이번에는 진지한 꾸짖음이다.

나는 다시 한숨을 내쉰다. "당신이 너무 보고 싶었어요. 학교는 지루해요. 학교는 어린이들을 위한 곳이에요. 난 어린이들이 아니고요."

"어린이가 아닌 거겠지." 그가 내 말을 정정한다.

"네, 그거요. 뭐가 됐든."

"미국인처럼 말하고 싶으면 영어를 바로 배워야 돼." 그는 손짓으로 웨이트리스를 불러 에스프레소를 더 달라고 한다.

"알아요. 하지만 어렵단 말예요." 내 목소리는 뾰로통하게, 어린애 목소리처럼 들린다. 나 자신 때문에 짜증이 난다. "오늘은 우리 뭐 할까요, 케일럽?"

그는 내가 아닌 커피잔 가장자리를 바라보면서 에스프레소를 홀짝인다. "넌 학교에 갈 거야. 난 일을 할 거고."

"케일럽, 제발요. 당신을 보려고 내가 먼 길을 왔잖아요. 나랑 함께 지내요." 이번에는 스페인어로 말한다.

그는 내 말을 지적하는 대신 완벽한 영어로 대답한다. "그 얘기는 이미 끝났을 텐데, 이사벨. 그럴 순 없어. 넌 여기 오지 말았어야 해. 우리는 그냥 친구 이상은 될 수 없으니까."

"도대체 왜요?" 또다시 어린애 같은 목소리가 튀어나온다.

"넌 열여섯 살밖에 안 됐잖아. 너무 어리다니까."

그 말에 화가 치밀어 오른다. 나는 영어로 단어 하나하나에 힘을 주어 말한다. "난 어린애가 아니에요! 내가 뭘 원하는지는 내가 알아요."

"지금보다 더 잘 알게 될 때까진 안 돼." 하지만 그의 눈, 그 두 눈은 그의 말과 다르다.

그의 눈은 나를 원한다. 두 눈에 담긴 욕망이 어떤 것인지 나는 안다. 학교에 다니는 남자애들, 한 번만 만나 달라고 징징대는 애새끼들도 저런 눈으로 나를 보기 때문이다. 그런데 그 녀석들은 정작 만나주면 나랑 무엇을 해야 하는지도 모를 것이다. 그러나 케일럽은 알고 있다.

"이사벨, 난 아무 데도 안 갈 거야." 그는 상체를 숙여 내 두 손을 잡고 나를 향해 아름답게 웃는다. "네가 학교를 졸업하고 열여덟 살이 되면, 그때는 이 문제에 대해 다시 이야기할 수 있겠지. 하지만 그때까진 안 돼."

"당신이 미워요." 나는 두 손을 뿌리치며 일어선다.

"이사벨 제발……."

"애처럼 굴지 말라고요? 난 그럴 수 없네요. 왜냐면 난 애거든요." 나는 찬바람을 일으키며 쿵쿵 발을 굴러 밖으로 나온다.

딱지 맞은 기분, 바보가 된 기분이다. 그를 위해 화장도 하고 귀걸이도 꼈는데. 그를 위해 가장 아끼는 파란 드레스도 입었는데. 집에서 나오기 전 거울을 봤기 때문에 나는 내가 열여섯 살보다는 나이가 더 들어 보인다는 사실을 알고 있다. 적어도 열여덟 살은 되어 보이는데. 머리를 잘 말아 올리고 화장을 조금만 하면 모두 나를 내 나이보다 더 많게 본다. 그러나 케일럽은 그러지 않는다.

나는 참지 못하고 흘끔 케일럽을 돌아본다. 그는 이제 신문을 읽고 있다. 에스프레소를 홀짝이면서. 그가 박살 낸 것이 내 심장만은 아닌 듯 그는 이 세상에 전혀 관심이 없다.

나는 그가 나를 봐주기를 기다리지만, 그는 나를 쳐다보지 않는다.

나는 걸어서 집으로 돌아온다. 눈물이 앞을 가린다. 화장을 지우고 청바지로 갈아입고 머리를 뒤로 질끈 묶는다. 전철을 타고 학교에 가서 아무 일도 잘못되지 않은 척한다. 심장이 쪼개진 것이 아니라 그저 늦잠을 자서 학교에 늦은 척한다.

내 몸이 쓰러지는 것이 느껴졌다. 바닥에 쓰러졌는데도 아무런 통증을 느낄 수가 없었다.

내 안에는 오직 기억뿐이었다. 수정처럼 또렷한 기억뿐이었다. 그때 내가 느꼈던 감정들, 내 생각들, 나를 바라보던 그의 눈길, 가면을 쓰지 않은, 그대로 드러나 있던 그의 표정.

그 드레스, 파란 드레스.

나는 그를 위해서 그 파란 드레스를 입었던 것이다.

케일럽을 위해서.

04

삐—삐—삐—삐……

아주 잠깐 시간이 왜곡되었다. 시간이 혼자서 반대로 접혔다.

잠깐 동안 나는 병원 침대에 누워 있는 이름 없는 어린 여자였다. 나 자신에 대한 기억도 없고 과거도 없고 아무것도 없는. 나는 아무것도 아닌 존재였다. 아무도 아니었다.

그런데 그 순간 두 눈을 뜨자 온갖 기억이 내 몸을 관통해 흘렀다. 케일럽…… 제이콥, 로건.

기억. 그것은 사고 이전 내 삶에 대한 또렷하고 완전한 최초의 기억이었다.

당신은 나를 알고 있었어, 케일럽. 내내 나를 알고 있었어. 그런데도 내가 스스로를 이름 없는 여자라고 믿게 만들었어. 다 알면서. 당신은 날 알고 있었잖아?

나는 내가 여전히 정신을 잃은 상태인 모양이라고 생각했다. 또다시 정신이 깨는 것이 느껴졌기 때문이다.

그리고 이번에는 혼자가 아니었다.

"드 라 베가 양, 기분이 어때요?" 칼라와트 박사의 목소리였다.

나는 고개를 돌려, 침대 옆에 서서 차트를 읽고 있는 박사를 쳐다봤다. "어떻게 된 거예요?"

"기절했어요, 드 라 베가 양. 그 바람에 낙상 사고를 당했고요. 머리를 심하게 부딪친 건 아닐까 염려했는데 걱정할 정도는 아니네요. 뇌진탕도 아니고요."

병원 잡역부가 카트를 덜컹거리며 지나갔다. 칼라와트 박사는 한 손을 내 머리와 뺨에 대고 맥을 짚었다. 내 두 눈의 초점과 동공 확장 상태도 확인했다. 내 왼팔 팔꿈치 근처에 붙어 있는 동그란 반창고가 보였다.

"이건 뭐죠?" 나는 반창고를 가리키며 물었다.

칼라와트 박사는 그쪽을 흘끔 쳐다봤다. "아, 혈액 검사를 했거든요."

나는 눈썹을 찌푸렸다. "왜요?"

칼라와트 박사는 차트를 내려놓고 다리를 꼬며 말했다. "우리가 대화를 나누고 난 뒤 얼마 지나지 않아서 당신이 구토를 했다고 라이더 씨가 그러더군요."

"네. 박사님이랑 헤어진 뒤에 속이 메스꺼웠어요. 갑자기 그러더니 금방 괜찮아졌죠. 왜 그런 거죠?"

"제가 좀 개인적인 질문을 해도 될까요, 드 라 베가 양?"

그저 예의상 묻는 말인 듯 칼라와트 박사는 내게 대답할 틈을 주지 않고 바로 질문했다. "생리를 마지막으로 한 게 언제죠? 말해주실 수 있나요?"

나는 또 눈썹을 찌푸렸다. "으음, 최근에 제 생활이 혼란 그 자체라서……." 그때 불현듯 싸늘하고 날카로운 뭔가가 내 온몸을 관통했다. "칼라와트 박사님, ……그런데 왜 그런 걸 물으시죠?"

박사는 다정하고 친절한 미소를 띤 채 말했다. "혹시 임신이 아닐까 생각했거든요. 검사 결과는 아니라고 나왔지만, 분명히 확인하는 편이 좋을 것 같아서요."

"그럼 임신은 아닌 거죠?"

칼라와트 박사는 고개를 갸웃했다. "글쎄요. 사실을 확인하기에 그저 검사가 너무 일렀을 가능성도 배제할 순 없어요. 최근에 생리를 했거나 아직 주기가 돌아온 것이 아니라면 며칠 뒤에 다시 검사를 해보라고 권해드리고 싶네요. 집이나 직장에서요." 박사는 분명하고 재빠른 손놀림으로 모니터 선을 빼면서 말했다. "이제 가

셔도 좋습니다. 제가 확인한 결과로는 완벽하게 건강하시니까요."

나는 침대에서 내려섰다. "감사합니다, 박사님."

박사는 나를 보고 다시 미소 지었다. "제 일인걸요."

부드러운 찰칵 소리와 함께 문이 닫혔고 나는 다시 혼자가 되었다.

임신이라고? 제발, 안 돼. 아무렴, 말도 안 되지.

그렇지만…… 마지막 생리가…… 기억해내기가 힘들었다. 로건이 내게 내 이름을 알려주기 전, 지난달 중순경이었나? 열두 살에 초경을 시작한 뒤로 내내 그랬으니까.

그런데 오늘이…… 오늘이 며칠이지? 날짜가 어떻게 되더라? 기억이 나질 않았다. 날짜가 지난 건가?

나는 비틀거리며 병실을 떠나 가장 가까운 간호사 근무실로 갔다. "실례합니다. 오늘 날짜가 며칠이죠?"

간호사는 나를 쳐다보지도 않고 대답했다. "목요일. 8월 12일이에요."

그렇다면 날짜가 지난 건 아니구나. 보통 매달 중순, 둘째 주에 시작되니까.

내 바람만큼 완전히 안심이 되지는 않았다. 아직 완벽하게 확실한 것은 아니었다.

나는 로건의 병실을 찾아갔다. 병실로 들어가면서 보니 로건은 다시 핸드폰 화면을 두드리고 있었다. "이사벨! 당신 괜찮아요?"

"괜찮아요. 그냥 머리를 좀 부딪쳤을 뿐이죠. 그게 다예요."

"빌어먹을, 내 얘기 때문에 놀란 모양이네요, 이즈. 기절을……
다 하고."

나는 로건의 침대에 걸터앉았다. "너무 많은 일이 한꺼번에 일
어나서요."

로건은 내 턱을 들어 올렸다. "이사벨, 나한테 아무것도 숨기지
말아요."

나는 한숨을 쉬었다. "뭔가 기억이 났어요. 조금 전에."

로건의 두 눈이 빛났다. "그래요? 어떤 기억인데요?"

"나는 제이콥과 아는 사이였어요. 아니…… 케일럽인가? 아무
튼요. 사고 전에도 나는 그 사람을 알고 있었어요. 내 생각에는, 내
가 그 사람을 좋아했던 것 같아요. 우리가 맨 처음 어떻게 만났는
지는 모르겠지만, 내가 학교를 빼먹고 어딘가에 있는 카페로 그 사
람을 만나러 갔던 기억이 났어요. 나는 그 사람과 사귀고 싶어 했
지만 그 사람은…… 나한테 퇴짜를 놨어요. 내가 겨우 열여섯 살이
라고."

기나긴 침묵이 흘렀다. "젠장."

"그러게요. 그 기억 속에 숨겨져 있는 의미가 나는 두려워요."

"당신이 왜 기절을 했는지 알겠네요." 로건은 두 손으로 깍지를
끼었다. "그렇다면 그자는 당신한테 내내 거짓말을 하고 있었던
거예요."

"그렇죠. 그것도 아주 오랫동안 그런 것 같아요. 그 사람은……
내, 내가 자기를 믿게 만들어놓고……." 말을 끝맺을 수가 없어서

나는 고개를 저었다. "못하겠어요. 도저히 지금은 그 문제를 생각 못하겠네요. 공황장애 증상이 도질 것 같아요."

로건은 내 몸을 자신의 가슴 쪽으로 끌어당겼다. 로건의 심장박동 소리가 나를 안심시키듯 내 귀밑에서 쿵쿵 울렸다. "생각하지 말아요. 차차 이야기하면 되니까. 곧 퇴원해도 된다고 칼라와트 박사가 그랬어요. 그러니까 여유를 좀 갖자고요. 알았죠? 별일 없을 테니까. 당신도 괜찮고 나도 괜찮을 거예요. 모든 일이 다 잘될 거예요."

하지만 어떻게?

당신은 아직도 저 바깥세상에 있다. 지금껏 나를 놓아주지 않고. 당신이 나를 놓아줄 수 있을 것 같지 않았다. 그리고 당신에게 진실을 듣기 전까지는 나도 당신을 놓을 수 있을지 알 수가 없었다. 진실을 모르는 채 당신을 떠날 수 있다면 모를까.

당신이 내게 진실을 말해줄 날이 올까? 당신이 그럴 수 있을까? 당신이 진실을 입에 담을 수 있을까?

내가 당신의 이름을 말했을 때, '제이콥' 대신 '케일럽'이라고 당신을 불렀을 때, 나를 바라보던 당신의 시선이 떠올랐다. 내가 '케일럽'이 아니라 '제이콥'을 불렀다면 무슨 일이 일어났을까? 당신은 무슨 말을 했을까? 그 상태로 계속 있었을까? 나를 안은 채? 내게 키스를 하고, 다시 나와 사랑을 나누었을까?

그랬다면 내가 그 행위를 원했을까? 그랬다면…… 상황이 어떻게든 변했을까? 알 수 없었다. 정말로 알 수 없는 노릇이었다.

다시 구토 증세가 느껴졌다. 지금까지 일어난 일을 로건에게 털어놓아야 한다는 사실을 알고 있었기 때문이다. 적어도, 그 일의 일부라도.

하지만 아직은 때가 아니었다.

로건이 건강을 회복하기 전까지는.

내가 운전을 할 줄 몰라서 수술 뒤 닷새가 흐른 날 로건이 콜택시를 불렀다. 간호사 한 명이 로건이 앉은 휠체어를 밀고 나는 그 옆으로 걸으며 병원 밖으로 나갔다. 로건의 손을 잡고 휠체어에서 일으켰다. 상체를 그의 몸쪽으로 숙이고 그의 한 팔 밑에 팔을 낀 다음 그의 가슴을 내 뺨 쪽으로 당겼다. 함께 몇 걸음 걸어 검은색 승용차로 다가갔다. 로건은 균형을 잡으려고 한 손을 차 지붕 쪽으로 뻗었지만, 손이 미끄러졌다.

"거리 감각이 완전히 엉망이 됐네요." 로건은 목소리를 낮추어 툴툴댔다. "시간이 좀 지나야 적응이 되겠어요." 내가 그의 손을 잡아서 차 지붕 위에 놓아 주었지만, 로건은 내 손을 뿌리쳤다. "젠장, 도움은 필요 없어요."

나는 로건의 신경질에 깜짝 놀라서 손을 거두며 한 걸음 물러섰다. "미안해요, 로건. 난 그저……."

로건은 자동차 문 쪽으로 몸을 숙였다. 두 손으로 머리를 쓸어 넘기면서 끙 소리를 냈다. "아뇨, 이사벨. 내가 미안해요. 나도 모르게 그만……." 머리를 털고 어깨를 으쓱했다. "아직 감당이 안 돼서 그래요."

"알아요. 난 괜찮아요."

로건은 고개를 저었다. "괜찮지 않아요. 당신한테 짜증을 내다니 옳지 못한 일이에요. 그저 내가 도움을 받는 일에 익숙하지 않은 거니까 그러려니 해줘요."

"난 당신 곁에서 계속 당신을 도울 거예요. 당신이 필요한 건 그게 뭐든." 나는 로건을 향해 미소 지으며 몸을 기대고는 두 팔을 그의 몸에 둘렀다.

로건은 내 등을 두드리며 내 입술에 짧게 입을 맞추고는 조심스럽게 천천히 몸을 움직여 차에 탔다. 그는 내가 옆에 탈 수 있게 들어가 앉았다. 상처를 입어 약해진 로건의 모습을, 두 발로 서 있는 것조차 불안한 로건의 모습을 바라보고 있기가 힘들었다. 로건은 뭔가를 향해 손을 뻗었다가 계속 그것을 놓쳤다. 지금껏 로건이 언제나 아무런 어려움 없이 해내던 일들이었는데 말이다. 이제 로건에게는 내가 필요했다. 그가 나를 위해 존재하는 사람인만큼 나 역시 그를 위해 그의 옆에 있을 생각이었다.

그의 적갈색 벽돌집을 향해 가는 길은 길고도 고요했다. 차 안에 적막이 감돌았다. 로건은 내 손을 잡은 채 창밖을 바라보고 있었다.

운전사가 모퉁이를 돌아 로건의 집 앞길로 들어서자 로건이 나를 쳐다봤다. 그의 얼굴에 부드러운 미소가 떠올라 있었다. "난 당신을 탓하지 않아요. 당신이 그 사실을 알아줬으면 좋겠어요."

"흠, 나도 알아요. 누굴 탓할 수 있겠어요, 로건. 케일럽 말고는."

"그러지 말아요."

"하지만 로건, 나만 아니었으면……."

"그만 해요." 그것은 조용하지만 단호한 명령이었다. "케일럽인지 제이콥인지, 빌어먹을 이름이 대체 뭔지는 몰라도 아무튼 그 작자가 어떻게 나올지 난 이미 알고 있었어요. 그자가 위험한 행동을 하리라는 걸 알고 있었단 말예요. 당신이 그자랑 얽혀 있다는 사실도, 당신과 가까이 있으면 내가 위험해지리란 사실도 다 알고 있었다고요. 난 알면서도 위험에 빠진 거예요. 그러니까 이건 전적으로 내 책임이에요. 나는 용서를 잘하는 사람도, 내가 당한 일을 잘 잊는 사람도 아니라서, 그 자가 자기 소유라고 생각하는 것을 그렇게 쉽게 놓지 않으리라는 사실을 이미 알고 있었어요. 그러니까 이건 내 책임이에요. 알겠어요?"

"당신이 그런 명령을 내린다고 해서 내가 죄책감을 느끼지 않을 거라고는 생각하지 말아요. 내가 당신 명령에 그냥…… 순종할 거라고도 생각하지 말고요, 로건. 그런 방법은 안 통해요." 나는 고개를 저었다. "그리고, 이 일은 당신이 아니라 사실 내 탓이에요. 케일럽 탓이기도 하고요. 그 사람이 날 죽이는 대신 당신을 **쏘았으니까**. 그 사실에는 변명의 여지가 없어요." 케일럽이 한 행동을 다 알면서도 내가 그 인간과 함께 저지른 일을 생각하자 목구멍에서 담즙이 치밀어 오르는 것 같았다.

"그 사실은 나도 알아요. 내 말은 그저, 케일럽을 상대하는 것인 만큼 위험해질 수 있다는 사실을 내가 이미 알고 있었단 뜻이에요. 나 자신을 탓하는 게 아니고요. 알고 있었으면서 몰랐다고 말할 수는 없잖아요."

"그런 구분은 무의미해요, 로건."

로건이 물었다. "아무래도 그렇겠죠? 나는 눈 하나를 잃었어요. 그래서…… 화를 내고 싶어요. 복수도 하고 싶고요, 이사벨. 당장 그 개자식에게 쫓아가 눈깔을 두 개 다 뽑아버리고 싶어요. 그 자식 때문에 감옥에서 5년을 썩은 것은 물론, 이제 눈까지 잃었고, 하마터면 목숨도 잃을 뻔했으니까요."

"그 마음 전적으로 이해해요, 로건." 내가 말을 시작했다.

그러나 로건이 내 말을 잘랐다. "나는 복수 생각만 하면서 감옥에서 5년을 보냈어요. 다시 그 생각을 하면서 병원에 누워 거의 한 주를 또 보냈고요. 어떻게 복수를 해야 내 화가 풀릴까요? 그 자식을 궁지로 몰아 죽이든 다른 짓을 하든, 뭐든 해야겠죠. 그런데 그러면 나는 어떻게 될까요? 난 지금껏 살아오면서 이미 너무 많은 죽음을 봤어요. 그 모든 죽음이 잊히지 않아요. 전투 용병이었던 까닭에 사람을 죽일 수밖에 없었죠. 살인할 때 기분이 얼마나 엿같은지 너무나 잘 알아서, 그 기분을 다시는 느끼고 싶지 않아요. 설사 그게 빌어먹을 케일럽 같은 인간이라 하더라도, 그 작자가 나한테 아무리 심한 짓을 했다고 해도 말예요. 그럼 내가 그 인간을 용서한 걸까요? 아뇨. 그 작자는 다시는 내 눈에 띄지 말아야 할 거예요"

어쩜 저렇게 아슬아슬하게 우리가 지금 이야기하고 있는 주제와 관련해서만 짜증을 내는지 너무나 놀라웠다. 로건의 겉모습 밑에서 수많은 일들이 진행 중인 것처럼 느껴졌다.

운전사는 알려준 주소대로 로건의 집 앞에 정확히 멈추어 서더니 주차장에 차를 대고 내려서 로건 쪽 차 문을 열었다. 고집쟁이 로건은 내가 차에서 뛰어내려 반대쪽 문으로 돌아가기도 전에 이미 차에서 내려 있었다. 내 도움이 필요한 사람이 되고 싶지 않은 모양이었지만, 그에게는 내 도움이 필요했다. 로건은 한참이나 걸려서 열쇠 구멍에 열쇠를 꽂았고, 나는 그냥 내버려두었다. 그 과정을 겪지 않으면 적응할 수 없을 테니까. 하지만 더듬거리는 그의 손을 바라보고 싶지 않은 마음은 어쩔 수가 없었다.

우리는 집 안으로 들어가 불을 켰다. 로건이 경보기를 끄는 동안 나는 곰만큼 큰 초콜릿색 래브라도 코코아를 풀어주려고 로건 옆을 지나쳤다. 그런데 뭔가가 이상했다. 면 조각이 뭉텅뭉텅 떨어져 있었고 복도와 이어진 나무 마룻바닥에도 기다란 회색 직물이 깔려 있었다.

"로건?"

"응, 자기?"

"코코아를 봐주러 누가 여기 왔었나요?"

"베스한테 이메일을 보내서 코코아 좀 돌봐달라고 부탁했어요. 왜요?" 로건은 내 옆으로 다가와 섰다. 공처럼 되어버린 또 다른 면

뭉치 하나가 민들레 씨앗처럼 마룻바닥 위를 굴러다니고 있었다.
"아, 이런. 코코아가 방 밖에서 지낸 모양이네요."

집 안으로 몇 걸음 더 들어가 보았더니 상황이 더 심각했다. 가죽 구두 한 짝이 마구 씹힌 채 침실로 이어진 복도 한편에 놓여 있었다. 몇 걸음 더 들어가자 갈가리 찢기고 씹힌, 개의 침으로 범벅된 후드티가 보였다. 가죽 구두의 다른 한 짝도 비슷하게 망가져 있었다.

"제기랄." 로건은 한숨을 쉬었지만 화가 난 것 같지는 않았다.
"코코아? 이리 오렴, 딸! 아빠 왔다!"

아빠 왔다. 그 말을 들으니 가슴 한구석이 이상할 정도로 저렸다. 나는 그 통증도, 생각과 두려움으로 가득 차서 당장이라도 폭발할 것 같은 마음 깊은 곳으로 쑤셔 넣었다. 이건 현실이 아니야. 이럴 수는 없어. 이래서는 안 돼. 아무렴, 안 되고말고.

나는 로건을 따라 복도로 들어갔다. 복도 바닥에 더 많은 옷이 널려 있었다. 갈가리 찢기고 씹혀서 침 범벅이 된 옷들이. 코코아는 코빼기도 내비치지 않았다. 뭔가를 두들기는 소리는 들렸지만. 탁 탁 탁 탁 탁. 꼬리로 매트리스를 치는 소리인가?

로건은 발로 망가진 옷을 모았다. 셔츠와 바지 여러 벌, 구두와 부츠 한 켤레씩, 가죽 재킷 한 벌, 수건 한 장이었다.

우리는 로건이 외출할 때 코코아를 넣어두는 빈방 문간에 도착했다. 문짝은…… 떨어지고 없었다. 박살이 난 것이었다. 경첩에 문의 일부가 붙어 있긴 했다. 삐죽삐죽 산산이 조각난 합판의 일부

가. 손잡이는 바닥에 떨어져 있었다. 그렇다면 문짝은? 그것은 더 이상 문짝의 형태가 아니었다. 잘게 부서진 나뭇조각들이 빈방에 깔린 카펫을 뒤덮고 있었고 파편이 튄 것처럼 화장실, 로건의 침실로 이어지는 복도의 원목 바닥에도 사방에 흩어져 있었다. 문에 설치된 폭탄이 폭발한 것 같은 풍경이었다.

심장이 목구멍으로 튀어나오는 것 같았다. 나는 로건을 따라 침실로 들어가 그의 어깨너머로 방안을 들여다봤다.

침실은 그야말로 아수라장이었다. 벽걸이 TV가 떨어져 박살이 나 있었다. 수면등 역시 마찬가지였다. 침대 머리판과 틀도 잘근잘근 씹혀 있었다. 발자국이 마구 찍히고 침으로 범벅된 담요와 시트는 매트리스 한편에 뭉쳐져 있었다. 그 침대 중앙에, 시트와 담요 더미 위에 앉아 있는 것은? 코코아였다.

꼬리가 규칙적으로 매트리스를 때렸다. 앞발 위에 턱을 내려놓은 코코아의 두 귀는 축 처져 있었다. 코코아는 두 눈을 크게 떴다. 아무런 잘못도 저지르지 않은 척 송곳니를 완벽하게 그림처럼 드러낸 채.

"요 망나니 코코아!"

로건이 어떤 반응을 보일지 짐작조차 되지 않았다. 분노? 좌절? 그런데 로건은 바닥에 무릎을 꿇더니 손으로 자신의 한쪽 허벅지를 두드렸다.

"코코아, 이리 와." 그의 목소리는 낮고 단호했지만, 화가 나 있거나 위협적이지는 않았다.

코코아는 액체처럼 흐느적거리며 침대 위에서 앞으로 몇 센티미터 전진했을 뿐 침대 아래로 내려오지 않았다.

"코코아, 이리 오라니까, 어서, 딸."

그 말에 코코아는 몸을 일으키더니 침대 밑으로 뛰어내렸다. 그러고는 꼬리를 뒷다리 사이로 숨긴 채 배를 바닥에 붙이고 낮게 포복했다. 로건의 얼굴을 빤히 쳐다보면서. 앞으로 조금씩 전진해 마침내 로건의 발에 코가 닿았다.

"도대체 무슨 짓을 저질러놓은 거지, 코코아?" 로건은 웃음이 터질 것만 같은 목소리로 말했다. 웃음을 꾹 참고 있었지만 별 효과는 없어 보였다.

"코코아가 미안한가 봐요, 로건."

"내가 그리웠던 거예요. 난 이렇게 오랫동안 집을 비운 적이 없거든요. 겁이 났겠죠." 로건은 바닥에 엉덩이를 털썩 내리고 앉더니 개의 몸통을 끌어안아 자신의 무릎 위로 끌어올렸다. 개는 몸을 굴려 바닥에 등을 대고 꼬리로 바닥을 치면서 로건의 턱을 핥았다. 처음에는 머뭇대더니 이내 점점 신이 나서. "알아, 딸. 다 안다고. 나도 네가 그리웠단다. 이제 괜찮다. 아빠가 집에 왔잖니."

나는 눈물을 삼켰다. 로건과 그의 무릎에 앉아 있는 애견, 37킬로그램이나 나가는 거대한 강아지의 재회 모습은 감동적이었다. 행복한 그 모습은 나를 감정적으로 만들었다.

젠장, 그럼 안 돼.

나는 눈을 깜박여 눈물을 말리고 남자와 개 옆에 무릎을 꿇었다. 코코아의 머리, 귀 뒤를 긁어주었다. 코코아는 재빨리 내 손에 축축한 강아지 키스를 하고는 다시 로건에게 몰두했다. 몸을 다시 뒤집어 앞발을 구르다가, 로건의 붕대를 알아본 것 같았다. 목 뒤에서 울려 나오는 낑 소리를 길고 높게 내더니, 로건의 눈을 덮고 있는 붕대 냄새를 킁킁 맡았다. 대답을 구하듯 나를 한 번 쳐다보았다가 다시 로건을 쳐다보았다. 앞발을 로건의 다리 위에 얹은 채 냄새를 맡고, 맡고, 또 맡았다. 그러고는 다시 낑 소리를 냈다.

세상에, 얼마나 사랑스러운 강아지인지. 코코아는 로건을 걱정하는 것이었다. 로건이 다친 것을 알고 앞으로 어떻게 될지 알고 싶어 하는 것이었다.

다시 눈물이 나려고 했다. 이런 제기랄.

"난 괜찮아, 딸. 약속할게." 로건은 두 손으로 코코아의 귀를 활기차게 문질렀다. 코코아는 고개를 빼 머리를 털었고, 그러자 두 귀가 발딱 일어섰다.

나는 괜찮았다. 아무렇지도 않았다. ……그저 조금 감정이 북받쳤을 뿐. 병실의 로건 옆에서 거의 한 주를 보내면서 보호자 의자에서 선잠을 잤을 뿐. 보호자 출입이 제한된 밤 시간에도 나는 병실에 머무는 것이 허용되었다. 나는 갈 곳이 없었다. 아마도 로건이 뇌물을 주었는지 다른 방법을 동원했는지, 날 병실에 머물게 해달라고 병원 사람들을 설득한 모양이었다. 나는 그저 여러 감정을 한꺼번에 느끼고 있을 뿐이었다. 정리되지 않은 일이 아직 많았고, 그런 만큼, 걱정스러운 일도, 여러 감정을 자극하는 일도 많았으니까.

로건은 내게 자신의 핸드폰을 주며 말했다. "베스한테 전화 좀 걸어줄래요? 상황이 어떤지 알려주고, 와서 치우는 걸 도와달라고 해요. 상사 노릇을 할 생각은 없지만 베스가 직원 중에 가장 편한 사람이거든요. 전화 잠금 해제 번호는 7915예요." 로건은 일어서서 허벅지를 두드렸다. "밖에 나갈까, 코코아?"

그러고는 밖으로 나갔다. 마룻바닥에 개 발톱 긁히는 소리, '네, 밖에 나가고 싶어요.'라고 외치는 듯 즐겁게 짖어대는 낑낑 소리가 들렸다.

나는 잠시 동안 핸드폰을 물끄러미 쳐다봤다. 7-9-1-5. 번호를 치자 잠금이 해제되었다. 나열된 아이콘 밑 배경화면은 내 사진이었다. 로건의 침대에 잠들어 있는 나의 모습. 머리를 자르기 전이라 긴 머리가 로건의 하얀 베개 위에 잉크를 쏟아놓은 것처럼 펼쳐져 있었다. 나는 얼굴을 한쪽으로 돌리고 한 손을 얼굴 앞에 놓은 채 잠들어 있었다. 고요하고 아름답고 평화로워 보였다.

7-9-1-5.

7월 9일 2015년.

우리가 처음 만난 날이었다. 내가 조녀선과 함께 갔던 그 바보 같은 경매가 열린 날짜였다.

그 사실을 떠올리자 어떤 감정이 경련을 일으키듯 내 몸을 관통했다. 전화 잠금 해제 번호가 우리가 처음 만난 날짜라니.

나는 과감하게 그 감정을 떨쳐버리고 주소록에서 베스의 번호를 찾아 전화를 걸었다.

"아, 사장님. 기분은 어떠세요? 모두 사장님을 걱정하고 있어
요." 상사를 대하는 것치고는 너무 높고 애교스러운 목소리가 들
렸다.

"베스? 저, 전 로건이 아니에요. 이사벨이에요."

"이사벨이라고요?" 침묵이 흘렀다. 왠지 혼란스러웠다. "아아아
아아, 이사벨. 그 이사벨이요?"

"그런 것 같네요. 로건이 아는 사람 중에 이사벨이 또 있는 게 아
니라면요."

"아니, 아니에요. 당신뿐이에요." 다시 말이 잠깐 끊겼다. "그런
데 왜…… 음, 뭘 도와드릴까요?"

"당신이 로건의 집에 와서 코코아를 돌봐 줬나요?"

베스는 즉시, 그리고 약간 방어적인 말투로 대답했다. "그래요!
사장님이 나한테 이메일을 보내자마자 내가 그 집에 가서 코코아
한테 밥을 주고 산책을 시키고 물이 남아 있는지 확인했어요. 심지
어 공놀이도 해줬는걸. 개가 너무 사랑스럽더라고요."

"예쁜 개죠. 그런데……."

"그다음 날에도 갔어요. 어제는 할 일이 산더미라 가지 못했지
만요. 그러니까 내 말은……." 베스는 스스로 말을 멈추었다가 물
었다. "코코아한테 무슨 일이 있는 거예요? 괜찮은 거죠?" 근심이
가득한 목소리였다.

"코코아는 괜찮아요. 방 밖으로 나왔을 뿐이죠."

"개가 방 밖으로 나왔다고요? 어떻게요? 난 방문을 닫았는데. 분명히요. 문이 잘 잠겼는지 확인까지 한걸요."

"문을 씹어서 **뚫고** 나왔나 봐요. 흠, 문이 완전히 작살났어요. 로건의 옷 수십 벌이랑 텔레비전도요. 집이 아수라장이에요. 로건이 나더러 당신한테 전화를 걸어 여기 와서 청소를 도와줄 수 있는지 알아보라더군요."

"문을 뚫고 나왔다고요? 세상에. 아무튼 알았어요. 바로 갈게요. 그런데 왜 당신이 전화를 걸었죠? 로건은 괜찮아요?"

"로건은 지금 코코아랑 함께 있어요. 아마도 재회 의식 중인가 봐요." 자신이 얼마나 심하게 다쳤다고 로건이 베스에게 이야기를 했는지 판단이 서지 않았다. 이런 문제라면 로건에게 맡겨두는 것이 최선이었다.

"알았어요. 그럼, 금방 갈게요." 다시 침묵이 흘렀다. 이번에는 조금 더 숨을 죽인 침묵이었다. "로건이 나한테는 사고를 당했다는 말만 했어요. 로, 로건은 괜찮은 거죠? 그분은 이렇게 오래 회사를 비운 적이 없거든요."

"솔직히 말하면 뭐, 뭐라고 말을 해야 할지 잘 모르겠네요. 그건 내가 아니라 로건이 당신한테 말해야 하는 문제니까요."

"그 대답 마음에 안 드네요. 엄청난 일이 아니라면 말해줄 수도 있을 텐데요."

"그럼 금방 오는 거죠?" 나는 뭐라고 대답을 해야 할지 정말로 알 수가 없어서 질문을 회피했다.

베스는 한숨을 쉬었다. "그래요. 30분에서 45분 정도 걸릴 거예요."

"알았어요. 고마워요."

전화가 끊겼다. 나는 핸드폰을 끄고 침대 옆 탁상 위에 내려놓았다. 난장판이 된 주위를 둘러보면서 불규칙하게 숨을 내쉬었다. 갑자기 피로가 몰려왔다. 하지만 침대는 누더기였고 방바닥에는 갈가리 찢긴 옷이 산더미처럼 쌓여 있었다. 옷장 문이 열려 있었고, 봉이 뽑혀 비스듬하게 매달려 있었다. 그 봉에는 옷걸이에서 떨어지다 만 옷들이 대롱대롱 걸려 있었는데, 그보다 더 많은 옷걸이가 방바닥에 널려 있었다. 옷장 바닥에 더 많은 옷이 쌓여 있었지만 그 옷들은 다행히 망가진 것 같지는 않았다.

나는 텔레비전을 몹시 힘겹게 받침대 위로 올렸다. 어마어마하게 크고 굉장히 무거웠지만 간신히 올려놓을 수는 있었다. 매트리스에서 침대 시트를 벗겨내 옆으로 던졌다. 그 위에 망가진 옷을 골라 한 움큼씩 던지기 시작했다. 마침내 옷장 바닥에 쌓인 옷만 빼고 망가진 옷이 모두 모였다.

"이사벨, 뭐 하고 있어요?" 뒤에서 로건의 목소리가 들렸다.

나는 어깨를 으쓱한 뒤 손으로 침대를 가리켰다. "침대에 눕고 싶었는데, 침대도 엉망이고 방바닥도 엉망이라서요. 아무튼, 베스는 곧 온대요."

"그냥 놔둬요. 이런 일을 하라고 베스한테 월급을 주는 거니까."

"베스가 당신 개인 비서인 줄은 몰랐는데요."

"개인 비서는 아니죠. 하지만 베스는 항상 사무실 밖으로 나갈 핑계가 없을까 궁리하거든요. 그래서 나는 늘 심부름을 보내요." 로건은 불을 켜고 침대 너머에서 나를 쳐다보았다. "이사벨, 조금 전에요. 원래 명령조로 말할 생각은 없었어요."

"사실은 사실이잖아요, 로건. 내 문제에 얽혀들지 않았다면 당신이 총에 맞을 일은 없었겠죠. 그게 사실이에요. 당신이 지금 살아 있는 이유는 케일럽이 총 쏘는 솜씨가 형편 없어서예요. 아니면 정말로 운이 좋았거나. 당신은 지금쯤 죽은 몸이었을 수도 있어요."

"아까 말했다시피 언젠가 케일럽이 날 공격할 위험이 있다는 사실을 난 이미 알고 있었어요. 그런 가능성을 충분히 잘 알면서도 위험을 무릅쓰고 당신에게 다가간 거예요. 그러니까 당신은 죄책감 느낄 필요 없어요. 그 작자나 다른 문제에 대해 당신이 내게 거짓말을 했다면 문제가 달라지겠지만, 그렇지 않다는 걸 내가 아니까."

"당신이 그렇게 말한다고 내가 견디기 쉬워지는 건 아니에요. 당신은 총에 맞았고 한 눈을 잃었어요. 나 때문에."

로건은 침대를 돌아서 내게 다가와 내 두 팔을 잡았다. 로건과 나 사이에 팔 길이만큼의 간격이 놓여 있었다. "제발 그만 해요. 난 괜찮아요. 죽지 않았잖아요. 흠, 물론 안구가 하나 부족하긴 하죠. 그래서 이제부터는 안대를 차고 해적 행세를 할까 해요. 그 누구도 감히 놀릴 수 없게."

그 말에 나는 웃음을 터뜨릴 수밖에 없었다. "맙소사, 로건. 당신은 정말 엉뚱하군요. 정말로 그렇게 할 생각인 거예요? 그래요?"

로건은 검지를 굽혀 갈고리 모양으로 만들었다. "아르르르! 이봐, 친구. 내가 정말로 그렇게 할 거라는 데 자네 금화를 걸어도 좋네!"

"정말 끔찍한 해적 목소리네요."

"그래요? 그럼 당신이 나보다 더 잘하는지 한 번 들어볼까요."

나는 다시 웃음이 터지려는 걸 꾹 참으면서 고개를 저었다. "난 그런 거 못해요."

"흠, 본인은 해보지도 않고서 내 연기에 대해 이러쿵저러쿵하면 안 되죠."

"굳이 흉내 내지 않아도 비평은 할 수 있는 거잖아요, 로건."

"원래 연기를 못하는 사람이 연기 선생이 되고, 가르칠 줄도 모르는 사람이 비평가가 되는 거예요."

"난 지금 내가 프로 해적 목소리 비평가라고 말하고 있는 게 아니……."

로건은 웃음을 터뜨리면서 내 팔을 놓고 내 말을 잘랐다. "프로 해적 목소리 비평가요? 이러면서 나더러 엉뚱하다고 말하는 거예요?"

"그래요." 나는 심통 난 목소리로 대답했다.

"얼른요, 이즈. 짧게라도 한 번 해봐요. '아르르르르르, 이봐 친구!'라고."

"싫어요."

로건은 몸을 낮춰 내 얼굴에 자신의 얼굴을 들이대고는 불쌍한 표정을 지었다. "눈이 하나뿐인 남자한테 싫다고 말하면 안 되잖아요? 안 그래요?"

"맙소사. 내 죄책감을 자극하려는 거예요?"

로건은 어깨를 으쓱했다. "그래서 당신이 좀 풀어질 수 있다면요. 나의…… **삶을 바꾼 부상**의 일부를 당신이 가져가는 게 좋을 것 같아서요."

"로건."

"너무 일러요?"

"그래요, 너무 일러요." 나는 로건을 바라봤다. "그리고…… 풀어지다뇨? 그게 무슨 뜻이에요?"

"그저 당신이 조금 경직되어 있단 뜻이에요. 어딘가에 꽉 묶인 것처럼. 알아요? 당신은 모든 것을 너무 심각하게 받아들이고 있어요." 로건은 어깨를 으쓱했다. 모두가 그 사실을 알고 있다는 듯 그의 목소리는 덤덤했다.

"난 경직되어 있지 않아요."

로건은 웃으면서 날카롭게 외쳤다. "당신은 굉장히 경직되어 있어요! 난 당신과 알고 지내는 동안 당신이 농담하는 걸 세 번밖에 듣지 못한 것 같은데요. 그건 나의 섹시하고 자그만 스페인 미녀가 경직된 사람의 전형이란 뜻이죠. 농담을 하지 않고 살아간다면 미칠지도 몰라요. 그러니까 긴장 풀어요."

"그러니까 당신 말은, 긴장을 풀기 위해서 내가 끔찍하고 역사적으로 불확실한 해적 목소리를 내야 한단 말인가요?"

"그런 걸 광범위한 캐리커처라고 하는 거예요, 이사벨. 정확하지 않아도 웃음을 유발하는 행동은 사회적으로 용인될 수 있거든요. 그런 문제에서까지 빡빡하게 굴고 싶은 거예요?"

나는 로건을 째려봤다. 하지만 내 성격의 일부를 지적한 로건의 방식이 마음에 들어서 나는 입술을 말고 거친 목소리를 냈다. "아르르르르르르르르."

"이 여자에게 이런 유머 감각을 주시다니." 로건은 두 손을 공중으로 뻗었다. "주를 찬양할지어다."

"나도 유머 감각은 있어요."

"그럼 농담을 해봐요."

"농담이요?"

로건은 가슴 위로 팔짱을 꼈다. "그래요, 농담이요. 나한테 농담을 해봐요."

"도대체 왜……."

"그건 농담이 아니잖아요. 다시 해봐요."

나는 열심히 머리를 굴렸지만 아무 생각도 떠오르지 않았다. "난 농담을 전혀 몰라요. 하지만 그렇다고 해서 내가 유머 감각이 없는 건 아니잖아요."

"해적 영화에 대해서 들어본 적 있어요?"

"어떤 해적 영화요?"

"아르르르르르 소리가 잔뜩 나오는 영화요."

"맙소사. 끔찍하네요."

"일등항해사가 화장실 변기에 앉아서 보는 것은 무엇일까요?"

"로건……."

"선장의 항해일지."

"더러워요."

"어떤 해적이 카드게임을 할 수가 없었어요. 이유가 뭘까요?"

나는 로건의 얼굴을 빤히 쳐다봤다. "로건."

"추측해 봐요."

"모르겠어요."

잠깐 침묵이 흘렀다. 농담의 효과를 높이려고 뜸을 들이는 모양이었다. "덱[1] 위에 앉아 있었거든요."

"하나도 재미없어요."

"당신 농담보다는 재미있어요."

"난 농담 안 했는데요."

"바로 그거예요!" 로건은 손가락으로 나를 쿡 찔렀다. "이제 다시 아르르르르르 소리를 내봐요. 이번에는 감정을 실어서!"

나는 망설였다. 바보 같았다. 너무나 바보 같은 짓이었다. 그러나 로건을 위해서라면 할 수 있었다. "아르르르."

---

1 덱(deck): '배의 갑판'을 뜻하지만 카드게임에 사용되는 '트럼프 카드 한 벌'을 뜻하기도 한다. 동음이의어의 특성을 활용한 말장난이다.

"한심한 소리네요. 그건 노력한 게 아니잖아요." 로건은 목청을 가다듬고 소리를 냈다. "아르르르르르르!"

"난 그렇게 못해요." 웃음이 터지려는 것을 꾹 참았다.

"겁쟁이." 로건은 나를 향해 혀를 날름 내밀었다. "진흙에 빠진 지팡이[2]."

"날 그렇게 부를 거예요, 로건? 정말로?"

"해적처럼 아르르르 소리도 내려고 하지 않잖아요. 도대체 뭐가 겁나서?"

"아르르르르르르!" 나는 크고 깊게 소리를 냈다.

그러자 로건의 얼굴이 밝아졌다. "잘하네요! 별로 어렵지 않죠? 안 그래요?"

"이게 웃겨요?"

"굉장히요." 로건은 고개를 끄덕이며 나를 가까이 잡아당겨 내 게 키스했다. "똑똑."

"음."

---

2   진흙에 빠진 지팡이(stick-in-the-mud): '새로운 것은 아무것도 시도하지 않는 소심한 사람'을 일컫는 구어이다.

"맙소사, 이사벨. 이건 '똑똑 문답"이에요. '누구세요?'라고 물어야죠."

"누구세요?"

"부우." 로건은 고개를 숙여 내 귀에 대고 속삭였다. "이제 '부우 누구?'라고 물어요."

"부우 누구?"

"이봐요, 왜 소리치는 거예요?" 로건은 내 목덜미에 다시 키스했다.

나는 소리 내어 웃었다. 웃지 않을 수가 없었다. "이런 상황에서 어떻게 농담을 할 수가 있죠?"

로건은 어깨를 으쓱했다. "하지 못할 이유가 없죠. 나는 이런 일을 이겨내는 다른 방법은 몰라요. 나 자신을 불쌍하게 여기거나, 잔뜩 풀이 죽어서 멍청이처럼 맥없이 지내는 건 너무 쉽잖아요. 난 그러고 싶지 않아요. 부정적인 감정을 너무 억누르는 것 아니냐고요? 아마 그렇겠죠. 농담을 하면서 공연히 기분 좋은 척하는 것 아니냐고요? 그것도 아마 그렇겠죠. 하지만 내가 이 상황을 다른 어

---

3 똑똑 문답(knock-knock joke): 주로 아이들끼리, 혹은 어른이 아이들을 데리고 함께 하는 농담으로 한국식으로 말하자면 '여우야, 여우야, 뭐하니?'처럼 대화를 계속 주고받는 방식의 놀이이다. 마지막 대답을 할 때는 발음의 유사성을 이용해 재미난 답을 만들어내는 영어식 '아재 개그'이다. 예컨대, 이런 식이다. "똑똑 - 누구세요? - 메리. - 메리 누구? - 메리 크리스마스." 윗글에서 '부우(Boo)'는 보통 누군가를 야유할 때 내는 의성어이기 때문에 '왜 소리치는 거냐?'고 답한 것이다.

떤 방법으로 이겨내야 할까요, 이사벨?" 그러고는 나를 뚫어지게 바라보았다. "이런 말 들어본 적 있어요? '웃거나 미치거나 둘 중 하나'라는 말."

"아뇨. 하지만 그 중간도 있을 텐데요. 안 그래요?"

"사실은 그렇지 않아요. 난 그 문제를 모른 척하는 게 아니에요. 물론…… 어떻게든 그 문제에 대처해낼 거예요, 자기. 지금은 유머가 나의 대처 방식일 뿐인 거죠." 로건은 한숨을 쉬었다. "유머 감각을 잃으면, 맥이 빠지고 우울해지고 온갖 종류의 화를 다 내게 될걸요. 그럼 얼마나 끔찍하겠어요. 그래서 그냥…… 농담을 하고, 부적절하더라도 유머 감각을 유지하려고 하는 거예요. 알겠어요?"

나는 그에게 다시 입을 맞췄다. "알았어요. 그 대신…… 내가 당신을 도울 수 있게 해줘요. 제발요."

"최선을 다할게요. 내가 할 수 있는 약속은 그것뿐이에요." 로건은 검지로 내 코를 건드렸다. "이제 아르르르 소리를 다시 들려줘요. 이번에는 더 크게, 감정을 담아서."

나는 한숨을 내쉬었다. 극단적으로 길고 고통스럽게 들리는 한숨 소리가 내 입에서 새어나왔다. 로건이 했던 것처럼 목청을 가다듬었다. "아르르르르르르르!" 최대한 크게 소리를 냈다.

그때 우리 뒤에서 목청을 가다듬는 소리가 들렸다. "흐흠…… 이봐요, 로건. 내가 해적 회합에 늦은 건가요?"

로건이 몸을 돌렸다. "왔군요. 아르르르르! 시간에 딱 맞춰 왔어요."

베스는 굉장히 오랜 시간 침묵했다. "로건? 무, 무슨 일이 있었던 거예요?"

여느 사람들과 달리 베스의 목소리는 그녀의 외모와 완벽하게 어울렸다. 높고 사랑스러운, 약간 지나치게 열성적인 학교 선생님 같은 목소리였다. 그리고 키가 작고 말라서 딱히 아름답다고 할 수는 없지만 매력적인 외모였다. 단발의 금발머리와 겸손한 태도. 여러 사람 속에 섞여 있으면 그냥 지나치기 쉬운 모습의 여자였다.

로건은 베스의 걱정을 일축하듯 손사래를 쳤다. "걱정할 것 없어요. 난 괜찮아요."

"상태가 굉장히 안 좋아 보이는데요." 베스는 눈물이 터질 것 같은 표정이었다.

"괜찮다니까요."

"어떻게 된 거예요?"

로건은 머뭇거리다가 말했다. "그게…… 강도를 만났어요. 총에 맞았죠. 뇌는 맞지 않았지만, 총알이 안구를 뚫고 나갔어요. 이제 해적이 된 거예요. 그래서 안대를 비롯해 해적 용품을 골고루 갖추려고요."

"어떻게 이런 상황에서 농담을 할 수가 있죠, 로건?" 베스는 문간에 선 채 꼼짝도 하지 않았다. 그녀의 손에는 쓰레기봉투가 든 상자가 들려 있었다.

"데자뷰 현상이 일어나는 것 같네요." 로건은 끙 소리를 냈다.

"가장 힘들고 가장 고통스러운 순간이 농담을 하기에 가장 좋은 때예요, 베스."

베스는 그저 눈만 깜박이고 있다가 물었다. "한쪽 눈을 잃은 거예요?"

로건은 어깨를 으쓱했다. "흠, 붕대 밑이 어떤 모습인지 아직 내가 직접 본 적은 없지만, 병원에서 들은 바로는 그래요." 그는 베스의 손에 들린 쓰레기봉투 상자를 받았다. "그래서 망가진 옷을 몽땅 내다 버리고 부서진 문짝을 치우자니 도움이 필요했어요. 새 TV를 주문하고, 부서진 TV도 치워야 하고요. 안대 판매업자도 찾아야 해요. 그런 물건은 어디에서 구할 수 있는지 모르겠네. 안대를 파는 상점이 따로 있나? 그냥 단순한 검은색 안대 말고 멋진 안대를 구할 수 있으면 좋겠는데. 온라인에서 판매업자를 찾을 수 있을지도 모르겠네요."

"흠, 농담인지 진담인지 잘 모르겠네요." 베스는 말을 잠시 멈추었다. "안대 얘기 말이에요."

"농담이 전혀 아닌데요. 한쪽 눈을 잃은 친구 한 명을 알아요. 블랙워터라는 기부 단체 직원인데 정말 멋진 친구예요. 굉장히 거친 사내죠. 그 친구는 지옥의 악마만큼 무시무시한 진짜 물건이에요. 그 친구는 사무실에서 일상적인 업무를 볼 때는 눈을 덮거나 보형물을 넣지 않고 눈구멍이 텅 빈 채로 그냥 둬요. 인정하기 싫지만…… 오싹했어요. 마음이 불편해서 그쪽으로 자꾸만 시선이 갔죠. 에릭은 딱 그런 친구예요. 누가 어떤 생각을 하든 전혀 개의치 않는. 그런데 정장을 갖추어 입어야 할 일이 생기면 안대를 해요. 안대는 한 개뿐인데, 그 안대에 군대 시절 한 소대 소속이었던 예술가 친구한테 부탁해 그림을 그려 넣었어요. 실제 눈과 놀라울 정도로 똑같은 눈 그림을요. 그래서 안대를 안 한 모습보다 한 모습이 어떤 의미에서는 더 보기가 불편했었죠. 나는 늘 그 친구를 보면서 생각했어요. 만약 한쪽 눈을 잃게 되면 나는 정말 멋진 안대로 눈을 덮어야겠다고. 스팀펑크 스타일이나 고딕 스타일로, 웃긴 그림도 그려 넣고 휴일 안대도 따로 만들어야겠다고. 그러니까 안대 컬렉션을 갖추는 거예요. 이제 정말로 눈을 잃었으니 그 생각을 실행에 옮겨야죠. 나는 지금 아주 진지해요. 그러니까 상품 목록을 가져와요."

"분부대로 할게요, 사장님." 베스는 대꾸할 말을 잃은 듯 이렇게 대답한 뒤 봉투 상자를 들고 로건의 방으로 들어왔고 우리는 방 밖으로 나왔다.

그 모습이 눈에 보이지는 않았지만, 베스가 쓰레기봉투에 옷가지를 집어넣을 때마다 비닐이 부스럭거리는 소리가 들렸다. 로건은 내 손을 잡고 나를 거실로 데려갔다. 그는 나를 안은 채 소파 위로 풀썩 쓰러졌다. 로건이 내 몸에 팔을 두르고 나를 소파에 눕히는 바람에 나는 끅끅 웃음소리를 냈다. 로건은 나를 안은 채 내 몸을 돌렸고 나는 소파 등받이와 그의 거대하고 단단한 몸 사이에 끼고 말았다. 그의 가슴에 내 뺨이 닿았다. 로건은 두 손으로 탐닉하듯 내 등을 쓰다듬었다.

나는 몇 분 동안 그 상태로 있었다. 그러자니 좀이 쑤셨다. "로건, 날 놔줘요. 우리는, 아니, 적어도 나는 베스를 도와야 해요."

"싫어요."

"로건⋯⋯."

"나는 베스한테 시간당 수당을 지급해요. 이렇게 나와서 일하면 50퍼센트의 외근 수당도 주고요. 그래서 베스는 혼자서도 일을 아주 잘하죠. 당신은 쉬어야 할 시간이에요."

로건은 옴짝달싹 못하게 내 몸을 꼭 끌어안았다. 따뜻하고 편안했다. 만족스러웠다. 정신이 가물가물했다. 나 자신을 붙잡거나 아무렇지 않은 척하는 것은 더 이상 불가능했다. 다시 한번, 로건은 존재하는 모든 것이었다. 그와 함께 있는 지금이 내 세상의 전부였다.

그렇게 꾸벅꾸벅 졸다가 깜박 잠이 들었다.

로건의 두 팔에 안긴 채, 부풀어 오르는 잠의 노곤한 윙윙 소리 밑으로 가라앉았다.

잠에서 깨어나 보니 로건이 옆에 없었다.

미닫이 유리창 틈새로 들어오는 저녁 햇살이 온기로 나를 씻기며 짙은 금색으로 물들였다. 나는 돌아누우면서 한 손을 소파 옆쪽으로 뻗었다. 뭔가 축축한 것이 손가락에 닿았고 깜짝 놀란 내 목구멍에서 듣기 싫은 소음이 흘러나왔다. 갈색 코가 나타났고, 수염, 촉촉한 갈색 눈, 늘어진 귀도 모습을 드러냈다. 코코아였다. 옆에 있는지도 몰랐던 코코아가 내 손을 핥고 있었다.

"아, 세상에, 코코아 너로구나. 안녕, 강아지! 나도 널 사랑한단다." 나는 손을 핥는 짓을 멈추게 했지만 개를 밀어내지는 않았다.

개는 소파 가장자리에 다시 턱을 내려놓고 가만히 나를 쳐다보기만 했다. 내 영혼 속을 들여다보았지만, 나의 부족한 점을 알아내지는 못한 것 같았다. 개의 완벽하고 순수한 사랑은 그렇게 놀라운 것이었다.

나는 다시 손으로 개를 쿡 찌르고 귓가의 보드라운 털을 쓰다듬었다.

"내가 지금 뭘 하고 있는 걸까, 코코아? 응? 온통 불가능한 일뿐이야." 나는 개의 목덜미에 입을 대고 중얼거렸다. "모든 게 끝이 안 나. 빠져나갈 길도 없고. 하지만 로건한테는 내가 필요하단다. 너도 알지? 나도 로건이 필요하고 말이야. 그런데 케일럽이 언제까지나 함께 있을 것만 같아. 아니 이제 제이콥이라고 해야 하나? 케일럽과 제이콥, 그 둘을 화해시킬 수는 없을까? 방법을 모르겠네. 어쩌면 제이콥은 앞으로 다시는 볼 수 없을지도 몰라. 내가 이런 말을 하는 건 케일럽과 제이콥이 정말로 다른 사람처럼 느껴졌기 때문이야. 물론 제이콥은 케일럽이 마음 깊은 곳에 묻어버린 케일럽의 일부지. 너무나 깊은 곳에 묻어버려서 그 일부가 다시 밖으로 나오는 일은 일어나지 않을 것 같아. 슬픈 일이야. 그 케일럽의 일부를 내가 만날 수 있다면…… 아니, 싫어. 난 그곳에 갈 수 없어. 이런 식으로 생각하면 안 돼."

코코아는 고개를 좌우로 갸웃거리며 부드럽게 낑 소리를 냈다. '그래요. 내가 듣고 있어요.'라고 말하는 듯.

나는 목소리를 낮추어 속삭였다. 어찌나 목소리가 작은지 나 자신에게도 들리지 않을 정도로, 말이라고 할 수 없을 정도로. "난 로건을 사랑해, 코코아. 그것도 너무나. 정말로, 정말로 사랑해. 그런데…… 어쩜 케일럽과 나 사이에 그런 일이 또 일어나게 내버려 뒀을까? 어쩜 그렇게 나약하게 굴 수 있을까? 그런 짓을 하다니 나 자신이 미워." '낑, 낑.' 코코아가 내 말에 대답했다. "로건이 날 용서해줄까? 모르겠어. 그럴 거라고 믿고 싶지만…… 모르겠네. 내가 그럴 자격이 있을까?"

어디선가 문손잡이 돌아가는 소리가 들려서 자리에서 일어났다. 로건이 허리에 수건을 두른 채 욕실에서 나왔다. 붕대를 두르고 있었는데도 로건의 몸은 여전히 믿을 수 없을 만큼 늘씬하고 날렵하고 눈부셨다. "개한테 이야기를 하고 있는 거예요?"

나는 웃으며 코코아를 쓰다듬었고, 코코아는 두어 번 헉헉거리며 다시 내 손을 핥고는 로건을 향해 걸어갔다. "그래요. 코코아는 훌륭한 청자네요."

"그렇죠? 반론도 안 하고 거지 같은 충고도 안 하고."

"맞아요."

나는 로건을 쳐다보며 눈썹을 찌푸렸다. "당신은 아직 샤워를 하면 안 돼요. 붕대에 물이 닿으면 안 되잖아요."

로건은 내 말을 묵살하듯 손사래를 쳤다. "샤워를 한 게 아니에요. 목욕을 한 거지. 붕대에 물도 닿지 않았고요. 샤워를 정상적으로 할 수 있게 되기까지는 기름진 머리로 지내야겠지만, 좀 개운해진 기분을 느끼고 싶었어요. 걱정할 것 없어요."

"당연히 걱정이 되죠."

로건은 반론을 펴고 싶은 표정이었지만 그저 숨을 깊이 들이마시고 천천히 내쉬면서 나를 향해 미소 지었다. "당신이 그러리라는 것은 나도 알아요. 내 걱정을 그렇게 해줘서 너무나 고맙고요."

"너무 걱정돼서 가끔은 무서울 정도예요, 로건." 나는 손으로 그의 머리를 가리켰다. "봐요, 내게 도움을 청했다면 내가 붕대에 물이 묻지 않게 당신 머리를 감겨줄 수 있었을 것 아녜요."

"그럼 다음에 감겨줘요. 난 그저…… 뭔가 도움을 청하는 일에 익숙하지 않아서 그래요. 시간이 좀 걸리겠죠. 그게 다예요." 잠시 침묵이 흘렀다. 로건은 아래로 한 손을 뻗어 코코아의 귀를 쓰다듬었다. "그런데 당신이 코코아한테 무슨 이야기를 하고 있었는지 듣지 못했어요." 마치 텔레파시 송수신 능력이 있는 사람 같은 태도였다. "당신의 말에 코코아가 대답하는 소리만 들었어요. 누군가의 말에 대답할 때 코코아가 내는 소리만요. 내가 장담하는데 당신이 무슨 말을 했든 코코아는 그 말을 다 이해했을 거예요. 당신도 알죠?"

"알아요. 내가 보기에도 그런 것 같더군요."

나는 두 손으로 그의 몸을 만지고 싶었다. 그의 피부를 맛보고 손바닥으로 그의 근육을 느끼고 싶었다. 두 손으로 그의 탄탄한 근육을 잡고, 자신만의 방식으로 나를 사랑하는 그를 느끼고 싶었다. 하지만 움직이지 않았다. 그에게 그런 짓을 할 수는 없었다. 나는 그럴 자격이 없는 여자였다. 더 이상은. 내 잘못을 시인하고, 그를 속이고 배신한 내 죄를 용서해달라고 그에게 용서를 빎으로써 깨끗해지기 전까지는. 그랬다. 그것은 배신이요, 명백한 부정不貞이었다. 그럼에도 나는 로건을 사랑했다. 오직 로건만을.

그러나 나는 낚싯바늘에 걸려들어 자신조차 통제하지 못하는 나약한 중독자였다.

로건은 내 내면의 소용돌이를 보거나 느낀 것이 틀림없었다. 그는 수건 매듭을 붙잡고 걸어와 내 옆에 무릎을 꿇으며 이렇게 물었다. "자기, 무슨 일 있어요?"

"일이야 많죠."

"무슨 일인데요?"

나는 하나도 즐겁지 않은 쓸쓸한 웃음소리를 내며 웃었다. "전부 다요, 로건. 내 인생, 그리고…… 전부 다 문제예요."

로건은 한 손으로 내 뺨을 어루만졌다. "나한테 말해 봐요, 이사벨."

나는 고개를 저었다. "뭐 하려고? 지금 이 순간 당신한테 절대로 필요 없는 게 있다면 그건 내가 '진흙에 빠진 지팡이'라서 겪는 내 고민인걸요. 당신은 쉬어야 해요. 얼른 나으려면. 내 걱정은 하지 말아요. 걱정을 해야 할 사람은 당신이 아니라 나니까."

로건은 숨을 내쉬었다. "이사벨, 이렇게 생각해보면 어때요? 나는 앞으로도 계속 당신을 걱정할 거예요. 당신 문제를 계속 함께 고민할 거고요. 그건 내 문제이기도 해요. 내 마음이 그러니까요. 누군가를 사귀면 다 이렇게 하는 거예요."

사귄다고? 내장이 뒤틀렸다. "난 그런 거 할 줄 잘 몰라요. 그…… 사귄다는 것 말예요."

"처음부터 잘 아는 사람이 어디 있어요? 그런 건 사귀면서 차차 배워나가는 거예요, 자기."

"쉬운 일인 것처럼 말하네요."

"물론 쉽지는 않지만 간단한 일이에요. 당신은 나를 믿고 나는 당신을 믿으면 되니까. 서로에게 속마음을 털어놓고 의지하는 거예요. 편하게 털어놓다 보면 우리 둘 다 필요한 걸 얻게 되죠."

"참 사랑스럽게…… 들리네요."

가까이에 로건이 있었다. 내 엉덩이 옆 소파에 한쪽 무릎을 걸치고. 로건은 나를 물끄러미 내려다보았다. 인디고색 눈은 따뜻하고 다정하고 욕망이 가득했다. 맙소사, 저 눈. 저 시선. 나를, 내 전부를, 오직 나만을 원한다고, 내가 필요하다고, 나 없이는, 나를 맛보고 나를 느끼지 않으면, 시간조차 흐르지 않는다고 말하고 있는 저 표정.

죄책감을 털어내고 싶은 마음에 숨을 들이마시려는데 로건이 키스로 내 호흡을 훔쳤다. 내 머리칼 속에 두 손을 묻어 머리를 감싸고 내 얼굴을 위로 들어 올려 내게 키스했다. 모근 부분 머리를 한 움큼 움켜쥔 채 부드럽지만 단호하게 내 머리를 뒤로 젖히고 입술을 탐닉했다. 내 얼굴 위로 고개를 숙이고.

로건이 그렇게 키스를 하는데도 나는 그의 몸을 함부로 만질 수가 없었다. 그저 두 손을 그의 옆구리에 살짝 얹었다가 굴곡진 그의 어깨를, 드넓은 그의 등을 어루만졌을 뿐. 그런데 어찌 된 일인지 어느새 수건이 풀려 있었다. 수건을 치우고 그의 엉덩이를 만지고 쥐고 움켜잡고 긁어대고 있는 내 손이 보였다. 그의 몸을 더 가까이 끌어당기고 있는 내 손이 보였다. 우리 몸 사이에 끼어 있는 그의 성기가 단단해지는 것이 느껴졌다.

로건은 한 손을 짚어 무게를 지탱하면서 다른 손으로 내 드레스 치맛단을 찾았다. 치마가 젖히고 손이 들어왔다. 손가락 하나가 팬티 천 밑으로 들어와 내 몸을 탐색했고, 뜨겁게 젖은 내 몸을 찾아냈다. 이미 준비가 끝난 내 몸을. 손가락이 나를 만지고, 만지고, 또 만졌고 나는 결국 키스를 하면서 헐떡거렸다. 단단하게 발기한 그의 성기를 어루만졌다. 그를 향한 욕망으로 엉덩이가 들썩였다. 나는 그를 맞을 준비가 되어 있었다. 열렬함, 굶주림이 나를 엄습했다.

로건이 내 팬티를 벗겼다. 나는 손으로 그를 꽉 잡고 있었다. 팽팽하게 긴장한 그의 배가 느껴졌다. 호흡을 내뱉는 모습에서 그 역시 준비가 끝났다는 사실을 알 수 있었다. 그냥 준비된 정도가 아니라 그 이상이었다.

"이즈…… 세상에, 이사벨." 로건이 내 귀에 대고 웅얼거렸다. 낮고 거친 그 목소리가 기억을 불러일으켰다.

"로건, 잠깐만요."

로건은 내 가슴에 이마를 잠시 대고 있다가 상체를 일으켜 세웠다. 단단하게 우뚝 선 그의 성기는 준비가 끝나 있었고, 눈은 욕망으로 고통스러워 보였다. "뭐가 필요해요, 자기?" 로건은 나를 빤히 내려다보았다. "내 걱정을 하는 거라면 그럴 필요 없어요. 장담하는데, 이 일을 충분히 해낼 수 있을 만큼 난 완벽하게 건강하니까."

"그런 게 아니에요, 로건." 나는 용기를 내려고 두 눈을 꼭 감았다.

"그럼 뭔데요?"

나는 그를 쳐다볼 수가 없었다. 쳐다봤다가는 현실을 모두 잊고 말 것 같았다. 로건의 뜨거운 키스, 단단한 그의 몸, 그를 흥분시키는 뿌듯함에 모든 현실을 잊고 싶은 열망이 안팎으로 너무나 강렬하게 나를 덮쳤다. 단단하게 준비된 알몸의 로건을 쳐다봤다가는 내가 해야 하는 일을 싹 잊고 말 것 같았다.

"이사벨?" 로건의 목소리가 나를 재촉했다.

나는 숨을 들이마셨다. "우리는 아직 이러면 안 돼요. 나도 원해요. 너무나 하고 싶어요. 하지만 할 수 없어요."

로건은 자세를 바꾸어 내 옆 쿠션에 몸을 기대고 수건을 다시 허리에 둘렀다. 거대하게 일어난 그의 성기 위에 텐트처럼 쳐져 있는 수건이 약간 우스꽝스러워 보였다. 나는 억지로 시선을 그의 얼굴에 고정했다.

로건도 이제 내 말을 알아들은 모양이었다. 표정이…… 좋지 않았다.

"제기랄." 그는 숨을 내쉬면서 손바닥으로 자신의 얼굴을 문질렀다. "말해요."

"나는…… 어디서부터 말을 시작해야 할지 잘 모르겠어요."

로건과 눈이 마주쳤다. 그 시선에 분노와 단호함이 담겨 있다. "그럼 내가 한 번 추측해볼까요. 케일럽이 또 당신한테 그 짓을 했군요. 당신은 그래서 혼란스러움과 안타까움을 느끼고 있고요. 그 대상이 당신 자신이든, 케일럽이든, 뭐든 간에. 그 작자가 당신한테 걸어놓은 그 마법인지 뭔지 때문에 다시 그 자랑 잠을 잤겠죠. 맞죠? 그렇지 않아요? 당신은 케일럽이랑 또 그 짓을 한 거예요."

"로건, 난……."

"맞아요, 틀려요, 이사벨?"

눈물 한 방울이 내 뺨 위로 흘러내렸다. 또 한 방울. 그게 결국 문제의 핵심이었다. "맞아요." 부서진 소리, 산산이 조각난 단어, 갈가리 찢긴 자음이 내 입에서 흘러나왔다.

"씨팔." 로건은 자리에서 일어나 걸음을 옮겼다. 깜박 잊은 듯 수건이 툭 떨어졌다. 화난 발소리를 쿵쿵 내면서 자신의 방으로 향했다. 잠시 뒤 고개를 돌려 나를 다시 쳐다봤다. 그러더니 분노로 가득한 주먹을 휘둘러 침실 문을 쾅 쳤고 문짝이 쪼개졌다. "빌어먹을 문짝을 이제 두 개 주문해야겠군."

"로건, 잠깐만요."

"나한테 시간을 몇 분만 줘요. 알았죠? 마음을 진정시키고 생각을 정리해야 하니까." 이제 로건은 나를 보고 있지 않았다. 머리에 사선으로 붕대를 감은 채 침실 문간에 알몸으로 서서 손마디에서 피를 뚝뚝 흘리고 있을 뿐. "가지 말아요. 술을 마시지도 말고. 그냥…… 기다려요."

"알았어요."

나는 공포, 울음, 자기혐오를 억누르려고 안간힘을 썼지만 그 감정들은 부글부글 끓어올라 당장이라도 흘러넘칠 것처럼 나를 겁줬다. 아주 길고 긴 시간이 흐른 뒤 로건이 나타났다. 맨발에 헐렁한 운동복 바지와 딱 붙는 티셔츠 차림이었다. 손마디에는 반창고가 감겨 있었다.

로건은 내 옆 소파에 앉아 심호흡만 하다가 마침내 나를 쳐다봤다. 나는 계속 시선을 내리깔고 있었다. 나는 그를 쳐다볼 자격이 없는 여자였다.

"이즈. 날 봐요."

나는 고개를 저었다. 그를 보지 않았다. 볼 수가 없었다. 보지 않을 생각이었다.

로건이 손으로 내 턱을 들어 올렸지만 나는 그 손길을 거부하며 고개를 돌렸다. 로건의 손가락이 내 뺨 위를 지나며 눈물을 닦아내는 것이 느껴졌다. "이사벨 드 라 베가. 이제 제발 날 봐요."

나는 로건의 말을 따를 수밖에 없었다. 명령조의 목소리가 채찍처럼 나를 가격했기 때문이다. "왜요, 로건?"

"나는 그 자가 당신에게 걸어놓은 갈고리가, 당신을 세뇌한 방식이 싫어요."

"그건 중독이에요, 로건. 아주 투명하고 간단한."

"중독은 치료될 수 있어요."

"그 사람은 내가 그저 구매를 멈추기만 하면 끊을 수 있는 물질이 아니에요. 금단 증상만 겪어내면 치료된다든가 치료소나 병원에 간다든가 할 수도 없죠. 그냥 그 사람과의 관계를 끊을 수도 없어요. 그렇게 간단한 문제가 아니거든요. 그 사람이 내 과거를 쥐고 있으니까. 그 사람 자체가 내 과거니까. 나 역시 그 사람이 이런 식으로 내게 영향을 끼치는 게 싫어요. 나로서는…… 어쩔 수 없는 방식으로 내게 영향력을 행사하죠. 내가 얼마나 간절히 원하든, 내가 얼마나 열심히 노력하든, 그런 건 아무 상관없어요."

"이번에는 문제가 뭐였죠?"

"제이콥이었어요."

"그럼 내가 말한 내용을 당신은 이미 알고 있었던 거예요?"

"일부는요. 내가 내 퇴원서류에 적혀 있던 이름에 대해 그 사람한테 따져 물었거든요. 그래서 그 사람이 나한테 제이콥 이야기를 들려줬는데 마치 남 일처럼 말하더군요. 자기 자신이 아닌 것처럼. 그 사람이 내게 한 마지막 말은, 제이콥 카슈파레크는 이 세상에 더 이상 존재하지 않는다는 말이었어요. 자기 이름은 케일럽이라고요. 그런데 그 순간…… 제이콥이 아직 존재한다는 사실을 내게 보여줬어요. 그 사람 내면에 분리된 한 인간으로서 존재하고 있다는 사실을요."

"당신 이야기에 아무런 감동을 받지 못하다니 미안하네요."

"그럴 거라고는 나도 예상하지 않았어요." 나는 얼굴을 문질렀다. "난…… 당신이 어떤 반응을 보일 거라고 전혀 예상하지 못했어요. 작별인사 말고는."

"아뇨, 이사벨. 그렇지 않아요. 그런 일은 영원히 일어나지 않을 거예요."

"왜요? 어째서죠?"

"사랑은 그렇게 약한 감정이 아니에요, 이사벨. 적어도 내 사랑은."

"하지만 내 사랑은 그렇죠. 딱 보기에도."

"난 그런 말 안 했는데요."

"굳이 말로 할 필요가 없으니까요." 나는 마침내 내 자유 의지로 로건을 바라보았다. 거의 불가능할 정도로 힘들고 고통스러운 일이었다. 곧장 나를 향해 있는 분노와 고통을 직시하는 건…… 로건의 눈빛이 어쩌나 강렬한지 견디기 힘들 정도였다. "그런 짓을 하다니, 나 자신이 미워요, 로건. 정말로 그래요. 그 사람이 떠난 순간 나, 나는 그 일을 돌이키고 싶었어요."

내가 그에게 말하지 않는 것, 나 자신조차 아직 충분히 생각하지 않은 것은 내 내면 깊은 곳에 의심의 씨앗이 묻혀 있다는 말이었다. 내가 한 가지 비밀, 당신의 내면에 숨겨져 있는 취약한 한 인간을 직접 보았는데도, 지금껏 그런 적이 한 번도 없었기 때문에,

당신 내면에 당신 아닌 다른 사람이 정말로 존재하는 것인지 의심스럽다는 말이었다. 나는 모든 것이 의심스러웠다. 나 자신도 의심스러웠다.

그리고 그 의심은 치명적이고 위험한 것이었다.

그러나 로건은 의심스럽지 않았다. 로건을 향한 나의 감정 역시 의심스럽지 않았다.

나는 몸을 돌려 로건을 마주 보고 그의 두 손을 잡으며 시선을 맞추었다. "로건, ……제발 날 용서해줘요. 할 수만 있다면. 이게 우리에게, 우리의 미래에 무슨 의미가 있을지는 모르겠지만, …… 난 당신을 사랑해요. 당신이 그 사실만은 의심하지 않았으면 좋겠어요."

"그것 참 어려운 일이네요. 나는 당신이 날 그만큼 사랑한다면 우리 사이에 이런 일이 일어나게 내버려두지 않았을 거라고 생각해요. 당신이 일부러 그랬다면 내가 당신 짝이 아닌가 보다고 스스로에게 말했겠죠. 난 당신이 지금껏 어떤 일을 겪어왔는지 이해하거나 헤아릴 수 없지만 그 사실만은 계속 떠올리게 되네요. 당신이…… 내게 약속을 한 뒤 날 두고 그 자에게 돌아간 것이 이번이 처음이 아니라는 사실 말예요. 심지어 두 번째도 아니죠. 그리고 그자는 여전히 저 세상 속에 있고요. 여전히 당신을 소유물이라고 여기는 그 남자가 곧 당신을 데리러 오겠죠. 그리고 사실 나는 겁이 나서 죽겠어요. 특히나 지금은. 그런 상황이 닥쳤을 때 당신이 또 나 아닌 그 자를 선택할까봐." 로건은 내 손가락 열 개의 마디에 차례로 천천히 입술을 맞추었다. "그렇지만 당신을 용서하려고요. 당연히 용서해야겠죠. 다만 시간은 좀 걸릴 거예요. 그저⋯⋯ 시간이 좀 필요할 뿐이에요. 그러니까 여기서 나랑 함께 지내요. 그냥 내 옆에 있어요. 이 모든 일을 겪어낼 수 있게 내게 시간을 좀 주면서."

"약속할게요. 나는⋯⋯."

"그만. 약속하지 말아요, 이사벨. 당신은 나한테 어떤 약속도 할 수 없어요. 케일럽에 대해서만큼은."

로건의 말이 옳다는 것은 나도 알고 있었다. 그 사실을 알았고, 그 사실이 싫었다.

나는 울고 있었지만 로건은 나를 달래지 않았다. 울지 말라는 말도, 괜찮다는 말도 하지 않았다. 괜찮은 상황이 전혀 아니었고 우리 둘 다 그걸 알고 있었으니까. 그래도 로건은 나를 안아줬다. 두 팔을 내 몸에 두르고 나를 자신의 가슴 쪽으로 끌어당긴 채 내가 울게 내버려뒀다.

때때로, 괜찮지 않다는 사실을 알기 때문에 우는 것 말고는 아무것도 할 수 없을 때가 있다.

05

우리는 먹고 잠만 자는 괴상한 가택 감금 상태로 한 주를 보냈다. 그러나 함께 잠을 자지는 않았다. 로건은 성적인 의도로 나를 건드리는 일이 없었고 나 역시 그를 유혹해야겠다는 엄두를 내지 못했다. 당신과 나 사이에, 로건과 나 사이에 시간이 필요하다는 사실을 우리 둘 다 알고 있었다. 우리는 함께 찬거리 장을 보았고, 함께 새 텔레비전과 수면등을 골랐다. 나는 일종의 개인 수행 비서로 로건의 직장에도 간혹 같이 출근했는데, 그 시간은 따분함과 욕망에서 벗어날 수 있는 매우 유용한 시간이었다. 우아한 식당, 소박한 식당 가리지 않고 함께 저녁 외식을 하기도 했다.

로건이 나를 쇼핑센터에 데려갔고, 내가 기억하는 한 난생처음으로 내 옷을 내가 직접 골랐다. 브라, 팬티, 청바지, 티셔츠, 스웨터, 스커트, 단순한 면 원피스, 테니스 신발, 샌들, 굽 없는 구두, 양말, 타이츠, 레깅스, 땀복 셔츠, 반바지, 운동용 안전모 등이었다. 새로 산 옷들은 모두 단순하고 편하면서도 매력적이었다. 로건은 어느 쪽이 더 마음에 든다고 품목에 따라 개인적인 의견을 표하기는 했지만, 결정은 전적으로 내 몫이었다. 그중에 아주 비싼 옷은 한 벌도 없었고 격식이 갖추어진 불편한 옷 역시 한 벌도 없었다. 그것들은 나를 반영하는 옷이었고, 로건의 선물이었다. 그 선물이 내게 얼마나 소중한 것인지는 로건을 비롯해 그 누구도 짐작조차 하지 못하겠지만. 내 옷을 직접 고르는 일만으로 나는 한 명의 진짜 인간, 정체성이 있는 진짜 여자가 된 것 같은 기분이었다. 내게도 나만의 스타일이 있었고 그것은 완전하게, 그리고 전적으로 나만의 것이었다. 로건은 내게 아무런 답례도 바라지 않았다. 뭔가를 마음껏 받을 수 있다는 것은 그 자체로 멋지고 놀라운 일이었다. 예전에는 언제나 그 대가로 무슨 일이든, 신체적으로든 감정적으로든 심리적으로든, 물건 값에 상응하는 어떤 일을 해야 할 것 같은 기분을 느끼고는 했는데 말이다. 로건은 "고마워요."라는 간단한 인사에 만족했고 그러면 내 안에서 행복감이 또렷하게 피어올랐다.

로건은 나를 영화관에도 데려갔다. 어찌나 아름다운 첫 경험이었던지, 되도록 자주 영화관에 가고 싶은 마음이 들었다. 그곳은 내가 존재한 적 없는 세상 속으로 나를 전송해주는 황홀한 장소, 즐거운 탈출구였다.

우리는 코코아를 데리고 로건의 동네를 오랫동안 정처 없이 산책했다.

로건은 나를 위해 사업 계획을 세웠다. 그는 그 사업을 '처신 교육'이라고 불렀다. 나는 그 이름이 별로 끌리지 않았지만 아직은 아무래도 괜찮았다. 로건은 사업 비전과 강령을 세워야 한다고 알려주었다. 모든 사업에는 그 두 가지가 꼭 필요하다면서. 우리는 함께 상권 조사를 나가기도 했고, 로건이 작성한 대출 서류를 함께 살펴보기도 했는데, 그러면서 매번 옥신각신 말다툼을 했다.

함께 외래진료 의사에게 가서 압박붕대를 풀고 상처 부위를 확인했다. 의사는 로건의 회복 경과가 좋다고 말했다. 미지근한 물로 살살 씻는 것은 이제 괜찮지만 아직은 문지르면 안 된다고 했다. 눈구멍에서 눈물이 흐르는 것은 정상적인 증상이며 눈물에 피가 약간 섞여 있을 수도 있다고 했다. 의사는 보형물을 소개하면서 일시적인 제품과 영구적인 제품이 있다고 했지만 로건은 둘 다 거절했다. 자신이 원하는 방식이 아니라면서, 없는 눈을 있는 척하면서 살고 싶지는 않다면서.

그동안 베스가 몇 차례 안대를 가지고 집에 들렀다. 가죽 안대, 실크 안대, 합성섬유 안대, 민자 안대, 화려한 안대 등 온갖 종류의 안대가 다 있었다. 로건은 물건들을 일일이 다 살펴보고 나서 일부는 반품하고 일부는 보관했다.

로건은 의사의 진료실 옆에 있는 화장실로 들어갔다가, 내가 보기에 그에게 완벽하게 어울리는 안대를 착용하고 밖으로 나왔다. 두껍고 낡은 갈색 가죽을 수작업으로 재단하고 소용돌이 모양을 화려하게 그려 넣은 다음 청동 대갈못으로 가장자리를 장식한 안대였다.

로건은 기대에 찬 얼굴로 나를 향해 씩 웃었다. "자, 어떻게 생각해요?"

나는 그의 열렬한 표정에 웃음을 터뜨릴 수밖에 없었다. "정말 멋져요."

"당신 마음에 든다니 좋네요." 로건은 나를 쳐다보며 말했다. "따분해 보이는 물건을 몸에 걸치기는 싫고, 이건 너무 과한 것 아닌가 걱정스럽고 그랬거든요."

"그걸 하니까…… 멋쟁이 같아요."

로건은 한 손으로 머리를 쓸어 넘기면서 대사를 외우는 연극배우처럼 내뱉었다. "그게 바로 날세. 멋쟁이의 왕!"

나는 콧방귀를 뀌었다. "이제 그렇게는 안 될 걸, 얼간이 씨!"

"당신을 잘 몰랐다면 날 놀린다고 생각했을 거예요." 로건은 나를 향해 눈썹을 찡긋했다. 함께 움직이는 안대가 어찌나 눈에 띄는지 그것마저도 연극 소품 같았다.

우리는 이제 그의 SUV 자동차를 타고 다녔다. 물론 운전은 로건이 했다. 의사한테 사전 허락을 받고 조심스럽게. 의사는 말했다. "앞차와의 거리를 넉넉하게 두고 차를 세우세요. 원근감의 변화에 익숙해질 때까지는요." 로건이 차에 올라 시동을 거는 동안 나는 안전벨트를 맸다. 차가 교통의 흐름 속으로 끼어들었고 음악이 낮게 울렸다.

"아직도 날 진흙 속의 지팡이 취급하네요, 로건. 나도 유머 감각은 있단 말예요."

"당신은 진흙 속의 지팡이는 아니에요, 자기. 그저 좀…… 진지할 뿐이죠. 큰 소리로 깔깔 웃거나 농담을 주고받아 본 적이 한 번도 없는 사람처럼 말예요."

나는 그에게서 시선을 돌려 차창밖을 쳐다보았다. "흠, 최근까지의 내 삶이 엄밀하게 말해서 빈번하게 익살을 발휘할 만큼 즐겁지는 않았죠."

로건은 웃음을 터뜨렸다. "빈번하게 익살을 발휘한다고요? 봤죠? 그게 무슨 뜻이에요? 요즘 누가 그런 말을 써요?"

"나요."

로건은 한 손을 뻗어 내 무릎을 살짝 쥐었다가 내 손을 잡았다. "그래요, 당신이 있네요. 난 당신의 그런 점을 사랑해요. 당신은 항상 간결한 문장, 화려한 수사, 우아한 화법으로 말을 하죠. 마치 대본을 써주는 구성 작가가 따로 있는 사람처럼. 그런데 그건 그냥 당신이 말하는 방식일 뿐인 거죠."

"고전문학 작품을 통해서 재교육을 받았거든요. 또, 말하는 법을 다시 배워야 했고, 언어 교육이 끝난 뒤로도 오랫동안 신체적으로 재활 훈련을 받아야 했는데, 그때 내가 말을 건넬 수 있는 유일한 인간이 케일럽이었거든요. 케일럽은 늘 격식을 따지고요. 언제나. 그래서 당신을 만나기 전까지는 어떤 것들이 정말로 이해가 되지 않았어요. 당신은 완전히 정반대예요. 나쁜 쪽으로가 아니라…… 그냥 다른 거예요. 당신은 격식과 정확한 매너를 따지는 케일럽과 완전히 반대되는 사람이라서…… 신선했어요. 당신이랑 함께 있으면 나를 풀어놓을 수 있을 것 같았어요. 은유적으로 말하자면 머리를 풀어헤칠[4] 수 있을 것 같았죠."

"알 것 같네요. 적어도 내 능력이 허락하는 범위만큼은."

그때 집에 도착했다.

---

4 머리를 풀어헤치다(let one's hair down): 표면적인 의미 그대로 쓰이기도 하지만 '허물없이 속을 터놓다'라는 상투적 의미로 쓰이기도 한다.

집?

집.

그랬다. 내게 로건은 집이었다. 자유였다. 로건은 내가 나다워지는 법을 배우는 곳이었다. 내가 누구인지 배우는 곳. 내가 무엇을 좋아하고 싫어하는지 알아가는 곳. 나는 내가 무엇을 원할 때 그것을 하는 법, 무엇을 원하지 않을 때 그것을 하지 않는 법을 익히는 중이었다. 나는 먹고 싶은 음식을 먹고 싶을 때 먹었다. 내가 알아낸 바에 의하면 내 입맛에 맞는 음식은 건강하지 못한 음식들이었다. 피자, 나초, 감자칩 등. 그런 음식을 먹을 때마다 로건이 끼어들어 내가 전에는 그런 음식들을 먹을 줄도 몰랐고 먹은 적도 없다는 사실을 내게 상기시켜줘야만 했다. 그 덕분에 두 가지 음식 사이의 균형을 점점 찾을 수 있게 되었다. 인근 지역에서 유기농으로 재배하는 건강한 음식들, 저지방 고기, 채소를 다시 섭취하고 빵과 가공식품은 아주 가끔씩만 먹기로 한 것이었다. 그래도 단지 그럴 수 있다는 이유만으로, 때로는 맛있지만 건강하지 못한 음식들을 폭식했다. 나는 내 방식대로, 내 속도와 순서에 따라 운동도 했다. 새로 알게 된 사실인데, 나는 달리기를 좋아했다. 그 이전에는 달려본 적이 없어서 그 사실을 몰랐지만 이제는 안다. 나는 코코아, 로건과 함께 달렸다. 로건이 내게 준 아이팟 이어폰을 귀에 꽂은 채, 우리는 몇 킬로미터씩 대화 없이 보도를 발로 딛고 숨만 쉬면서 그저 달리기만 했다. 달릴 때면 세상의 전원을 꺼버리고 음악과 콘크리트를 딛는 내 두 발바닥의 리듬에만 집중할 수 있었다. 당신이나 로건, 혹은 당신에게 중독된 내 증상, 생리 시작 날짜가 이틀 전이었다는 사실 등을 떠올리지 않을 수 있었다.

고작 이틀이 지연된 것뿐이었다. 그리고 그동안 나는 스트레스를 많이 받았다. 내 삶은 고통스럽고 불가능한 일들로 가득했고, 그런 일들은 여성의 생리 주기를 충분히 망칠 수 있었다.

겨우 이틀이었다.

그러니 걱정할 필요는 없다.

생리 시작 날짜가 열흘이 지났다.

나는 공포가 느껴질 정도로 혼란스러웠다. 그런데도 그 문제를 걱정하고 싶지 않았다. 그래서 내 머릿속 모래 밑에 묻어버렸다. 그 문제에 대해서는 아무런 생각도 하지 않았다. 조금도.

그 문제를 생각하기 시작하면 매사에 통제력을 잃게 될 것 같았다. 균형을 잃고, 낭떠러지 끝에서 두 팔을 세차게 버둥거리며 추락하게 될 것 같았다.

그러나 마음 깊은 곳에서는, 이제 내가 곧 추락하게 되리라는 것을 알고 있었다.

이제 날짜가 2주나 지났고, 아침이면 몸이 불편했다. 속이 메스껍고 뒤틀렸다. 때로는 화장실까지 가기 힘들 때도 있었다. 다행스럽게도 로건은 아침형 인간이라서 매일 규칙적인 생활을 하고 있었다. 다섯 시에 기상해서 간단하게 아침을 먹고 커피를 한 잔

마신 다음 2층에서 운동을 했다. 대개 일곱 시에 샤워를 하고 여덟 시면 출근을 해서 여덟 시 반에 직장에 도착했다.

뭐라고 불러야 하는지는 나도 알고 있지만 그 용어를 떠올리고 싶지도 않은 나의 욕지기는 보통 여섯 시 반쯤 치밀어 올랐다. 로 건이 2층 체력 단련실에 있을 때였다. 어떤 날은 그보다 조금 늦 게, 로건이 샤워를 하고 있을 때나 출근한 뒤에 증상이 나타나기도 했다. 그 덕분에 로건이 곁에서 증상을 직접 목격한 적은 없었다. 그 모습을 직접 봤다면 로건은 그게 무슨 의미인지 알았을 텐데. 의미가 있는 증상일 수도 있었으니까. 아니 의미가 있을 수밖에 없 었으니까.

로건은 내가 집에서 지내면서 일을 해도 좋다고 했다. 나는 사 업 구상을 글로 써보기도 하고 여러 계획을 구체화하기도 했으며 인디고 서비스 고객들에게 제공되던 홍보 팸플릿을 나만의 버전 으로 만들어보기도 했다.

일단 구토를 하고 나면 구역질은 대개 어느 정도 가라앉았지만, 반드시 그 즉시 뭔가를 먹어야만 했다. 과일, 달걀 오믈렛, 차 같은 가벼운 음식을. 치즈는 시도해봤지만 어떤 종류도 먹을 수가 없었 다. 언제나 치즈를 매우 좋아했던 나로서는 내 위가 치즈를 거부하 는 것이 괴상하게 느껴졌다. 하루는 점심으로 샌드위치를 먹어보 려고 했는데 그 안에 든 고기를 먹을 수가 없었다. 붉은 살코기는 전혀 먹을 수가 없었다. 흰 살코기는 그래도 괜찮았지만, 치즈, 붉 은 살코기, 너무 짠 음식, 너무 단 음식은 먹을 수가 없었고, 포장 음식도 마찬가지였다. 한동안 기름기와 맛이 풍부한 음식을 즐겨 먹던 것을 생각하면, 이 역시 평소와는 다른 증상이었다.

그리고 예측할 수 없을 만큼 감정 기복이 심했다.

어떤 순간에는 아무 이유도 없이 울음과 슬픔이 북받치다가 이내 짜증이 났고, 또 어떤 때는 미친 여자처럼 신이 났다.

그런 증상을 겪으면서도 나는 한결같이 그 증상들이 무엇을 의미하는지 생각하기를 거부했다.

날짜가 3주 이상 지나간 어느 날 로건이 평소보다 일찍 귀가했다. 그는 쇼핑백 하나를 소파 등받이 뒤에 내려놓고는 나를 향해 씩 웃었다.

나는 그 쇼핑백 안에 든 옷을 꺼냈다. 섹시하고 매력적인, 평소 내 취향보다 약간 야한 옷이었지만 마음에 들었다. 깊이 팬 목선, 늘씬한 선, 거의 엉덩이까지 올라오는 왼쪽 허벅지 절개선, 상체가 꽉 조이게 오른쪽 엉덩이 위로 주름지게 모아져 있는 원단이 돋보이는 검은색 드레스였다.

내가 옷을 입고 나가자 로건은 두 눈을 휘둥그렇게 뜨고 내 모습을 살폈다. 거의 한 달 만에 처음으로 그의 시선에서 욕망이 느껴졌다. 그 감정이 완전히 사라진 것은 아니었지만 로건이 그것을 꾹꾹 눌러 숨기고 감정대로 행동하길 거부했던 것이다.

이번만큼은 로건도 내게 가까이 다가와 내 등 아랫부분, 엉덩이 바로 위를 한 손으로 감싸고 나를 자신의 몸 앞으로 잡아당겼다.

"눈부시게 아름다워요, 이사벨."

"고마워요." 나는 잠시 동안 쿵쿵 뛰는 로건의 심장박동을, 내 척추에 닿아 있는 로건의 손가락을 느끼면서 숨만 내쉬고 있었다. 손가락은 아까보다 더 아래, 불룩 튀어나온 엉덩이와 등의 경계선 위에 놓여 있었다. "그런데 무슨 일이에요?"

"거래처 사람이 오늘 밤 링컨 센터에서 열리는 오페라 공연 표가 남는다면서 줬어요. 공연장 근처의 고급 식당 좌석을 용케 예약했고요. 그래서 오늘 저녁에 즐겁게 외출을 할까 해요."

"오페라라니, 듣기만 해도 설레네요. 그런 공연을 한번쯤 관람해보고 싶은 마음이 늘 있었거든요."

로건은 어깨를 으쓱하며 얼굴을 찌푸렸다. "난 잘 모르겠어요. 사실 오페라는 내 취향이 아니거든요. 그래도 링컨 센터 좌석이라면, 더구나 그게 특석이라면 거절할 수 없죠. 그러니까 가서 재미있게 즐겨봅시다."

그제야 나는 로건이 턱시도를 갈아입고 눈에도 어떤 방법을 썼는지 끈 없이 얼굴에 부착하는 검은색 안대를 차고 있다는 사실을 알아챘다. 맞춤 양복인 턱시도에는 반짝이는 사파이어와 티타늄 소재의 커프스단추가 달려 있었다. 거기에 솜씨 좋게 나비넥타이가 매어져 있었고 뒤로 넘긴 머리는 뒷덜미 위에 하나로 묶여 있었다. 로건은 날렵하고 우아하고 건장해 보였다. 남성미가 넘쳐흘렀다. 인디고색 눈은 커프스단추 보석과 너무나 잘 어울렸다. 정말로 하나뿐인 그 눈은 사파이어보다도 더 밝고 매력적이고 형형색

색이었다.

　로건은 턱시도 속주머니로 한 손을 집어넣어 길고 가느다란 상자를 하나 꺼냈다. 그의 커프스단추와 인디고색 눈에 맞춘, 사파이어와 티타늄으로 만든 목걸이였다. 그는 내 뒤로 부드럽게 다가섰다. 나는 불현듯 어디에나 있는 그의 존재를 느낄 수 있었다. 그의 열기, 그의 단단한 몸이 내 뒤통수를 엄습했다. 그의 두 손이 내 가슴뼈를 스치듯 지나 가슴골 바로 위에 빛나는 푸른색 펜던트를 내려놓고 목덜미 뒤로 목걸이 고리를 잠갔다. 로건은 그 상자를 옆에 내려놓고 이번에는 바지 주머니에 손을 넣어 상자 하나를 더 꺼냈다. 조금 더 작은 그 정사각형 상자 안에 든 것은 장신구 세트를 완성해주는 귀걸이였다. 다정하면서도 단호하고 민첩한 손가락이 귓불에 귀걸이 침을 찌르고 마개를 끼웠다.

　다음 순간 그의 두 손이 굴곡진 내 골반을 잡고 나를 자신의 몸쪽으로 잡아당겼다. 내 귀에 입술이 닿았다. 그 입술은 속삭임도, 말도, 입맞춤도 없이 내 귀 위에 잠시 머물렀다가 아래로 내려가기 시작했다. 귀 뒤쪽 뼈 위를 지나 목선을 따라서. 로건은 내 목과 어깨가 만나는 오목한 부분에 이르자 그 위에 깃털처럼 가벼운 키스를 여러 번 남겼다.

　피부에 닭살이 돋았다.

　젖꼭지가 아렸다.

　생각이 나를 떠났다.

　로건은 계속해서 내 목과 어깨, 드레스가 패어서 맨살이 그대로 드러나 있는 등의 피부 위에 부드럽고 섬세한 입술로 천천히 키스했다. 그의 손가락이 내 엉덩이를 덮고 있는 드레스 천을 모아 쥐었다. 치맛자락이 올라갔다. 훌렁. 나는 숨을 몰아쉬며 로건의 키스에, 치맛자락이 올라가는 바람에 맨살에 닿게 된 찬 공기에 집중했다.

이제 숨쉬기가 점점 힘들었다.

로건은 엄지를 내 팬티 고무줄 안으로 집어넣었다. 단순한 새 속옷, 아무런 장식도 없어서 매력적이지는 않지만 편안한 면 속옷이었다. 이제 내 주변에는 최고급이라고 할 만한 물건이 아무것도 없었다. 이런 생각도 로건이 내 팬티를 내리자 산산이 흩어지고 말았다. 나는 팬티에서 발을 뺐다. 이제 나는 그를 위해서, 허리까지 말려 올라간 드레스 말고는 아무것도 걸치지 않은 알몸이 되어 있었다.

"드레스 밑에 아무것도 입지 말아요, 오늘 밤에는." 내 귀에 울리는 로건의 목소리는 낮은 웅얼거림, 우르릉 소리였다.

"뭐라고요?" 숨이 턱 막혔다.

"오늘 밤에는 팬티를 입지 말라고요."

"로건……."

로건은 내 귓불을 깨물었다. "쉿."

나는 깜짝 놀라서 가만히 숨을 내쉬었다. 내 골반 위에서 로건의 손가락이 춤을 추었다. 배 위를 지나 반대쪽 엉덩이 위에서도. 손가락이 간지럼을 태우며 점점 아래로 내려갔다. 허벅지 안팎을 간질였다. 외음부 위를 지나갔다.

나는 흐느꼈다.

그의 손길이 간절했다.

너무나 긴 시간이었다. 한 달 동안이나 우리 둘 다 아무런 접촉
도 하지 않고 지냈으니.

욕망이 거칠게 끓어오르는 것이 느껴졌다. 미칠 것 같았다. 그
동안 모든 것을 무시하려고, 그런 것이 그저 삶인 척하려고, 욕망
을 걱정 밑에 묻어버리거나 털어내면서 달리기를 하고 운동을 하
고 로건과 함께 밥을 먹고 로건과 함께 잠을 자고 '처신 교육'과 관
련된 일을 하고 그랬던 것이다.

그런데 이제 로건의 손가락이 음부 가까이 다가와 음순을 간질
이는 순간이 오자 그를 향한 욕망이 끓어올랐다. **욕망.**

"세상에, 로건."

"왜요, 자기?"

나는 엉덩이를 들썩이지 않을 수가 없었다. "제발."

"제발 뭐요, 이사벨?"

"날 만져줘요."

로건은 말로 대답하지 않았다. 그저 중지를 내 안으로, 축축하
고 뜨거운 음부 안으로 깊이 밀어 넣었을 뿐. 그는 손가락을 굽히
고 움직이고 끌어냈다. 나는 이제 아팠다. 온몸이 아팠다. 몸이 떨
렸다. 고개를 뒤로 젖혀 그의 어깨에 얹고 두 무릎을 벌렸다. 로건
은 다시 나를 만졌다. 이번에는 내 클리토리스를 지그시 눌렀다.

나는 흐느끼고 헐떡였다. 섬광이 나를 관통할 때마다 두 무릎이 휘청거렸다.

예전에 로건을 느낀 뒤로, 그의 손길을, 이 황홀함을, 오직 로건하고만 연결된 듯한 그 기분을 느낀 뒤로 영원의 시간이 흐른 것 같았다.

내면에서 격렬한 감정이 북받쳐 올랐다. 당장이라도 온몸이 폭발할 것 같았다. 혈관 속의 피가 으르렁거리는 소리가 귓가에 울렸다. 배로 열기가 몰리면서 감각이 깨어났다.

로건은 손가락 하나를 내 안으로 다시 집어넣었다가 꺼내서 질액을 클리토리스에 문질렀다. 한 손으로는 내 드레스 자락을 여전히 모아 쥐고 있었고, 다른 한 손은 내 음부에 머물러 있었다. 단단한 그의 허벅지가 내 허벅지 뒤에 닿아 있었다. 나는 몸을 뒤로 기울여 그에게 기댄 채 흐느적거렸다. 그의 손가락이 안팎으로 오가면서 클리토리스를 계속 문지르는 동안 나는 엉덩이를 돌리는 것 말고는 할 수 있는 것이 아무것도 없었다. 그리고 그때 갑자기 손가락 두 개가 들어왔다.

절정이 다가오고 있었다.

나는 척추를 뒤로 젖힌 채 숨을 헐떡이면서 터져 나오는 거친 욕망에 온몸을 내맡겼다.

그런데 그때 로건이 동작을 멈추었다.

드레스 자락을 발목까지 완전히 내리고 내 등 뒤에서 몸을 웅크렸다. 그러더니 드레스에 어울리는 구두 한 켤레를 내려놓았다. 7센티미터 높이의 검은색 블라닉 하이힐이었다. 그는 튼튼한 손가락 하나를 내 발목에 감아 발을 들어 올리고 구두를 신겼다. 그가 다른 쪽 구두를 신기기 쉽게 나는 반대쪽 발에 무게를 실었다. 여전히 불안정한 호흡으로 통증을 느끼면서. 하다가 말다니 화가 났다.

"로건……." 내가 입을 열었다.

그는 내 앞으로 일어서서 엄지로 내 광대뼈를 어루만졌다. "이사벨?"

"하다 말았잖아요."

그때 문 두드리는 소리가 들렸다. 로건은 고개를 숙여 내게 키스했다. 짧지만 입술을 태워버릴 것처럼 뜨거운 키스였다. 순식간에 끝났지만 강렬한 키스였다. "이제 가야 할 시간이에요."

"화장도 안 했는데요."

"할 필요 없어요. 지금 이대로도 엄청나게 섹시하니까. 내가 장담하는데 화장을 하든 말든, 당신이 거기에서 가장 아름다운 여자일 거예요."

"화장도 안 하고 오페라하우스에 갈 수는 없어요. 그럼 안 되잖아요."

"40분 후가 저녁 예약시간이에요. 늘 그렇듯 차가 막힐 테니 시간이 빠듯할 거예요."

"빨리 준비할 수 있어요."

다시 문 두드리는 소리가 들렸다.

"화장품을 좀 챙겨서 가져갑시다. 차 안에서 하면 되니까."

"난 아직 준비가 안 됐어요, 로건. 조용한 저녁 식사는 괜찮겠지만, 오페라를 보잖아요. 오페라하우스는 또 어떻고요? 모두들 쳐다볼 거예요. 사람을 이렇게 갑자기 끌고 나가는 게 어디 있어요?"

로건은 나를 지나쳐 욕실로 들어갔다. 화장품 케이스와 튜브가 달그락거리는 소리와 지퍼 올리는 소리가 들렸다. 잠시 뒤 로건은 검은색 가죽 케이스를 손에 든 채 나를 집 밖으로 서둘러 끌고 나갔다. 나는 나를 세워놓고 현관문을 닫는 로건을 쳐다봤다. 마지막으로 내 눈에 들어온 것은 거실 바닥에 놓여 있는 내 팬티와 내가 벗어놓은 회색 순면 옷더미였다.

음부가 쓰라렸다. 가고 싶지 않았다. 이 상태로 앉아서 저녁과 오페라를 견디고 싶지 않았다. 나는 로건을 원했다. 그가 시작한 일을 마저 끝내줬으면 싶었다.

집 앞에 기다란 검은색 리무진 한 대가 서 있었다. 운전사가 승객용 문을 열었다.

로건은 내가 몸을 낮춰 차에 타기를 기다린 뒤 내 옆에 올라탔다.

나는 몸을 기울여 로건의 귀에 속삭였다. "로건, 난 지금 속옷을 전혀 안 입었어요."

로건은 내 귓불을 깨물었다. "나도 알아요."

"마음에 안 들어요."

"곧 괜찮아질 거예요."

"머리도 안 했어요."

"할 필요 없는데."

"화장도 안 했고요."

로건은 내게 가죽 케이스를 건네고 지퍼를 열었다. 콤팩트 거울을 비롯해 나의 모든 화장품이 그 안에 들어 있었다. "이 정도면 됐죠. 또 뭐 필요한 거 있어요?"

나는 잠시 시간을 들여 숨을 고르면서 화장에 집중했다. 립스틱, 블러셔, 마스카라 정도로 시늉만 내는 화장이었지만 말이다. 거울 속의 얼굴을 확인한 다음 가죽 케이스를 닫아 옆으로 밀었다. 그러고도 잠시 더 조용히 숨을 골랐다. 정신을 수습하려 애쓰느라 시간이 얼마나 흘렀는지 알 수 없었다.

마침내 내가 말했다. "하다 말았잖아요."

로건은 유리 칸막이가 제대로 닫혀 있는지 확인한 뒤에 내 쪽으로 고개를 돌리고 상체를 숙였다. 내 가슴골에 자신의 얼굴을 파묻고 숨을 들이마셨다. 내 어깨 위에 매어져 있는 드레스 끈을 풀어서 보디스를 내렸다. 젖가슴이 그대로 드러났다.

"로건!"

"조용히 해요, 이사벨."

로건은 드레스에 덮인 내 허벅지 사이로 손가락을 밀어 넣었다.

세상에, 여기서?

맙소사.

나는 시트에 앉은 채 몸을 눕히고 두 다리를 벌렸다. 너무나 하고 싶었다. 아무래도 상관없었다. 절정에 이를 뻔했다가 놓쳐버린

오르가즘 말고는 아무것도 생각할 수가 없었다.

아무런 예비 동작도, 망설임도 없이 그의 손가락이 내 안으로 들어왔고 나는 헐떡였다.

"쉿, 자기. 소리 내면 안 돼요." 내 젖꼭지 위로 그의 뜨거운 숨결이 쏟아졌다.

나는 아플 정도로 세게 입술을 깨물었다.

로건은 날카로운 앞니로 내 젖꼭지를 깨물었다. 그의 입술이 젖꼭지를 덮고 당기고 빨았다. 젖꼭지는 이미 단단하게 일어서 있었는데도 로건이 이와 혀로 건드리고 핥을 때마다 점점 더 딱딱하게 곤두섰다. 통증이 느껴질 정도였다. 그는 다른 쪽 젖가슴으로 옮겨가 그쪽도 똑같이 애무했다. 그러는 동안 그의 손가락은 매우 바빴다. 내 안팎을 오가며 클리토리스를 누르며 원을 그리고 꼬집고 비비고 하느라.

입술, 손가락, 숨결.

로건의 입술, 로건의 손가락, 로건의 숨결, 그것이 나의 세상이었다.

절정이 다가올 때 입술을 어찌나 세게 깨물었는지 피 맛이 느껴졌다. 로건은 내게 키스하며 내 흐느낌을 삼키고는 내 입술을 핥아 상처를 진정시켰다. 그러나 그의 손가락은 여전히 내 클리토리스 위에서 원을 그리면서 나를 더 강하게, 더 높게, 그리고 더 빠르게 절정으로 몰아갔다. 마침내 나는 격렬한 절정의 최고조에 이르렀고 숨을 멈춘 채 통증을 느끼면서 사지를 축 늘어뜨렸다.

그러자 로건은 내 음부에서 손가락을 뺐다. 질액이 뚝뚝 떨어지는 그 손가락을 들어 올려 입으로 가져가더니 깨끗하게 핥았다.

"이제 됐어요?" 로건이 물었다.

나는 그의 턱시도에 코를 묻은 채 헐떡이며 그의 체취를 들이마시는 것 말고는 아무것도 할 수 없었다. 그의 옷에서는 향수 냄새, 매캐한 담배 냄새, 알싸한 시나몬 검 냄새가 희미하게 났다.

로건의 체취였다.

나는 여전히 그날 밤이 두려웠다. 로건과 함께 대중 앞에 나서는 것이. 영화관에 가거나 간소한 외식이 아니라, 어딘가…… 공적인 장소에 가는 것이.

그와 팔짱을 끼고. 아마 사진사도 여러 명 있을 텐데.

게다가 속옷도 전혀 안 입은 상태로.

방금 오르가즘이 끝난 터라 얼굴도 상기되어 있었고 호흡도 불안정했다. 욕망이 가득한 거친 낭떠러지 끝에 서 있는 기분이었다.

백치처럼 보일까 봐 겁이 났다.

하지만 나 자신이 아름답게 느껴지기도 했다. 로건의 손길이 계속 그렇다고 말하고 있었으니까. 날 갖고 싶다고, 원한다고, 아름답다고 말하고 있었으니까. 실제로는 그런 말을 단 한마디도 하지 않았지만.

로건이 내 드레스를 정돈해줬고 나는 단정해졌다.

다음 순간 침묵이 흘렀다. 나는 신경을 안정시키려고 안간힘을 썼다.

리무진이 멈춰 섰다. 잠시 기다리자 운전사가 내려서 차를 돌아온 뒤 문을 열어 주었다. 로건은 우아하고 편안한 몸짓으로 리무진에서 내린 후에 나를 향해 한 손을 내밀었고, 나는 그 손을 잡고 차에서 내렸다. 검은색 차양이 쳐진 현관 양쪽에 청동 단추가 달린 제복 코트를 입은 문지기가 서 있었다. 나는 등의 맨살, 아직도 따끔거리는 음부에 천이 닿는 부드러운 감촉을 느끼면서 드레스 자락을 매만졌다. 내가 드레스 안에 속옷을 하나도 입지 않았다는 사실을 나를 쳐다보는 사람 모두가 알고 있는 것처럼 느껴졌다. 나는 내 몸을 훑어보았다. 그런데 느껴지는 것만큼 확실하게 티가 나지는 않았다.

로건은 내 손을 깍지 끼어 잡고 나를 자신의 몸 가까이 끌어당겼다. 나는 그에게 기댄 채 얼굴을 붉히며 그의 팔에 매달렸다. 로건은 한 팔을 내 허리에 둘렀다. 내가 자신의 여자라고 주장하듯, 그 팔은 부적절할 정도로 낮은 위치에 둘려 있었다.

그는 내 귀에 대고 속삭였다. "당신은 아름다워요, 이사벨. 어떤 장소에 가든 당신이 그곳에서 가장 사랑스러운 여자일 거예요. 그리고 내 팔짱을 끼고 있으니 나는 그곳에서 가장 운 좋은 사내일 테고."

"고마워요, 로건."

"당신이 이렇게 칭찬을 우아하게 받아들이다니 마음에 쏙 드네요."

그 말에는 어떤 반응을 보여야 할지 확신이 서지 않아서 아무런 반응도 하지 않았다.

식당 지배인이 이름을 말하며 로건에게 인사하고는 우리를 식당 뒤쪽 구석의 어두운 칸막이 좌석으로 안내했다. 불이 켜진 초하나가 좌석을 밝히고 있었지만 은은한 정도의 빛이었다. 다른 좌석들도 모두 비슷하게 그림자 속에 숨겨져 있었다. 아마도 사적인 칸막이 내부를 드러내지 않으려는 조치인 모양이었다.

나는 불안했다. 균형 감각이 느껴지지 않았다. 마음이 설레기도 했지만…… 내 내면의 무언가가 꺼져버린 것 같은 기분이었다.

나는 그런 기분을 무시했다.

메뉴를 정독했다.

로건은 내게 어떤 음식도 권하지 않았고 종업원이 주문을 받으러 오자 내가 직접 음식 이름을 말할 수 있게 해줬다. 마음에 들었다. 내가 무엇을 원하는지 스스로 결정하는 것, 내 결정을 스스로 알리는 것이.

몇 차례 코스 음식이 나올 때만 흐름이 끊기는 기나긴 저녁 식사였다. 나는 와인을 거절했고, 로건은 살짝 당황했지만 더 이상 강요하지 않았으며, 자신을 위해서도 술을 주문하지 않았다.

그리고 왜 그런지 그 이유도 묻지 않았다.

내가 무엇을 두려워하는지 로건이 눈치챈 것은 아닌지 걱정스러웠다.

식사가 끝나고 우리는 다시 리무진을 탔다. 차는 두 블록을 더 가서 웅장한 건물 앞에 부드럽게 멈춰 섰다. 아치형 창문이 높게 뚫려 있는 건물이 밤 속에서 불꽃처럼 빛나고 있었다. 난간에 빨간색 밧줄이 매어져 있었고 계단에 빨간색 카펫이 깔려 있었다. 누군가가 차 문을 열어주었고 로건이 차에서 내렸다. 앞이 안 보일 정도로 요란하게 카메라 플래시가 터졌다. 로건은 웃으며 손을 흔들고는 리무진에서 내리는 나를 도왔다. 나는 그의 팔에 매달린 채 웃으려고 애쓰면서 숨을 내쉬라고 스스로에게 말했다.

로건, 로건, 함께 온 아가씨는 누군가요?

아가씨, 이름이 뭐예요?

이 여자분은 누구시죠?

사귀는 사이인가요?

입고 있는 옷은 무슨 상표인가요?

거세고 빠르게 질문이 빗발쳤지만 로건은 모든 질문을 무시한 채 나를 이끌고 걸었다.

이 아가씨는 누구죠?

아가씨, 이름이 뭐예요?

나에게는 합법적인 진짜 정체성이 없었다. 신분증도 없었고 사회보장번호도 없었다. 어딘가에 그 정보들이 존재할 것이라 짐작했지만, 그게 어딘지는 알 수 없었다. 그런 신분증을 발급받는 방법도. 온라인으로 검색을 해봐서 정체성을 증명하는 기본적인 방법이 존재한다는 사실은 알고 있었지만. 그래서 내게는 정체성을 보여줄 아무런 정보도 없었다.

이 아가씨는 누구예요?

저 질문에 답한다면 로건은 뭐라고 이야기할까?

나는 그의 여자친구일까? 우리는 사귀는 사이일까?

정말로 어리석은 짓이었다. 로건과 함께 미디어, 언론사 사람들이 진 치고 있는 공적인 장소에 등장하다니. 카메라와 질문이 가득한 곳에.

어쩌면 예전 고객이 있을지도 모를 일이었다.

공연장 로비 안에는 카메라가 더 많아서 포즈를 더 많이 취해야 했다.

나는 화장을 거의 안 한 얼굴이었다.

속옷도 입지 않은 상태였다.

머리도 몇 시간 전에 손질하고 가볍게 무스만 발라서 손가락으로 모양을 다듬은 상태였다. 어딘가 갈 거라고, 누군가를 만날 거라고는 생각하지 못했으니까. 하물며 1초에 150장 정도의 사진이 찍히는 어마어마하게 공적인 장소에 내가 등장하게 될 줄은 꿈에도 몰랐으니까.

공황장애 증상이 도지려고 했다.

나는 로건의 팔을 온 힘을 다해 붙잡은 채 폐 속으로 억지로 공기를 밀어 넣었다. 억지로라도 숨을 쉬어야 했다. 가슴을 팽창시켰다가 수축시켰다. 숨을 들이마시고 내쉬었다.

"당신은 괜찮아요."

"빌어먹을, 도대체 무슨 생각으로 날 여기 데려온 거예요, 로건?" 나는 낮은 쉿소리로 말했다.

"괜찮은 척해요, 이즈. 당신은 티 하나 없이, 눈부시게 아름다우니까."

"난 이런 일을 할 준비가 전혀 안 됐단 말예요. 내가 마담 엑스인 걸 누가 알아보기라도 하면 어쩌죠?"

"우린 지금 함께 있어요, 이사벨. 당신 이름은 이사벨 드 라 베가고요. 지금 중요한 건 그것뿐이에요. 당신에게 무슨 일이 일어나게 내가 내버려두지 않을 테니까."

뒤통수가 따끔거렸다. 뒤돌아보았더니 거기에 조너선이 있었다. 예전 고객, 일종의 친구였던 조너선이. 키 크고 잘생긴 조너선은 완벽하게 어울리는 맞춤 턱시도를 입고 있었고, 아름다운 금발 아가씨가 소유욕을 드러내며 그 옆에 찰싹 달라붙어 있었다.

조너선의 잘생긴 얼굴이 충격 받은 표정으로 엉망이 됐다.

조너선은 로건과 내 앞으로 걸어와 서서 입을 달싹였지만 그의 입에서는 아무런 소리도 나오지 않았다.

"안녕, 조너선." 나는 미소 지었다. 아무렇지도 않은 척 하면서. 진짜가 될 때까지 진짜처럼 행동하기로 했다.

"마담⋯⋯."

"이제 내 이름은 이사벨이에요." 나는 조너선의 말을 자르며 말했다.

그 말에 더 충격을 받았는지 다시 침묵이 흘렀다. 잠시 뒤 조너선은 한 손을 내밀었다. 이제 그의 몸에는 매너가 완전히 배어 있었다.

나는 내게 내밀어진 그 손을 잡고 흔들려고 했지만, 조너선은 내 손을 손바닥이 아래로 향하게 들고 손등에 입을 맞추었다. 생소하고 그곳에 어울리지 않는 구식 행동이었다. 그러나 조너선은 그렇게 행동했고, 그것은 존경심을 표하는 신사의 방식이었다. 나는 그의 태도에 깊은 인상을 받았다.

"이렇게 만나니 반갑네요, 이사벨." 행동과는 어울리지 않는 불손한 농담조의 말투가 그의 입에서 불쑥 튀어나왔다.

조너선의 데이트 상대는 혼란스러운 모양이었다. "존? 이 아가씨를 어떻게 알아요?" 숨길 수 없는 프랑스어 억양 속에 질투가 담겨 있었다.

"이사벨과 나는…… 예전 사업 동료야."

"아." 금발은 안심했고 질투심도 누그러졌다.

그게 사실이지, 나는 생각했다. 서로를 진실하게 대했던 우리의 관계는 설명하는 것이 불가능하니까. 설사 우리 둘 다 인디고 서비스에 대해 논할 마음이 있다고 하더라도.

조너선은 매너를 지켜야 한다는 사실을 그제야 떠올린 모양이었다. "아, 미안해요, 이사벨. 이쪽은 내 여자친구 브리히짓이에요." 그는 그녀의 이름을 '브리히짓'이라고 발음했다.

"만나서 반가워요, 브리짓."

"나도요." 내 옆에 눈부시게 멋진 사나이가 서 있는데도 브리짓의 시선은 여전히 차가웠다. 로건은 내 허리에 한 팔을 두른 채 군중을 살펴보고 있었다.

조녀선이 로건을 향해 한 손을 내밀었다. "우린 구면인 것 같군요. 예전에 경매장에서 봤죠."

로건은 단호한 동작으로 짧은 악수를 했다. "맞아요. 로건 라이더요."

"존입니다." 그저 존이었다. 성도 붙이지 않은. 조녀선이 내 고객이었던 예전에 그에게 있던 허세는 이제 전혀 없었다. 그런데도 편안하고 자신감 넘쳐 보였다. 격에 맞춘 옷차림과 정중한 태도.

이 정도면 교육은 성공한 셈이었다.

조녀선과 로건이 뭔가 사업과 관련된 대화를 나누는 동안 나는 몸을 돌리고 조녀선에 대해 생각했다. 조녀선과 마지막으로 만났을 때까지도 그에게 남아 있던 오만한 가식과 미숙하고 얄팍한 자만심은 이제 자부심과 자신감, 사람을 끄는 매력으로 바뀌어 있었다. 내가 그 일을 어떻게 해냈을까. 그에게 그런 태도를 가르친 것은 나였다. 어쩌면 '처신 교육' 사업도 결국에는 성공하지 않을까. 생각이 손바닥 뒤집듯 바뀌었다. 조녀선의 변화가 앞으로도 내 최고의 성과일 것이라는 생각이 들었다가도 불가능한 일은 아예 처음부터 포기했어야 한다는 생각이 들기도 했다.

나는 로건을 따라 자리에 앉았다.

오페라는 내 예상과는 딴판이었다. 아름답고 매혹적이고 마음을 울리는 공연이었다. 그러나 로건은 내내 지루해하는 기색이었다.

음악을 즐기는 중에도 그 광경…… 조녀선을 만난 일이 나를 계속 흔들었다. 나는 기억을 짚어가면서 그 일을 곰곰이 생각했다.

그래서 공연에 집중할 수가 없었다.

나도 모르는 사이에 공연은 끝났고 나는 로건을 따라 군중을 뚫고 계단을 내려왔다. 리무진이 정문 앞에서 우리를 기다리고 있었다. 운전사가 차 문을 열었다.

차를 타고 집으로 돌아오는 길은 조용했다. 차 안에는 침묵이 흘렀다.

우리는 둘 다 아무 말도 하지 않았다.

내 무릎 위에 로건의 한 손이 얹혀 있었다. 집에 가까워질수록 그의 손이 내 허벅지를 타고 조금씩 위로 올라왔다.

운전사가 로건의 집, 아니 **우리** 집 앞에 차를 세웠을 때는 그 손이 거의 음부에 도달해 있었다.

그리고 나는 극심한 혼란으로 여러 감정에 시달리고 있었다.

마음이 어지러웠다.

내가, 내가 어떤 상태인지 깨닫고 있었던 것이다. 어쩌면 나는……

아니, 그 일은 생각조차 하고 싶지 않았다. 그 말은 떠올리고 싶지도 않았다. 그럴 리가 없어. 그렇지 않을 거야. 그럴 수는 없지.

나는 그 생각을 떨쳐버렸다. 결국은 마주해야 되리란 사실을 알고 있었지만 당장은 그러고 싶지 않았다.

조녀선 때문에 충격을 받았기 때문이었다. 그에 대한 소유권을 확실하게 주장하는 아름다운 여자친구 브리짓과 함께 있는 조녀선을 만난 일 때문에. 물론 그 충격은 브리짓 때문이 아니라 그저…… 조녀선 때문이었다. 그의 존재 자체 때문이었다. 그는 내가 진심으로 마음을 쓴 나의 유일한 고객이었다. 어째서 오늘 밤에는 조녀선의 존재가 예전보다도 훨씬 더 의식이 되었는지 확실히 알 수가 없었다.

현기증이 느껴졌다.

내 주위의 삶이 소용돌이치고 있는 것처럼, 내 손이 닿지 않는 곳에서 세상 전체가 미친 듯이 회전하고 있는 것 같았다. 그 태풍의 눈 속에, 침묵 속에 혼자 앉아서 보글보글 거품이 되어가고 있는 나는 거기서 벗어나 그 광란의 소용돌이에 동참할 수 있는 길을 알아낼 수가 없었다.

심지어 로건마저도…… 아득하게 느껴졌다.

우리의 유대관계가 희미해지거나 변한 것 같았다.

약해지거나 사라진 것 같았다.

어쩌면 부서져 버린 것일 수도 있었다.

우리는 이제 집 안에 들어와 있다.

언제 집으로 들어왔는지 기억이 나지 않았다.

로건은 내 정면에 서서 나를 내려다보았다. "이사벨?"

나는 눈을 깜박이다가 그를 올려다보았다.

그를 잃을까 봐 겁이 났다. 우리 관계가 끝날까 봐 겁이 났다. 당신, 케일럽에 대한 나의 나약한 태도가 로건과 내가 함께 만들어나갈 수도 있었던 것을 이미 망가뜨린 것은 아닌지 걱정스러웠다. 로건한테…… 안 될 일이었다. 그는 그 문제가 아니어도 충분히 고통을 겪고 있었다. 그럴 수는 없었다.

나를 바라보는 그의 시선…… 마치 내가 연약한 존재인 것처럼 나를 바라보는 그의 시선은 나를 두렵게 만들었다.

이럴 때 로건은 나를 전혀 모르는 사람 같았다.

로건이 나를 모른다면 누가 나를 알겠는가?

나는 누구인가?

이사벨.

나는 이사벨이다.

나는 임신한 걸까?

그 생각이 딱 떠오르는 순간 로건이 말했다. "나한테 다 말해요, 이사벨."

"난……."

아무 생각도 나질 않았다. 아무 말도 떠오르지 않았다.

그 말을 로건에게 할 수는 없었다. 아직 사실이 확인된 것도 아니지 않은가.

"난…… 길을 잃은 것 같은 기분이에요, 로건."

"당신은 이곳에 잘 있는걸요. 나와 함께."

"하지만 기분이…… 우리 사이에 대양이 놓여 있는 것 같단 말예요."

로건은 내게 바짝 다가섰다. "시간이 좀 필요하다고 내가 말했었죠. 그래서 시간을 가졌고요. 오늘 저녁 외출은 그 시간을 마무리하는 일이었어요. 난 이제 다 괜찮아요. 내 능력이 허락하는 한도 안에서는. 우린 여기 있어요. 함께 있고요. 일도 함께하죠. 섹스를 하지 않아도 우린 커플이니까요. 섹스를 하지 않아도 나는 당신과 함께 있는 것이 즐겁고요."

"하지만 우리 사이에 공간이 있는 것처럼 느껴지는걸요." 둑이 터진 듯, 내 안에 존재하는지도 몰랐던 말들이 쏟아져 나왔다. "전에 우리한테 있었던 유대감 같은 것…… 사라진 건 아니지만 달라진 것 같아요. 오늘 저녁에 당신이 나를 보는 시선, 나를 만지는 손길은…… 달랐어요. 그리고 나는 그냥…… 전원이 나간 것 같아요. 케일럽을 떠난 뒤로 모든 전원이 나가버린 것 같다고요."

"이사벨……."

"제대로 되는 일이 아무것도 없어요."

"이사벨……."

"당신에게 해야 하는 말이 너무나, 너무나 많아요. 그런데 그 방법을 모르겠어요. 해야 할 일도 너무나 많은데 그것도 방법을 모르겠고요. 우선 난 정체성이 필요해요, 로건. 적어도 법적으로라도 말이죠. 사실 나는 법적으로 한 명의 인간이 아니잖아요. 그리고…… 내 내면은 그야말로 엉망진창이에요. 그런데 그걸 고칠 방법을 모르겠어요. 여기서 당신과 지내는 건 좋아요. 당신과 함께 사는 것, 당신 옆에서 자는 것, 당신과 함께 식사를 하는 것은 말예요. 하지만 오늘 밤은…… 잘 모르겠어요."

"내 말 들어봐요, 이사벨."

"우리 사이가 너무나 멀리 떨어져 있는 것 같은 기분이에요. 우리 사이에는 케일럽이 있죠. 그 사람과 관련된 나의 나약함, 지금 껏 일어난 일, 그 사람이 당신을 쏘았다는 사실도 있고요. 그 사람이 하마터면 당신을 죽일 뻔했고, 당신은 한쪽 눈을 잃었잖아요. 그건 모두 내 잘못이에요. 당신은 당신 마음대로 말할 수 있지만, 내 기분은 그래요. 그리고 우리 사이가 너무나 멀리 떨어져 있는 것 같은 그 기분, 내 안이 텅 빈 것 같은 그 기분이 나는 두려워요. 심지어 나 자신에게조차 그걸 어떻게 표현하면 좋을지 모르겠어 요. 난 우리를 원해요. 당신을 원해요. 예전처럼 그 일이 쉽게 느껴 졌으면 좋겠어요. 나, 난 두려워요. 내가 모든 걸 망칠까 봐."

"제기랄." 로건은 숨을 내뿜듯 낮게 말했다.

그러더니 내게 키스했다. 갑자기, 그리고 거의 폭력적으로 느껴 질 정도로 격렬하게. 커다랗고 따뜻한 두 손으로 내 얼굴을 감싸고 거세게 내 입술 위로 자신의 입술을 밀어붙였다. 그의 혀가 내 앞 니 사이로 파고들었다.

온몸으로 열기가 퍼져나갔다.

나는 앞쪽으로 무너지면서 그의 목에 두 팔을 둘렀다. 바짝 매 달렸다. 그의 몸이 내 몸 중심에 오도록.

나는 그를 만져야만 했다. 그를 느껴야만 했다. **우리**를 느껴야 만 했다.

나는 그에게 돌진했다. 그의 옷으로, 턱시도 재킷으로 돌진했 다. 재킷이 툭 소리를 내면서 현관 바닥에 부드럽게 떨어졌다. 그 의 등이 현관문에 닿자 경보음이 울렸다. 로건이 내 앞으로 팔을 뻗어 초록색 불이 켜진 버튼을 누르자 경보음이 꺼졌다. 코코아가 낑낑대고 짖어댔다.

아무래도 상관없었다.

나는 절박했다. 그가 필요했다. 그의 피부가 필요했다. **그것**, 우리를 하나로 묶어주는 신체적, 정신적, 감정적 유대감이 아직 남아 있는지 알아야 했다. 그것이 아직 존재하고 있는지 알아야 했다. 그리고 그 순간, 그걸 알아낼 수 있는 유일한 방법은 그의 몸을 만지는 것이었다. 그의 몸, 그의 체취, 그의 열기, 그의 견고함으로 내 몸을 가득 채우는 것, 그를 느끼는 것, 그를 아는 것, 그를 다시 배워야 했다.

나는 그의 넥타이를 풀어 던졌다. 단추를 마구 잡아당겼다. 그중 하나가 바닥에 툭 떨어지는 소리가 들렸다.

"와, 이사벨, 자기, 조금만 천천히……."

나는 키스로 그의 입을 막아버렸다. 그의 셔츠를 어깨 뒤로 벗겼다. 로건은 소매 커프스를 풀어 바지 주머니에 집어넣었다. 내가 그의 벨트를 풀었고 벨트 버클이 딸랑 소리를 내며 내 발 옆 바닥으로 떨어졌다. 바지허리에 달린 두 개의 후크를 풀고 지퍼를 내렸다. 로건은 신발을 벗어 던지고 바지에서 다리를 뺐다. 그리고 마침내, 세상에 드디어, 내 두 손 안의 그가 알몸이 되었다. 그의 배, 드넓은 등, 단단하고 둥근 엉덩이, 뜨겁고 단단하게 발기한 성기가 완전히 모습을 드러냈다. 나는 그의 온몸을 애무했다. 그를 만졌다. 고개를 숙이고 그에게 키스했다. 어깨에, 목덜미에, 문신에, 흉터에. 그의 성기를 쓰다듬고 쥐고 어루만졌다.

로건은 부드럽지만 단호한 태도로 나를 밀어내며 내 얼굴을 혼란스러운 눈빛으로 쳐다봤다. "이사벨, 자기. 무슨 일 있어요?"

"당신이 필요해요."

나는 생각하지 않았고 망설이지 않았다. 내 드레스 지퍼를 내리고 거기에서 발을 빼고 알몸이 되었다. 이제 내 몸에 걸친 것은 하이힐, 귀걸이, 목걸이뿐이었다. 로건은 잠시 동안 나를 가만히 쳐다봤다. 젖꼭지가 곤두서고 음부가 젖어왔다. 내 욕망의 냄새를 나도 맡을 수 있을 정도였다.

"로건, 당신이 **필요해요**." 나는 같은 말을 반복했다.

"당신, 왜 이렇게…… 필사적으로 느껴지죠?"

"그 이유는 나도 모르겠지만, 그래요. 난 당신을 필사적으로 원해요. 당신이 필요해요."

나는 로건에게 손을 뻗고 그에게 매달려 귓불과 관자놀이에 키스했다. 묶인 그의 머리를 풀고, 물결치는 금발을 손가락으로 쓸었다. 그의 입을 내 입으로 끌어당겼다. 내 존재의 모든 세포를 동원해 그에게 키스했다.

"작별인사인가요, 이사벨?"

나는 숨을 내쉬었다. "아뇨. **젠장**, 아니에요. 이건 그저, 그저……." 나는 몸을 뒤로 뺐지만 그를 놓아주지 않고, 그의 머리와 뺨에 매달리며 말했다. "날 사랑해달라고 말하는 거예요, 로건. 사랑해줘요. 제발…… 그냥 날 사랑해줘요. 내게 보여줘요. 내 기억을 되살려줘요. 나는 우리가 필요해요. **우리가 필요하단 말예요.**"

로건은 무릎을 굽혔다가 내 양쪽 허벅지를 잡고 내 몸을 들어 올렸다. 나는 그의 몸에 두 다리를 감고 고개를 숙인 채 그의 숨결을 들이마셨다. 로건과 나의 이마가 부딪쳤고 로건의 등이 문에 닿았다. 로건이 나를 채웠고 우리는 하나가 되면서 신음했다. 그가 키스하려고 몸을 움직였지만 내가 그의 숨결을 훔쳤다. 그에게서 키스를 빼앗았다. 로건이 나를 찌를 때 나는 그의 아랫입술을 깨물면서 깊게 앉아 성기 밑동까지 내려갔다. 골반과 골반이 닿았다. 입과 입이 닿았다. 심장과 심장이 닿았다.

"당신에게 필요한 게 이거예요, 이즈?"

"그래요, 세상에, 바로 이거예요."

로건이 몸을 움직여 나를 부엌으로 데려갔다. 아일랜드 식탁 가장자리에 엉덩이가 닿게 나를 내려놓고 내 양쪽 엉덩이를 쥔 채 내 몸을 당기면서 성기를 찔러 나를 채웠다. 내 입술 위로 그의 숨결, 신음, 키스가 쏟아졌다. 몸을 빼면서 하나뿐인, 눈부시게 푸른 인디고색 눈으로 나를 뚫어지게 바라보았다. 내 시선을 자신의 눈 속에 담았다. 이럴 때면, 그가 내 안에 있을 때면 늘 그러듯이.

나는 아직 검은색 하이힐이 신겨져 있는 두 발을 써서 그를 끌어당겼다. 그의 몸이 나와 더 가까워지는 것이, 그의 몸이 내 안에 더 깊이 들어오는 것이 가능하기라도 할 것처럼. 그럴 가능성은 없었지만 그래도 나는 애썼다. 그가 내 안에 더 깊이 들어올수록 우리의 결합이 더 확실해질 것처럼. 내가 그를 더 강하게 느낄수록,

그가 나를 더 완벽하게 채울수록 우리가 더 견고하게 묶일 것처럼. 그를 거칠게, 필사적으로, 격렬하게 사랑하면 내 죄악이 사라지고 내 중독증상이 치료되기라도 할 것처럼.

그럴 리가 없었지만, 그래도 나는 애썼다.

아, 맙소사, 세상에, 나는 그렇게 갖은 애를 쓰고 있었다. 로건과 함께 내 죄악을 지우려고, 로건과 함께 내 중독증상을 치료하려고. 내 안에 있는 것은 로건이었지만, 나 역시 그의 안에 있었다. 다리를 감은 채, 몸을 젖힌 채, 사지가 뒤엉킨 채, 완전히 그와 하나로 엮인 채. 나는 몸을 뒤틀면서 그의 성기가 쭉 뻗은 내 몸속으로 들어오는 것을 느꼈다. 음부가 불붙은 것처럼 아파서 상체를 앞으로 숙였다. 그의 가슴 위에 무게를 싣고 그의 앞가슴에 입을 맞추었다. 손으로 그의 엉덩이를 잡아당겨 재촉하면서.

"날 사랑해줘요, 로건."

그러자 로건이 몸을 움직였다. 성기를 찌르면서 더 가까이 내 몸을 끌어안았다. 나는 두 눈을 감은 채 상체를 뒤로 젖히면서 내 골반을 비스듬하게 그의 골반에 밀착시켰다. 하이힐을 신은 발을 그의 종아리에 건 채, 두 손으로 차갑고 단단하고 둥근 그의 엉덩이 근육을 쥔 채, 그의 움직임을 느꼈다. 그가 움직이는 것을, 그가 나를 채우는 것을 느꼈다.

하지만 그것으로 충분하지 않았다.

나는 그의 가슴을 밀었다.

로건은 내 몸을 들어 성기를 뺀 뒤 나를 내려놓았다. 나는 다시 그를 소파로 이끌었다. 로건이 등에 쿠션을 대고 누웠고, 나는 그의 위에 앉았다. 무릎을 꿇고 그에게 올라탔다. 그의 얼굴 위로 젖가슴을 드리워 쓰라린 젖꼭지를 그의 입에 물렸다. 다리 사이로 손을 뻗어 그의 성기를 내 음부에 닿게 했다. 단 한시도 시간을 지체하지 않고 로건의 성기를 내 몸에 꽂고 그 위로 내려앉았다. 한 손으로 그의 어깨를 잡고 다른 한 손으로 소파 등받이를 잡았다. 소파에 얹혀 있는 두 무릎에 무게를 실었다. 세상에. 너무나 깊고, 너무나 가득하고, 너무나 두껍고, 너무나 좋았다. 몸을 일으킬 때는 상체를 뒤로 젖히고 우리의 몸을, 내 몸에서 빠져나오는 그의 성기를 쳐다봤다. 미끈하고 두툼한 그의 성기는 젖어서 번들거렸다. 로건이 내 안으로 찌르고 들어올 때는 몸을 내리면서 굵고 아름다운 그 성기가 내 몸 안으로 사라지는 모습을 쳐다봤다. 로건은 내 젖가슴을 입에 문 채 젖꼭지를 혀로 문지르고 핥았다. 나는 등을 뒤로 휘면서, 절대 멈추지 말아달라고 그에게 말없이 애원했다.

나는 미친 듯이 격렬하고 거칠게 그에게 올라탔다. 로건은 나와 함께 몸을 움직이며 신음했고, 그것은 모두 나를 위한 동작이었다. 나는 누렸다. 그것이 내게 필요한 것, 내 것이었다. 나는 이제 두 손으로 그에게 매달렸다. 그의 양쪽 어깨, 목 근처를 꽉 움켜쥐었다. 풀린 머리가 그의 얼굴을 마구 뒤덮고 있었다. 로건의 얼굴이 잘 보이지 않았지만 나는 그 머리를 치우지 않았다. 금색 머리칼 사이로 검은색 안대가, 너무나 푸르디푸른 눈이 보였다. 그의 피부는 구릿빛이었고 그의 머리칼은 일요일 정오의 햇살처럼 빛났다.

그의 몸은 단단하고 미끈하고 강하고 완벽했다. 그리고 그 모든 것이 다 내 것이었다.

나는 그에게 키스하며 얼른 말했다. "당신은 내 거예요."

로건은 소리 내어 웃었다. 껄껄 웃었다. "그래요, 이사벨. 난 당신 거예요."

내 양쪽 엉덩이를 쥐고 있는 두 손이 나를 재촉했다. 나는 더 세게, 더 빠르게 움직였고 더 깊이 주저앉았다. 로건은 말 한마디 없이 내 엉덩이를 잡은 두 손으로 말하고 있었다. 그리고 당신은 내 거예요. 굳이 말로 할 필요가 없었다. 만약 그가 그 사실을 말로 표현했다면 나는 진저리를 쳤을 것이다. 로건이 아닌 누군가로부터 그 말을 너무나 많이 들어왔기 때문에. 이제는 로건이 아닌 누군가에게 그 말을 듣는 것을 나는 견딜 수 없을 것 같았고, 로건 역시 그 사실을 알고 있었다. 알고 있는 것이 분명했다. 그래서 말이 아닌 다른 방식으로, 두 손으로 그 말을 내게 하고 있었던 것이다. 그는 거칠고 커다란 두 손바닥으로 내 상체를 쓸어, 출렁대는 풍만한 내 젖가슴을 감싸 쥐었다. 내 거. 입을 한쪽 젖가슴으로 가져가 키스하고 젖꼭지와 유륜을 빨았다. 내 거. 다른 쪽 젖가슴도. 내 거. 두 손은 이젠 내 옆구리를 지나 양쪽 엉덩이를 받치고 꽉 쥐어 나를 들어 올렸다가, 내가 깊고 깊게, 너무나 깊고 깊게 내려앉으면 엉덩이를 가만히 어루만졌다. 내 거.

그렇게 우리가 몸을 움직이는 동안, 그가 격렬하게 내 몸을 파고드는 동안, 내가 그의 몸 위로 주저앉는 동안, 내 젖꼭지가 그의 얼굴 위에서 춤을 추는 동안, 그가 그 어느 때보다 더 매력적이고 통찰력 있는 한 개의 아름다운 눈으로 나를 들여다보는 동안, 그는 엄지로 내 입술을 어루만지고 손바닥으로 내 뺨을 쓰다듬고 손가락으로 내 머리를 쓸어 넘겼다. 내 거. 그러더니 갑자기 거칠게 내 머리를 한 움큼 쥐고 내게 키스했다. 어찌나 격한지 숨 쉬는 것조차 잊게 만드는 키스였다. 나는 신에게 감사했다. 그 순간 내가 로건 라이더와 함께 있다는 사실에. 나는 호흡보다 키스가 더 좋았다. 아무리 광포하다고 해도 나는 그 키스가 산소보다도, 생명보다도, 그 무엇보다도 더 필요했다.

그 광포한 키스 덕분에 우리가 하나로 묶여 있는 것, 연결되어 있는 것이었으니까. 우리의 영혼과 영혼이.

내 거.

질투심, 소유욕 따위는 모두 사라졌다. 주인의식이 그 자리를 차지했다. 누군가의 강요에 의해서가 아니라 내 의지에 따라 자유롭게.

나는 나 자신을 로건에게 맡겼다. 내 모든 영혼을 걸고 맹세하건대 나는 로건의 여자, 영원히 로건만의 여자로 살 생각이었다.

우리의 움직임이 격해졌다. 나의 움직임도, 그의 움직임도, 우리의 움직임도. 그의 호흡이 헐떡임으로 바뀌는 것이 느껴졌다. 그는 내 머리칼을 움켜잡았다. 얼마나 거세게 쥐었는지 엉덩이는 아름답게 멍이 들 것 같았다. 그냥 몸을 움직이는 것도 아니었고, 그저 성교를 하고 있는 것도 아니었다. 그것은 그를 사랑하는 행위였다. 그를 사랑하는 그 행위는 점점 거칠어졌고, 나는 태곳적 야생동물처럼 미쳐가고 있었다. 심지어 내가 내고 있는 소리조차 인간의 소리가 아니었다. 욕망의 소리, 나 자신을 완전히 버리는 소리, 완벽하고 아름다운 황홀경의 소리, 우리 사이에 새로 만들어진 생생한 사랑의 소리였다.

로건이 신음했다.

나는 신음하고 훌쩍이고 흐느끼면서 온몸으로 그를 조였다.

한 손으로 햇살 같은 그의 머리채를 움켜쥐고 그의 입술을 깨물면서 그의 호흡을 삼켰다. 씹고 핥으면서 키스를 빨아 넘겼다.

나는 그가 절정에 도달하는 것을 느끼면서 정확히 동시에 그를 끌어안고 폭발했다. 로건이 사자처럼 격정 속에서 으르렁대는 소리를 들으며 그가 사정하는 것을 느꼈고 나 역시 오르가즘에 도달해 격렬하게 괴성을 질렀다. 우리는 서로에게 몸을 밀착시키고 있었다. 서로 입을 맞춘 채 키스가 호흡, 생명인 것처럼 키스했다. 키스가 없으면 질식사할 것 같았다. 로건은 사정하고, 사정하고, 또 사정했고, 나는 그가 오르가즘을 느끼는 동안 그의 몸 위에서 격렬하게 발버둥 치고 몸부림치면서 그를 조였다. 그의 성기를 더 깊고 강하게 빨아들였다. 별이 보이고 현기증이 느껴질 정도로, 나를 박살 내는 그 힘에 정신을 잃을 정도로.

그의 오르가즘이 끝났을 때 나의 오르가즘도 함께 끝났다. 나는 두 손으로 그의 머리칼을 쥔 채 그의 얼굴을 뒤로 젖혔다. 나를 바라볼 수밖에 없게. 로건은 내가 하는 대로 내버려두었고, 내 행동을 즐겼다. 내가 그의 영혼을 들여다보는 동안, 아무런 동요 없이 눈을 깜박이지 않고 나를 바라보면서 두 손으로 내 몸을 쓰다듬었다.

"사랑해요, 로건." 나는 불규칙하게 숨을 내쉬며 속삭였다. "사랑해요."

사랑으로 충만한 순간이었다.

잠시 뒤 우리는 몸을 틀어 자세를 바꾸었고, 나는 그의 가슴 위에 누워 있었다. 그는 두 팔을 내 몸에 두르고 나를 꼭 끌어안았다. 내 몸의 모든 세포를 하나로 모으듯.

"이사벨…… 이사벨." 엄지가 내 관자놀이를 스쳤다. 손바닥이 내 등을 받쳤다. 크고 따뜻하고 편안한 손이었다. "사랑해요."

그 순간, 나는 어쩌면 모든 것이 괜찮아질 수도 있겠다는 생각을 했다. 언젠가는, 어떻게든.

06

잠에서 깼을 때 나는 침대에 누워 있었다. 여전히 알몸인 채로 담요를 덮고. 주위를 얼핏 보니 아침 여덟 시가 이미 지난 모양이었다. 그리고⋯⋯

간신히 욕실에 도착했다.

입을 헹구고 양치를 한 다음 거울 속의 내 모습을 바라보았다. 앞모습과 옆모습을. 손바닥으로 배를 쓸어보았다. 아직은 평평한 배를. 나는 그에 대해 아는 바가 전혀 없었다. 내가 만약, 만약에⋯⋯ 맙소사. 아직까지도 그 문제를 객관적으로 생각할 수가 없었다. 언제쯤이면 거울 속의 내 모습을 바라보는 것만으로 그 여부를 확인할 수 있게 될까?

임신인지 아닌지 어떻게 확인하지? 나는 신분증도, 돈도 없었다. 내게 독립심이라는 것이 조금이라도 있다면, 이건 나 혼자서 해결해야 하는 문제였다. 로건도 아직은 눈치채지 못한 것 같았다. 나는 신분증이 없어서, 내 명의로 된 계좌 같은 것도 없다. 지금 내게 그런 것들이 있다면 정말로 좋을 텐데.

나는 샤워를 하며 어젯밤의 흔적을 씻어냈다. 어제 일을 생각하니 절로 미소가 지어졌다.

옷을 입고 머리를 털어 말리고 있는데 현관문 두드리는 소리가 났다. 침실 바닥에 엎드려 있던 코코아가 앞발 위에 얹어 놓았던 머리를 들고 목구멍 안에서 으르렁거리는 소리를 냈다. 코코아의 어깨 털이 곤두서 있었다. 개는 천천히 유연한 몸짓으로 자리에서 일어났다. 포식자의 후손이란 사실을 상기시키는 몸짓이었다. 개는 으르렁대며 성큼성큼 현관문을 향해 걸어갔다. 나는 코코아의 뒤를 쫓아가 개의 목덜미에 한 손을 얹은 채 문에 난 구멍을 통해 밖을 내다보았다.

갈색 제복을 입은 한 남자가 커다란 사각형 봉투를 들고 있었다. 길가에 대어놓은 트럭은 비상등을 깜박이고 있었다. 트럭 옆에 'UPS 물류'라는 글자가 적혀 있었다.

남자가 다시 문을 두드렸다.

나는 문을 열었다. 여전히 코코아의 목덜미를 잡고 있었지만 손아귀 힘은 느슨했다. 코코아가 날 지켜 주리라 믿었기 때문이다. 코코아는 내 무릎에 기댄 채 얼굴을 앞으로 내밀고는 배달부를 향해 으르렁거렸다. 남자는 불안한지 개를 쳐다봤다. 으르렁거리는 개의 맞은편에 서 있었다면, 혹은 코코아를 믿지 못했다면, 나 역시 불안했겠지만.

"이사벨 드 라 베가 양?"

"맞아요. 뭘 도와드릴까요?"

그는 내게 봉투를 건네고, 화면이 있는 작은 기계과 펜을 내밀었다. "여기 서명하세요."

"이게 뭐죠?"

"이사벨 드 라 베가 양 앞으로 온 우편물이네요. 제가 아는 건 그게 다예요."

"누가 보낸 건데요?"

"발신자 이름이……." 남자는 봉투에 붙은 라벨 왼쪽 윗부분을 흘끔 살피고는 봉투를 다시 내게 돌려줬다. "케일럽 인디고네요."

나는 펜을 받아 천천히 조심스럽게 내 이름을 썼다.

"즐거운 하루 보내세요, 고객님." 배달부는 거리를 향해 달려갔고, 씩씩대는 디젤 엔진 소리와 함께 가버렸다.

나는 현관문을 연 채 그 자리에 서서 봉투를 내려다봤다.

당신이 보낸 봉투를.

이게 뭐지? 당신이 내게 보낼 가능성이 있는 물건이 뭘까? 열어 보고 싶지 않았지만 열어야만 했다.

현관문을 닫고 꿈속을 걷듯 부엌의 아일랜드 식탁으로 가서 봉투를 내려놓았다. 뒷면에 붙어 있는 끈을 당기자 봉투가 열렸다. 봉투 안으로 손을 집어넣어 꺼내 보니 작은 종이 몇 장이었다. 맨 위에 놓인 흰 종이에서는 오래된 듯한 냄새가 났다. 그 종이 꼭대기에 가로로 세 개의 단어가 적혀 있었다. 'Acta de Nacimiento'

'출생증명서.'

내 이름과 아빠 이름, 엄마 이름이 보였다. 당연하게도 모든 단어가 스페인어로 적혀 있었는데, 어찌 된 일인지 나는 생각도 하지 않고 그 서류를 영어로 번역할 수 있었다. 전혀 애쓰지 않는데도. 내 뇌가…… 아무렇지도 않게 그 일을 해내고 있었다. 참으로 묘했다.

다음 서류는 꼭대기에 '사회보장'이라고 적힌 자그마한 파란색 카드였다. 내 이름, 그리고 '○○○○○○○○○' 이런 형태로 숫자 몇 개가 적혀 있었다.

나한테 사회보장 카드가 있었단 말이야?

그다음 서류는 커다랗고 하얀 직사각형 종이였다. 가장자리에 검은색 글자가 무늬처럼 새겨져 있었다. 꼭대기에 가로로 '미합중국'이란 글씨가, 그리고 그 밑에 '이민 증명서'란 글씨가 새겨져 있었는데, 그 두 개의 단어 사이에 미국 서류의 상징인 금색 이파리가 그려져 있었다. 왼쪽 아랫부분 가장자리에 작은 내 사진이 찍혀 있었다. 너무나 어린, 열네 살 무렵의 내 사진이었다. 땋아 묶은 검은 머리가 어깨 위에 매달려 있었다. 수줍게 미소를 짓고 있는 나는 그 빌어먹을 파란 드레스를 입고 있었다. 어깨 부분만 보고도 사진 속의 내가 그 옷을 입고 있다는 사실을 알 수 있었다. 빌어먹을 파란 드레스. 그 사진 위에 내 서명이 있었다. 단정하고 조심스러운 글씨체, 조금 전 내가 택배 기계에 서명한 방식으로 적힌 내 서명이었다.

서류들을 손에 쥔 채, 섬광처럼 어떤 기억이 떠오르지는 않을까 기대해 보았지만, 아무런 기억도 나지 않았다.

그리고 봉투 안에는 운전면허 발급청에 가서 신분증 재발급을 신청하는 데 드는 비용인 14달러의 금액이 적힌 우편환이 들어 있었다.

봉투를 거꾸로 들고 흔들자 마지막 종이가 팔랑팔랑 떨어졌다. 메모지 묶음에서 찢어낸 작은 노란색 종이였다. 거기 적힌 손글씨는 아름답고 완벽했다. 대문자로 약간 비스듬하게 적힌 글씨는 각각의 글자가 캘리그래피라고 해도 좋을 정도로 깔끔했다. 그러나 글자의 줄은 종이 위에서 한쪽으로 기울어져 있었다. 메모지에 쳐져 있는 줄을 완벽하게 무시한 것으로 보아 바쁘게 메모를 휘갈겨 쓴 뒤에 종이를 찢어낸 모양이었다.

이사벨,

내가 당신을 위해서 이 서류들을 마련했어. 이것들은 원래 당신의 스페인 출생증명서, 미국 사회보장 카드, 이민 증명서의 복사본이야. 신분증을 발급하는 데 이 서류들이 필요할 거야. 신분을 증명해주는 이 서류들을 들고 교통국에 가기만 하면 돼. 교통국이 어디에 있는지는 당신 남자친구가 알겠지.

케일럽

당신의 이름이 아무렇게나 서명되어 있었다. 첫 글자인 C가, 마찬가지로 대문자로 쓴 나머지 네 개의 글자를 모두 합친 것보다도 더 큰 곡선을 그리고 있었다.

신분증을 발급받는 방법이나 이 서류들을 내게 보낸 이유 등에 대해서는 아무런 설명도 없었다. 그저 다섯 개의 문장, 당신의 이름과 내 이름, 그게 다였다.

간결하고 짧고 기능적인 메모였다.

'남자친구'라는 단어에서는 빈정대는 듯한 독설이 느껴졌다. 메모를 써 내려가다가 그 단어만 더 펜을 꽉 잡고 종이에 꾹 눌러 썼는지, 유독 그 단어의 글자 색이 더 짙었다.

로건의 노트북을 켜고 검색창에 교통국을 적자 여러 개의 목록이 나타났다. 그중 한 지점이 로건의 집에서 멀지 않은 곳에 있었다. 나는 관청의 주소, 교차로, 몇 번가가 교차하는지 메모하고, 어떤 길을 통해 가야하는지도 메모했다. 이 일은 혼자 힘으로 해내고 싶었다. 로건에게 말하면 날 그곳에 데려다주겠지만, 그리고 내가 혼자 그곳에 갔다는 사실을 알면 서운해할지도 모르지만 이것은 내가 해내야 하는 일이었다.

고맙군, 케일럽.

당신이 왜 내게 이 정보들을 제공해야겠다고 생각했는지는 알 수 없었지만, 그 정보는 내 손에 들어와 있었고, 나는 그 사실이 고마웠다.

서류를 다시 봉투에 넣고 신발을 꺼냈다. 발레 슈즈처럼 굽이 없고 편안한 민무늬 신발이었다. 다리에 딱 붙는 청바지와 초록색 브이넥 티셔츠를 입고 그 위에 하얀색 울 니트 카디건을 걸쳤다. 편하고 단순한 옷이었다. 속옷도 장식 없는 팬티에 가슴을 받쳐주지만 편안한 브라를 입었다. 머리는 정돈이 되어 있지 않았지만 그런대로 보기 괜찮았다. 화장은 하지 않았다.

나는 이사벨이다. 따라서 발렌티노 구두나 샤넬 드레스, 카린 길슨 속옷 따위는 필요 없다.

문손잡이를 돌려 밖으로 나왔다. 문을 닫고 로건이 준 열쇠를 돌리려다가 잠시 머뭇거렸다.

다시 집 안으로 들어와 노트북을 켜고 구글 창을 띄웠다. 몸을 떨며 불안정한 숨을 내쉬었다.

검색창에 다음과 같이 글자를 쳤다. '무료 임신 검사'

컴퓨터가 검색을 하는 시간이 잠시 흐른 뒤 여러 개의 병원 목록이 나타났다. 뉴욕시 안에 있는 여러 병원 가운데 하나가 교통국에서 걸어갈 수 있는 위치에 있었다. 링크된 주소를 눌러 병원 홈페이지로 들어갔다. 예약을 해야 된다고 쓰여 있어서 오늘 오후 시간으로 온라인 예약을 했다. 떨리는 손으로 검색창을 닫고 노트북 덮개를 덮었다. 가슴 속에서 심장이 고통스럽게 방망이질 쳤다. 그냥 예방책일 뿐이야. 나는 스스로에게 말했지만, 그 말은 사실이 아니었다. 그럴 리가 없었다.

나는 그 사실을 잘 알고 있었다. 내가 스스로에게 거짓말을 하고 있다는 사실 역시 알고 있었다.

코코아를 방에 들여보내고 경보기를 설정한 뒤 현관문을 잠그고 로건의 집을 떠났다.

지도에서 보았던 것보다 걷기 훨씬 더 먼 거리였다.

"104번 고객님!" 직원이 큰 목소리로 외쳤다.

내 손에 든 번호표에 104번이 적혀 있어서 나는 자리에서 일어나 목소리의 주인에게 다가갔다. 키가 작고 마른 중년의 흑인 여자였다. 짧게 밀어버린 머리에 회색이 내려앉아 있었고 귓불에는 커다란 금색 링 귀걸이가 달랑거리고 있었다. 여자는 내게 눈길조차 주지 않았다.

"뭘 도와드릴까요?

"신분증이 필요해요."

"운전면허증이 아니라요?"

"아뇨. 그냥 신분증이요."

"신청서는 작성하셨나요?" 나는 기다리는 동안 빈칸을 채운 신청서를 내밀었다. "신분을 증명할 수 있는 서류 두 가지 이상을 제출하셔야 해요. 사회보장 카드나 공과금 납부 영수증 같은 그런 것 말예요."

나는 카운터 위에 세 가지 서류를 올려놓았다. 여자가 아무거나 두 개의 서류를 집었다. 사회보장 카드와 이민 증명서였다. 사실은 아무거나 집은 것이 아니었다. 아마도 스페인어를 읽을 수가 없어서 외국에서 발급한 서류는 제외한 모양이었다.

여자는 잠시 동안 손가락으로 자판을 두드리더니 분홍색 매니큐어를 바른 손톱으로 한 곳을 가리켰다. "사진을 찍어야 하니 여기 서세요." 카메라를 잠깐 매만지고 수를 셌다. "하나, 둘, 셋." 플래시가 번쩍 터졌다.

자판을 두드려 글자 몇 개를 더 쳤다.

"14달러입니다." 나는 그 액수만큼 돈을 냈다. 로건이 준 현금이었다. 원래는 그 돈을 쓸 생각이 없었지만…… 이건 참작이 가능한 상황이니까 괜찮을 것 같았다. "여기 임시 신분증이 있습니다. 진짜 신분증은 2주 안에 집으로 배송될 거예요."

"감사합니다……."

"별 말씀을요. 즐거운 하루 보내세요. 다음 손님! ……107번 고객님이요!"

그리하여 나는 신분증을 갖게 됐다.

나는 서류를 빠짐없이 챙겨서 임시 신분증과 함께 택배 봉투 안에 넣었다. 정확한 내 위치를 파악한 뒤 병원을 향해 걷기 시작했다. 그 거리 역시 지도에서 보았던 것보다 훨씬 멀었다. 병원에 도착할 때쯤에는 발이 너무나 아파서 그냥 집으로 돌아가고 싶은 심정이었다.

그러나 검사를 받고 싶지 않은 마음 때문에 그런 생각을 했을 가능성이 더 컸다. 진실과 대면해야 했지만 그러고 싶지 않았다. 떨리는 다리로 접수를 하고 대기실에 앉았다. 두 손 역시 떨렸다. 속도 울렁거렸다. 나는 눈물과 싸우는 중이었다.

대기실에서 몇 분에 걸쳐 질문지를 작성했다. 나는 여러 개의 답변란을 빈칸으로 남겨놓았다. 답이 무언지 알 수 없었기 때문이다. 잠시 뒤 문이 열리더니 클립보드를 든 여자가 나타났다. "이사벨?"

내가 일어서자 젊은 여자는 나를 향해 미소 지었다. 스물두 살쯤 된 것 같았다. 금발을 단발로 자르고 양옆을 둥글게 부풀린 여자는 편안한 미소를 지으며 반기는 태도로 말했다. "안녕하세요,

이사벨. 전 애비라고 해요. 이쪽으로 오세요."

나는 애비를 따라갔다. 겁에 질려서 어찌나 예민해져 있었던지 대답 인사조차 하지 못했다. 애비는 침대가 비치된 검사실로 나를 안내한 뒤 문을 닫았다. "자, 이사벨. 임신 검사를 받으러 오신 건 가요?"

나는 고개를 끄덕였다. 숨을 쉬려고 해보았지만 쉬어지지 않았다.

애비는 내가 떨고 있다는 것을, 완전히 겁에 질려 있다는 것을 알아챘다. 그녀는 얼굴에 미소를 띤 채 내 어깨에 차가운 손을 얹었다. "괜찮을 거예요. 아셨죠? 병원에서 도와드릴 테니까요. 우선 숨을 깊게 들이마시고 내쉬세요. ……잘했어요. 자, 이제 마지막 생리 날짜가 언제였는지 말씀해주시겠어요?

내 혀 밑에는 전자 체온계가 꽂혀 있었고, 팔뚝에는 혈압 측정 패드가 감겨 있었다. 애비는 뭔가의 횟수를 측정하는지 손목시계를 들여다보고 있었다.

"음. 지지난달이요. 7월 중순에 했어요."

"그럼 날짜가 얼마나 지난 건가요?"

"한 3주 정도?"

애비는 고개를 끄덕였다. 혈압 측정기를 풀어서 그것을 제자리에 놓았다. 그러고는 캐비닛에서 작고 깨끗한 용기를 꺼내어 컵에 붙은 라벨에 내 이름을 적은 뒤 그것을 내게 건넸다. "소변 샘플이 소량 필요해요."

애비가 화장실을 알려줬고 나는 샘플을 담았다. 그 과정은 말로 듣던 것보다 약간 더 까다로웠다. 검사실로 돌아와 샘플을 애비에게 건넸다. 완벽하게 낯선 사람에게 아직 따뜻한 내 소변이 담긴 컵을 주다니 기분이 이상하고 어색했다. 그러나 애비는 그 사실을 전혀 개의치 않는 것 같았다. 샘플을 들고, 몇 분 안에 결과를 알려주겠다고 약속한 뒤 검사실을 나갔다.

나는 검사 침대에 앉아서 다리를 흔들었다. 너무 두렵고 너무 신경이 곤두서 있어서 가만히 앉아 있을 수가 없었다. 임신이란 것이 어떤 것인지 여전히 아무런 생각도 떠오르지 않았다. 아무것도 생각할 수가 없었다. 수백만 가지 두려움 때문에 내 마음은 정신없이 앞으로 내달렸다. 최악의 시나리오만 계속 떠올라서, 나는 그 모든 생각을 다 닫아버리고 생각 자체를 거부하고 있었다. 멍한 얼굴로 허공을 응시하며 코를 통해 숨을 천천히 들이마시고 입을 통해 내쉬었다. 울지 않으려고 안간힘을 쓰면서.

애비는 방으로 돌아와 동그란 의자에 앉았다. 다리를 꼬고 그 위에 가지런히 두 손을 내려놓았다. "자, 이사벨. 결과가 양성으로 나왔어요." 그녀는 미소를 지으며 덧붙였다. "임신이에요."

나는 침을 꿀꺽 삼키면서 눈을 깜박여 눈물을 참았다. "저…… 검사 결과가 잘못 나온 것일 수도 있지 않나요? 그러니까…… 허위 양성 반응이라든가 뭐 그런 거 말예요."

애비는 부풀린 금발 머리를 흔들었다. "아뇨, 환자분. 임신 검사의 경우 허위 양성 반응 같은 건 없어요. 허위 음성 반응은 있지만요. 그래서 결과가 음성으로 나오면 혈액 검사를 해요. 임신 초기일 경우에는 혈액 검사가 훨씬 더 정확하거든요. 하지만 환자분의 경우 생리 예정일이 이미 3주나 지났잖아요. 그 정도면 검사 결과를 확신할 수 있는 충분한 시간이죠. 따라서 결과는 정확한 거예요."

애비는 내게 또 다른 클립보드와 펜을 건네며 빈칸을 다시 채우라고 말했다. 나는 얼른 작성을 마쳤고 애비는 나를 다른 방으로 데려갔다. 그곳은 상담실이었다. 상담사는 쪽진 회색 머리의 백인 여자였다. 친절한 눈에 주름이 잡힌 여자의 목소리는 부드럽고 차분했다. 사회복지사 메리라고 했다.

"혼자 오셨나요?"

나는 어깨를 으쓱했다. "네…… 오늘은 그렇게 됐네요."

"아이 아빠가 누군지 아시나요?" 메리는 다정한 목소리로 물었다. 아마도 비난 조로 들리지 않게 하기 위해서이리라.

"음." 선택지는 두 명이었다. "네." 선택지가 한 명뿐이었다면 좋았을 텐데.

"그런데 아빠가 함께 안 오셨네요?"

"상황이 좀…… 복잡해서요."

"그렇군요. 자, 이제 몇 가지 길이 있어요, 이사벨. 임신중절 수술, 입양, 분만 등이죠."

"저는…….."

메리는 팸플릿 몇 개를 펼쳐 놓았다. "임신중절 수술을 할 경우,

선택할 수 있는 몇 가지 방법이 있는데…….”

“죄송해요, 잠깐만요…….”나는 두 손을 들어 올려 메리의 설명을 제지했다. “전 일단…… 시간이 필요해요. 저…… 생각을 좀 할 수 있을까요? 그 사람이랑 얘기도 해봐야 하고…….”

“물론이죠. 당연히 그래야죠.” 메리는 입양과 양육에 대한 팸플릿 몇 개를 더 합쳐 내게 건네면서 자리에서 일어섰다. 그 두꺼운 팸플릿 묶음 속에, 자신이 임신이라는 사실을 알게 되었을 경우 택할 수 있는 다양한 선택지들에 대한 설명이 모두 들어 있었다.

내가 임신을 하다니.

내가 임신을 하다니.

현기증이 느껴졌다. 어지러웠다. 할 수 없이 다시 주저앉아 두 손으로 머리를 움켜잡고 숨을 내쉬었다.

“괜찮아요, 이사벨?”

나는 다시 억지로 일어서서 숨을 쉬고 또 쉬었다. 그러자 현기증이 가셨다. 그러고는 팸플릿들을 한데 쌓아 옆으로 밀었다. 아직은 그 문제에 대해 생각할 정신이 없었다. 집에 도착해 혼자가 되기까지는. 정좌를 하고 생각할 수 있게 되기까지는.

“네, 괜찮아요. 난 그저…….”

“무섭거나 벅차게 느껴질 수 있어요. 나도 알아요. 하지만 선택을 할 수 있잖아요. 우리가 도울게요, 이사벨. 아기 아빠 말고 이 문제에 대해 함께 논의할 다른 상대가 필요하면 언제든 다시 오세요. 당신이 모든 선택지를 완전히 이해하고 당신을 위한 최선의 선택을 할 수 있게 내가 여기서 도울게요. 알았죠?"

"네…… 고마워요, 메리. 이, 이젠 가야겠어요." 나는 팸플릿들을 한꺼번에 모아 다른 서류들이 든 봉투에 쓸어 담았다.

집까지 어떻게 걸어왔는지 기억이 없었다.

로건은 소파에 앉아 핸드폰을 손에 쥔 채 나를 기다리고 있었다. 내가 집 안으로 들어가자 그는 벌떡 일어나 나를 향해 성큼성큼 다가왔다. 빠르고 단호하고 화가 난 몸짓이었다.

"도대체 어디 갔었어요, 이사벨? 얼마나 걱정을 했는데."

"나, 나는……." 뭐라고 말을 해야 하지? "케일럽이 몇 가지 서류를 보냈어요. 내 출생증명서, 사회보장 카드, 이민 증명서 말예요. 그래서 교통국에 가서 신분증을 발급받았어요."

로건은 내 어깨를 두 손으로 잡고는 내 눈을 들여다보았다. "맙소사, 이사벨. 날 기다렸어야죠. 그럼 내가 함께 갔을 텐데." 그는 눈을 몇 번 깜박이고는 물었다. "그 작자가 왜 당신한테 그것들을 보냈을까요?"

나는 어깨를 으쓱했다. "나도 모르겠어요." 그러고는 그의 손에서 벗어나 몸을 돌렸다. "걱정 끼쳐서 미안해요, 로건. 난 그저…… 혼자 그 일을 해내야 했어요. 내 힘으로 해내는 게 중요했거든요."

로건은 내 뒤에 선 채 한숨을 내쉬었다. "알았어요. 난 그저…… 당신도 여기 없고, 쪽지나 뭐 그런 것도 없고 해서 그런 거예요. 당신이랑 나가서 점심을 먹으려고 일찍 집에 와보니 당신이 없더라고요. 그래서 난⋯⋯." 그는 갑자기 말을 중단하고 이를 악물었다.

"내가 떠난 줄 알았군요."

"그래요, 그런 생각이 내 마음속을 스쳤어요."

나는 그를 향해 돌아섰다. "난 떠나지 않아요, 로건. 그런 식으로 사라지는 일은 절대 없을 거예요."

"나도 알아요. 그런데도⋯⋯ 당신이 없으니까 내 마음이 같은 자리에서 맴돌기 시작했어요. 케일럽이 또 나타나 당신을 납치해 갔을지도 모른다고 생각했죠."

"미안해요."

로건은 내게 다가와 두 팔로 나를 감싸 안았다. "괜찮아요, 이즈. 당신이 이렇게 내 옆에 있으니까. 난 괜찮아요. 아무렇지도 않아요."

나는 고개를 저었다. 내 말은 그런 뜻이 아니었다. "미안해요, 로건. 미안해요. 저, 정말로 미안해요." 울음이 터졌다.

그는 나를 붙잡은 채 두 팔을 펴고 내 눈을 들여다보려고 고개를 숙였다. 나는 고개를 저으며 그의 품에 안겼다. "아니, 자기, 뭐가 잘못됐어요?"

"미안해요, 미안해요, 미안해요." 내가 할 수 있는 말은 그것뿐이었다. 나는 과잉 흥분 상태에 과호흡 상태였다.

"이사벨, 진정하고 숨 쉬어요. 알았죠? 날 위해서 숨 쉬어요. 코로 공기를 들이마시고 입으로 내쉬어요. 그냥 숨만 쉬어요."

나는 숨을 쉬었다. 공황장애 증상이 가라앉았다.

그러고는 로건의 품에서 빠져나와 걸음을 옮기다가 소파 앞에 멈추어 섰다. 몸을 지탱하려고 소파 등받이를 붙잡았다. 다시 로건 쪽으로 몸을 돌리고 눈물 때문에 흐릿해진 시야를 통해 그를 쳐다봤다.

"다른 곳에도 한 군데 갔었어요." 나는 택배 봉투를 소파 쿠션 위로 던지고 반복해서 숨을 쉬었다. "병원에요."

"어떤……." 로건은 나를 향해 한 걸음 다가섰다. "어떤 병원에요?"

나는 입술을 깨문 채 단어들을 그러모았다. 억지로 온 힘을 짜내어 그 두 단어를 입 밖에 냈다.

"나 임신했어요."

07

"맙소사." 로건은 휘청거렸다.

잠깐 동안 자신의 발을 내려다보다가 한 손으로 얼굴을 문질렀다. 그러더니 다음 순간 그는 행동에 돌입했다. 두 팔로 나를 끌어안았던 것이다. 로건은 소파에 앉은 뒤 자신의 무릎 위에 나를 앉혔다. 나는 뺨을 그의 가슴에 기댔다. 그는 손으로 내 등을 원을 그리듯이 문지르며 흐느끼는 나를 진정시켰다.

"임신이란 말이죠. 그 사실을 언제 알았어요?"

"오늘 막 검사를 받은걸요."

"하지만 병원에 검사를 받으러 갔다면 며칠 동안이든 걱정을 했을 것 아녜요. 그렇죠?"

나는 어깨를 으쓱했다. "그런 것 같네요. 걱정됐어요. 생리 날짜가 몇 주나 지났거든요. 실은 임신일지도 모른다고 전에 병원에서 만난 의사가 그랬어요. 그 말이 한동안 내 마음속에 남아 있었죠. 최근에는 입덧 때문인지 아침에 속도 안 좋았고요."

잠시 침묵이 흘렀다.

"맙소사, 임신이라니." 다시 침묵이 흘렀다. "당신이 아기를 가졌단 말이죠."

"로건." 그때 뭔가를 문득 깨달았다. 그에 대한 로건의 생각이 어떤지는 확신이 서지 않았지만. "임신이 된 정확한 날짜는 나도 몰라요."

로건은 두 손으로 내 얼굴을 감싸고 들어 올려 내가 자신의 눈을 똑바로 바라보게 했다. 그의 눈에는 사랑 말고는 아무것도 담겨 있지 않았다. "난 바보가 아니에요, 이사벨. 나도 **알아요**." 그러고는 얼른 내게 부드럽게 키스했다.

"로건, 어쩌면 이 아기는……."

"같은 시기에 그자와 나, 이렇게 두 명과 관계를 가졌으니까, 케일럽이나 나, 둘 중 한 명의 아이겠죠. 그 말을 하고 싶은 거잖아요. 나는 나도 그 사실을 알고 있다고 말하는 거고요."

"만약 다, 당신이 아이 아빠가 아니라면……."

"내가 어떻게 나올 거라고 생각한 거예요? 당신을 차버릴 거라고? 아니면 그자한테나 가서 말하라고, 혹은 내 문제가 아니지 않느냐고, 내가 그렇게 말할 거라고 생각한 거예요? 난 당신을 사랑해요, 이사벨. 그리고 난 당신 옆에 있어요. 우리는 한 몸이에요. 무슨 일이 일어나든 말예요." 그는 잠시 쉬었다가 다시 말을 이었다. "그 사실을 수긍하는 일이 나한테 쉬울까요? 아뇨. 난 스스로에게 이렇게 말하지 않으려고 애쓰는 거예요. '이봐, 대범하게 굴어. 내가 사랑하는 여자가 아기를 가졌는데, 애 아빠가 나일 수도 있지만 나를 5년이나 감옥에 가둬 놓고 내게서 한눈을 앗아간 남자일 수도 있대.' 이런 태도는 오히려 대범하지 못하잖아요. 형편없죠. 그런 식으로 생각하다가는 조만간 내가 미쳐버릴 걸요."

"그 말이 내가 하려던……."

로건은 내가 말을 끝낼 수 있게 해주지 않았다. "나는 당신을 비난하는 짓, 당신 뜻에 반하는 짓, 당신을 밀어내는 짓은 하지 않을 거예요. 이 현실을 그 자체로 받아들이는 데까지는 시간이 좀 걸리겠지만, 결국은 나만의 방식으로, 나만의 언어로, 나만의 시간 안에 결국은 해내겠죠. 그렇게 될 때까지 그 문제로 당신한테 얄팍하게 굴 생각도 없고요."

그 말에 내 울음소리는 더 커질 수밖에 없었다. "난 당신이 이해가 안 돼요, 로건. 내가 이런 대우를 받을 자격이 없는 여자란 사실은 분명하지만요."

로건은 내 턱을 들어 올려 나와 시선을 맞추고는 부드럽게 말했다. "옳은 일을 행하는 것이 항상 쉽지는 않아요, 이사벨. 그 점은 당신도 알잖아요. 하지만 그건 언제나 선택이에요. 하루하루 좋은 사람이 되기를 선택하는 거죠. 나는 늘 선택을 해왔어요. 지금도 매일 케일럽이 저지른 그 모든 일 때문에 그자를 증오하지 않기로, 복수를 꿈꾸지 않기로 선택하죠. 그리고 이번 경우에는, 나는 어떤 일이 일어나든 당신을 계속 사랑하기로 선택할 수밖에 없어요. 그건 힘겨운 현실을 인정한다는 뜻이에요. 난 당신을 버리지도, 당신을 밀어내지도 않을 거예요. 물론 어려운 일이지만, 당신을 향한 내 사랑은 그보다 훨씬 강하니까요."

나는 그에게 매달렸다. "사랑해요, 로건. 너무 무서웠어요. 당신이 무슨 말을 할지, 어떻게 나올지 정말로 걱정스러웠어요."

"그자의 아기든 내 아기든 난 상관 안 해요. 우리의 아기니까요. 우리 둘이서 함께 겪어나가면 돼요." 로건은 잠시 말을 멈추었다가 물었다. "결정했어요? ……아이를 낳기로?" 뒤늦게 그 생각이 든 모양이었다. 내가 어떤 생각을 하고 있는지 알아채기라도 한 듯.

"아직 거기까지는 생각 못 했어요, 로건. 나, 난…… 어쩌면 좋을지 모르겠어요. 어떻게 해야 할지, 내가 뭘 원하는지도. 나는 그냥 내가 임산부가 아니었으면 좋겠어요. 나는 그냥…… 내가, 임신을 했는데 아이 아빠가 누군지도 모르는 한심한 여자가 아니었으면 좋겠어요. 정말로 너무나 끔찍하지 않아요? 내가, 임신을 하고도 아, 아이 아빠가…… 누, 누군지도 모르는 그런 형편없는 여자라는 사실이?"

다음 순간 나는 무너졌다. 말 그대로 무너졌다.

눈물을 뚝뚝 흘리고 가슴을 들썩이고 숨을 몰아쉬면서 엉엉 울었다. 모든 신체 기능을 상실한 듯…… 우는 것 말고는 앞을 볼 수도, 몸을 움직일 수도, 아니, 그 어떤 행동도 할 수가 없었다.

나는 산산이 조각났다. 갑자기 격하게 조각조각으로 부서지고 말았다.

로건은 그저 날 가만히 안은 채 내가 부서질 수 있게 해줬다. 내 옆에 딱 붙어 앉아서 내가 그 과정을 겪게 해줬다.

내가 벽처럼 탄탄한 로건의 가슴에 몸을 기댄 채 얼마나 긴 시간 동안 무너져 내렸는지 알 수 없었다. 완전히 산산조각이 나서 나의 잔재가 전혀 남지 않게 되기까지 얼마나 긴 시간이 흘렀는지 알 수 없었다.

나는 안겨서 침대로 옮겨진 기억이 전혀 없었다. 그런데 마침내 정신이 돌아왔고 내가 우리 침대에 누워 있다는 사실을 깨달았다. 로건은 내 뒤에 웅크리고 누워 있었다. 숨소리에서 그가 깨어 있다는 사실을 알 수 있었다.

나는 오랫동안 침묵 속에 누운 채, 마음이 제멋대로 흘러가게 내버려두었다. 생각과 감정이 이리저리 흐르고 물결치게 내버려두었다.

이게 과연 가능한 일일까? 나는 아주 오랫동안 피임을 해왔다.

당신이 나를 병원에 데려갔었다. 그 건물, 내가 살던 그 건물, 당신이 살고 있는 그 건물, 내가 칩을 제거한 그 건물에 있는 병원에. 검사가 이루어지는 동안 당신은 매의 눈으로 모든 광경을 지켜보았다. 그때 의사가 내 몸 안에 뭔가를 심었다. 의사는 자궁 내 피임기구라고 설명했다. 그걸 심는 과정은 약간 불편했다. 상당한 고통, 어지럼증, 메스꺼움이 동반됐다. 나의 젊은 나이, 출산 경험이 없는 점 등을 고려하면 정상적인 증상이란 설명을 들었다. 곧 괜찮아질 거라는 말도 들었고 정말로 그렇게 됐다. 그 뒤로도 당신의 주치의에게 정기적으로 검사를 받았다. 한 해에 한 번씩 같은 의사가 전체적으로 동일한 검사를 했고 몇 년에 한 번씩 똑같은 시술을 시행했던 것이다. 당신이 의사에게 자궁 내 피임기구를 교체하게 한 것이 한 일 년 전쯤이니까, 지금쯤 그 기능이 최고치에 도달해 있어야 마땅했다.

그 기구가 밖으로 빠져버렸나? 알 수 없었다. 나는 기구가 잘 삽입되어 있는지 확인해야겠다는 생각을 해본 적이 없었다. 늘 확인해야 한다는 말을 듣기는 했지만 실제로 확인을 한 적은 한 번도 없었다.

아니, 어쩌면 그 기구가 제 기능을 발휘하지 못한 것일 수도 있었다. 어차피 백 퍼센트의 효과라는 것은 가능하지 않으니까. 의사가 그 말을 자주 했던 사실이 기억났다.

나는 슬그머니 침대에서 빠져나와 욕실로 들어가 자궁 내 피임기구가 제 자리에 있는지 확인했다. 아직 그 자리에 있었다. 그렇다는 것은 물건이 제 기능을 발휘하지 못했다는 뜻이었다.

이제 와서 임신이 된 과정에 대해 밝혀내는 건 별 의미가 없었다. 이미 그렇게 되었고 그것이 현실이었으니까. 나는 임산부였으니까. 내 내면의 인간이 으르렁거렸다.

어떻게 해야 하지? 병원 상담사는 세 가지 기본적인 선택지를 제시했었다. 임신중절, 입양, 출산이었다. 어떤 것을 골라야 하는 걸까?

낙태? 임신중절?

그 선택을 고려해봤지만 내 내면의 무언가가 그 선택에 저항했다. 안 돼, 그건 아니야.

그렇다면 입양은 어떨까? 아이를 다른 곳으로 보내 자라게 하는 것은?

입양은 말 그대로 아이를 다른 사람에게 키우라고 줘버리는 것이었다. 내가 그걸 할 수 있을까?

아니. 그 선택에도 내 심장은 강력하게 저항했다. 배 속에 아홉 달 동안 아이를 품고 있게 된다면 그 아이를 다른 곳에 보낼 수 없을 것 같았다. **다른 곳으로 보내다니,** 로건의 말마따나 내 문제가 아니라고 말하면서? 나는 그럴 수 없을 것 같았다. 그냥 그럴 수 없을 것 같았다.

나는 겁이 났다. 두려웠다. 엄마가 되는 법도, 아이를 키우는 법도 알지 못했으니까. 사실 나는 내가 누구인지조차 모르는 사람이었으니까. 어쩌면 영원히 그걸 알게 되는 날이 오지 않을 수도 있었다. 그런 내가 어떻게 사람을 기르고 아이가 훌륭히 자라도록 키울 수 있단 말인가? 내가 아이에게 무엇을 가르칠 수 있을까? 내가 아는 것이 뭐가 있어서? 날 사랑하지 않는 남자, 나를 신경 쓰지 않는 남자, 그저 나를 소유하려고만 드는 남자한테 중독되는 법 말고 나는 아는 것이 아무것도 없었다.

내 내면의 사악한 목소리가 작게 속삭였다. '진실이 뭔지 알아? 케일럽과 마지막으로 섹스를 했을 때는 어땠어? 그는 너에게 키스를 했어. 너와 사랑을 나누었어. 제이콥으로서. 그렇다면……?'

아니.

아니야.

그럴 리가 없어.

설사 당신이 나와 사랑을 나눌 줄 안다고 한들, 또 실제로 그랬다고 한들, 그것은 그간 당신의 손아귀 속에서 내가 견뎌온 모든 고통을 상쇄시켜줄 수 있을 만큼 충분한 것은 아니었다. 설사 당신이 내게 생명을 주었다 한들, 어디에선가 나를 살렸다 한들, 주위에 아무도 없고 무기력한 존재였을 때 나를 위해 내 곁을 지키며 나를 돌보았다 한들, 전혀 충분하지 않았다. 절대로 충분할 수가 없었다.

게다가 로건이 나를 생각하는 것에 대면, 당신은 나에 대한 애정도 없고, 말이나 행동도 턱없이 부족했다. 내 감정을 배려하는 로건의 방식, 로건을 향한 나의 감정 역시 비교할 수 없었다.

로건과 함께 있으면 나 자신이 완성되는 기분이었다.

로건과 함께 있을 때 내게는 정체성, 미래, 잠재력이 있었다. 그와 함께 있을 때 나는 한 명의 인간이었다.

그러나 당신과 함께 있으면…… 영원히 마담 엑스로서만 살 수 있을 뿐이었다.

그저 소유물로.

그래도 당신에게 말은 해야 했다.

내 몸속에서 자라고 있는 생명이 당신의 아이일 수도 있었다. 아이를 낳기 전까지 그 사실을 당신에게 알리지 않을 방법이 떠오르지 않았다. 아이는 로건을 닮아 금발에 파란 눈일까? 아니면 나나 당신을 닮아 검은 머리에 짙은 색 눈일까? 아빠가 누구인지 알 수 있을 정도로 아이의 외모가 뚜렷하지 않으면 어쩌지? 그럼 어떻게 하지?

그게 중요할까?

당신에게 그 이야기를 하면 당신은 뭐라고 말할까? 당신은 아이를 원할까? 임신한 나를 원할까? 낙태를 해야 한다고 주장할까? 억지로 수술을 받게 할까? 나를 조종해 그 의견에 결국 따르게 할까? 내가 만약 지금까지도 마담 엑스였다면, 그런데 이런 일이 일어났다면, 그러니까 예정에 없는 임신을 했다면, 당신은 내게 어떤 행동을 했을까? 아이를 낳게 해줬을까? 내가 혼자서라도 아이를 키울 수 있게 해줬을까? 아마도 얼마 안 가 아이를 못 기르게 하지 않았을까? 알 수 없었다. 당신이 내게 어떤 행동을 했을지 짐작조차 할 수 없었다. 당신은 뭐라고 말할까? 어떤 행동을 할까?

전혀 알 수가 없었다.

나는 아이를 지울 수가 없었다. 맙소사, 그 생각을 하기만 해도 심장이 고통스럽게 뒤틀려 묶이는 것 같았다. 아니, 그럴 수는 없었다.

그리고 아이를 입양시킬 수도 없었다. 그것 역시 생각만으로도 마음이 아팠다.

그럼 아이를 낳아야겠군.

인간 역시…… 아이가 생기면 낳아야 하는 떠돌이 개와 마찬가지인 존재니까. 내 몸속에서 자라고 있는 것은 생명이니까. 영혼, 마음, 재능, 미소가 있는, 포옹과 키스로 키워야 하는 생명이니까.

내 침대 가장자리 담요 위에 앉아 있는 엄마 때문에 따뜻한 무게가 느껴진다. 엄마는 한 팔로 나를 안고 손가락으로 내 머리칼을 쓰다듬는다. 엄마는 내게 자장가를 불러주는 중이다. 내 평생 매일 밤 들어온 똑같은 노래다. 어쩌면 나는 자장가를 듣기에는 이미 너무 자랐는지도 모른다. 그러나 나는 개의치 않는다. 나는 이 순간을 사랑한다. 몸을 씻고 축축한 머리로 베개를 벤 채 턱 밑까지 담요를 끌어 올리고 누워 있는 이 순간을. 내 귀에 엄마의 숨결이, 다정하고 부드럽게 노래를 부르는 엄마의 목소리가 들린다. 외할머니가 엄마에게 불러준 노래, 그렇게 대대손손 구전되어온 자장가다. 몇 번인가 밤에 엄마가 내게 일러준 바에 따르면 아주 오래된 노래란다. 정신이 가물가물해지기 시작하는 것, 잠에 빠져들기 시작하는 것이 느껴진다. 나는 기꺼이 잠에 빠져든다. 열린 창문 밖에서 들려오는, 대양의 파도가 해안에 부딪쳐 부서지는 소리는 또 다른 자장가다.

이제 엄마의 허밍 소리가 들린다. 곡조는 같다. 엄마는 내 머리칼을 쓰다듬으며 말한다. "Duerme, mi amor."

정신이 들락날락, 파도 소리가 들릴락 말락 한다. 잠시 뒤 끼익 내 방문 열리는 소리가 들린다. 무거운 발걸음 소리. 아빠의 향수 냄새다. 아빠는 따뜻하고 커다란 손을 내 어깨에 얹는다. 뺨에 턱수염이 느껴진다. 아빠의 숨결에서 희미하게 적포도주 냄새가 난다. 내가 잠이 들었다고 생각되면 엄마와 아빠가 함께 마시는 적포도주 냄새다.

아빠가 내 뺨에 키스한다. "Te amo, mija."

나는 이미 거의 완전히 잠이 들어버려서 웅얼거리는 대답조차 할 수가 없다.

이제 아빠의 굿 나이트 키스를 받았으니 완전히 잠들 수 있다.

나는 혼자 미소 지었다. 부모님, 우리 엄마와 아빠는 나를 사랑했다.

나도 이 아이를 사랑할 거야. 나는 한 손으로 배를 문질렀다. 그 아이를 사랑할 생각이었다.

"아이를 낳아야겠네." 내가 속삭였다.

로건의 한 손이 내 엉덩이를 넘어와 내 손을 깍지 끼어 잡고 내 배를 어루만졌다. "잘 생각했어요."

"너무 무서워요, 로건." 목소리가 떨렸다. "내가 그 일을 어떻게 해낼 수 있을지 모르겠어요."

"당신은 이제 혼자가 아니에요, 이사벨."

"하지만 나는…… 엄마가 되는 법을 몰라요. 심지어 우리 엄마가 날 어떻게 키웠는지도 기억이 거의 없어요. 단편적인 기억 몇 조각뿐. 내가 꼬마였을 때 엄마가 요리를 해주던 기억, 스페인어로 아주 오래된 자장가를 내게 불러주던 기억, 그것뿐이죠. 그런데…… 그런 내가 어떻게 한 아이의 엄마가 되겠어요? 나, 나는 전혀……."

"사랑하면 돼요, 이사벨. 그게 방법이에요. 안아주고 키스해주고 자장가를 불러주는 것. 그게 다예요. 그냥…… 사랑해주면 돼요. 그 밖의 다른 일들은 그때그때 함께 배워나가면 돼요. 아이는 누구나 그렇게 키워요. 엄마가 될 준비가 처음부터 되어 있는 사람은 아무도 없어요, 자기. 실은 자신이 뭘 하고 있는지 정확히 알면서 자식을 키우는 부모도 없고요. 그저…… 할 수 있을 만큼 최선을 다하면 돼요. 아이를 사랑하고 아이 옆에 있어 주고 힘껏 잘 돌봐 주면 되는 거예요. 그리고 그런 일은 당신도 모두 할 수 있어요."

"그런데 만약…… 만약 케일럽의 아이면요?"

"그자가 아이를 원할까요? 만약 그렇다면 그자가 양육권이나 뭐 그런 걸 원할까요?"

"모르겠어요, 로건. 실은 그 사람한테 어떻게 말을 해야 할지도 모르겠어요. 아니, 실은 그 사람을 다시 보고 싶은 건지도 잘 모르겠어요." 나는 베개 위에서 고개를 젓고 말을 이었다. "그 사람한테 답이 있어요. 그 사람은 나와 관련된 일들을 알고 있잖아요. 그 사람 어딘 가에 내 역사가 보관되어 있단 말예요. 그 사람은 오래전부터 날 알고 있었으니까. 그건 내가 분명하게 아는 사실이에요. 그런데…… 그 사람을 다시 만나면 어떤 일이 일어날지 너무 무서워요. 나의 변화가 그 사람도 변화시켰거든요. 난 더 이상…… 그 사람을 보고 싶지 않아요. 이제 나는 이사벨이지만, 예전에 마담 엑스였던 여자이기도 하잖아요. 그 두 여자가 모두 나예요. 마담 엑스는 아직도 내 정체성의 일부를 차지하고 있어요. 그 사람도 마찬가지고요. 물론 이제는…… 당신도 나의 일부지만."

"우린 둘 다 서로의 일부예요."

"모든 것이 너무…… 엉망이에요."

"삶은 원래 엉망인 거예요, 이즈. 우리는 그저…… 서툴고 부족하더라도 그때그때 거기에 대처해나가면 돼요. 우리에게 주어진 삶을 살면서 최선을 다하는 거예요. 물론 쉬운 일도, 간단한 일도 아니지만요."

"그랬으면 좋겠는데 말이죠."

"다른 사람들도 다 마찬가지예요."

"모든 사람이 내가 겪어온 그런 삶을 사는 것은 아니잖아요."

"물론 그렇죠. 난 지금 그 사실을 대수롭지 않게 취급하려는 게 아니에요. 그저 인생이란 아수라장 속에 당신 혼자만 있는 것이 아니란 말을 하고 있는 거죠."

"내겐 당신이 있으니까요."

"바로 그 말이에요." 로건이 나를 당겨서 나는 등을 대고 누운 뒤 고개를 돌려 그를 바라보았다. 그는 안대를 차지 않은 상태였다. 예전에 안구가 있던 자리에는 주름 잡힌 구멍이 흉터처럼 뚫려 있었다. 이상했지만 그것 역시 그의 일부였다. "잘 들어요, 이사벨. 어떤 일이 일어나든 당신을 사랑하겠다고 난 이미 약속했어요. 그 약속은 지금도, 그리고 미래에도 변하지 않아요. 그 약속을 다시 해줄게요. 난 당신을 사랑해요. 무슨 일이 일어나든 말예요. 알았어요? 그 자한테 말을 하고 싶다면 내가 함께 갈게요. 그자를 영영 보고 싶지 않다면, 그럴 수 있는 확실한 방법을 찾으면 돼요. 꼭 그래야 한다면 우리는 태국까지도 이사를 갈 수 있어요. 알았죠? 내가 당신을 보살펴줄게요."

"아기도요?"

"아기도요."

그 말에 나는 다시 울음을 터뜨릴 수밖에 없었다.

그러자 로건은 다시 내게 키스했다. 키스로 눈물을 닦아냈다. 넓은 엄지로 눈물을 문질러 닦아냈다. 내 입술에 키스하면서.

만사가 괜찮을 것도 같았다.

이른 아침, 우리는 함께 아침 식사를 하고 있었다. 로건은 나를 뚫어지게 바라보면서 신문을 펼쳤다. "자기?"

나는 찻잔을 내려놓았다. "네, 로건?"

로건은 코웃음을 쳤다. "당신은 태도를 좀 부드럽게 할 필요가 있어요, 자기." 그는 척추를 곧게 펴더니 딱딱하고 진지한 표정을 짓고는 가성을 내어 내 억양을 정확하게 따라했다. "'네, 로건?'이라뇨. 솔직히 말해서, 내가 '자기야'라고 부르면 당신은 뭔가 간단하고 평범한 호칭으로 대답해야죠. 예를 들면…… '왜요, 꿀단지 씨?' 뭐 이런 식으로요."

나는 그를 향해 눈썹을 찌푸렸다. "'왜요, 꿀단지 씨?'가 뭐예요? 진부하고 공허한 표현이란 생각이 드는데요."

로건은 다시 웃음을 터뜨렸다. "그런 표현 맞아요. 그런데 그래서 그런 호칭이 재미있는 거예요. 그냥…… 한 번 해봐요. 자, 그럼 시작할게요." 그는 잠시 뜸을 들인 뒤 목청을 가다듬고 말했다. "자기야?"

나는 의자에 구부정하게 앉은 채 부루퉁한 얼굴로 최대한 목소리를 깊게 냈다. "여! 친구, 웬일이야?"

로건은 진짜 웃음을 거하게 터뜨렸다. "잘하네요! 마음에 들어요."

나는 몸을 바로 폈다. "그럼 그 얘기는 이제 그만 하죠. 아까 나한테 하려던 말이 뭐였어요?"

"뉴욕의 관광명소들을 둘러본 적 있어요? 자유의 여신상 같은 거 말예요."

나는 어깨를 으쓱했다. "아마도 예전에는 본 적이 있겠지만 최근에 그런 곳에 가본 기억은 없어요."

로건은 손바닥으로 테이블을 탕 두드렸다. "그럼 그걸로 합시다. 자, 현장학습 갈 시간이에요!"

"정말로요?"

"정말로요. 오늘 휴가거든요. 그냥 나가서 관광객처럼 돌아다니는 거예요. 여기 살면서도 나는 뉴욕을 제대로 돌아본 적이 한 번도 없거든요. 당신도…… 그냥 당연하게만 여겼을 것 아니에요?"

나는 고개를 저었다. "글쎄요."

"아마 그럴걸요. 그렇지 않아요? 이런 거죠. 당신은 이곳에 살고 이곳에서 일하잖아요. 관광명소들은 늘 그 자리에 있지만 여기 사니까 그것들을 보러 가야겠다는 생각이 안 드는 거예요. 그래서 오히려 직접 보는 일이 전혀 없는 거죠." 로건은 핸드폰을 꺼내며 나를 흘끔 쳐다보았다. "우버 택시를 부르려고요. 그럼 운전에 대해 신경 쓰지 않아도 될 테니까. 유람선을 타려면 스웨터 같은 것이 필요할 거예요."

"유람선이라고요?"

"그래요. 아니면 자유의 여신상을 어떻게 보겠어요? 유람선을 타고 뉴욕 만을 빠져나가야 갈 수 있는 길목에 서 있는데." 그는 손으로 발을 가리키며 말했다. "그러니까 가서 걷기 편한 신발을 신고 스웨터를 챙겨요. 우버 택시가 몇 분 안에 도착할 거예요."

나는 로건이 시킨 대로 러닝화를 신고 지퍼로 앞을 잠그는 후드티를 챙겼다. 그동안 로건은 코코아를 방에 들여보냈다. 밖으로 나가자 우버 택시인 검은색 메르세데스 세단 한 대가 우리를 기다리고 있었다. 로건이 현관문을 잠갔고 우리는 집을 떠났다.

사실 나는 매우 흥분해 있었다. 로건과 함께 밖에서 보내는 하루 동안의 휴가라니. 나에게 정말로 필요한 것은 딱 그런 것이었다. 특히나 오늘은 아침 입덧이 이미 지나갔기 때문에 더욱 그랬다.

우리의 첫 번째 목적지는 허드슨강 잔교였다. 로건은 그곳에서 리버티섬 전체를 관람할 수 있는 입장권을 샀다. 우리는 위쪽 야외 갑판에 자리를 잡고 배에 사람이 차기를 기다렸다. 15분쯤 지나자 밧줄이 풀리고 경적이 울리면서 배가 후진했다. 배는 방향을 돌려 강 복판을 향해 나아갔다. 2~3분 뒤 선내 방송 시설에서 흘러나오는 목소리가 공기를 가득 채웠다. 목소리는 여행 경로에 대해 설명한 뒤 왼쪽으로 보이는 섬을 랜드마크라고 부르면서 우리가 지나다니는 뉴욕 거리의 숫자, 다리의 이름, 그 주변 거리의 명칭이 왜 그렇게 지어졌는지 설명했다. 배의 노가 설치되어 있는 부분 위의 물가 쪽 자리에 앉아서 방송에 주의를 기울이고 있자니 어린 소녀처럼 마음이 설레었다.

그러나 몇백 미터씩 배가 전진할수록 내 안에서 이상한 느낌이 솟아올랐다. 예전에 이곳에 와본 적이 있는 것 같은 친숙함이었다. 중천에 떠 있는 해에서 얼굴로 따뜻한 햇빛이 쏟아져 내리고 있었고 배는 부드럽게 나아가고 있었으며 중년 남자의 목소리가 우렁차게 여행을 안내하고 있었다. 우리 옆에 있는 한 여인과 어린 두 아들이 스페인어로 재잘재잘 대화를 나누었다.

"엄마, 자유의 여신상은 어디에 있어요? 곧 보이겠죠, 엄마? 그 위로 올라갈 수 있어요?"

"아니, 잔드로, 우리는 거기 올라가지 않고 그냥 지나가기만 할 거야. 내 생각에 여신상이 보일 때가 되면 저 남자가 알려줄 것 같은데."

"뭣 좀 먹으면 안 돼요, 엄마? 배고파요. 아침 먹고 벌써 몇 시간 이나 지났잖아요."

"맙소사, 마누엘. 너는 네 배 속 생각밖에 없구나. 우린 돈을 아껴야 해서 아직은 음식을 먹을 수 없어. 점심은 관광이 끝난 뒤에 먹을 거야."

나는 햇살을 즐기며 그들의 목소리에 귀를 기울였다. 내 몸이 물 위에 둥둥 떠 있었다.

어지러웠다.

뭔가가 불꽃을 일으켰고 머릿속에 기억 하나가 떠올랐다.

찰칵.

엄마는 내 오른쪽에 있고 아빠는 내 왼쪽에 있다. 우리는 최대 한 배의 가장 앞쪽에 앉아 있다. 나는 흥분과 활기로 얼굴이 발그 레해져 있지만 엄마처럼 그런 기분을 숨기려고 애쓰는 중이다. 엄마는 다리를 꼰 무릎 위에 두 손을 포개고 앉아서, 우리 옆으로 흘러가는 맨해튼 건물들을 차분하고 조용하게 바라보고 있다.

우리가 정말로 뉴욕에 있다니! 흥분 되지만 겁도 난다. 이곳에는 아는 사람이 한 명도 없다. 친구 한 명도 없다. 딱 우리 가족 말고는 친척도 없다. 우리 셋 중에서 아빠가 영어를 가장 잘하고 그 다음은 나다. 엄마는 거의 한마디도 하지 못한다. 하지만 그래도 엄마는 별로 불편하지 않을 것이라 나는 생각한다. 엄마는 너무 아름다워서 무슨 말을 하든 대부분의 남자들이 그것을 들어줄 테니 말이다. 설사 엄마가 스페인어로 부탁을 한다고 해도, 그리고 그 남자들이 단 한마디도 대답하지 못한다고 해도, 그들은 엄마에게서 미소를 얻어내는 것에 만족할 것이다. 지금까지 그런 장면을 여러 번 봤다. 한번은 물 한 병을 사려고 했는데 엄마는 미국 돈을 구분할 줄 몰랐다. 엄마의 눈에 지폐는 너무 크고 다 똑같아 보였고 동전은 너무 작고 다 달라 보였다. 그리고 엄마는 노상 바가지를 쓸까 봐 걱정이었다. 우리한테 물을 팔려는 남자는 우리보다도 영어를 더 못했지만, 그 사람은 남자였고, 그중에서도 미인을 알아볼 줄 아는 남자였다. 엄마가 좌절의 한숨을 내쉰 뒤 특유의 미소를 지으며 남자에게 돈을 내자, 남자는 정확하게 거스름돈을 내주었다. 나는 수학을 제법 잘해서 계산을 할 줄 알았다. 게다가 아주 간단한 셈이었기 때문에 그 방법을 엄마에게 가르쳐주려고 했지만 엄마는 그저 내게 조용히 하라는 몸짓만 해 보였다. 그렇게 물 한 병과 정확한 거스름돈을 받았지만, 엄마가 한 일이라고는 미소를 지은 일뿐이었다.

우리 엄마는 그런 여자다.

아빠는 엄마보다 사람을 훨씬 더 잘 믿는다. 아빠라면 그 남자한테 돈을 먼저 내고 그 사람이 거스름돈을 맞게 주었으리라 믿어버렸을 것이다. 설사 그 남자가 바가지를 씌우더라도 그 사실을 전혀 깨닫지 못하고 있다가 나중에 뒤늦게야 알았을 사람이다. 그래도 아빠는 그런 사실을 알고 있고 그래서 엄마가 물을 산 것이다. 최소한 아빠는 스스로 바보가 되지 않을 만큼은 영리하니까.

내 생각에 남자들은 대부분 그런 것 같다.

적어도 내가 보기에는.

우리, 그러니까 엄마와 나는 이곳에 도착한 지 이틀밖에 안 됐다. 아빠는 우리보다 한 달 먼저 와서 엄마, 아빠의 직장 근처에 우리가 살 아파트를 구하고 나의 전학 수속을 밟았다. 그리고 우리가 들을 시민 교육 과정도 등록했다. 그러는 바람에 일도 며칠밖에 못 나가서 재미있는 구경을 다닐 만한 틈이 없었다고 했다. 엄마와 내가 수하물 찾는 곳에 도착하자마자 아빠는 우리의 여행 가방을 손수레에 잔뜩 싣고 자동차가 있는 곳으로 우리를 안내했다. 새 차도 아니고 별로 멋진 차도 아니었다. 차체에 잔뜩 녹이 슬어 있었고 전면 차창에는 금이 가 있었지만 아빠는 일일 대여료가 싸다고 말했다. 택시 이용료는 너무 비싸다고 했다. 지하철은 매우 복잡한데 그래도 도로는 그보다는 나은 편이라고 했다.

아빠는 매우 흥분해서 1분 넘게 우리의 새 아파트가 얼마나 멋진지, 얼마나 좋은 집인지에 대해 계속 떠들었다. 물론 그 집은 바르셀로나의 우리 집보다는 못했지만, 나름대로 괜찮은 집이었다.

심지어 여행 가이드가 있는 지금도 아빠는 계속 말하고, 말하고, 또 말한다. 아빠가 알아본 건물을 손가락질하면서, 나는 이해할 수 없지만 농담이라고 짐작되는 가이드의 말에 웃음을 터뜨리면서 말이다.

늘 그렇듯 결국 엄마가 아빠를 조용히 시킨다. "루이스, 당신 너무 시끄러워요, 여보. 쉿. 제발요. 여행 가이드가 가이드 노릇을 할 수 있게 좀 해주자고요."

아빠는 짐짓 삐쳐서 당황한 척하지만, 한 팔을 나와 엄마의 뒤로 뻗어서 엄마의 손가락을 걸어 잡는다. 나는 두 분의 애정 표현에 두 눈을 흘기고는 자리에서 일어나 배의 앞쪽으로 걸어간다.

"이사벨, 조심하렴." 엄마가 말한다.

"그럴게요." 나는 뭔가 버릇없는 대꾸를 하고 싶은 충동을 꾹 누른다. 유치하게도, 나는 조심해야 한다는 사실을 상기시켜줘야 하는 어린애가 아니라고 투덜대고 싶은 심정이다.

내가 자리에서 일어서자마자 아빠는 내 자리를 차지하고 엄마는 아빠에게 기댄다. 엄마의 머리가 아빠의 어깨 위에 얹힌다. 나는 한숨을 내쉬며 고개를 돌린다. 자유의 여신상이 보이길 고대하며 정면에 주의를 기울인다. 아직 아무것도 보이지 않는다. 우리는 왼쪽에 섬이 하나 있고 오른쪽에 뉴저지란 이름의 동네가 있는 지점의 물 위를 지나는 중이다. 바람에 머리가 휘날리는 것이 좋다. 그 사실이 내 고향 스페인을 상기시켜주기 때문이다.

이제는 이곳이 집이다.

그 사실에 갑자기 가슴이 저려온다. 이곳이 집이라니.

아기였을 때부터 함께 자란 가장 친한 친구 마리아와 콘수엘라도 다시는 못 만나겠지. 편지를 쓰겠다고 애들에게 말했지만 내가 그러지 못하리라는 사실을 내심 알고 있다. 학교생활을 하느라, 새 친구를 사귀느라, 영어를 배우느라 바쁠 테니까. 내가 미국으로 이민을 간다는 사실에 마리아와 콘수엘라는 샘을 냈지만, 지금은 모두가 짐작하는 만큼 미국 생활이 재미있거나 신나지 않을지도 모르겠다는 생각이 든다.

무섭다. 이곳 뉴욕은 거대한 도시다. 모든 것이 너무 높고 너무 넓고 너무 빠르고 너무 새것이다. 수백만 대의 자동차, 택시, 버스, 트럭이 굴러다니고 발밑에서는 열차가 우르릉거리며 어디나 인파로 가득하다. 사람이 너무 많다.

그리고 그 사람들은 모두 너무 무례하고 너무 불친절하다. 자신들의 삶이 어찌나 중요한지, 할 일이 어찌나 많은지, 성가시게 나한테 시선조차 돌릴 여유가 없는 사람들처럼 보인다. 집에서는, 그러니까 스페인에서는 행인들도 나를 향해 미소를 지어줬는데 말이다. 점심때 카페에 앉아 있다가 누군가와 시선이 마주치면, 심지어 모르는 사람과도 친구가 되어 대화를 나눌 수 있었는데 말이다. 적어도 서로를 향해 미소는 지어줬는데. 그곳에는 여기 사람들만큼 바쁜 사람이 아무도 없었다. 뉴욕은 음식 주문에 시간이 좀 걸리거나 심지어는 보도 위를 조금 천천히 걷기만 해도 사람들이 몹시 짜증을 내며 나를 밀치고 지나가거나, 좀 서두르라고 내게 고함을 지른다. 이곳 사람들은 왜 그리 모두 서두르는지 도무지 이해가 안 된다.

그 사실이 정말로 마음에 안 드는 것만은 분명하다.

그런 사람들 속에서라도 자유의 여신상을 보게 되었다는 사실이 약간 설레기는 하지만 말이다. 미국 영화에서 수천 번이나 본 그 여신상을 이제야 내 눈으로 직접 보게 된 것이니까.

잠시 뒤 가이드가 우리 가족이 앉아 있는 쪽인 왼쪽을 바라보라고 말한다. 하지만 어느 쪽에 앉아 있든 별 문제 없다. 어느 자리에서나 잘 보이니까. 나는 배의 앞쪽에 서 있다. 여신상에 접근하면서 보니 여기가 최고의 명당자리이다. 저기 있다! 거대하다! 어찌나 거대한지, 영화에서 보던 것보다도 더 큰 조각상이 하늘을 찌를 듯 우뚝 솟아 있다. 불가능할 정도로 어마어마하다. 조각상이 내 내면의 무언가를 일깨운다. 그저 횃불과 책을 든 거대한 녹색 여인일 뿐이지만 뭔가 특별한 의미가 있다. 저 조각상은 사람에게 영감을 불어넣는다. 단순한 미국의 상징 그 이상의 의미가 있다. 이른바 자유의 상징이다. 내 감정을 뭐라고 표현해야 할지 적절한 말을 찾을 수 없지만, 나는 수많은 생각과 단어와 상상과 희망으로 가득 차 있다. 너무나 충만해서 가슴에 통증이 느껴질 정도다. 그 모든 감정이 한꺼번에 밖으로 터져 나오려고 다투는 듯.

나는 나 자신을 잊는다. 이제 난 더 이상 열네 살의 어린 소녀가 아니다. "엄마! 아빠! 저거 보이죠!"

엄마는 미소 짓는다. 오직 내게만 보여주는 부드럽고 눈부신 미소다. "그래, 아가. 보인다. 굉장히 크구나. 그렇지 않니?"

아빠는 그저 빙긋 웃으며 나와 엄마를 번갈아 쳐다본다. 마치 이 순간을 마음속 카메라에, 기억 속에 영원히 담으려는 듯. 여신상이 아니라, 여행이 아니라, ……우리, 엄마와 나를.

"우리가 여기에 왔었어요." 기억이 끊겼다. 이제 나는 다시 어른이 되어 혼자서, 아니 로건과 함께 이곳에 왔다. "엄마랑 아빠랑 나랑 말예요. 이 유람선 투어를 했어요."

여행 가이드가 또다시, 자유의 여신상이 곧 모습을 드러낼 것이라는 멘트를 했다. 나는 다시 뭔가에 이끌리듯 앞으로, 뱃머리로 나아갔다. 두 손을 난간에 얹고 두 눈으로 여신상이 나타나는지 강을 둘러보았다. 로건이 내 옆에 와서 서는 것이 느껴졌다. 그는 한 팔을 내 허리에 둘렀다. 나 혼자만의 시간을 경험하게 해주려는 듯, 그것을 느낄 수 있게 해주려는 듯 그는 말이 없었다.

저기 있다. 세상에, 정말로 거대하구나. 높이 든 여신상의 한 손에서 횃불이 타오르고 있었다. 어느 순간이든 세상을 명멸하는 빛으로 밝히려는 듯 소매가 아래로 흘러내려 와 있었다. 다른 손에는 커다란 책이 들려 있다. 가이드의 설명에 따르면 그 책에는 미국의 독립 선언일인 1776년 7월 14일이 새겨져 있다고 했다. 내 생일 이틀 뒤였다. 여신상의 정식 이름은 '세계를 밝히는 자유Liberty Enlightening the World'였다. 로마 신화 속 자유의 여신인 리베르타스를 형상화한 것이라고 했다.

기억과 현실이 겹쳐지면서 현기증이 느껴졌다.

두 눈을 감으면 열네 살의 나로 돌아갈 수 있을 것 같았다.

고개를 돌리면 엄마와 아빠가 보일 것 같았다.

고개를 돌려 쳐다보고 싶은 유혹을 느꼈지만 그러지 않았다. 그것은 그저 기억, 소중한 기억일 뿐이었다. 나는 로건에게 몸을 기댄 채 호흡에 집중했다.

"뭔가가 기억났어요?" 로건이 물었다.

나는 그의 셔츠에 머리를 기댄 채 고개를 끄덕였다. "네, 그런데 그걸 어떻게 말로 표현해야 할지 모르겠어요. 사실 아주 짧은 기억이거든요. 우리 세 사람은 꼭 이런 배를 타고 있었고 조각상이 모습을 막 드러내기 직전이었어요. 난 낯선 장소에 떨어진 어린 소녀였어요. 그때는 우리가 이곳에 도착한 지 며칠 안 되었을 때 같아요. 마음이 불안감으로 가득했던 것을 보면요. 어른처럼 대처하려고 애쓰고 있었지만 실은 열네 살에 불과했던 거예요."

"그 나이 소녀가 아니더라도 큰 변화는 누구에게나 힘든 법이죠."

나는 고개를 끄덕였다. "네, 바로 그거예요. 나는 겁에 질려 있었어요. 이해되지 않는 일들이 너무나 많았거든요. 예컨대, 왜 모두 저렇게 서두를까, 왜 모두 너무나 무례해 보일까, 뭐 그런 점들 말예요."

로건은 웃음을 터뜨렸다. "아, 뉴욕은 그런 곳이죠. 삶의 속도가 훨씬 느리거나 친절한 사람들이 살고 있는 스페인 같은 나라에서 온 사람은 물론, 이 나라에서 태어난 사람도 이 도시의 그런 점에 일종의 문화 충격을 받아요."

"처음 이곳으로 이사 왔을 때 당신은 어땠어요?"

로건은 한쪽으로 머리를 갸웃했다. "아, 그러니까…… 솔직히 말하면 나도 똑같았어요. 쿠웨이트에 주둔한 적도 있고 이라크전에 전투 용병으로 참전한 적도 있고 시카고에서 주택 재건축 사업을 하기도 했으니, ……난 풋내기는 아니었어요. 그런데도 그런 점은 충격이었어요. 이곳에서는 모든 것이 너무나 빨리 돌아가더군요. 당신 말처럼 사람들 모두가 바쁘고, 매번 떠밀리고, 항상 서두르라는 말을 듣죠. 게다가…… 도시가 너무 커요. 설사 이 도시에서 평생을 보낸 사람이라 하더라도 한 번도 본 적 없는 것, 가본 적 없는 장소, 들어본 적도 없는 식당이 수두룩하니까요."

"내 기분이 딱 그래요. 내가 본 건 이 도시의 극히 일부잖아요."

"열네 살부터 이 도시에 살았는데 어떻게 이곳에 대해 아무것도 모를까, 그런 생각을 하면 좀 기이하게 느껴져요."

"내가 선택한 게 아니에요."

"물론 아니죠. 그건 나도 알아요. 그저…… 기이하게 느껴진다는 거예요." 로건은 어깨를 한 번 으쓱했다. "12년 만에 처음으로 뉴욕 구경을 하고 있는 거잖아요?"

"솔직히 그게 나니까요."

"그래서 우리가 지금 여기 와 있는 거예요, 자기. 당신이 뉴욕을 나의 도시, 우리의 도시로 기억했으면 해서, ……이 도시에 대한 좋은 기억을 남겨주고 싶어서요."

나는 로건의 품에 안겼다. "당신과 함께 보낸 나날은 모두 행복한 기억이에요."

"훌륭한 대답이네요, 자기. 그래도 당신은 새로운 기억, 현실적인 기억을 좀 만들어야 해요. 그게 오늘 우리가 할 일이고요."

여신상 옆을 지나 만을 가로질러 섬 반대쪽으로 떠가는 배 위에서 나는 멀어져가는 여신상을 바라보았다. 여신상이 완전히 시야에서 사라진 뒤 우리는 다시 자리에 앉아서 남은 시간 동안 말없이 느리고 평화로운 배 여행을 즐겼다. 나는 로건의 손을 잡은 채 얼굴 위로 떨어지는 햇빛을 즐기면서 가이드의 말에 귀를 기울였다.

부두로 다시 돌아왔을 때는 점심시간이 훌쩍 지나 있었다. 배속에서 꼬르륵 소리가 났다. 로건은 또 다른 우버 택시를 불러서 타임스퀘어로 향했다. 그곳 역시 내가 가본 적 없는 장소였다. 아니면 가봤는데 기억하지 못하는 장소거나. 운전사는 한쪽 길가에 차를 댔고 우리는 차에서 내려 북적대는 인파를 뚫고 거대한 빨간색 계단 쪽으로 향했다. 나는 경외심을 느끼며 주위를 둘러보았다. 플래시 불빛이 쉬지 않고 터졌고 매머드처럼 거대한 전광판 위에서 광고가 끝없이 흘러나왔다. 웅장한 그 규모에 숨이 멎을 지경이었다. 그곳은 빛과 생동감과 광란의 열기로 가득한 혼란의 황무지였다.

우리와 비슷한 수천 명의 사람들이 사진을 찍고 셀카 포즈를 취하고 손으로 뭔가를 가리켰다. 그냥 앉아서 구경을 하는 사람도 있었다. 잠시 뒤 로건은 나를 이끌고 광장을 건너갔다. 간혹 핸드폰을 들여다보면서. 지도나 약도 같은 것을 보는 모양이었다. 식당의 위치를 찾고 있는 것이리라, 나는 짐작했다. 과연 그는 광장에서 별로 멀지 않은 곳에 있는 작은 식당으로 나를 안내했다. 간판에 '엘렌의 스타더스트 디너'란 상호가 쓰여 있었다. 밖에서 보기에는 별로 인상적이지 않은 식당이었다. 그리고 식당 안도 낡은 내부 장식, 비닐 커버를 씌운 좌석, 포마이카 소재 테이블이 다였다. 그러나 자리를 잡고 음식을 주문하고 나자 로건이 왜 나를 이곳으로 데려왔는지 알 수 있었다.

직원들이 모두 노래를 부르고 있었던 것이다.

빨간 머리를 부풀린 이색적인 젊은 남자 종업원이 입에 마이크를 건 채 오래된 쇼의 노래를 최선을 다해 부르면서 칸막이 자리 사이를 새끼고양이 걸음으로 걸어 다녔고 나는 내내 웃음을 띤 채 그 모습을 바라보았다. 잠시 뒤 한 여자 종업원이 다른 노래를 부르기 시작했다. 그녀는 노래를 부르면서 음식 주문을 받고 어떤 테이블에 소다 한 잔을 가져다주고는 엉덩이를 흔드는 춤을 추면서 테이블 사이를 지나갔다. 마지막 음정에서는 어찌나 길게 음을 늘여 부르던지, 다른 사람들보다 폐의 산소 흡입량이 훨씬 더 많은 것은 아닌지 궁금할 지경이었다. 점심을 먹는 내내 나는 노래 부르는 종업원들을 음식 먹는 것도 잊고 바라보았고 로건은 그런 나를 바라보았다.

식사를 마친 뒤 로건은 나를 다시 밖으로 데리고 나가 한 블록 떨어진 곳에 있는 극장으로 이끌었다. 그는 〈알라딘〉이란 제목의 공연 표를 샀다. 진짜 브로드웨이 쇼를 본단 말이야? 나는 너무 흥분 되어서 감정을 숨길 수가 없었다. 얼른 낮 시간이 후딱 지나고 공연 시작 시각인 저녁 일곱 시가 되었으면 싶었다. 그러나 로건이 우리를 위해 계획한 다른 일들 역시 단 한 가지도 놓치고 싶지 않았다.

다음 일정은 보아하니 쇼핑인 모양이다.

우리는 5번가를 향해 걸었다. 교차로가 나왔고 우리는 모퉁이에 멈추어 섰다. 로건은 빙그레 웃으면서 상점이 즐비하게 늘어선 길을 한 손으로 쭉 쓸어 보였다. "날 홀딱 벗겨 먹어요, 이사벨."

"당신을 홀딱 벗겨 먹으라고요?"

"그래요, 내 사랑. 이곳은 5번가예요, 자기. 엘에이의 로데오 거리, 파리의 생토노레 거리와 더불어 비싼 상점들만 들어서 있기로 유명한 거리죠. 어떤 상점에든 들어가서 원하는 건 뭐든지 살 수 있는 백지수표를 당신한테 주는 거예요." 로건은 나에게 윙크를 했다. "모든 여자들의 꿈 아닌가요?"

"어디부터 시작해야 할지도 난 잘 모르겠어요, 로건. 쇼핑을 별로 못 해봐서."

로건은 내 손을 잡아끌었다. "그럼 간단한 것부터 시작해볼까요. '여자들의 가장 친한 친구'부터."

그런 알쏭달쏭한 말과 함께 로건은 나를 한 보석 상점으로 끌고 들어갔다. '티파니 앤드 컴퍼니'라는 상점이었다. 그리고 그 말이

다이아몬드를 뜻한다는 사실을 곧 깨달았다. 나는 몇 분 동안 그냥 구경만 했고 완전히 압도되었다.

"봐도 잘 모르겠는데요, 로건. 모두 아름답네요. 그런데…… 이 말이 이상하게 들릴지도 모르지만 어떤 것이 마음에 드는지 잘 모르겠어요."

로건은 웃음을 터뜨렸다. "그거 정말로 이상하네요, 이즈. 그런데 너무 어렵게 생각할 필요 없어요. 그냥 구경하다가 눈에 들어오는 것이 있으면 그걸 손으로 가리켜요. 그럼 내가 그걸 살게요."

"그냥 그렇게만 하면 돼요?"

"그 방법이 마음에 들면 그렇게 해요."

그래서 나는 다시 구경을 했다. 이번에는 시선을 이 물건에서 저 물건으로 옮겨 보았다. 문득 내가 어디가 잘못된 것은 아닐까 궁금해지기 시작했다. 눈에 들어오는 물건이 하나도 없었기 때문이다. 그런데 그 순간…… 열쇠 모양의 목걸이가 보였다.

내가 그 물건을 가리키자 카운터 뒤에 서 있던 나이 지긋한 여인이 검은색 펠트 천에서 그 목걸이를 들어 올려 내게 살펴보라고 내주었다. 희한하게 심장이 두근거렸다.

목걸이에 손을 대자 그 이유가 이해가 되었다.

열쇠 모양으로 세공된 목걸이에 박힌 다이아몬드에 내 손가락이 닿는 순간 기억이 떠올랐다.

어린 소녀인 나는 엄마의 방에 있다. 저 멀리 어딘가에서 파도 치는 소리가 들린다. 원래 나는 이곳에 있으면 안 되지만, 그저 엄마의 상자를 구경하고 싶을 뿐이다. 적갈색 나무를 손으로 직접 깎아 만든 상자는 반들반들 윤이 난다. 상자 안에는 엄마의 모든 기념품과 장신구가 들어 있다. 나는 그 상자를 보고 싶지만, 상자 앞에 작은 청동 자물쇠가 걸려 있다.

뚜껑을 당겨보지만 열리지 않는다.

"상자 안을 보고 싶니, 아가?" 뒤에서 엄마의 목소리가 들린다.

나는 깜짝 놀라 돌아선다. "그냥 구경하고 싶어서요. 갖고 놀 생각은⋯⋯."

엄마는 경건하게 두 손으로 상자를 들고 침대 위에 앉은 뒤 엄마 옆을 손으로 두드린다. "이리 와서 앉으렴." 엄마가 나를 향해 미소 짓는다. "이건 아주 특별한 상자란다, 이사벨. 그 이유를 아니?"

나는 고개를 끄덕인다. "엄마의 보석이 안에 들어 있으니까요."

엄마는 고개를 저어 내 말을 부정한다. "아니다, 아가. 그 말도 맞긴 하지. 하지만 텅 비어 있다고 해도 이 상자는 특별할 거야. 누가 나한테 이 세상에 존재하는 모든 금과 은과 다이아몬드와 진주, 그리고 이 상자 중에서 하나를 선택하라고 한다면 난 상자를 선택할 거야."

나는 혼란스럽다. 가만히 뚜껑을 건드려본다. 그냥 나무 상자처럼 보이는데. 심지어 아주 잘 만든 물건도 아니다.

엄마가 웃음을 터뜨린다. "이 상자에 어떤 사연이 있는지 듣고 싶니?" 물론 나는 고개를 끄덕인다. "이 상자를 만든 사람은 네 아빠란다. 네가 태어나기 몇 년 전에. 너도 알고 나도 알다시피 네 아빠는 스페인 최고의 금세공인이지. 하지만 나무를 다루는 솜씨는 별로야. 그런데 네 아빠는 나만을 위해서 이 상자를 만들었단다. 결혼할 때까지 네 아빠가 내게 준 선물은 이것뿐이지만 그래도 난 괜찮았어. 네가 아는지 모르겠다만 엄마가 젊었을 때는 엄마랑 결혼하고 싶어 하는 청년이 아주 많았어. 난 그 모든 청혼을 다 거절했고, 부모님은 화를 내셨지. 하지만 그 남자들은 모두 따분했어. 부유하고 잘생겼지만, 지루하고 바보 같았지. 그런데 그 무렵 네 아빠를 만난 거야. 네 아빠는 부자는 아니었지만, 내 눈에는 정말 잘생겨 보였고 다른 남자들과 달라 보였어. 앞머리가 늘 눈을 덮고 있는 네 아빠는 다른 남자들과 달리 축구를 하지 않았어. 그래도 난 네 아빠가 좋았다. 네 아빠는 금세공 도제였고, 그건 매일매일 아주 열심히 일해야 한다는 뜻이었지. 우리는 함께 있는 시간이 많았어. 일하는 시간, 잠자는 시간만 빼고 내내 함께 지냈으니까. 네 아빠를 사랑하는 마음이 점점 커져갔지만 물론 그 말을 직접 할 수는 없었어. 그래서 네 아빠를 기다려야 했지. 그 시절에는 다들 그랬거든. 나는 네 아빠를 아주 오랫동안 기다렸다. 네 아빠도 날 사랑하고 있다는 사실을 알고 있었으니까. 그런 점에서는 네 아빠도 다른 남자들과 마찬가지로 미숙했던 거지. 그런데 다 큰 남자도 사랑에 빠지면 어린 소년만큼 미숙할 수 있단다. 아, 내가 이런 말을 했다고 아빠한테는 말하면 안 된다. 어쨌든 나는 기다리고 또 기다렸어. 그런데 내 사랑 루이스를 거의 한 주 동안이나 보지 못해서 나의 참을성이 바닥난 어느 날, 마침내 네 아빠가 우리 부모님 집 앞마당에 나타났어. 이 상자를 손에 쥔 채.

네 아빠가 매우 값비싼 선물을 주면서 청혼을 할 거란 생각에 나는 신이 났어.

하지만 아니었어. 그건 그냥 한낱 상자였어. 단순한 상자, 게다가 그다지 잘 만든 것도 아닌 상자. 나는 혼란스러웠지만, 네 아빠는 내게 이렇게 말했다. 자신이 비록 날 사랑하기는 하지만, 그리고 결혼하고 싶기는 하지만, 내게 결혼해 달라고 말할 수는 없다고. 도제로서 첫 번째 수습 과정을 마쳐야 하고, 가족을 부양할 만큼 돈을 벌 수 있는 일자리도 찾아야 한다면서. 우리 아버지는 네 아빠의 의견을 존중해줬고, 물론 내가 다른 신랑감, 더 부유해서 금방 결혼할 수 있는 남자를 찾기 바랐기 때문에 그 말을 듣고 기뻐하셨어.

루이스는 내게 이 상자가 약속을 뜻한다고 말했단다. 언젠가 나와 꼭 결혼하겠다는 약속을 뜻한다고. 물론 나는 상자를 받았어. 그리고 이렇게 말했지. '그래요, 당신을 기다릴게요.' 그러고는 상자를 열어보려고 했지만 열리지 않았어. 잠겨 있었거든."

엄마는 한 손을 셔츠 앞섶으로 넣어 붉은 끈에 묶여 있는 청동 열쇠를 꺼내더니 끈을 벗어 그것을 내게 건넸다. 엄마의 체온 때문에 열쇠는 따뜻했다.

"루이스는 내게 말했단다. 청혼 반지를 이미 만들어 그 상자 안에 넣어놓았다고. 네 아빠는 나와 비싼 곳에서 데이트를 하거나 내게 선물을 사주는 대신, 버는 돈을 모조리 모으고 또 모아서 다이아몬드를 샀어. 세공 스승에게 돈을 지급하고 금을 사서 반지를 만들었다고 하더구나. 나는 다시 상자를 열려고 해봤지만 상자는 여전히 잠겨 있었지. 루이스는 내게 열쇠를 보여주며 말했어. '카밀라, 나는 이 열쇠를 당신에게 주면서 청혼을 하겠소. 당신이 그때 이 열쇠를 받는다면, 그건 청혼 반지가 든 상자의 열쇠는 물론, 내 심장을 여는 열쇠도 함께 받아들이는 거요.'"

나는 아주 오랫동안 열쇠를 물끄러미 바라보았다. "이게 그 열쇠예요? 상자를 여는 열쇠?"

엄마는 고개를 끄덕였다. "그렇단다." 그러고는 무릎 위에 놓인 상자를 내 앞으로 돌렸다. "자, 아가, 열어보렴."

나는 자물쇠에 열쇠를 꽂고 돌렸다. 작게 딸깍 소리가 나면서 자물쇠가 풀렸다. 엄마가 뚜껑을 열었고 나는 숨을 들이마셨다. 펠트 천이 바닥에 깔린 상자 안에는 금반지, 금귀걸이, 금목걸이, 금팔찌가 들어 있었다. 그 장신구들은 모두 독특하고 정교하고 아름다웠다. 모두 아빠가 직접 손으로 만든 것들이었다.

"네 아빠가 만들어준 이 상자에 담긴 장신구들은 모두 네 아빠가 청혼하던 날 내게 준 거란다. 루이스는 마치 자신은 기사, 나는 여왕인 것처럼 한쪽 무릎을 꿇고 열쇠를 두 손으로 들어 올려 내게 내밀었어."

"그래서 좋다고 했어요?"

엄마는 웃음을 터뜨렸다. "당연하지, 요 맹추 아가씨야. 그러니까 네가 생겼지. 안 그래?" 그러고는 상자 뚜껑을 닫고 열쇠를 돌려 자물쇠를 잠근 다음, 손바닥으로 열쇠를 감쌌다. "아가, 이 열쇠는 너와 네 아빠만 빼고 세상 어떤 것보다도 내게 소중한 것이란다."

엄마는 열쇠를 주었고 나는 좀 더 주의 깊게 열쇠를 들여다보았다.

광이 나는 그 열쇠는 평범하고 단순한 보통의 청동 열쇠였다. 열쇠 대에 살도 하나밖에 없었고 둥글게 깎은 그 살마저 낡아서 반들반들했다. 그래도 자물쇠에 꽂고 돌릴 때 손으로 잡는 열쇠 머리 부분은 아름다웠다. 동그란 열쇠 머리 안에는 중심을 기준으로 꽃잎 네 장이 대칭으로 피어난 정교한 꽃송이가 새겨져 있었고 가운데 부분에 매듭 장식이 이어져 있었다.

"내 생각에는 말 그대로 남편의 심장을 열 수 있는 실물 열쇠를, 가슴 위로 드리워 자신의 목에 끈으로 걸고 살아가는 여자는 이 세상에 많지 않을 것 같구나, 아가. 그래서 내가 이 세상에서 가장 운 좋은 여자인 거란다. 네 아빠의 심장이…… 하루하루 내 심장을 계속 뛰게 만들어주니까."

나는 숨을 헉 들이마시면서 손을 얼른 거두었다.

기억이 나를 그슬리고 내 심장 안에 무겁게 들어앉았다. 맙소사, 아빠를 향한 엄마의 사랑은…… 대단한 것이었구나.

받침대 위에 앉아 있는, 다이아몬드와 금으로 정교하게 세공된 이 열쇠가 엄마의 열쇠를 떠올리게 했다. 분명히 그랬다. 이 열쇠를 건드리기만 했는데도 섬광처럼 그렇게 강렬한 기억이 떠올랐으니까.

로건은 두 손으로 목걸이를 들더니 자리를 옮겨 내 뒤에 섰다. 그 순간 엄마가, 엄마가 몸을 움직이던 방식이 느껴졌다. 아빠도 엄마의 목에 이렇게 목걸이를 걸어 주었겠지. 엄마는 고개를 앞으로 숙인 채, 까마귀 날개의 색처럼 까맣고 숱 많은 머리를 두 손으로 모아 쥐고 어깨 위로 들어 올렸겠지. 아빠는 두툼하지만 민첩한 손가락으로 목걸이 걸쇠를 채우고 두 손으로 엄마의 머리채를 받았겠지. 그럼 엄마는 아빠에게 등을 기댄 채 학처럼 목을 빼고 고개를 돌려 아빠를 올려다보았겠지. 아빠의 두 눈을 들여다보았겠지.

내 머리는 두 손으로 모아 쥐기에도, 어깨를 덮기에도 너무 짧았지만, 나는 내 뒤에 서 있는 로건을, 목걸이 걸쇠를 채우는 그의 손가락을 느끼고 있었다. 그리고 나는 그 순간 엄마가 되어, 사랑하는 남자에게 등을 기댄 채 고개를 돌려 로건의 얼굴을 들여다보았다. 그의 눈에는 사랑이 담겨 있었다.

로건이 작은 손거울을 들어줬고 나는 내 가슴 사이에 늘어져 있는 열쇠를 바라보았다. 그 열쇠는 아름다웠다. 백금으로 제작된 열쇠 양면에 수백 개의 작은 다이아몬드가 머리끝에서 대 끝까지 줄지어 박혀 있었다. 열쇠 머리에 세공된 꽃잎은 커다란 다이아몬드 방울이었고, 꽃송이 중심에는 놀랄 만큼 아름다운 노란색 사각형 다이아몬드가 박혀 있었다.

로건은 나를 돌려 정면을 보게 했다. 그의 눈이 묻고 있었다.

"로건, 이거 어때요?" 그 열쇠를 고른 이유를 설명할 수 있었으면 싶었지만 그럴 수 없었다. 아직은. 그 기억을 처리하고 내면화할 시간이 좀 더 필요했다.

로건과 그 기억을 공유하기에 앞서 혼자 그것을 음미할 시간이 필요한 것뿐이었다.

로건과 직원이 나누는 대화가 들려왔다. 목걸이 가격은 몸이 휘청거릴 정도로 비쌌다. 2만 2천 달러라니. 나는 로건이 적어도 약간의 흥정은 할 줄 알았는데, 그는 군말 없이 값을 지불했다. 그 여자에게 카드를 건네주고 능숙하게 서명을 한 뒤 나를 상점 밖으로 이끌었다.

나는 열쇠를 들고 가만히 바라보았다. "미안해요, 로건. 그렇게 비싼 줄은 몰랐어요."

로건은 웃음을 터뜨렸다. "그 말 농담이죠? 난 당신이 마음에 드는 물건을 발견해서 기뻐요." 그러고는 내 턱을 들어 올려 자신의 눈부시게 파란 눈을 바라보게 했다. "난 돈이 있어요, 이사벨. 그것도 많이. 아니 그냥 많은 게 아니라 아주 많아요. 당신이 몇 주 동안 쇼핑을 한다고 해도 바닥나지 않을 정도로요. 그러니까 사과하지 말아요."

"알았어요. 난 그냥 직원이 가격을 말했을 때 너무 충격을 받아서 그런 거예요."

"그런데 그 목걸이, 당신에게 어떤 의미가 있는 모양이죠?" 로건은 평서문과 의문문의 중간쯤 되는 어조로 말했다.

나는 고개를 끄덕였다. "그래요 또 다른…… 기억이 떠올랐거든요."

"당신이 준비가 될 때까지는 굳이 나한테 말 안 해도 돼요, 이즈. 캐묻지 않을 테니까. 알았죠? 나는 당신이 나와 함께 새로운 기억을 만들어가는 것도 좋지만 예전 기억을 되찾는 것도 무척 기뻐요."

그 말에 눈물이 날 것 같았다. 얼른 눈을 깜박여 눈물을 참았다. "당신에게 어떻게 감사를 표해야 할지 모르겠어요, 로건. 목걸이는 물론, 오늘 하루 전부 다요. 유람선을 탔고, 그 덕분에 몇 가지 기억이 떠올랐잖아요. 그게 내게 어떤 의미인지 말로 표현을 못 하겠어요."

"감사는 그만하면 됐어요, 이사벨. 난 당신을 사랑해요. 내가 할 수 있는 일이라면 그게 뭐든 난 다 할 거예요." 로건은 어깨를 으쓱했다. "하지만 솔직히 말해서, 이건 그냥 우연 같은 거예요. 당신 기억을 되찾아주려고 내가 계획을 세운 건 아니니까요. 어떤 일이 뭔가의 도화선이 될지, 그렇지 않을지 알 수 있는 방법은 없잖아요."

"그건 행운이 아니에요, 로건. 당신 덕분이죠. 당신이……." 나는 뭐라고 표현을 해야 할지 열심히 생각해 말을 떠올려야 했다. "당신이 날 삶 속으로 데려왔잖아요."

로건은 내 가슴 사이에 놓여 있는 열쇠를 손으로 건드렸다. "보아하니 이게 당신 기억의 도화선이 된 모양인데, 이 목걸이 말고 다른 건 다 우연이에요. 안 그래요? 왜냐하면 나는 내가 당신을 삶속으로 데려왔다고 생각하지 않거든요. 난 그저…… 당신을 위해 문을 열었을 뿐이죠. 잠금 해제가 된 삶은 이미 그곳에 있었어요. 그래서 당신이 그 삶을 살 수 있는 거고요."

우리는 손을 잡고 잠시 걸었다. 고디바 상점에 줄을 서서 초콜릿을 고르는 동안, 마침내 기억을 공유할 준비가 다 된 것 같은 기분이 들었다.

그래서 나는 로건에게 떠오른 기억을 말했다. 엄마의 말투를 그대로 옮길 수 있었다.

이야기가 끝난 뒤 나와 로건은 트러플 초콜릿을 우적우적 씹으면서 다시 밖으로 나왔다. 로건은 잠시 동안 말이 없다가 부드럽게 웃으며 고개를 저었다. "맙소사, 정말 잔잔하고 아름다운 이야기네요. 당신 아버지의 청혼 말예요, 이즈. 말 그대로 자신의 심장을 여는 열쇠로 청혼을 한 거잖아요? 그 시절에 그렇게 로맨틱한 사랑이라니, 세상에." 그는 내게 다가와 내 입가에 묻은 초콜릿을 핥아먹고는 내게 키스했다. "내가 그보다 훨씬 더 로맨틱한 청혼을 할 수 있을 거라고 장담 못하겠는데요. 그래도 분명 죽도록 노력할 테지만."

"그 점에 대해서라면 나도 누구나 아빠의 기준에 도달할 수 있을 거라고는 생각 안 해요, 로건. 그리고 당신은 노력 안 해도 돼요. 난 그냥 당신만 있으면 돼요. 날 사랑해줘요. 그러면 언제까지나 충분한 것 이상일 테니까."

로건은 따뜻하고 굳건한 손바닥으로 내 척추를 받치고 온몸이 맞닿게 나를 끌어당겼다. "당신을 쉽게 사랑할 수 있게 해주려는 건가요?"

"나 때문에 당신은 죽을 뻔했어요. 날 사랑한 대가로 당신의 눈 하나를 치르게 만들었고요. 그게 어떻게 쉬운 거예요?"

"남자는 예로부터 여자의 사랑을 차지하려고 싸워왔어요, 이사벨. 당신은 싸움을 해서라도 차지해야 하는 그런 여자예요. 내 말 믿어요."

그 뒤로는 쇼핑이 훨씬 쉬웠다. 로건은 이 상점에서 저 상점으로 나를 따라다녔고, 가끔 이건 어떻겠느냐고 자신의 의견을 제시하기도 했다. 나는 여러 벌의 드레스, 스커트, 상의, 신발을 샀는데 모두 굉장히 비싼 물건들이었다. 로건은 눈 하나 깜짝하지 않았다. 나는 카드 계산기가 뱉어낸 영수증들을 모두 보관하고 있었는데, 내 계산이 맞다면 순식간에 십만 달러가 훌쩍 넘는 돈을 써버린 것이 분명했다. 로건의 손에는 가방이 한가득이었다. 큰 가방 하나를 어깨에 메고도 한 손에 대여섯 개의 가방을 들고 있었다.

로건은 불평 한마디 하지 않았고, 오히려 적극적으로 즐거움을 표현하며 내가 물 쓰듯 자신의 돈을 쓰는 모습을 바라보고 있는 것 같기는 했지만, 내 눈에는 짐을 잔뜩 든 로건이 딱해 보였다.

"이제 당신 돈은 쓸 만큼 쓴 것 같아요, 로건. 짐들을 집에 갖다 놓죠."

로건은 손목시계를 흘끔 쳐다봤다. "반가운 말이네요. 저녁을 먹고 쇼를 보려면 옷도 갈아입기는 해야 하니까요."

우리는 다시 우버 택시를 타고 집으로 돌아와 가방들을 내려놓고 오늘 밤에 입을 겉옷을 골랐다. 그리고 샤워를 하려고 옷을 벗었다가…… 부엌 조리대 위에서 로건의 몸에 깔리는 바람에 저녁 식사 예약에 늦고 말았다. 나는 아무래도 상관없었지만.

로건은 저녁을 예약해놓은 고급 식당이 어딘가 헬스키친이란 동네에 있다고 말했다. 그의 말을 들으면서도 나는 식당 이름이나 거리 이름을 기억해두지 않았다. 그런 문제에 나는 원래 전혀 관심이 없지만 오늘은 더욱 그랬다. 그래서 세세한 일은 모두 로건에게 맡겨두고 세상 경험을 차근차근 다시 쌓는 일에 집중했다. 우리 집에서부터 가장 가까운 전철역까지 로건을 따라 걸어갔다. 나의 첫 번째 전철 탑승을 위해서였다. 기둥을 붙잡은 채, 안쪽으로 마주 놓인 좌석에 앉아서 굉장히 다양한 사람들의 면면을 구경하는 것은 새로운 경험이었다. 노인, 젊은이, 백인, 흑인, 황인, 아시아인, 부자, 가난뱅이, 깨끗한 사람, 더러운 사람, 자기 일에 몰두하고 있는 사람, 눈이 초롱초롱한 사람 등 온갖 사람이 다 있었다. 그들 사이에는, 그리고 그들과 우리 사이에는, 지금 이 순간 같은 열차 칸에 타고 있다는 사실 말고는 아무런 관련성이 없었다.

우리는 이제 지상으로 이어진 계단을 오르고 있었다. 나는 로건의 손가락에 내 손가락을 건 채 생각 한 조각을 공유했다. "예전에 케일럽의 빌딩 안 아파트에 살 때, 내 삶에는 완전히…… 텅 비어 있는 시간이 아주 아주 많았어요. 그런데 당신도 알다시피 사람이 계속 책만 읽을 수는 없잖아요? 그때 내 소일거리 중 하나가 빌딩 앞을 오가는 사람들을 창을 통해 내다보는 거였어요. 그곳은 아무도 지나가지 않을 때가 거의 없어서, 몇 시간씩 창가에 서 있을 수 있었거든요. 그냥 행인을 바라보기만 하면서, 그 사람들의 삶을 상상하면서, 그 사람들에 대한 이야기를 아예 새로 지어내면서 말예요. 그런데 요즘도 가끔 그런 짓을 해요. 감정 처리 과정에 문제가 생기면, 아니 그냥 겁이 나기만 해도, 결국은 사람 구경을 하면서 그들의 이야기를 상상하죠. 내가 내 집 창 밑으로 지나가는 낯선 사람들의 역사를 세세하게 꾸며내는 것은, 나한테는 그런 역사가 없기 때문인 것 같아요."

로건은 고개를 끄덕였다. "그런 증상을 한마디로 표현해주는 단어가 있어요. '손더[5]'라고. 이 말은 길에서 마주치는 사람, 열차 안에서 옆자리에 앉아 있는 사람, 뭐 그런 사람들 각자가 모두 자신만의 인생, 자신만의 역사, 친구나 친척 같은 복잡한 인간관계 등을 갖고 있다는 사실을 깨닫거나 이해하는 것을 뜻해요. 나는 사람들 각자의 삶 뒤에는 실 가닥이 이어져 있다고 상상해요. 그 실 가닥들은 서로 엉키기도 하고 매듭이 맺히기도 하고 다른 사람들 수

---

5 손더(sonder): 주변 사람들, 자신의 외부에 존재하는 사람들, 특히 길거리를 지나치는 사람들 모두가 자신만의 생각, 느낌, 감정, 경험을 갖고 있다는 사실에 대한 깨달음을 일컫는 용어이다.

백만 명의 실타래와 함께 엮이기도 하죠. 다른 사람의 실 가닥을 따라가 보면 어찌 된 일인지 결국 그 실 가닥은 자신의 실 가닥과 만나게 되더군요. 그 만남은 때로 자신과 그 사람이 그저 한 공간에 머물고 있을 뿐인 개별적인 순간에 그치기도 하지만, 때로는 예전에는 상상조차 못했던 방식으로 그 사람과 나 사이를 유독 친밀한 관계로 발전시키기도 하는 거예요."

"손더, 그 단어 마음에 드네요."

그즈음 우리는 식당에 도착해 있었다. 우리가 예약 시간에 몇 분 늦었기 때문에 좀 기다려야 할 거라는 이야기를 들었다. 로건은 여자 종업원, 그러니까 몸을 가리는 부분보다 드러내는 부분이 더 많은 드레스를 입은 매력적인 젊은 여자에게 몸을 숙이고 잠깐 뭐라고 속삭였다. 아마도 은밀히 뇌물을 찔러주는 모양이었다. 로건이 그녀에게 뭐라고 말했는지, 얼마나 많은 뇌물을 주었는지 알 수는 없지만 확실히 효과는 있었다. 그녀가 우리를 곧장 빈 좌석으로 안내해 주었으니까.

자리에 앉은 뒤 로건은 와인 한 병을 주문했고 나는 로건에게 물었다. "아까 여자 종업원한테 뭐라고 했어요? 이 자리를 내달라고 뇌물을 얼마나 줬죠?"

로건은 웃음을 터뜨렸다. "아, 뇌물 같은 건 주지 않았어요. 그냥 내 명함을 보여줬죠." 그러고는 지갑에서 명함 한 장을 꺼내 내게 건넸다. 그 명함에는 그의 이름, 핸드폰 번호, 이메일 주소 말고는 아무것도 적혀 있지 않았다.

"그래요? 이해가 안 되는데요."

로건은 메뉴판 맨 아래를 손으로 가리켰다. 거기에는 이렇게 쓰여 있었다. '소유 및 운영 : 라이더 엔터프라이즈, 유한회사.' "이 식당이 내가 출소해 뉴욕으로 이사한 뒤 처음으로 인수한 사업체예요. 전과자가 하기에는 식당이 가장 위험 부담이 적은 사업이란 사실을 알고 있었거든요. 음식과 서비스만 좋으면, 주위 환경이 조용하고 식당 분위기만 쾌적하면, 손님들은 식당 주인이 전과 기록이 있든 말든 상관하지 않을 테니까요."

"그럼 당신이 이 식당 소유주란 말예요?"

그는 어깨를 으쓱했다. "그래요. 개업 한 첫해 동안은 지배인으로 일하기도 했어요. 그때는 자본이 많지 않아서 그 돈을 그냥 투자로 날려버리고 싶지 않았거든요. 그래서 일을 차근차근 진행했어요. 처음에는 직접 관여했지만 식당이 안정기에 들어선 것이 확실해진 뒤로는 전문 지배인, 성실한 종업원, 실력 있는 수석 요리사를 고용했죠. 이 식당에서 수익이 발생하기 시작한 뒤로는 다음 투자 업체를 물색하고 다녔지만, 그래도 가끔 이곳에 들러 돌아가는 상황을 파악했어요. 물론 그 시점부터는 지배인이 아니라 사장으로서였지만. 요즘은 내가 경영하고 있는 다른 모든 사업체와 마찬가지로 이곳에 직접 오는 일은 드물지만, 그래도 내가 소유주인데, 그 이점을 좀 누려보는 건 괜찮잖아요?"

"난 당신이 사업체에서 수익이 발생하기 시작하면 그걸 팔아치우는 줄 알았어요."

로건은 고개를 저었다. "모두 다 그런 건 아니에요. 사업가로서 가장 중요한 자질은 다양한 수입의 흐름을 늘 정확하게 파악하는 거예요. 조절 가능하다면 한 가지 투자에 전적으로 의존해서는 절대 안 돼요. 계속 다각화해야 하는 거예요. 그래서 내가…… 십여 개 사업체의 소유권을 계속 유지하고 있는 거고요. 이 식당 말고도, 중서부, 디트로이트, 시카고, 밀워키 같은 동네에 자동차 부품 상점이 있어요. B급 유명 인사들을 위한 할리우드 경호 업체도 있죠. 아, 일일이 다 기억하자니 어렵네요. 나는 매일의 운영을 99.9퍼센트 업체 자율에 맡기거든요. 업체를 운영하는 사람들 모두가 다 자기 업체의 주인이에요. 다만 라이더 엔터프라이즈의 산하에서 관리를 받을 뿐이죠. 라이더 엔터프라이즈는 기본적으로 관리 회사니까요. 모든 업체가 유능한 전문가, 정직한 사무직 직원, 문제 해결 능력자, 매출계정 관리자 등에 의해 운영되는지 미리 확인하는 거죠. 그래서 정말로 큰 문제가 터지지 않는 한, 나는 세금만 부담하면 수익을 긁어모을 수 있죠. 아, 남부 작은 도시들에 있는 영화관 체인도 있구나. 상영관이 하나뿐인 그런 극장 말예요. 흠, 체인으로 운영되는 주유소가 두 개고, 화려한 차를 취급하는 자동차 판매 중개 업체도 세 개, 아니 네 개 있어요. 그중 하나는 여기 맨해튼에 있고 다른 세 개는 애틀랜타, 샌디에이고, ……젠장, 나머지 하나가 어디에 있더라? 아, 맞다, 시애틀에 있어요."

나는 내 와인을 홀짝대며 눈썹을 찌푸렸다. 내가 스스로에게 허용한 와인 반 잔이었다. "나는 당신이 다른 사업은 모두 그만둔 줄 알았죠. 이젠 정말로 헷갈리네요. 당신 정말로 하는 일이 뭐예요, 로건?"

내 말에 로건이 웃었다. "감옥에서 나왔을 때 나에게는 바하마 제도에 숨겨놓은 꽤 괜찮은 액수의 자본이 있었어요. 해외 은행의 번호화된 개인 계좌에 넣어놓은 자금이었죠. 케일럽과 일하는 동안 복잡한 전송망을 통해 수입을 분산시켜 놓았거든요. 일이 잘못되더라도 다시 시작할 수 있게 현금을 마련해 놓아야 했으니까요. 흠, 그리고 그건 아주 잘한 일이었어요. 확실히 일이 잘못됐고 결국 다시 시작할 수밖에 없었잖아요. 나는 작은 매물을 사들이는 일부터 다시 시작했어요. 휘청거리고 있던 이 업체를 내가 사들였을 때 이곳은 초밥 식당이었는데 지금 생각해봐도 별로였어요. 그래서 과감하게 내부 장식을 다 뜯어내고 리모델링해서 새로운 정체성을 만들기로 했죠. 단순하지만 우아한 메뉴를 갖춘 고급 식당으로 만들어 효율적으로 관리하고 최상의 서비스를 제공하기로 한 거예요. 식당을 매입하고 리모델링하는 데 내가 보유한 자금의 4분의 1이 들어갔지만, 3년이 채 안 된 시점부터 꽤 큰 수익이 발생했어요. 점점 안정이 되면서 첫해가 다 갈 무렵부터 흑자로 전환된 덕분에, 이제 다음 매물을 물색하기 시작해도 괜찮겠구나, 생각했죠. 그 두 번째 매물이 여기 맨해튼에 있는 자동차 판매 중개 업체예요. 그 업체는 BMW, 렉서스, 레인지 로버와 같은 차들을 취급하죠. 초기 투자비용은 많이 들었지만 빠르게 정상 궤도에 올랐어요." 로건은 내 안색을 살폈다. "내가 당신을 지루하게 만들고 있나요?"

나는 솔직하게 시인했다. "약간요. 나는 사업가가 아니잖아요."

"알았어요. 그럼 짧게 이야기할게요." 로건은 와인을 한 모금 마시고 음식을 주문한 다음 이야기를 다시 시작했다. "나는 다시 사업체들을 사들이기 시작했어요. 발견한 매물 중에서 내 자금으로 사들일 수 있는 업체, 빨리 개선될 여지가 있어 보이는 업체는 어떤 것이든 사들였죠. 사들인 업체에서 투자 금액을 회수하면 그 돈을 즉시 또 다른 업체에 투자했어요. 그러는 동안에도 업체들은 모두 흑자로 전환되고 있었고요. 내 수입과 투자 금액 사이의 간격이 점점 벌어지기 시작했죠. 투자하고, 필요할 경우 구조조정을 하고, 경영 기틀을 마련하는 데 직접 관여했어요. 그러다가 내가 없어도 회사가 원활하게 굴러가겠다는 확신이 서면 그다음에는 투자 규모가 더 큰 매물로 옮겨갔어요. 사업 초반에는 여행을 엄청나게 다녔어요. 기본적으로 혼자 일하는 사업가였기 때문에 그럴 수밖에 없었거든요. 하지만 몇 년이 흐른 뒤로는 수입도 충분해졌고 내가 소유한 사업체들도 너무 많아졌던 터라, 위험 부담을 줄이려면 널리 퍼져 있는 회사들을 안정적으로 관리할 필요가 있겠다고 생각했어요. 그래서 라이더 엔터프라이즈라는 관리 회사를 차렸죠. 내가 관여하지 않아도 업체들이 잘 굴러갈 수 있도록 말예요. 그러고 나서 지금 하고 있는 일을 시작했어요. 당신도 가본 적 있는 그 회사에서는 내가 전에 말했던 그 일, 그러니까 사업체 재건축을 해요. 대개 증권회사, 첨단기술 회사, 투자회사, 보안 분석 회사 등 사무직 위주의 고액 사업체를 취급하죠. 자, 이곳 뉴욕에는 수백만 달러짜리 사업체들이 여기저기에 수천 개나 널려 있어요. 그래서 주어진 시간 안에 성과를 올리지 못하는 업체는 언제나 찾을 수 있어요. 나는 그런 업체를 최저가에 사들여요. 파산 위기에 몰려 있는 회사들이니까요. 그런 다음 그 회사의 내부 경영에 속속들이 관여해 수익을 내는 회사로 바꾸어 놓거나, 회사를 분해, 매각해요. 그렇게 번 돈을 다른 회사, 그러니까 보통은 내가 소유한 회사에 쏟아부은 뒤 그 회사를 좋은 가격에 되팔죠. 혹시 〈귀여운 여인Pretty Woman〉이란 영화 본 적 있어요? 나는 리처드 기어가 연기했던 그 영화 주인공과 비슷한 일을 하는 거예요. 다만…… 그러고 싶지 않아서 그 주인공보다는 회사 분해를 자주 하지 않는 편이지만요."

"회사를 분해해서 매각하면 거기서 일하던 사람들은 어떻게 돼요?"

"흠, 그게 내가 가장 신경 쓰는 부분이에요. 나는 모든 직원이 정착할 새 직장을 어딘가에서 찾을 수 있게 늘 최선을 다해요. 그래서 고용인들을 헤드헌터들과 이어주는 직업 소개 전담팀까지 꾸린걸요."

"그러니까 당신은 이 식당, 그 주유소, 영화관들을 그냥 소유만 하고 있는 건가요?"

"맞아요. 안정적인 수입이 들어오는 업체들이거든요. 그래서 혹시 내가 큰 실수를 한다고 하더라도, 그러니까 혹시 투자를 잘못해 엄청나게 큰돈을 잃는다고 하더라도, 전역에 퍼져 있는 라이더 엔터프라이즈 회사들 덕분에 내 생활은 편안하게 유지될 수 있겠죠." 로건은 양옆으로 고개를 까닥이더니 이렇게 덧붙였다. "내 말은 **우리** 생활이 편안하게 유지될 수 있을 거란 뜻이에요."

나는 로건이 그 식당의 소유주인 만큼 식사비를 내지 않을 거라고 생각했지만, 그는 밥값을 치른 것은 물론, 자신이 식당 주인에게 서빙하고 있었다는 사실을 전혀 모르는 것이 분명한 여종업원에게 넉넉하게 팁까지 주었다.

그러고는 극장이 있는 구역까지, 몇 블록을 되짚어 꽤 긴 거리를 걸었다. 그래서 객석 조명이 꺼질 때쯤에서야 우리 자리를 찾아 앉을 수 있었다.

쇼는…… 내가 경험해본 그 무엇과도 비슷하지 않았다. 이야기의 배경은 중동이었다. 음악이 에너지를 폭발시키며 고음으로 극장을 휩쓸었다. 저 춤! 저 노래! 모두 너무나 멋져서 나도 배우들과 함께 노래하며 춤을 추고 싶은 심정이었다. 특히 다소 거칠지만 유쾌하고 명랑한 요정 지니는 열정적인 에너지로 무대는 물론 극장 전체를 장악했다.

극장에서 나올 때쯤 나는 몹시 흥분한 상태였고, 의식 불명에서 깨어난 이래로 가장 수다스럽게 여러 이야기를 재잘댔다. 로건은 말이 없었지만 주의 깊게 내 이야기를 듣고 있었다. 내가 마음껏 이야기 하게 해주기로 한 듯, 전에 없이 눈에 띄게 한바탕 수다를 떨어대고 있는 나의 반응을 그저 즐기기로 한 듯했다.

이미 밤 열 시가 넘은 시간이었지만 도시는 여전히 북적북적 열광의 도가니였다. 여기저기서 플래시 불빛이 깜박깜박 터지고 있었고 유쾌한 소음 속에서 고음의 목소리들이 울려 퍼지고 있었다. 거대한 흑마를 탄 기마경찰이 주위를 경계하면서 민첩하게 우리 옆을 지나갔다. 여러 극장에서 쏟아져 나온 군중들이 거리를 접수했다. 그 바람에 자동차들은 꽥꽥거리는 극장 관람객 무리 사이를 뚫고 몇 센티미터씩 천천히 그 거리에서 벗어나려고 애를 쓰고 있었다. 나는 내 마음에 가장 드는 노래에 대해서, 지니에 대해서, 쇼가 얼마나 멋졌는지에 대해서 끝없이 재잘대고는, 시간이 날 때마다 되도록 자주 극장에 데려와 주어야 한다고 로건에게 다짐까지 받았다.

그러는 동안에도 로건은 내 손을 잡은 채 어딘가 특별한 곳을 향해 계속 걷고 있었다.

극장 구역 중심부에 있는 '주니어스'라는 곳이 목적지였다. 그곳은 이미 사람들로 만원이었고 모든 테이블이 다 들어차 있었다. 여종업원이 사람들에게 최소 20분에서 25분 정도는 대기해야 한다고 말하고 있었다. 로건은 자신의 이름을 대기자 목록에 넣고 자리를 찾아 나를 앉히고 자신은 내 앞에 섰다. 이제는 나도 할 말이 바닥났기 때문에 우리는 조용히 있었다.

하지만 그것도 그 나름대로 좋았다. 우리가 침묵 속에 둘이 함께 앉아 있을 수 있다는 것은 그저 함께 있기만 해도 만족스럽다는 뜻이었으니까.

보아하니 '주니어스'는 치즈케이크로 유명한 모양이었다. 초콜릿 치즈케이크를 주문하자는 로건의 말에 나는 곧바로 동의했다. 로건의 커피, 내 차와 함께 테이블에 도착한 케이크는 매우 거대했다. 내가 생각하는, 한 사람이 한 번에 먹을 수 있는 정량을 훨씬 넘어서는 크기였다. 적어도 케이크가 도착한 순간에는 그렇게 생각했다. 하지만 나는 나 혼자 케이크 하나를 거의 다 먹어치우고 나서야 포크를 내려놓았다.

치즈케이크를 다 먹은 뒤 로건은 계산을 하면서 또 굉장히 넉넉한 액수의 팁을 주었다. 그러고는 타임스퀘어로 나를 데려갔다. 밤의 타임스퀘어는 그 자체로 마법에 걸린 곳 같았다. 조명, 각자 자신의 방식대로 빛을 내고 번쩍거리면서 화면을 바꾸는 TV들, 상연 중인 온갖 쇼의 광고, 군중으로부터 뿜어져 나온 활기가 가득한 공기…… 정말로 마법에 걸린 곳 같았다. 우리는 계단에 앉아서 사람들을 구경했다. 나는 오늘 하루 내가 경험한 모든 것을 차근차근 곱씹으며 시간을 보냈다. 유람선, 되찾은 기억, 정확히 엄마가 목걸이를 걸고 있던 방식대로 이제 내 가슴 사이에 늘어져 있는 열쇠 목걸이 등.

나는 로건이 앉아 있는 계단보다 한 층 아래, 로건의 두 무릎 사이에 앉아 있었다. 나는 고개를 뒤로 돌리고 그에게 키스했다. 주위에서 야유 소리가 들렸고, 누군가는 우리에게 방을 잡는 게 어떻겠냐고 말했다. 나는 로건의 까슬까슬한 턱을 손바닥으로 쓰다듬었다. "로건, 이 말은 이미 한 것 같지만, 오늘 하루 정말 고마워요. 오늘은…… 내 평생 최고의 날이었어요."

로건의 시선은 내 가슴골을 향해 있었지만, 사색에 잠긴 그 눈빛으로 보건대 그는 내 가슴이 아니라 열쇠를 바라보고 있었다. 나는 로건이 무슨 생각을 하고 있는지 궁금했다.

혹시 결혼?

나는 임신을 했고, 그 아이가 로건의 아이일 가능성이 있었다.

하지만 로건의 아이가…… 아닐 가능성도 있었다.

그래서 나는 어느 쪽을 원하느냐고?

물론 나는 영원히 로건의 여자가 되고 싶었다. 돌이킬 수 없게 전적으로 그에게 속해 있고 싶었다. 비록 삶이 우리에게 또 다른 문제들을 안겨준다 하더라도, 서로에게 속한 채로, 나란히 손을 잡고 뒤엉키고 꼬여서, 나뉠 수 없게 하나로 엮여서 함께 살아가고 싶었다.

그랬다. 나는 로건과 결혼하고 싶었다.

그리고 그가 나에게 언제 청혼을 할지 너무 궁금해서 진득하게 기다리지 못할 것 같았다. 로건이 내게 청혼할 것이 분명했으니까.

그가 청혼할 것이란 사실을 나는 알고 있었으니까.

그것은 단지 시간과 방법의 문제였다.

나는 조급해하지 않기로 했다. 로건은 때가 되면 자신의 방식으로 분명 청혼을 할 테니까. 그리고 그 청혼은 결코 실망스럽지 않을 것이 분명했다. 로건은 나를 실망시킬 줄 모르는 남자였으니까.

'사랑은 인내하는 것'이라는, 어딘가에서 읽은 글귀가 떠올랐다.

08

48시간이 조금 덜 지난 이른 아침이었다. 로건의 침대 옆 탁상 위 전자시계는 오전 4시 13분을 알리고 있었다. 문 두드리는 소리가 들렸다. 주먹으로 거칠게 두드리는 소리였다. 코코아가 방 안에서 흥분해서 앞발로 문을 긁으며 야수처럼 짖어대고 으르렁댔다. 로건이 침대 밖으로 나가 바지를 입고 현관을 향해 걸어갔다.

"제기랄." 로건이 숨을 내쉬며 웅얼거리는 소리가 들렸다.

나는 밑단이 허벅지 중간까지 내려오는 로건의 셔츠를 입고 있었다. 그 차림으로 로건의 뒤에서 그의 앞쪽을 살폈다. 그렇게 하면 현관문이 보일 것처럼. 하지만 내 내장 속으로 가라앉고 있는 납덩이가 밖에 서 있는 사람이 누구인지 이미 내게 말해주고 있었다.

로건의 욕설만 들어도 알 수 있었다.

그는 문을 열고 자신의 몸을 문틈으로 내밀었다. "씨팔, 원하는 게 뭐요, 케일럽?"

"내 여자 어디 있어?" 당신은 미친 동물처럼 으르렁거리며 말했다.

"이보쇼, 우린 계속 여기서 지냈소. 당신이 그녀를 보내줬잖소. 잊었소? 이사벨은 이제 나와 함께요. 그게 그녀가 원하는 거요. 그냥…… 그녀를 놔주시오. 부탁이오. 그녀를 위해서."

잠시 침묵이 흐른 뒤 당신의 난폭함이 폭발했다. 로건은 뒤로 나동그라졌고, 당신은 문을 통해 돌진해 들어왔다. 나는 몸을 잔뜩 움츠린 채 코코아의 방 문짝에 등을 대고 주저앉았다. 개는 거칠게 짖고 으르렁거리고 문을 긁어댔다. 개가 예전에 그랬던 것처럼 문을 부수려 하고 있을 때 케일럽이 들어왔다.

이번에는 안 돼. 다시는 안 돼.

로건이 일어섰다. 그의 입술에서 피가 흐르고 있었다. "나가, 이 개자식아. 더 이상 난동 부리지 말고 나가란 말이야. 어?"

그러나 당신은 번개처럼 빠르고 날렵한 독사였다. 휙 소리를 내면서 둔탁하고 검은 물체를 꺼내 그 끝으로 로건의 턱을 찔렀다. 권총이었다. "두 번씩이나 명중을 못 하는 실수를 하지는 않을 거야, 라이더."

당신은 공이를 당기고 총구를 로건의 살에 찌른 채 고개를 돌려 나를 쳐다보았다. 당신의 두 눈은 번득였고 입술은 일그러져 있었다. "엑스, 이쪽으로 와. 당장."

나는 일어서서 척추를 곧게 폈다. "싫어, 케일럽. 다 끝났어. 난 더 이상 당신을 보고 싶지 않아. 다시는."

"이사벨." 당신에게서 나온 이 말은 애원이었다. 당신은 낮고 악랄하고 필사적인 목소리로 말했다. "당신은 가야 돼."

"아니." 나는 로건을 손으로 가리켰다. "난 이 남자를 사랑해. 당신이 이 남자를 죽인다면, 당신도 내 손에 죽게 될 거야."

"이사벨……." 로건은 끙 소리를 냈다.

"아니, 라이더 이 개자식, 넌 닥쳐." 당신의 목소리는 과격했다. 쉰소리가 나는 그 목소리는 냉소적이고 거칠고 불안정했다. 당신은 다시 내게 말했다. "이사벨."

당신은 로건에게서 걸음을 옮겼지만 총구는 여전히 로건을 겨누고 있었다. 그 상태로 비틀비틀 내 옆으로 다가왔다. 균형을 잃은 동작이 당신답지 못했다. 술에 취한 것은 아니었다. 두 눈의 초점이 정확했으니까. 미쳐버린 건지, 돌아버린 건지 알 수 없었다. 나는 로건을 흘끔 처다봤다. 그 자리에 가만히 있어 달라는 무언의 부탁이었다. 당신이 다시 로건을 쏘게 내버려둘 수는 없었다.

"총은 필요 없어, 케일럽." 나는 내 목소리가 냉정하고 침착한지 확인했다.

"나랑 함께 갈 거지?"

"아니."

"그럼 총이 필요하지. 당신은 내 여자야. 그러니까 나랑 함께 가야지." 그 목소리는…… 당신의 목소리, 케일럽의 목소리가 아니었다. 어쩌다가 퇴행의 과정을 겪었는지 당신은 제이콥이, 케일럽보다 덜 정돈되고 자제력도 더 약한 제이콥이 되어 있었다. 당신의 어조와 억양에서 체코어의 흔적이 묻어났다.

"난 못 가, 케일럽. 난 당신 소유가 아니야. 더 이상은. 난 이제 로건과 함께 살아."

당신은 비웃으며 총으로 다시 로건을 조준했다. "그럼 이 남자는 죽어. 사실은 이미 죽어 있어야 하는 남자지. 이 자는 절대로 당신을 갖지 못해. 그럴 수 있는 사람은 나뿐이거든."

"케일럽, 부탁이야." 나는 그의 손목을 건드렸다. 총을 내리라고 재촉했다. "제발 이러지 마. 이러면 안 돼."

당신은 한 손으로 내 손목을 꽉 쥐고 나를 거세게 밀쳤다. 나는 허공을 가르며 바닥에 쓰러졌다. "내 여자, 오직 내 여자라고. 이 남자의 여자가 아니라."

"케일럽, 날 놔줘. 당신은 날 다치게 하고 있어."

"그 여자 놔줘, 이 개자식아!" 로건이 소리쳤다.

문을 뚫고 나오는 코코아의 발톱이 보였다.

로건은 다시 돌진했고 케일럽은 총을 쏘았지만 총알은 빗나갔다. 로건의 왼쪽 벽에 구멍이 뚫려 있었다.

"경고는 이번 한 번뿐이야. 여자를 위한다면 물러서." 당신은 내 목덜미를 움켜잡았다.

그러고는 당신을 마주 보게 나를 돌려세웠다. 총구는 여전히 로건을 향해 있었다. 당신의 손가락이 내 목을 조였다. 숨을 쉴 수가 없었다. 당신이 무슨 짓을 저지르고 있는 건지 생각조차 할 수 없었다.

"이사벨을 놔줘, 케일럽." 로건이 이번에는 조심스럽게 중얼거리듯 말했다. 한껏 낮춘 목소리로 천천히 부드럽게. "그녀를 놔줘. 당신은 그녀를 다치게 하고 있어. 목을 조르고 있다고."

당신은 아래를 내려다보다니 깜짝 놀라 손을 풀었다. 그러나 다시 한번, 이번에는 손목을 꽉 잡았다. 내 두 손목을 등 뒤로 모아 한 손으로 잡고는, 나를 문 쪽으로 몰았다.

"케일럽⋯⋯." 내가 입을 열었다.

"조용히 해." 당신은 나를 문 쪽으로 밀고는 손을 놓았다. 그러더니 제자리에서 몸을 돌려 총으로 로건에게 지시했다. "넌 무릎 꿇어."

"난 아무 짓도 안 할 거야. 그게 당신 방식이라면 나한테 총을 쏘면 될 거 아냐. 아, 이미 한 번 쐈지? 내가 안 죽어서 그렇지."

"총알이 뇌에 박히면 살아남을 수 없을걸." 당신은 벌컥 문을 열며 말했다.

아까부터 지금까지 내내 경보기가 요란하게 울리고 있었는데, 나는 그 사실을 이제야 깨달았다. 누가 경보기를 켰는지는 떠올릴 수가 없었다.

로건은 얼굴에 고통스러운 표정을 지은 채, 케일럽이 다시 나를 데려가는 모습을 바라보고 있었다.

"케일럽, 기다려!" 로건이 간청했다.

"기다릴 필요 없지. 이 여자는 내 거거든." 이렇게 말하고 있는 사람은 당신이 아니었다. 제이콥이었다. 내가 모르는 사람, 어떻게 나올지 케일럽보다도 내가 더 예측할 수 없는 사람이었다.

"당신이 모르는 게 있어, 케일럽. 이사벨이⋯⋯." 로건은 성큼성큼 걸어와 케일럽의 총구에 이마를 갖다 댔다. "임신을 했어."

당신은 돌처럼 굳어버렸다. 두 눈으로 로건의 얼굴을 뚫어지게 살폈다. 두 사람 사이에 서 있는 내 눈에 당신의 표정이 보였다. 로건의 눈에서 진실을 캐내려는 당신의 눈빛이 보였다.

"그럴 리 없어." 당신은 고개를 저었다. 부정이었다. 사실을 인정하지 않으려는 거부의 몸짓이었다.

"맞아, 케일럽." 내가 속삭였다.

"이 자식 애야?" 당신의 시선이 내게로 향했다.

"나, 나도 몰라." 그 사실을 내 입으로 직접 말해야 하는 나 자신이 역겨웠다. "당신 아이일 수도 있어. 아직은 그걸 알아낼 방법이 없대."

침묵으로 가득한, 얼음 같은 순간이 흘렀다.

"Kurva." 당신의 입에서 전혀 모르는 언어가 튀어나왔다. 체코어일 가능성이 컸다. 억양으로 보아 욕설인 모양이었다. "아기를 가졌다고?"

"그래." 나는 제자리에서 몸을 돌려 당신을 올려다보았다.

"Kurva, 아기라니." 당신은 마치 내가 난생처음 보는 동물인 것처럼 나를 내려다보았다.

당신의 두 눈은 깊었다. 그 짙은 갈색 웅덩이 속에 갈가리 찢긴 형상의 극심한 고통이 담겨 있었다. 한 남자의 눈을 그렇게 가까이에서 억눌린 채 들여다보고 있자니 끔찍했다. 당신은 내 얼굴을 샅샅이 살폈다. 두 손을 자신의 옆구리에 얹은 채. 어쩌다 보니 총은 자연히 새카맣게 잊은 모양이었다.

"이사벨⋯⋯." 당신의 입에서 속삭임이 흘러나왔다. 그것은 애원이었다. 당신이 나약해진 순간 흘러나온 한마디 위로의 말이었다. 하기야 돌 속에도 부드러움이 있고, 면도칼에도 사랑은 담길 수 있는 법이니까.

다음 순간, 한마디 말도 없이 당신은 가버렸다. 그냥…… 가버렸다. 몸을 돌려 달아났다. 재빠르게 필사적으로 달렸고 그렇게 모퉁이를 돌아 사라져버렸다.

로건과 나는 함께 당신의 뒷모습을 바라보았다.

로건이 내 허리에 두 팔을 감고 나를 집 안으로 이끌었다. 나를 데리고 들어가 소파에 앉히고 코코아를 꺼내줬다. 코코아는 쿵쿵거리며 나의 냄새를 맡고 이어서 로건의 냄새도 맡았다. 살살 꼬리를 치고 부드럽게 낑낑대면서.

"방금 무슨 난리가 있었던 거죠?" 로건은 내 옆에 앉아 두 팔로 나를 안고 내 몸을 자신의 가슴 쪽으로 끌어당기며 물었다.

나는 고개를 저었다. "나…… 나도 모르겠어요. 저 사람 정신분열인가 봐요."

"확실히…… 불안정해 보이기는 하더군요."

"날 무섭게 대했어요. 그 사람은 케일럽이 아니에요. 내가 지난 6년 동안 알고 지낸 남자는 절대 그런 행동을 하지 않아요. 그 사람은 언제나…… 자제력이 대단하거든요. 마치 강하고 금욕적이고 감정이 없는 사람처럼." 나는 불분명한 몸짓을 해 보였다. "아까 그 사람은, 글쎄요. ……걱정스럽네요. 그 사람도, 나도, 우리도. 난 그 사람이 무슨 짓을 하러 여기 왔는지 알아내지도 못했어요.

지금은 어떠냐고요? 그렇게 행동하는 모습을 보고 나니…… 두려워요."

"이해해요. 아까 그 행동은 내 경험에 비추어 봐도 아주 괴상한 축에 들더군요." 그러고는 나를 향해서라기보다는 자신을 향해 이렇게 덧붙였다. "꼭 다중인격인 사람처럼 굴던데. 평소 모습하고 전혀 다르고……."

"그게 뭐죠?"

로건은 나를 쳐다봤다. "뭐 말예요? 아, 다중인격 장애 말이군요. 그건 말하자면 한 사람이 정신적 공포를 극심하게 겪은 나머지…… 여러 인격으로 분화되는 일종의 정신 장애예요. 기억을 포함한 정신의 일부를 스스로 삭제해버리는 거예요. 나쁜 기억들을 숨기거나 억압하는 대신, 정신이 아예 다른 인격을 창조해내요. 그래서 그 공포의 정체가 뭐든 그것에 대처할 수 있는, 자신과 완전히 다른 심리적 자아가 정신 속에 함께 살게 되는 거죠. 만약…… 제이콥, 그러니까 프라하에서 태어난 남자가 뭔가 정말로 끔찍한 일을 겪었다면, 그것에 대처하기 위한 한 가지 방식으로 케일럽을 창조해냈을 가능성이 있어요. 제이콥이 스스로를 나약한 패배자, 자제력 없는 희생자로 느낀 나머지, 케일럽이란 인격을 창조해낸 것 아닐까요? 아주 강하고 강압적이고 자제력 강한 누군가를 말예요. 그런데 이제 당신을 잃게 되자 어떤 과정을 통해 제이콥을 가두고 있던 케일럽의 인격에 금이 가기 시작한 거죠. 내 생각을 쉽게 요약하자면 그래요. 그래서 그동안 케일럽은 완벽하게 스스로를 자제했던 것이고, 제이콥은 그 금을 뚫고 나온 거고요."

"그게 가능한 일일까요?"

로건은 어깨를 으쓱했다. "글쎄요. 그저 한 가지 가설일 뿐이죠. 그런 증상을 정말로 정확하게 진단할 수 있는 사람은 숙련된 정신과 전문의 말고는 없으니까. 내 말은 엉성한 추측에 불과해요. 어쩌면 케일럽이 그냥 평소보다 자제력을 잃은 것일 수도 있어요. 그냥…… 열 받아서 폭발한 것 말예요."

"어느 쪽이든 난 걱정스러워요. 최근까지 그 사람은 그런 낌새를 내보인 적이 없었단 말예요."

"안타깝게도 어느 쪽인지 알아낼 방법은 없어요. 그리고 그자는 더 이상 당신 문제가 아니잖아요. 당신은 당신 건강을 유지하는 데만 신경 써요. 아기가 잘 자랄 수 있게."

나는 불규칙한 호흡을 천천히 내쉬었다. "아기." 그러고는 배를 어루만졌다. "현실 같지가 않아요. 그리고 나, 나는…… 이제 뭘 해야 할지 모르겠어요.

"흠, 첫째, 주치의를 정해야겠죠. 무엇보다도 건강을 확실히 유지하는 것이 중요하니까. 그리고 둘째, 내 생각에 당신은 누군가와 대화를 나누는 게 좋을 것 같아요. 상담사 같은 사람이랑 말예요. 모든 것이…… 합당하게 진행되도록 하려면. 당신의 미래, 그리고 우리의 미래와 관련된 결정을 내리는 사람은 결국 당신이니까요."

"무슨 결정이요?"

"흠, 채무에서 벗어났는데도 당신이 계속 그 상태에 머물러 있었던 것은, 다른 대안이 없었기 때문이잖아요. 그런데 당신은 어떻게 하고 싶어요? 당신 미래를 어떻게 구체화하고 싶어요? 나와 함께 계속 여기서 살고 싶어요? 지금 진행 중인 '처신 교육' 사업을 계속 추진하고 싶어요? 아니면 임신을 한 만큼 계획을 바꾸고 싶어요?"

"맙소사, 로건. 너무 많아요. 질문이 너무 많잖아요. 난 몰라요. 그 많은 걸 내가 어떻게 알겠어요?" 폐가 쪼그라든 것처럼 숨이 막혔고, 거친 생각의 소용돌이로 가득 차서 머리가 터질 것 같았다. 생각을 할 수 없는 것은 물론 가만히 앉아 있을 수도 없고 그 어떤 말도 더 이상 받아들일 수 없을 만큼 감정이 북받쳐 올랐다.

나는 벌떡 일어나서 성큼성큼 걸음을 옮겼다. "여기서 나가야겠어요. 미칠 것 같아요. 내게는 모든 게 다 너무 벅차요." 그동안 마구 쑤셔 넣었던 내 삶의 모든 무게가 한꺼번에 두개골 밖으로 터져 나올 것만 같아서 두 손으로 머리를 움켜잡았다. "이제 더는 여기 못 있겠어요. 물론 내가 다 해결해야겠지만, ……난 모르겠어요. 하나도 모르겠어요."

케일럽, 로건, 아기, 내 과거, 혹은 그 과거의 존재 여부, 그 모든 것에 대한 부담 때문에 비명을 지르래도 그럴 수 있을 것 같았다. 아름다운 어린 시절을 내게 알려주는 것은 단편적인 기억 몇 편이 다였고, 케일럽과 나 사이에 놓여 있는, 단순한 범죄 이상의 그 무언가는 떠올리기만 해도 기분이 불쾌했다. 거짓, 진실. 그 거짓과 진실의 타래를 둘 다 활용해 짜놓은 환상 속의 태피스트리. 6년,

혹은 9년. 노상강도, 혹은 자동차 사고. 내가 사고 전부터 그 사람을 알고 있었을까? 어떤 방법을 동원해서든 그 사람이 사고를 일으켰을까? 그 모든 일이 당신이 꾸며낸 음모일까? 내가 한 명의 인간이 아니라면, 그저 유령, 이승과 저승의 경계에서 길을 잃고 헤매는 영혼의 파편에 불과하다면, 그런 내가 아이를 어떻게 돌볼 수 있을까? 나는 아무도 아니다. 아무것도 아닌 존재다. 나는 '별이 빛나는 밤'이며, '마담 엑스'다. 병원 침대에 누워서 머리를 삭발당한 소녀다. 케일럽 인디고라는 정체불명의 남자가 마음대로 그림을 그려 넣은 하얀 도화지, 흑색 점판암이다. 금발 대신 까마귀처럼 까만 머리를 치렁치렁 기른 채 탑에 갇혀 있는 라푼젤이다. 그림자와 마법과 원초적 욕망의 결정체인 존재, 야수의 죄수 벨이다. 이사벨은 나를 구성하는 그 많은 실 가닥 가운데 하나의 가닥에 불과하다.

내 옆에 앉아 있던 로건은 얼굴을 마주 볼 수 있게 나를 붙잡아 돌려 앉혔다. "날 봐요, 이사벨." 그러고는 손가락으로 내 턱을 들어 올렸다. "숨 쉬어요. 호흡해요. 내 얼굴을 보고 진정해요."

나는 호흡에, 로건의 시선에 집중했다. 눈부신 인디고색이 나를 진정시켰다. 로건은 어느새 갈색 가죽 안대를 찾아 차고 있었다. 원래부터 안대를 차고 있었는지 기억이 나지 않았다. 솔직히 말하자면 그가 안대를 차고 있을 때가 보기 훨씬 편했다. 눈구멍은 보기에 끔찍하게 느껴졌고, 상처가 아문 맨 흉터를 바라보는 것은 ······아직도 내게 버거웠다. 보기 힘들었다. 그가 얼마나 죽음 가까이 갔었는지 연상되어서 속이 뒤틀렸다.

그런 생각의 사슬이 나를 더 화나게 만들었다.

또 울고 있는 거야? 최근에는 이미 너무 많이 울었는데.

나 자신이 무기력하게 느껴졌다. 당신의 모습이 계속 반복해서 눈앞에 나타났다. 티 하나 없이 옷을 갖추어 입은 탑 속의 남자, 그 세계의 주인이. 발정 난 짐승, 강압적이고 권위적인 성적 정복자, 내 정신과 내 몸과 내 감정을 쥐고 흔들어 내가 스스로 무릎 꿇게, 혹은 등을 대고 눕게 만들 수 있는 남자, 침묵의 침략자가. 3호실에서 레이철 뒤에 무릎을 꿇고 그 짓을 하던 남자가, 내게 고정되어 있던 당신의 시선이, 내게 고정되어 있던 레이철의 시선이 떠올랐다. 나는 당신들을 바라보던 그때 알고 있었다. 레이철이 그 상황을 즐기고 있다는 사실을. 당신도 마찬가지였다. 나는 케일럽, 당신을 알고 있다. 하지만 제이콥은 모른다. 한 달 전, 내 방에서 그를 만나기 전까지는 제이콥의 존재 자체를 몰랐었다. 그때 당신은 나를 조종해 내게 그 짓을 한 것이 아니었다. 내게 키스를 하고 나와 사랑을 나누고 경배의 말과 함께 내 이름을 불렀던 것이다. 내가 '제이콥'이 아니라 '케일럽'이란 이름을 불렀을 때 돌변하던 당신의 얼굴이 떠올랐다. 그때 당신은 당신이 아니었다. 나는 이 남자라면 사랑할 수 있을지도 모른다고 생각했었다. 어쩌면 이 남자가 내가 첫 번째 이사벨이었을 때, 열여섯 살의 이사벨이었을 때, 나이가 훨씬 많은 남자한테 홀딱 빠져서 학교를 땡땡이치는 날라리 여학생이었을 때 사랑했던 남자였을지도 모른다고. 그런데 오늘 당신을 보았다. 조금 전 이곳에 나타났던, 두 개의 인격의 뒤섞인 불안정하고 폭력적인 생명체를. 고함을 치고 체코어로 욕설을 지껄이고 두 다리로 비틀거리며 달아난 생명체를.

"이제 그만하면 됐어요." 로건이 두 팔로 나를 끌어안았다.

나는 그가 하는 대로 내버려두었다.

그는 나를 욕실로 데려가 변기 뚜껑을 덮고 그 위에 앉혔다. 샤워기를 틀고 물의 온도를 조절했다. 나를 일으켜 세우고 셔츠 단추를 풀었다. 쏟아지는 물 밑으로 나를 이끌었다. 그것은 성적인 행위가 아니었다. 그랬다면 좋았겠지만, 그랬다면 수많은 생각들 속에서 잠시 벗어날 수 있었겠지만, 그런 것이 아니다. 로건은 내 몸을 부드럽게 씻기고 샴푸로 머리를 감기고 물로 헹군 뒤 내 몸에 수건을 감았다. 수건으로 몸을 문지르고 두들기고 토닥여 물기를 말렸다. 그리고 나를 침실로 데려갔다. 나는 침대 끝에 앉아서 그가 옷장과 서랍장에서 옷을 꺼내는 모습을 쳐다봤다. 그의 옷과 내 옷이었다. 속옷, 티셔츠, 청바지, 양말이었다. 며칠은 입을 수 있는, 여러 벌의 옷이었다. 그러고는 내게 속옷을 입혔다. 나는 넋이 나가 있어서 옷을 입히는 그를 도울 형편이 아니었다. 나는 로건이 바라는 일이라면 무엇이든 다 괜찮았고, 로건이 날 데려가고 싶어 하는 장소라면 어디든 날 데려가게 내버려둘 생각이었다. 더 이상은 이곳을 견딜 수가 없었다. 로건은 팬티를 내 두 다리에 끼워 입히고, 끈에 두 팔을 넣어 브라를 채웠다. 나는 겨우 정신을 차리고 속옷을 바르게 정돈했다. 로건은 내게 청바지와 스웨터를 건넸다.

나는 로건이 군인처럼 재빠르게 샤워를 하는 동안 그 옷을 입었다. 3분도 채 되지 않아 로건이 축축한 머리, 알몸으로 나타났다. 군인처럼 효율적으로 옷을 입고 머리를 뒤로 동여 묶은 뒤, 단단한 검은색 여행 가방에 옷을 쌌다. 옷을 개지 않고 둥글게 단단히 말아서 쌌다. 내 눈에는 이상해 보였다. 그렇게 옷을 입고 짐을 싼 뒤 그는 전화 두 통을 걸었다. 첫 번째는 베스에게 거는 전화였다. 그는 며칠 동안 코코아를 돌보아 달라고 부탁한 뒤, 자신이 이 도시를 떠나 연락이 되지 않는 곳에 가 있을 예정이니 무슨 일이 일어나든 최선을 다해 알아서들 해결하되 긴급 상황이 생길 경우 음성 메시지를 남기라는 말을 사무실 직원들에게 확실히 전하라고 말했다. 두 번째 전화는, 내가 들은 바에 따르면 어딘가로 가는 비행기 표, 오늘 당장 떠나는 비행기 표를 끊는 전화였다.

지금 몇 시지? 아침인가? 아니면 밤인가? 알 수가 없었다. 나는 침대 옆 탁상 위에 놓인 시계를 흘끔 쳐다봤다. 새벽 다섯 시 5분이었다. 케일럽이 처음 현관문을 두드리던 시점부터 52분이 지난 시간이었다.

잠시 뒤 우리는 로건의 메르세데스 SUV 자동차 안에 있었다. 라디오는 꺼져 있었고 히터는 켜져 있었다. 이제 바깥공기가 쌀쌀해져서 자동차 안이 추웠다. 아직은 밖이 깜깜했다.

차는 침묵 속에서 오래오래 달렸다. 로건은 왼손으로는 운전을 하고 오른손으로는 내 손을 깍지 끼어 잡고 있었다. 결국 나는 시트를 뒤로 눕히고 잠시 눈을 붙였지만 로건의 손은 놓지 않았다.

잠에서 깼을 때 차는 세워져 있었다. ……그곳이 어디인지 알수가 없었다. 주위를 둘러보아도 알 수 없었다. 하늘은 이제 회색이었고, 지평선 윗부분에는 오렌지색과 분홍색이 감돌고 있었다. 오른쪽에 길고 높고 불가능할 정도로 거대한 빌딩 하나가 우뚝 솟아 있었다. 사방에 파란색 전구의 줄이 가로세로로 쳐져 있었다. 왼쪽에는 비행기 한 대가 서 있었다. 제트기였지만 커다란 비행기가 아니었다. 창문이 다섯 개밖에 안 되고, 입구도 임시 계단을 올렸다 내릴 수 있는 작은 구멍 하나 뿐인 작은 비행기였다. 비행기에서 불이 켜지고 엔진이 으르렁대며 돌기 시작했다.

로건이 자동차의 조수석 문을 열었다. 누군가 다른 사람이 차 트렁크에서 여행 가방을 꺼내고 있었다. 우리는 함께 비행기 계단을 올랐다. 로건은 한 손으로 내 등을 받치고 있었다. 제트기의 내부는 화려했다. 여섯 쌍의 좌석이 사이에 통로를 두고 두 줄로 놓여 있었다. 크림색 가죽을 씌운 좌석은 깊고 편안했다. 바닥에는 플러시 소재 카펫이 깔려 있었고 정면에 대형 텔레비전이 걸려 있었다. 제복을 입은 여승무원이 뒷짐을 진 채 우리를 기다리고 있었다.

"어서 오세요, 라이더 씨. 제 이름은 아만다입니다. 오늘 아침 라이더 씨와 손님을 모시게 되어 영광입니다. 그럼 자리에 앉아 주세요. 이륙 전에 커피를 드릴까요?" 승무원의 목소리는 밝고 쾌활했다.

나는 가운뎃줄 창가 자리에 앉았다. 비행기 승무원과 대화를 나누는 로건에게 주의를 반만 기울이고 있는 내 손에 뜨거운 김이 피어오르는 차가 든 머그잔이 쥐어졌다. 로건은 커피를 들고 내 옆자리에 앉았다.

"이사벨?" 로건은 햇살처럼 따뜻한 목소리로 근심스러운 듯 물었다. "한참 동안 말을 한마디도 안 했잖아요."

"머릿속이 너무 엉망이에요."

"그럼 좀 자요. 오래 비행을 하게 될 테니까."

어디에 가는 길이냐고 물었어야 했지만 그 순간 나는 호기심을 품을 능력이 없는 여자 같았다. 로건이 기장과 대화를 나누며 어느 경로를 이용할 것인가에 대해 논의하는 동안 나는 창밖에서 밝아오는 새벽을 내다보고 있었다. 로건이 내 안전벨트를 채웠다. 비행기가 활주로를 달리기 시작하자 속도가 나를 점점 좌석 속으로 가라앉혔다. 복부가 좌석 안으로 완전히 잠겼을 때쯤 우리는 공중에 떠 있었다. 비행기는 위로, 위로, 위로, 구름 위로 날아올랐다.

비행기가 상승을 멈추자 로건이 내 벨트를 풀었다. 자신의 무릎 위에 베개를 놓고, 다 식은 차를 내게서 받아든 다음, 나를 거기에 눕혔다.

나는 허공에 붕 떠올라 이리저리 떠다니다가 잠 속으로 빠져들었다.

잠에서 깼을 때 우리는 스페인 바르셀로나에 도착해 있었다.

09

로건이 나를 데리고 비행기에서 내렸다. 은색 BMW 컨버터블이 우리를 기다리고 있었다.

이상하게도 등록이나 검색 절차가 전혀 없었다. 로건은 그냥 자동차 내비게이션 시스템에 주소 하나를 찍고 아무런 제지 없이 공항을 빠져나갔다. 날씨는 더웠지만 바람이 내 머리칼을 날려 나를 진정시켰다.

로건은 아무런 절차를 거치지 않고 공항에서 벗어나는 데 익숙한 모양이었다.

영원처럼 느껴지던 시간이 흐르고 어느 순간 내 내면의 무언가에 깜박 불이 들어왔다. 스위치가 켜져 있는 전등에 전구가 돌려 끼워진 것처럼, 전구가 삶을 향해 깜빡였다가 불이 나갔다가 다시 깜박였다. 차 왼쪽으로 바다가 펼쳐져 있었다. 길과 해변 사이에 낫질을 한 모래 잔디밭이 놓여 있었다. 차 오른쪽에는 3~4층 높이의 하얀색 콘도가 야자수와 덤불에 가려진 채 서 있었다. 깜박임을 일으킨 것은 어슴푸레한 빛이었다. 끝없이 드넓게 펼쳐진 푸른 하늘 위로 구름이 드문드문 수놓아져 있었다. 해변에 사람들이 보였다. 가족들, 커플들, 혼자 온 사람들이었다. 사이클을 타는 무리도 있었다. 그중 한 명이 도로 옆을 달리고 있었다.

내가 아는 장소였다.

전에 와본 적이 있는 장소였다.

차를 타고 바로 이 도로를 달리면서 저 콘도를 본 적이 있었다.

모래 잔디 언덕, 지중해의 푸른 파도까지 비스듬하게 이어진 모래 사장도. 정확한 기억은 떠오르지 않았지만…… 그냥 그렇게 **느껴졌다.** 내 뼈와 내 피와 내 영혼이 그렇게 느끼고 있었다. 그럴 것이라 예상한 대로 전혀 고통스럽지 않았다.

그저…… 마음이 가라앉는 느낌이었다.

편안한 느낌이었다.

나는 평생 고향이란 걸 느껴본 적이 없었는데, 바다, 태양, 모래…… 모든 것이 익숙하게 느껴졌다.

로건은 큰 도로에서 벗어나 이면 도로로 들어섰고, 그 도로는 키 큰 나무들이 울창하게 우거져 그늘이 져 있는 좁은 길로 이어졌다. 그 길을 몇 미터 더 따라가자 콘도로 들어가는 진입로가 나타났다. 문이 닫혀 있고 숫자판이 설치되어 있었다. 로건은 핸드폰을 들여다보더니 숫자 몇 개를 눌렀다. 그러자 문이 천천히 열렸다. 우리는 안으로 들어갔다.

로건은 프런트로 가 툭툭 끊어지는 어눌한 스페인어로 말을 했다. 알아듣기가 힘들었지만 이런 내용이었다. "라이더라는 이름으로 방 하나가 예약되어 있을 텐데요."

여직원은 로건의 말뜻을 파악하려고 애를 쓰느라 억지웃음을 짓고 있었다.

나는 생각조차 해보지 않고 대화에 끼어들어 몇 시간 만에 처음으로 말을 했다. 유창한 스페인어로. "방이 예약되어 있을 거예요. 라이더, R-Y-D-E-R란 이름으로."

로건은 깜짝 놀라 나를 쳐다봤다. "스페인어를 할 줄 알아요?"

나는 고개를 숙인 채 말했다. "그런 것 같아요. 그 사실을 케일럽 때문에 알았어요. 거짓인지 진실인지는 알 수 없지만 아무튼 내 과거, 우리가 어떻게 만났는가에 대해 케일럽이 이야기를 하던 중에 무슨 말을 스페인어로 했는데 무슨 뜻인지 그냥 알아듣겠더군요. 그 사람이 말한 여러 개의 문장이 그냥 다 이해가 되더라고요."

"그래서 지금도 할 줄 아는 거군요. 나도 예전에는……."

"지금은 말이 엉망인데요, 뭘." 나는 창피를 주려는 의도가 없다는 사실을 보여주려고 미소를 지으려 애썼다.

로건은 그저 웃을 뿐이었다. "그렇군요. 흠, 나도 예전에는 스페인어를 꽤 잘했지만 그게 벌써 20여 년 전 일이라. 그리고 그건 길거리 스페인어였거든요. 아니 솔직히 말하면 스페인 영어인 스펭글리시에 가까웠죠. 히스패닉 녀석들이 그 말로 내게 욕을 하면 그 뜻을 알아듣고 되받아치기만 하면 그걸로 충분했고요."

"내 생각에 그 언어와 이곳에서 실제로 사용되는 진짜 스페인어는 많이 다른 것 같아요."

"그런 것 같네요."

프런트 직원이 열쇠를 집더니 이제 나를 보고 말했다. 부가세와 룸서비스, 엘리베이터 이용에 대한 이야기를 한참이나 늘어놓고는 열쇠를 내줬다. 여행 가방을 끌고 엘리베이터를 향해 걸어가는 로건을 따라가면서 나는 깨달았다. 직원이 굉장히 빠르게 말을 했는데도 전혀 힘들이지 않고 내가 그 말을 다 알아들었다는 사실을.

심지어는 그녀가 스페인어로 말을 하고 있다는 사실이 느껴지지 않을 정도였다. 이게 가능한 일일까? 최근까지는 내가 스페인어를 할 줄 안다는 사실조차 몰랐는데 말이다. 적어도 6년 동안은 사용한 적이 없는 언어였다. 그런데도 완벽할 정도로 유창하게 그 언어를 구사하다니.

인간의 정신이란 참으로 이상하고 신비로운 것이로구나, 그런 생각이 들었다.

로건이 카드키를 대고 문을 열었다. 미닫이 유리창으로 햇빛이 쏟아져 들어와 방은 밝았다. 금색과 자주색이 어우러진 저녁노을이 바닷속으로 가라앉고 있었다.

나는 꿈속에서 몸을 움직이듯 창가로 다가가 문을 열고 발코니로 나갔다.

파도가 부서지고 있었다.

갈매기 한 마리가 끼룩 울었다.

스페인어로 된 재잘거림이 들려온다. **엄마, 엄마! 모래성을 지었어요. 와서 좀 보세요. / 아니, 여보. 저녁 먹을 시간은 아직 안 됐어요. 방금 전에 간식을 먹었잖아요. / 엄마는 지난겨울 그리스로 휴가를 떠났다가 그곳에서 나이 많은 남자를 만난 사촌 여동생 이야기를 하고 있다. 그 남자를 계속 만나고 있나 봐. 내가 듣기로는……**

아, 바다다.

모래 위에서 파도가 부드럽고 잔잔하게 부서지고 있었다. 끝없이 펼쳐져 있는 푸른색 이랑이 하얗게 밀려와 해변에서 포말로 부서졌다. 하늘을 맴도는 녀석, 날개를 퍼덕이며 모래사장에 내려앉는 녀석, 먹이를 잡아 올리는 녀석, 승리감에 끼룩대는 녀석, 먹이를 탐내는 다른 갈매기들을 쫓는 녀석 등 갈매기가 가득했다.

깜박이던 내 마음속 전구에 불이 켜졌다.

새하얗게.

태양이 뜨겁다. 뜨겁게 타오른다. 그 햇빛에 내 어깨와 정수리가 빨갛게 익어간다. 하지만 발은 시원하다. 파도가 부서지면서 내 발과 종아리를 씻어내고 무릎을 핥는다. 나는 파도가 미치는 가장자리, 물에 젖어 색이 짙어진 모래 위에 앉아서 구멍을 파고 있다. 구멍을 파고, 파고, 또 파지만, 그래 봐야 물론 소용없는 일이다. 대양이 내 위로, 구멍 안으로 밀려와 구멍을 채우고 벽을 무너뜨린다. 심지어 흔적조차 남지 않을 만큼 구멍을 메워버린다. 그러면 나는 다시 또 구멍을 파고, 파고, 또 판 다음, 마법처럼 구멍이 사라지는 모습을 지켜본다. 내 뒤에 반쯤 무너진 모래성이 앉아 있다. 약 한 시간 동안 공을 들여 조심스럽게 성을 쌓아놓고, 그 성의 일부를 무너뜨린 것은 내 발이었다. 물론 나는 거인이었고, 성은 고약하고 조그만 필멸의 인간으로 가득 차 있었다. 그리고 당연하게도 그들은 모두 박살이 났다. 이제 그만 물에 들어가 볼까 싶은 마음이 들 정도로 덥다. 물에 들어가면 금방 추워지겠지만, 소금기 때문에 눈이 따갑고 물 밖으로 나오면 피부가 버석버석해지겠지만, 더위를 날려버리는 데는 그만한 게 없다.

등 뒤에서 쿡쿡 웃음소리가 들려온다. 낮고 부드러운 소리다. 행복하고 유쾌하고 즐거운 엄마가 내는 소리다. 나는 자리에서 일어서서 엉덩이와 두 손의 모래를 털어낸다. 몸을 돌려 엄마와 아빠를 바라본다. 엄마는 등을 대고 누워 있다. 그 모습이 너무나 사랑스럽고 우아하고 섹시하다. 최근에 학교에서 그 단어를 배운 뒤로, 늘 우리 엄마는 섹시하다고 생각했다. 엄마의 수영복은 굉장히 작다. 나라면 저런 수영복을 절대 입지 않을 것이다. 사람들에게 속옷 밑 몸이 보일까 봐 두려워서다. 엄마의 수영복은 정말로 그렇다. 내가 보기에 엄마는 꼭 슈퍼모델 같다. 엄마는 지금 머리를 풀고 있다. 설거지를 할 때 말고는 늘 풀고 있기 때문이다. 그 머리는 아주 길어서 거의 엉덩이까지 내려오고, 까마귀 날개처럼 새카맣다. 숱 많은 생머리에서는 윤기가 흐른다. 엄마는 배는 평평하고 가슴은 아주 크다. 엉덩이도 마찬가지다. 어떤 여자가 아름다운 여자인지 학교에서 애들이 하는 이야기를 들은 적이 있다. 나도 자라면 엄마처럼 보일지 궁금하다. 아마 그렇지 않을 것이다. 엄마만큼 아름다워질 수는 없겠지.

아빠가 엄마에게 키스하자 엄마가 웃음을 터뜨린다. 엄마는 할머니가 뜬 커다란 담요 위에 누워 있다. 할머니가 저 담요를 대바늘로 떴는지 코바늘로 떴는지는 잘 모르겠다. 내가 태어나기도 전에 뜬 담요라니까. 우리는 해변에 올 때면 언제나 저 담요를 갖고 온다. 엄마는 한쪽 다리는 무릎을 세우고 다른 한쪽 다리는 쭉 편 채 담요 위에 등을 대고 누워 있다. 아빠는 엄마를 완전히 내려다보다시피 누워 있다. 언젠가 내가 두 분이 뭔가 하고 있는 장면을 우연히 목격했을 때처럼. 그래도 오늘은 둘 다 옷을 입고 있지만. 아빠는 계속 엄마에게 키스한다. 하고 또 한다. 엄마의 입, 목, 어깨에. 엄마는 계속 웃으면서 그만하라고 말하지만 실은 그걸 바라는 것 같지 않다. 엄마는 사실 아빠가 그만하기를 바라지 않는다. 나도 알 수 있는 사실이다. 그런데 왜 그렇게 말하는지 모르겠다. 엄마는 한 손으로 아빠의 어깨를 찰싹 때리지만, 다른 손으로는 아빠의 머리칼을 어루만진다. 어른들은 알다가도 모르겠다. 엄마는 아빠에게 사람들이 보고 있다고, 내가 보고 있다고 말한다.

아빠는 그저 이렇게 말한다. "그럼 그냥 보게 돼요, 내 사랑. 그래야 이사벨도 자기 부모가 서로를 얼마나 사랑하는지 알지."

웃음소리가 높아질수록 키스도 잦아진다.

우웩. 하지만 실은 구역질이 나지 않는다. 예전에는 엄마와 아빠가 저렇게 키스를 할 때면 늘 구역질이 난다고 생각했지만 이제는 나도 저런 모습이 로맨틱한 사랑이라는 사실을 알 만큼 자랐다. 내 친구 루이자가 그러는데 자기 엄마와 아빠는 키스를 전혀 안 한단다. 툭하면 싸움을 하고 다른 방에서 잠을 잔단다. 그런 점에서 보면 나는 행운아인지도 모른다. 엄마와 아빠가 서로 사랑하고, 서로에게 키스를 하며, 서로를 웃게 만들고, 매일 밤 한방에서 잠을 자니까. 늦은 밤 가끔씩 그 방에서 웃음소리, 그리고 두 분이 내는 이상한 소리가 들려오기도 하니까. 그러면 나는 아마 섹스를 하는 중인가 보다고 생각한다. 루이자는 엄마가 아빠 말고 다른 남자랑 섹스하는 모습을 본 적이 있는데 아주 괴상하더라고 말했다. 섹스가 뭔지 확실히는 모르겠지만, 그게 남자와 여자가 사랑에 빠지면 함께하는 일이라는 것은 안다. 그런데 사랑하지 않아도 할 수 있는 모양이다. 잘 모르겠다.

이제 나는 너무 덥다. 심하게 덥다. 엄마와 아빠는 이제 그냥 키스만 하고 있다. 웃지도 않고, 그만하라는 말도 하지 않고, 그냥 키스만 한다. 두 분의 얼굴이 완전히 밀착되어 있다. 고개를 비스듬하게 기울인 채, 두 손을 이리저리 움직이면서. 엄마의 손가락은 아빠의 머리칼을 쓰다듬고 있다. 아빠가 그만둘까 봐 걱정스러운 듯. 엄마는 아빠가 입술을 떼지 않기를 바라는 모양이다.

나는 물속으로 들어간다. 파도를 헤치며 걸음을 옮기다가 엉덩이까지 잠기자 그 자리에 멈추어 선다. 이제 물속으로 첨벙 뛰어들어야 한다. 그런데 물이 너무 차다. 이 순간이 오면 늘 스스로에게 넌 그걸 해낼 수 있을 만큼 용감하다고 말해줘야 한다. 가끔씩 내가 다른 데 정신이 팔려 있을 때 아빠가 뒤에서 살금살금 들어와 나를 물속으로 던져 넣기도 한다. 아빠는 그때마다 웃음을 터뜨리며 그냥 해버리면 된다고 말한다. 그러지 않으면 물속으로 첨벙 뛰어드는 일을 영원히 할 수 없을 거라면서.

나는 뒤를 돌아본다. 아빠는 여전히 엄마에게 키스를 하고 있다. 엄마는 이제 아빠의 다리에 한 발을 감고 있다. 나는 앞으로도 한참 동안 키스를 하겠구나 생각한다.

그래서 혼자 물속으로 뛰어든다. 그냥 뛰어든다. 숨을 깊이 들이마시고 뛰어든다. 물이 차다. 처음에는 몸서리가 쳐질 만큼 차다. 하지만 물속에서 수영을 하다 보면 수온에 익숙해진다. 진짜 끝내주는 기분이다.

오랫동안 파도를 쫓아다니며 수영을 한다. 텔레비전에서 본 서퍼 흉내를 내면서. 나는 이제 아무것도 의식하지 않는다. 물과 파도와 태양 말고는 모든 것을 잊는다. 엄마와 아빠 쪽을 흘끔 쳐다본다. 두 분은 자고 있다. 담요를 덮고서. 이 더운 날씨에 담요를 덮고 있다니 그것도 괴상하다. 하지만 해변 부근에는 우리 가족밖에 없다. 그러니 누가 신경이나 쓰겠는가? 어른들은 이상하다. 나는 한여름에 왜 담요가 필요한지, 굳이 번거롭게 알아내려 하지 않는다.

그런데 어쩐지 파도가 갑자기 높아진 것처럼 느껴진다. 나는 뭔가가 잘못됐다는 사실을 알아챈다. 위를 올려다보자 갑자기 하늘이 회색으로 보인다. 연필심으로 색칠한 구름이 꽉 찬 것처럼 하늘이 무거워 보인다. 아니면 하늘이 찢어져서 열린 것인지도 모르겠다. 바람이 불어오면서 파도가 높아진다. 너무 높다. 파도가 나를 덮친다. 나를 밀고 당긴다. 물 밑에서 나를 공격한다. 수면에 뜬 채, 있는 힘껏 발을 차고 팔을 젓는다. 나는 수영을 잘한다. 아빠가 다 자란 물고기 같다고 말할 정도로. 하지만 파도가 너무 세다. 나는 해변에서 점점 멀어진다. 아마 역조(逆潮 : 두 개 이상의 조류가 교차해 물살이 센 곳 - 옮긴이) 지점인 모양이라고 생각한다.

결국 숨이 차서 소금물을 간신히 입 밖으로 뱉어내며 비명을 지른다.

그러나 비명은 입 밖으로 크게 터져 나오지 않는다. 비명이 나오기도 전에 또 다른 파도가 내 머리를 쿵 때리고 물속에서 나를 이리저리 비틀고 회전시킨다. 이제 어느 쪽으로 가야 하는지도 알 수 없다. 나는 다시 발버둥을 쳐서 수면 위로 나온다. 불쑥 두려움이 엄습한다. 숨쉬기도 힘들고 팔과 다리에서도 힘이 빠진다. 나를 연달아 때리는 파도들 사이로 얼핏 본 해변은 너무나 멀고도 멀다. 다시 비명을 질러본다. 물이 입속으로 밀려들어 온다. 숨이 막힌다. 물을 뱉어내고 기침을 한다. 다시 비명을 지른다. 발로 물장구를 쳐 파도와 함께 움직이려고 애를 쓰면서. 서퍼처럼, 물고기처럼, 돌고래처럼. 그러나 주먹처럼 강렬한 파도가 나를 때리고 또 때린다. 아무리 발버둥을 쳐도 무거운 담요에 온몸이 감긴 것처럼 힘을 쓸 수가 없다. 발로 물장구를 치기도, 두 손으로 물을 움키기도 너무 힘들다.

파도 위에 떠 있기가 너무 벅차다.

이제는 못하겠다. 나는 물속으로 가라앉는다. 숨을 멈춘 채. 헤엄을 치려고 해봐도 할 수가 없다. 두려움은 심장을 찌르는 칼이다. 이번에는 그 칼날을 막아낼 수 없을 것 같다.

그때 손 하나가 느껴진다. 손은 내 머리채를 휘어잡고 나를 세게 잡아당긴다. 머리가 물 밖으로 나오자 팔 하나가 내 옆구리 밑으로 쑥 들어온다. 어깨가 내 얼굴을 받친다.

"내가 널 잡았다, 아가." 아빠다. "잡았어. 넌 괜찮아. 이제 발차기를 해보렴. 알았지? 나랑 함께 물장구를 치자꾸나."

나는 물장구를 친다. 물 위로 나왔어도 여전히 숨이 막힌다. 하지만 이제 아빠의 팔이 내 몸을 물 위로 받치고 있다. 마침내 호흡이 진정된다. 그런데 너무 피곤하다. 물장구를 쳐보려고 해도 다리가 말을 듣지 않는다.

"못하겠어요, 아빠." 내 목소리가 작고 나약하고 겁에 질린 것처럼 들린다.

"해야 돼 이사벨. 폭풍이 몰려오고 있어. 그러니까 물장구를 쳐야 돼. ……너도 아빠를 도와야지." 아빠도 숨이 찬 목소리로 말한다.

나는 주위를 둘러본다. 우리가 여전히 해변으로부터 너무나 먼 곳에 있다는 사실을 깨닫는다. 하늘이 너무 어두워서 꼭 밤 같다. 물 위로 투둑투둑 빗방울이 떨어지기 시작한다. 따뜻한 빗방울이 얼굴을 간질인다. 바람이 불어오면서 빗방울이 굵어진다. 성이 잔뜩 난 바람이다. 파도는 이제 산더미 같다.

나는 발길질을 한다. 아빠가 우리 둘을 다 구할 수 있게 도우려고 있는 힘껏 물장구를 친다.

"잘하고 있다, 아가. 계속…… 물장구를 쳐라. 우린 여기서 나가게 될 거야. 그냥 계속, 계속해서 물장구만 치면 돼."

영원이란 시간 속에서 수영을 하고 있는 것 같다. 내 몸을 떠받치고 있는 아빠의 팔 덕분에 나는 계속 파도 위에 있다. 아빠가 두 다리로 쉬지 않고, 멈추지 않고, 세게, 가위처럼, 계속해서 물장구를 치는 것이 느껴진다. 아빠의 다른 한 손은 연달아 물을 움킨다. 규칙적으로 거칠게 숨을 내쉬면서. 아빠도 역시 지친 것이다.

그 순간 발끝에 모래가 느껴진다. 나는 두 발로 겨우 일어선다. "아빠, 우리가 해냈어요. 이제 걸어서 나가면 돼요."

아빠가 날 놓아준다. 나는 물을 첨벙거린다. 아직도 가슴까지 물에 잠겨 있는데 파도가 너무 높고 세다. 하지만 아빠는 완전히 탈진 상태다. 아빠가 걷는 모습을 보면 알 수 있다. 나는 용감하다. 강하다. 그러니까 해변까지 남은 거리는 걸어갈 것이다. 그런데 파도가 계속 날 때린다. 균형을 잡으려면 아빠의 손을 잡을 수밖에 없다. 안 그러면 물속으로 고꾸라지고 말 테니까.

이제 비가 억수같이 쏟아진다. 빗방울이 따뜻한 구슬처럼 내 머리와 어깨를 때린다. 비가 너무 거세서 헤엄을 치는 것만큼 걷는 것도 어렵다.

아빠는 아래를 내려다보고는 내가 몸을 지탱하느라 안간힘을 쓰고 있다는 사실을 알아챈다. 아빠가 나를 아기처럼 두 팔로 번쩍 안아 올린다. 나는 아빠가 하는 대로 내버려둔다. 피곤하기 때문이다. 너무나 피곤하고, 아직도 두려움이 벌레처럼 내 혈관 속을 기어 다니고 있기 때문이다. 숨쉬기도, 생각하기도, 몸을 움직이는 것도 힘들다.

아빠가 나를 땅에 내려놓는 것이 느껴진다. 엄마가 두 팔로 나를 끌어안는다. 엄마의 젖은 머리가 내 뺨에 닿는다. 엄마는 울고 있다. "아, 아가, 우리 아가. 널 잃는 줄 알았지 뭐니."

"아빠가 날 구했어요, 엄마."

"나도 안다. 네 아빠가 얼마나 용감한지."

나는 두 눈을 뜨고 아빠를 올려다보는 엄마를 바라본다. 엄마의 두 눈이 반짝인다. 계속 엄마의 얼굴에 쏟아지는 빗속에서도 얼굴 위로 눈물이 흐르고 있다는 걸 알 수 있다. 아빠는 우리 옆 모래 위에 무겁게 주저앉더니 길고 강한 두 팔로 우리 둘을 끌어안는다. 우리는 살아났다는 사실에 기뻐하면서 그렇게 해변의 빗속에 함께 가만히 앉아 있다. 숨만 쉬면서.

대포처럼 천둥이 치고 짙은 회색 하늘에 번개가 번쩍인다.

"이제 가야 돼. 폭풍이 점점 거세게 몰려오고 있어." 아빠가 말한다.

우리는 할머니의 담요, 다 젖어버린 수건들, 주스와 와인, 크래커와 치즈로 가득 찬 아이스박스를 챙겨서 차를 향해 달린다. 젖은 몸으로 차에 탄다.

집에 다 와갈 때쯤 엄마가 아빠의 어깨 위에 머리를 내려놓는다. 고개를 돌려 나를 쳐다본다.

"너 때문에 엄마가 얼마나 무서웠는지 아니, 아가." 평소에 늘 듣던 꾸짖는 말투다.

"죄송해요, 엄마. 햇빛이 사라진 걸 몰랐어요. 내가 얼마나 깊이 들어가 있는지도 몰랐고요. 그런데 돌아갈 수가 없더라고요."

"혼자서 그렇게 깊은 곳까지 수영해서 들어가면 안 된다. 아무리 날씨가 좋은 날이라도. 아빠나 내가 너와 함께 물에 들어갈 때 말고는."

"음, 그냥 수영을 하고 싶었던 것뿐이에요. 그때는 해가 아직 떠 있을 때라 너무 더웠거든요." 나는 눈썹을 찌푸린다. "그리고 엄마랑 아빠는 담요 밑에서 키스를 하느라 바빴잖아요."

엄마는 당황해서 웃으면서 아빠의 맨 어깨 뒤로 얼굴을 숨긴다. "다음에 또 그러면 네가 와서 우리 둘 중 한 명을 담요 밖으로 끌어내렴. 그럼 너랑 함께 수영을 하겠지. 알았니?"

"절대 멈추고 싶지 않은 사람들처럼 열심히 키스를 하고 있더라도요?"

엄마는 웃음을 터뜨렸다. "그래, 아가. 그럴 때에도."

누군가와 영원히 멈추지 않고 키스를 하고 싶다는 건 어떤 기분일까 궁금하다.

"두 분은 서로를 사랑했어요." 나는 내 말소리에 깜짝 놀랐다.

"뭐라고요?" 로건이 내 뒤로 다가와 두 팔을 둘러 내 골반을 잡고 어깨에 턱을 얹었다.

"우리 부모님이요. 두 분이 서로를 아주 사랑했다고요."

"기억이 떠올랐어요?"

나는 손으로 모래사장을 가리켰다. "해변이요. 난…… 아주 어렸어요. 꼬맹이 소녀였어요. 우리는 해변에 있었어요. 내가 수영을 하려고 물로 들어갔는데 갑자기 폭풍이 몰려왔어요. 나는 파도에 휩쓸렸고 파도 위에 떠 있을 수가 없었어요. 아빠가, 우리 아빠가 날 구했을 때는 익사하기 직전이었어요…."

나는 말을 멈추고 잠시 생각에 잠겼다. 기억을 음미해 그대로 보존하려고.

"얼마나 무서웠는지 기억나요. 물속에 잠긴 채 내가 곧 죽으리란 사실을 깨닫는 거예요. 그런데 바로 그때 아빠가 날 잡았어요. 아빠랑 나랑 둘이 함께 있었는데도 우리는 하마터면 해변으로 못 나올 뻔했어요. 하지만 익사할 뻔한 일보다 더 중요한 기억은…… 엄마와 아빠예요. 기억이라고 하기에는 이상할 정도로 생생해요. 지금 다시 그 현장에 서 있는 것처럼. 내가 무슨 생각을 했었는지, 기분이 어땠는지까지 다 기억이 나요. 오히려 의식 불명에서 깨어난 뒤의 기억보다도 더 생생해요. 그런데 그중에서도 가장 생생한 건 부모님이에요. 두 분은 사랑에 빠져 있었어요. 지금 생각해보면 두 분은 꼭 애들 같았어요. 항상 서로를 애무하고 키스하고."

"저기 밖에 나가보고 싶어요?"

"물에요?" 나는 고개를 돌려 로건을 쳐다봤다.

"그래요."

"그런데 우리 여기 왜 온 거예요, 로건?"

로건은 한숨을 쉬었다. "여기 오면 여러모로 당신한테 자극이 될 거라 생각했어요. 당신은 여기에서 자랐잖아요. 당신이 집에서 나가야겠다고 말했을 때 생각했죠. 스페인은 어떨까? 뭔가 기억이 날지도 모르잖아?"

"당신 판단이 옳은 것 같네요. 다른 기억이 또 떠오를지는 알 수 없지만, 아까 그 기억이 내가 되찾는 기억의 전부라고 하더라도 여기 온 보람은 있는 거예요. 우리 부모님이 서로를, 그리고 나를 사랑했다는 사실을 알게 된 것만으로도요." 나는 발코니 난간을 놓고 로건의 손을 깍지 끼어 잡았다. "그런데 난 수영복을 안 가져 왔어요."

로건은 피식 웃었다. "당신은 아무것도 안 가져 왔잖아요. 우리 둘 짐을 내가 다 쌌잖아요. 기억 안 나요?"

그는 여행 가방을 침대 위에 올리고 열더니, 돌돌 말아놓은 옷더미를 뒤져서 밝은 오렌지색 수영복 바지 한 벌과 내 수영복 두 벌을 찾아냈다. 하나는 하얀색 원피스 수영복이었고, 다른 하나는 분홍색과 파란색으로 짝을 이룬 비키니였다. 줄과 작은 헝겊 몇 조각으로 만들어진 그 수영복은 그냥 노출이 심한 것 이상이었다.

나는 비키니를 집어 들었다. "나더러 정말로 이걸 입으라고요, 로건?"

로건은 어깨를 으쓱했다. "나는 판매 직원한테 그냥 원피스 한 벌, 비키니 한 벌이라고 말만 했어요. 내가 직접 고른 게 아니에요. 기억 안 나요?" 그러더니 갑자기 눈을 반짝였다. "하지만 날 위해서 입어볼 수는 있잖아요. 그렇죠? 입고 싶지 않으면 안 입어도 되지만."

"난 임산부에요, 까먹었어요?" 불쑥 둘 다 입고 싶지 않은 마음이 일었다.

"자기, 아직은 전혀 티 안 나요." 로건은 내게서 비키니를 받아서 여행 가방 안으로 집어 던졌다. "그리고 그런 걱정은 하지 말아요. 당신은 뭘 입든, 아무것도 안 입든 눈부시게 아름다우니까. 우리는 그 개 같은 온갖 것들로부터 떨어져서 휴식을 취하려고 여기 온 거예요. 그러니까 수영복 따위 때문에 스트레스 받으면 안 되죠."

그는 빠르고 가볍게 내게 키스하고는 자신의 수영복 바지를 들고 화장실로 들어갔다. 흘끗 보니 티셔츠를 벗는 중이었다.

나는 부끄러운 줄도 모르고 로건이 소변을 보고 청바지와 속옷을 벗는 모습을 쳐다봤다. 그는 그 행동들을 욕실 안에서 하고 있었지만 욕실 문이 열려 있어서 거울에 비친 그의 모습을 볼 수 있었다. 그는 수영복 바지를 끌어 올리면서 몸을 돌렸고, 그의 신체 특정 부위가 바지 속으로 사라지는 순간, 거울에 비친 상이 아닌 진짜 그의 몸이 내 눈에 들어왔다. 로건의 몸은 아무리 봐도 절대 질리지 않을 것 같았다.

나는 옷을 벗어 침대 위로 던졌다. 내 시선은 로건에게, 로건의 시선은 나에게 향해 있었다. 내가 알몸이 되자 로건의 손이 내 몸을 어루만졌다.

"그럼 시작해볼까요, 로건. 우리는 해변에 나가지 않을 거예요."

"한두 시간 뒤에 나가면 되죠." 로건은 웅얼거리면서 손으로 내 엉덩이를 쥐고 내 턱에 키스했다.

"과연 그럴 수 있을……."

다음 순간, 내 손가락이 로건의 수영복 바지 줄을 잡고 매듭을 풀고 있었다. 이제 그는 나와 함께 알몸이 되었다. 로건은 나를 뒤로 밀어 침대 위에 눕히고 내 양 무릎을 자신의 어깨에 걸친 다음 내 음부에 입을 맞췄다.

나는 침대 위에서 몸을 뒤틀면서 두 다리로 그의 몸을 감싸 더 가까이 끌어당겼다. 나는 그가 혀로 내게 해줄 수 있는 것들에 목말라 있었고, 그는 혀와 손가락만으로 내가 오르가즘을 느끼게 만들었다. 그것도 한 번, 두 번…… 세 번째 절정에 도달하고 나서야 간신히 그의 몸을 밀어냈다가 내 몸 위로 끌어당기고 엉덩이를 들어 올렸다. 우리는 서로를 찾아냈고 그는 내 안으로 천천히 부드럽게 들어왔다. 우리의 몸은 마치 퍼즐처럼 서로에게 꼭 맞았다.

로건이 몸을 움직이는 동안 나는 그의 턱에, 광대뼈에, 관자놀이에 키스했다. 손가락으로 로건의 머리칼을 오른쪽 옆으로 쓸어 넘기다가 가죽 안대에 손이 닿았다. 안대를 벗겨 옆으로 던져버렸다. 그러고는 그의 오른쪽 뺨과 관자놀이에 깃털처럼 가볍게 키스했다. 텅 빈 눈구멍 위에도. 말없이 로건에게 그가 아름답다고 말하고 있었다. 눈이 그렇다고 해도, 아니, 그 눈 때문에 더더욱.

내가 그런 식으로 키스를 하자 로건의 움직임에 힘이 들어갔다. 나는 가만히 누운 채 발꿈치를 엉덩이 가까이 당겨 세우고, 로건이 내 위에서 움직이고 싶은 대로 움직이게, 날 자신이 원하는 방식대로 가질 수 있게 내버려두었다. 나는 그의 얼굴, 목, 어깨, 턱을 만지고 거기에 키스하는 데 집중했다. 손가락 끝으로 그의 피부를 어루만지고 까슬까슬하게 자란 수염을 손톱으로 간질이는 데 집중했다.

로건의 움직임이 격해지는 것이 느껴졌을 때, 내 안으로 찔러 들어오는 그의 성기가 더 단단해지는 것이 느껴졌을 때, 찌르는 동작이 거세지고 거칠어지고 사나워지는 것이 느껴졌을 때, 나는 내 입술을 그의 귀에 붙이고 그의 이름을 부르고, 부르고, 또 불렀다. 그리고 반대쪽 귀에 대고 속삭였다. 당신을 사랑한다고. 손으로 그의 엉덩이를 감싸 더 강한 동작을 유도하면서, 골반을 들어 올리고, 두 다리를 그의 허벅지 뒤에 건 채 그와 함께 움직였다.

그러나 나는 그와 함께 흥분하지 않았다.

그러고 싶지 않았다.

나는 오직 그만을 느끼고 그만을 받아들이고 싶었다.

로건은 내게 너무나 많은 것을 주면서 나를 무조건 사랑해주고 인정해주고 용서해주고 나다워지는 법을 가르쳐주는 남자였다.

로건은 신음을 하면서 내 젖가슴에 대고 강하게 사정했다. 나는 손가락으로 그의 머리칼을 움켜잡고, 내 젖꼭지를 물고 있는 그의 입을 내 입 쪽으로 잡아당겨서, 그가 사정을 하는 동안 키스하며 그의 입술을 깨물고 그의 호흡을 내 폐 속으로 삼켰다. 그의 목에 매달린 채, 그의 몸 밑에서 몸을 뒤틀면서 그의 오르가즘을 받아들였다. 잠시 뒤 로건이 내 몸에 자신의 무게를 실은 채 팔다리를 축 늘어뜨렸다.

"맙소사, 이사벨." 그는 내 젖가슴 사이에 머리를 내려놓은 채 여전히 숨을 헐떡이고 있었다. 그의 무게가 느껴지는 것이 좋았다. "당신은 우리가 사랑을 나눌 때마다 매번 내 세계를 뒤흔드는군요."

"당신은 내 세계를 뒤흔들기만 한 게 아니에요, 로건. 날 완전히 바꿔놓았잖아요. 날 구했고요."

"이 사랑을 영원히 멈추지 말아요, 자기."

"물론이죠. 난 지금 이 사랑이 절대 끝나지 않으리란 사실을 깨닫는 중이에요." 내가 몸을 꼼지락대자 로건은 내 몸 위에서 내려와 나를 자신의 가슴 위로 끌어당겨 안았다. 그때 불쑥 딴생각이 났다. "해변에 가요, 로건. 수영을 하고 싶어요."

너무나 수영을 하고 싶었다. 바다가 나를 부르고 있었다. 발가락으로는 모래를, 머리칼로는 바람을, 발목으로는 바닷물을 느끼고 싶었다.

"그럼 갑시다."

나는 비키니를 선택했다. 벌거벗은 듯한 기분이었지만, 입고 나서 거울을 쳐다보았을 때는 상당히 아름다워 보인다는 사실을 스스로 인정할 수밖에 없었다. 로건은 내 몸에서 시선을, 혹은 손을 한시도 떼지 못했다. 그래, 이 비키니다.

우리는 해안도로 옆에 서서 길을 건널 때를 기다리고 있었다. 도로와 콘도 사이에는 담장이 쳐져 있었지만, 투숙객과 손님들이 해변으로 드나들 수 있게 여기저기에 문이 뚫려 있었다. 차 두 대가 지나간 뒤 우리는 길을 건넜다. 모래 잔디 위에서 춤을 추며 해변을 향해 내려갔다. 뜨거운 모래를 밟고 파도와 모래사장이 만나는 지점에 이르러 걸음을 멈추었다.

파도는 발가락을 간질이며 발목까지 차올랐다. 젖은 모래를 내 발등 위로 쌓아 올렸다가 바닷속으로 물러가면서 그 모래를 흐트러뜨려 땅 모양을 변화시켰다. 낮은 하늘에 걸린 태양은 해수면 위에 붉은색과 금색이 어우러진 오솔길을 그려내고 있었다.

로건은 말없이 내 손을 잡은 채 나를 바라보았다.

나는 천천히 더 깊은 곳으로 들어갔고 로건도 나와 함께 갔다.

아까 떠올린 기억이 아직도 머릿속에 생생했다. 눈에 보이듯, 피부에 느껴지듯. 고개를 돌리면 할머니의 담요 위에 누워 키스를 하고 있는 엄마와 아빠가 보일 것 같았다. 그래서 실제로 고개를 돌려 보았지만, 저 멀리 물가에서 발장난을 치는 커플이나 혼자 나온 사람 몇 명이 있을 뿐, 해변은 텅 비어 있었다.

나는 물이 허벅지까지, 엉덩이까지 차오르는 곳을 지나 점점 깊은 곳으로 들어갔다. 허리에 닿는 물이 차가웠다.

"난 언제나 이 지점에서 걸음을 멈추고는 했어요. 딱 이 정도 깊이에서. 물속에 첨벙 뛰어들 용기를 낼 시간이 필요했거든요." 나는 눈을 깜박였다. 소금기 때문에 눈이 따가웠다. "시간이 너무 오래 걸린다 싶으면 때때로 아빠가 날 밀어 물에 빠뜨리기도 했죠."

"지금처럼요?" 로건이 말했다.

그러더니 한 팔을 내 허리에 감아 나를 물속으로 밀어 넣었다.

나는 물을 첨벙대며 일어섰다. 웃음이 터졌다.

"그래요, 로건. 딱 이렇게요."

나는 이제 바닷물 속에 있었다. 집에 돌아온 것이었다. 의식 불명에서 깨어난 뒤로 내가 머물렀던 그 어떤 장소보다도 그곳이 내게는 훨씬 더 집 같았다. 나는 물속으로 뛰어들어 바다 바닥으로 내려갔다. 손가락으로 일렁이는 모래를 쓰다듬었다. 발로 세게 물장구를 치면서 손으로 물을 움켰다. 폐가 탈 것처럼 숨이 찰 때까지 오랫동안 헤엄을 쳤다. 바다 바닥에 발꿈치를 대고 선 다음, 바닥을 차고 수면 위로 떠 올랐다. 등을 대고 누워 파도 위에 떠 있었다. 바다는 조용하고 잔잔하게 찰랑대고 있었다. 로건이 내 뒤에 와서 서는 것이 느껴졌다. 그는 거기에 있었지만 말없이 지켜보기만 했다. 내가 그 순간을 만끽할 수 있게.

나는 눈을 감은 채 잠시 물 위에 떠서 내 얼굴을 씻어내는 오늘의 마지막 햇살을 누렸다.

그러고는 바닥에 발을 딛고 일어서서 로건을 향해 몸을 돌렸다. "고마워요, 로건."

그는 안대를 콘도 안에 두고 나온 상태였지만, 적어도 그 순간만큼은 불편한 죄책감 없이 그를 쳐다볼 수 있었다.

"뭐가 고마워요, 자기?" 로건이 물었다.

나는 그에게 몸을 밀착시키고 키스를 했다. "이거요." 우리 주위를 손으로 가리키며 말했다. "날 여기 데려와 준 거요. 꼭…… 집에 돌아온 기분이에요. 평화로워요."

"잘됐네요. 그게 내가 원하던 거예요."

"이 고마움을 어떻게 다 갚을 수 있을까요? 불가능할 것 같아요." 나는 두 손으로 그의 젖은 머리를 쓰다듬었다. "당신은 내게 너무 많은 걸 줬어요. 너무 많은 일을 해줬고요."

"그게 사랑이에요, 자기. 그게 삶이고요. 그게……." 그는 할 말을 잃은 듯 어깨를 으쓱했다. "당신은 날 사랑해주기만 하면 돼요."

"그럴게요. 아주 열렬하게. 나는 당신을 만나기 전까지는 사랑이란 감정이 궁금한 적도 없었고, 그런 감정이 진짜로 존재하는지도 몰랐어요. 삶 속에 별의별 일이 다 담겨 있다는 사실은 알고 있었지만요. 그런데 당신은 아주 짧은 시간 안에 나한테 정말로 많은 것을 보여줬어요." 나는 그에게 키스했다. 그의 입술에서 소금 맛이 났다. "난 기억해요. ……아주 어렸을 때 엄마, 아빠랑 함께 해변에 왔던 일을요. 두 분이 어떤 식으로 서로를 만지고 서로에게 키스하는 것을 멈추고 싶어 하지 않았는지 기억해요. 두 분은 영원히 멈추고 싶지 않은 사람들처럼 키스를 하고 있었거든요. 그리고 어린 내가 이런 생각을 했던 것도 기억나요. 누군가와 영원히 멈추지 않고 키스를 하고 싶다는 건 어떤 기분일까?"

로건은 아무것도 의식하지 않고 두 손으로 내 머리를 감싸고 내게 키스했다. 두 혀가 뒤엉켰고, 우리의 입술과 앞니가 부딪쳤다. 로건의 손이 나를 더 가까이 끌어당겼고 그는 내 호흡을 훔쳤다. 놀라움의 순간이 흘렀고, 이번에는 내가 그에게 키스했다. 영원히 계속되는 키스였다. 우리는 석양의 핏빛으로 물든 물속에 서서, 그

옛날 우리 부모님이 하던 식으로 키스를 했다. 이 세상에 키스 말고는 아무것도 존재하지 않는 것처럼. 키스가 전부인 것처럼.

"절대 멈추지 말아요, 이사벨." 로건의 속삭임은 부드럽고 달콤했다. "제발, 절대로 멈추지 말아요."

"그러고 싶다고 한들 멈출 수가 없는걸요." 나는 그에게 온몸을 밀착시킨 채 그의 체취를 들이마셨고, 그의 피부에서 바닷물을, 그의 입술에서 노을을, 그의 손가락에서 사랑을, 그의 혀에서 경배를 맛보았다. "그리고 난 영원히 멈추고 싶지 않아요."

10

우리는 바르셀로나에서 한 주를 보냈다. 수영을 하고 사랑을 나누고 서로 뒤엉켜서 잠을 자면서. 우리는 그곳에서 자유를 들이마시고 햇빛을 빨아들였으며 사랑에 몸을 담갔다.

내 평생 가장 행복한 시간이었다.

앞으로도 내 평생 이렇게 행복한 시간은 다시없을 것 같다고, 나는 생각했다.

11

당신에 대해서는 거의 잊었다.

거의 다.

우리, 로건과 나는 이사를 했다. 로건의 주택을 내놓고 한 달 정도 우리가 살기에 알맞은 집을 알아보러 다녔다. 일반 주택, 브라운스톤 주택도 알아보고 1층 아파트와 펜트하우스도 알아봤다. 처음에는 로건의 원래 집처럼 조용하고 사생활이 보호되고 뒷마당도 딸린 그런 집을 고르게 되리라 예상했지만, 예상과 달리 우리는 그린위치 빌리지 중심부 아파트 건물의 펜트하우스를 선택했다. 최상층 전체를 차지하는 그 펜트하우스에는 옥상 테라스도 딸려 있었다. 당신의 펜트하우스처럼 유령 같은 소리는 울리지 않았다. 사실 나는 그 집이 당신의 집보다 작고 아늑한 점이 마음에 들었지만, 그래도 로건의 예전 집에 대면 훨씬 넓었다. 아름다운 부엌을 지나면 가볍게 식사를 할 수 있는 식당이 있어서 거기 한구석에서 아침을 먹었다. 거실은 부엌이나 침실보다 몇 계단 낮게 푹 들어가 있었다. 처음에 내 눈에는 이상하게 보였지만, 곧 일일이 열거할 수 없는 여러 가지 이유로 그 점을 좋아하게 되었다. 침실은 모두 네 개였는데 각기 로건과 나의 침실, 로건의 사무실, 아기방, 코코아의 방으로 정했다. 아기방을 생각하면 아직도 나는 손이 떨리고 속이 뒤틀렸다. 임신이 여전히 현실로 느껴지지 않았고 무서웠기 때문이다. 화장실은 안방에 딸린 것 하나와 가족 전체가 사용하는 것 하나, 이렇게 두 개였다. 다른 방들과 뚝 떨어져 있는 안

방은 집의 다른 부분들보다 높이가 높아서 옥상 테라스를 내려다볼 수 있었다. 안방 문 앞에 밝기 조절이 가능한 유리창이 달린 이동식 벽이 있는데 그 벽을 통해 나가면 발코니가 나오고 거기서 대칭형으로 놓인 두 개의 둥근 계단 중 하나를 따라 내려가면 그곳이 테라스였다.

코코아는 나만큼 테라스를 좋아했다. 방에서 꺼내주기만 하면 테라스로 달려가 악마처럼 짖으면서 몇 분 동안 테라스를 몇 바퀴나 돌았고 그런 다음에는 허리 높이까지 오는 담장에 앞발을 올리고 혀를 늘어뜨린 채 거리를 내려다봤다. 꼬리를 빠르게 치면서 흥미진진한 눈으로 아래 보도를 살펴보았다. 안으로 들여보낼 때까지 코코아는 테라스에서 그렇게 시간을 보냈다.

로건은 옛집을 가구까지 포함해 팔아넘겼다. 그 때문에 집과 가구 양쪽으로 큰 비용이 나갔다. 로건이 은제 식기에서부터 침대보에 이르기까지 우리가 함께 살 새집을 완전히 새로 꾸미고 싶어 했기 때문이다. 우리가 이사 올 때 가져온 것이라고는 옷가지와 사무실에 있던 물건들뿐이었다. 우리는 며칠, 아니 몇 주가 걸려서 커튼, 소파, 은제 식기, 와인 잔, 침대보, 조리도구 등 모든 물건을 틈틈이 골랐다.

집이 가정이 되려면 얼마나 많은 물건이 필요한지 전에는 미처 몰랐다.

나는 물건을 고를 때마다 매 순간, 매번의 결정을 누렸다. 가장 사소한 물건까지도 내 마음대로 고름으로써 말이다. 이제는 일상이 되었지만 그것만도 나로서는 눈부신 발전이었다.

나는 '처신 교육' 사업 준비를 당분간 미루기로 했다. 입맛의 변화와 아침 입덧 말고는 아직은 체감이 되지 않았지만 그래도 나는 임산부였으니까. 로건과 함께 병원에 가서 의사에게 제대로 임신 검사를 받았다. 태아의 크기를 재고 초음파 검사, 혈액검사를 비롯해 내 건강 상태를 확인하기 위한 온갖 의학적 절차를 밟았다. 아기는 주수에 맞게 잘 자라고 있었다. 아직 초기이기는 하지만 모든 상황이 순조롭다고 의사는 말했다. 이제는 태아를 위해 비타민을 섭취했고 계속해서 운동을 했으며 건강식을 먹었다.

그런 일들을 꼼꼼히 해야 한다는 것은, 나만의 사업을 시작하는 것이 아직은 불가능하다는 뜻이었다. 어쩌면 앞으로 그 일을 영원히 안 할 수도 있었다. 나만의 사업 구상을 다시 시작할 준비가 되면 또 새로운 생각, 뭔가 다른 사업 계획이 떠오를지도 모를 일이었으니까. 아무튼 지금으로서는 로건의 여자친구가 되어 한집에 살면서 우리가 쓸 물건을 함께 고르는 것만으로도 만족스러웠다. 로건과 함께 달리기를 하고, 함께 영화를 보고 방마다 돌아다니며 방향을 이리저리 바꾸어가며 함께 사랑을 나누는 것만으로도.

그렇게 평범한 여자의 삶을 살아가는 법을 배우다 보니, 그럭저럭 당신을 거의 잊게 되었다.

질문도 거의 잊었다.

의심도.

앞뒤가 안 맞는 당신의 이야기도.

그 모든 것을.

그 모든 것들이 내 마음 뒤편 한구석에 뒤죽박죽으로 처박혀 있었다. 평범함의 달콤함을 알아가고 있는 지금으로서는 그런 것들이 전혀 중요하지 않았다.

그러나 당신은 당신만의 가차 없고 미스터리한 방식으로 의외의 순간에 나타나 전혀 예측할 수 없는 일을 저질렀다.

그리고 그 일이 일어났을 때 사실 나는 전혀 놀라지 않았다.

무엇보다도, 그게 바로 당신이었으니까.

당신은 나를 납치했다.

12

당신은 쓸데없이 극적인 방식으로 나를 납치했다.

대낮에 옥상 테라스에서 곧바로 나를 데려간 것이었다. 실제로 아침 열 시가 막 지난 시간이었다.

나는 노출이 심해서 밖에서는 한 번도 입은 적이 없는, 오직 집에서 로건을 위해서만, 혹은 혼자 옥상에서 햇볕을 즐길 때만 입는 비키니를 입고 가운을 걸친 차림에 선글라스를 끼고 일광욕 의자에 기대앉아 쉬고 있었다. 허브차를 홀짝이고 책을 읽으면서 며칠 남지 않은 올해의 마지막 따뜻한 햇볕을 즐기는 중이었다. 코코아는 내 옆에 앉아 내 허벅지 위에 턱을 내려놓은 채 코를 골고 있었다.

처음 헬리콥터 소리가 들렸을 때만 해도 별다른 생각은 하지 않았다. 이곳 뉴욕에서는 헬리콥터가 시도 때도 없이 머리 위로 날아다니니까. 하지만 프로펠러 돌아가는 소리가 점점 커져서 호기심이 생겼다. 일어나 앉아서 주위를 둘러봤다. 귀를 쫑긋거리는 것으로 보아 코코아도 당황스러운 모양이었다. 개의 가슴 깊은 곳에서 으르렁거리는 소리가 났다. 나는 개의 어깨 뒤쪽에 곤두선 털을 쳐다보면서 주위를 경계했다.

무언가 잘못된 것이 틀림없었다.

나는 얇은 가운을 몸에 감고 끈을 단단히 동여맸다. 머그잔을 옆에 내려놓고 핸드폰을 잡았다. 필요할 경우 로건에게 전화를 걸기 위해서였다.

프로펠러 소리는 이제 아주 가까워졌지만 헬리콥터의 형체는 아직 보이지 않았다. 코코아가 먼저 헬리콥터를 발견하고 짖기 시작했다. 개는 다른 개나 낯선 사람, 다람쥐, 혹은 새를 향해 짖어대듯 그렇게 짖고 있는 것이 아니었다. 아주 사납게 방어적으로, 무섭게, 필사적으로 짖어대고 있었다. 헬리콥터는 옥상 테라스 높이로 급강하했다. 속도가 너무나 빨랐다. 몇 번 본 적이 있는 언론사 헬리콥터나 응급환자 수송용, 혹은 경찰 헬리콥터는 저런 식으로 비행을 하지 않았다. 그런데 그 헬리콥터는 한 치의 오차도 없이 정확하게 우리 집 옥상 테라스를 향해 빠른 속도로 내려오고 있었다.

그래서 나는 알았다.

그 기계 안에 누가 타고 있을지 깨닫자마자 몸을 움직였지만 이미 너무 늦은 시점이었다.

헬리콥터는 내 머리 위로 3미터 정도 위에서 멈추어 선 채 요란한 소리를 내고 있었고 프로펠러가 아래로 뿜어내는 강풍에 내 가운이 나부꼈다. 헬리콥터 문이 열리고 두 개의 밧줄이 옥상으로 떨어졌다. 코코아는 갈색 털을 잔뜩 곤두세운 채 내 앞으로 나섰다. 이빨이 잔뜩 드러난 입을 일그러뜨린 채. 검은 옷을 입은 사람이 밧줄을 타고 내려와 권총 모양의 물건으로 개를 조준했다. 다음 순간 코코아는 낑 소리를 내며 쿵 쓰러졌다. 나는 소리를 지르며 개를 붙잡았다. 개의 목덜미에 화살촉이 꽂혀 있었다. 검은 옷의 사내가 나를 붙잡았고 나는 몸부림치며 싸웠다.

장갑을 낀 손이 내 입을 막았다. 그 손이 내 입을 떠나기 전에 나는 비명을 멈출 수밖에 없었다. 그 손이 내 턱뼈 사이에 헝겊 재갈을 물렸기 때문이다.

내 핸드폰은 옆으로 던져졌다.

내 몸이 땅에서 들렸다. 두 손이 등 뒤로 모아졌고 지이이익 소리를 내는 무언가가 두 손목을 함께 고통스럽게 휘감았다. 갑자기 시야가 어두워졌다. 두껍고 시커먼 천 같은 것이 머리를 덮었기 때문이다. 검은색 가방인지, 베갯잇인지 몰라도 아무튼 전혀 비치지 않는 천이었다.

심장 속에서 공포가 발톱을 세웠나.

몸에 밧줄이 몇 바퀴 감겼다. 이번에는 일회용 안전띠 같은 종류의 밧줄이었다. 겨드랑이 밑, 허벅지 위 골반 아래, 아랫배 부분에 밧줄이 재빠르고 전문적인 솜씨로 감기고 또 감겼다. 내 몸의 어떤 부분도 압박하지 않으면서 나를 옥상에서 띄우기 위한 조치인 것 같았다. 몸이 위로, 위로, 위로 떠올랐다. 그 순간 머리가 검은 가방에 덮여 있어서 땅 위로 띄워진 나 자신을 볼 수 없다는 것이 참으로 다행스러웠다.

나는 위로 떠오르는 동안 허공에 대롱대롱 매달린 채 이리저리 흔들렸다. 손들이 나를 붙잡고 당기고 내려놓더니 밧줄을 풀었다. 나를 좌석에 앉히고 벨트를 채웠다. 벨트가 채워지는 소리가 딸각, 딸각, 딸각, 딸각, 딸각 다섯 차례 들렸다. 모든 벨트가 상체에 집중되어 있었다.

프로펠러 소음에 귀가 먹을 것 같았다.

그 모든 일이 헬리콥터가 내 머리 위에 멈추어 선 시점으로부터 단 30초 만에 일어난 일이었다.

말소리는 한마디도 들리지 않았다. 문 닫히는 소리가 들렸고 프로펠러 소음이 약간 작아졌다. 헬리콥터가 앞으로 나아가기 시작하더니 사선으로 비행했다. 눈이 보이지 않아도 헬리콥터가 무서운 속도로 도시의 빌딩 숲속을 돌파하고 있다는 사실을 알 수 있었다.

내가 아직도 선글라스를 끼고 있다는 사실을 깨달았다. 이런 상황에 그런 것이 의식되다니 이상했다. 그러나 내 생각과 무관하게 헬리콥터는 속도를 높이면서 정확하게 어딘가를 향해 날아가고 있었다.

길어봐야 20분 정도의 시간이 흐른 뒤 헬리콥터가 아래쪽으로 내려가는 것이 느껴졌다. 헬리콥터는 부드럽게 땅에 부딪치며 착륙했다. 벨트가 풀리고 손들이 나를 일으켜 세웠다. 손들이 다른 옥상으로 짐작되는 곳에 나를 내려놓고 어딘가 문간으로 이끌었다. 뒤에서 문 닫히는 소리가 들렸고 헬리콥터 소리가 사라졌다.

내 팔뚝을 잡은 손이 나를 이끌었다. 여기저기에서 모퉁이를 돌다가 멈추어 섰다. 엘리베이터 소리가 들렸다. 엘리베이터를 타고 잠깐 아래로 내려갔다. 들리는 소리라고는 납치범의 낮은 숨소리뿐이었다. 뒤에서 손가락이 나를 꾹 찔러서 나는 앞으로 세 걸음 걸었다. 뒤에서 엘리베이터 문 닫히는 소리가 들렸다. 넓게 탁 트인 공간인지 검은 헝겊 안에서 내 숨소리가 울렸다. 나는 차갑고 단단한 바닥 위를 맨발로 비틀비틀 걸었다.

"데려왔습니다, 사장님." 깊고 강한 악센트의 남자 목소리였다. 독일 같은 유럽 쪽 악센트인 것 같은데 정확히 어느 나라 억양인지는 알 수 없었다.

그때 당신의 목소리가 들렸다. "고맙네, 카이."

"별말씀을요, 사장님."

"보너스는 이미 입금했네. 자네랑 부하들…… 입단속 잘하라고."

"입단속은 우리 업계의 기본 수칙인걸요, 인디고 씨."

"그러는 게 좋을 거야. 침묵을…… 다른 방법을 통해 배우고 싶지는 않을 테니."

내 뒤에서 들리는 카이의 목소리는 냉정했다. "전혀 필요하지도 않고 별로 바람직하지도 않은 충고이십니다, 사장님. 아무리 인디고 씨라 하더라도요."

"잘 가게, 카이."

"Auf widersehen." 부츠 발소리가 멀어졌다.

침묵이 흘렀다. 나는 코로만 숨을 쉬면서 공포, 두려움과 싸우고 있었다. 내 무릎이 떨리지 않기를 바라면서.

당신이 느껴졌다.

내 앞 가까이에 당신이 서 있었다. 너무 가까워서 당신의 향수 냄새가 풍기고 당신의 몸 열기가 느껴질 정도였다.

"이렇게 극적인 일을 벌인 것에 사과해야겠군, 이사벨."

입에 재갈이 물려 있지 않았더라도 나는 아무 말도 하지 않았을 거다.

당신은 숨을 쉬었다. 그저 숨만 쉬었다. 짐작건대 나를 바라보면서. 다음 순간 손길이 느껴졌다. 당신이 코로 숨을 내쉬는 소리가 들렸다. 당신의 숨결이 굴곡진 내 목의 곡선을 따라 움직였다. 당신의 손가락이 가운 앞섶 V자를 따라 움직였다.

"가운 밑에 뭘 입었지? 궁금하군."

당신이 매듭을 잡고 허리끈을 풀자 가운의 앞섶이 벌어졌다. 당신의 손가락이 내 옆 목선과 쇄골, 가슴뼈를 스쳤다. 부드럽고 다정하게. 당신의 손가락에 내 살이 떨렸다. 나는 재갈을 문 채 헉하고 숨을 내뱉었다. 내 눈을 가리고 있는 자루 안 어둠 속에서 세게 눈을 깜박였다. 당신은 가운을 어깨 뒤로 확 젖혀 벗겼다. 이제 나는 몸이 별로 가려지지 않는 비키니 한 벌만 걸친 알몸이었다.

"아……." 감탄의 한숨이었다. "너무나 사랑스럽군, 이사벨. 이런 몸을 가리고 있어서야 쓰나."

철컥.

소름이 끼쳤다. 날카로운 금속성 소리였다.

뭔가 가느다랗고 차가운 물건이 내 가슴골, 두 젖가슴 사이를 건드렸다. 나는 호흡을 멈추었다. 완전히 숨을 멈추고 가만히 있었다.

날카로운 물체의 끝은 그저 내 젖가슴의 윤곽선을 따라 그렸을 뿐, 살을 찌르거나 베지는 않았다. 물체가 젖가슴 사이로 들어오더니 자그마한 브라 컵 사이의 끈을 끊어버렸다. 젖가슴이 출렁 풀려났다.

나는 다시 숨을 쉬기 시작했지만, 두려움으로 호흡이 불안정했다.

칼날이 피부를 간질이며 아래로 내려갔다. 옆구리를 타고 내려가 엉덩이 위 팬티 끈에 이르렀다. 다시 칼날이 휙 움직였고 끈이 끊어졌다. 팬티가 발 옆으로 떨어졌고 나는 알몸이 되었다.

나는 공포에 휩싸인 채 재갈 사이로 숨을 내쉬었다.

"쉿, 이사벨. 조용히 해. 내가 당신을 해치지 않는다는 건 당신도 알잖아." 내 귀로 당신의 숨결, 당신의 목소리, 당신의 속삭임이 흘러들었다. "이렇게 완벽한 몸을 망가뜨릴 수는 없지."

당신이 뒤로 물러서는 것이 느껴졌다.

찰칵, 카메라 셔터 누르는 소리가 들렸다. 스마트폰 자판 두드리는 소리가 들렸다. 딩동, 메시지 보내는 소리가 들렸다.

따르르르릉! 익숙한 당신의 구식 전화 수신음이 울렸다. 수십 년 전 다이얼식 유선전화에서 나던 금속성 벨소리였다.

"로건." 잠시 침묵이 흘렀다. "진정하시지, 라이더 씨. 내가 보낸 사진을 보면 알겠지만 전혀 다치지 않았어. 앞으로도 계속 말짱할 거고. 하지만 네가 회사를 떠난다면, 이사벨을 다시는 볼 수 없을 거야. 아니, 이 멍청아. 난 이사벨을 죽이지 않아. 그냥…… 데리고 있으려는 거지. 지금 당장은 일단 나한테 도착한 상태 그대로 너한테 돌려보낼 생각이야. 사진은 그냥 그녀가 살아 있다는 증거일 뿐이야. 네가 증거를 보여 달라고 할 것 같아서. 난 이사벨을 해치지 않아. 그건 너도 마찬가지고. 물론 네게 감시의 눈을 붙여놓기는 했지만. 그 눈한테는 라이플 소총이 있고, 1킬로미터 밖에서도 네 미간에 총알을 박아 넣을 수 있는 실력이 있어. 그러니까 그 자리에 가만히 있는 게 좋을 거야."

로건의 말을 듣는지 잠시 침묵이 흘렀다. 전화기 너머, 저 먼 곳에서 로건이 고함을 지르는 소리가 작게 들려왔다.

"뭘 원하느냐고? 잠깐 이사벨과 함께 있으려는 것뿐이야. 이야기를 하려고. 이사벨이랑 나랑 단둘이서만."

로건의 목소리가 다시 들렸다.

"대화가 끝나면 돌려보내지." 당신은 한숨을 내쉬었다. 길고 고통스러운 한숨이었다. 차분하고 자제력을 잃지 않는 것으로 보아 케일럽 그 자체였다. "개? 개도 다치지 않았어. 화살촉에 묻은 건 그냥 진정제야. 몇 시간 뒤면 아무 일 없었다는 듯 말짱하게 깨어날 거야. 이제 그만 끊어야겠군, 라이더 씨. 잊지 마. 그 자리에 꼼짝 말고 있어야 한다는 사실을. 부탁인데 그 방 안에 가만히 있어. 방 밖으로는 한 발자국도 나오지 마. 솔직히 말하면 당장은 의자에서 일어서지도 않는 게 최선일 거야."

잠시 뒤 당신은 다시 내 앞에 와서 섰다. 체취가 느껴질 정도로 가까이.

길고도 긴 침묵이 흘렀다. 영원처럼 느껴지는 시간 동안 당신은 내 앞에 서서 나를 건드리지도 않고 말을 하지도 않았다. 당신이 무슨 짓을 하고 있는 건지 알 수가 없었다.

그러나 그냥 견디는 것 말고는 할 수 있는 일이 없었다.

긴 시간이 흐른 뒤 마침내 당신이 두 손으로 내 머리를 덮고 있는 자루를 잡는 것이 느껴졌다. 가방이 벗겨졌다.

완전한 어둠 속에 있었던 터라, 비뚤어지기는 했지만 아직 선글라스를 끼고 있었는데도, 빛 때문에 앞이 보이지 않았다.

나는 눈을 깜박였다. 비뚤어진 선글라스를 바로잡는 당신의 손길이 느껴졌다.

내 가운은 아직도 내 몸 뒤, 묶인 내 손목에 매달려 있었다.

당신은 티 하나 없이 완벽하게 옷을 갖추어 입고 있었다. 가는 세로줄 무늬가 들어간 암회색 쓰리피스 정장은 당신의 미끈한 허리와 넓은 어깨에 딱 맞게 재단되어 있었다. 흰색 버튼다운 셔츠에 진홍색 넥타이를 맸지만, 맨 위 단추가 풀려 있었고 넥타이도 느슨하게 약간 풀려 있었다. 당신은 두 손을 바지 뒷주머니에 꽂은 채 나를 바라보기만 했다.

나는 당신을 노려봤다. 용기를 내어 아무런 감정도 느껴지지 않는 척하면서.

"이사벨, 아…… 이사벨. 당신은 언제나 사랑스럽지만 오늘은 다른 때보다 더 사랑스럽군." 당신은 점점 가까이 다가왔다. 이내 당신이 내 몸에 자신의 몸을 밀착시켰고 나는 거칠게 숨을 몰아쉬었다. 목구멍으로 다시 한번 숨을 내쉬었다. 당신은 상체를 젖히고 손으로 내 옆구리를 어루만졌다. 내 젖가슴을 아래를 받쳐 들어 올렸다가 놓았다. "당신은 임신이 체질에 맞는 모양이군. 그 사실을 인정할 수밖에 없겠는데. 안 그래도 풍만한 몸이 더 부드러워졌어."

나는 여전히 재갈을 물고 있었다. 당신의 손길에 구토를 하고 싶었다. 즉각적이고 본능적인 반응이었다. 그리고 놀라운 반응이었다.

내가 예전에 당신 중독자였던 점, 당신의 마법에 민감하게 반응했던 점을 고려하면 그 사실이 반가웠다.

눈물이 내 뺨을 타고 선글라스 테 아래로 흘러내렸다.

당신은 한 손을 뻗어 엄지로 눈물을 닦아냈다.

"미안하군, 이사벨. 이런 일을 벌여서 미안해. 나도……." 당신은 손가락으로 자신의 머리를 마구 흐트러뜨리면서 내게서 몸을 떼고 돌아섰다. "나도 나 자신을 어찌할 수가 없었어."

그러더니 돌연 다시 몸을 돌려 거칠게 두 걸음 다가섰다. 아직 바지 주머니에 꽂혀 있던 한 손이 날아오르는가 싶더니 손가락 사이에 뭔가 검은색 물체가 쥐어져 있었다. 끔찍한 **철컥** 소리를 내면서 칼날이 튀어나왔다. 나는 주춤 뒤로 물러서며 재갈 사이로 비명을 질렀다.

당신은 짜증이 나는지 끙 소리를 냈다. "아, 입 다물고 가만히 있어. 그럴 거지? 아까 말했다시피 난 당신을 절대 해치지 않아. 최소한 그 정도는 당신도 잘 알 텐데."

당신은 재빠르고 효율적인 손놀림으로 칼날을 내 뺨과 재갈 사이에 끼웠다. 칼날을 돌리자 재갈이 두 동강 났다. 하지만 따끔함이 느껴졌다. 당신은 눈썹을 찌푸리더니 엄지로 날카로운 칼날에 베인 내 뺨의 상처에서 피를 닦아냈다.

그러고는 고개를 숙여 상처에 키스했다.

나는 움찔 뒤로 물러서며 턱을 돌렸다.

눈물이 앞을 가렸다. "나한테 원하는 게 뭐야, 케일럽?"

"당신도 아까 내가 한 말 들었잖아. 이야기를 좀 하려고. 그게 다야."

"전화를 걸 수도 있었잖아."

당신은 웃음을 터뜨렸다. "아, 그건 안 되지. 그럴 수는 없잖아. 당신과 나, 우리의 역사에 대한 이야기인데? 그건 그냥 그런 전화 통화보다는 더 나은 대접을 받을 가치가 있지 않나?"

"그래서 이런 일을 벌인 거야?" 분노로 몸이 떨렸다. 당신은 내 목소리에서 그 사실을 알아챘다.

내 두 손은 아직 묶여 있었고, 손목에는 가운이 여전히 매달려 있었다. 맨 젖가슴, 음부가 그대로 드러나 있었고, 분노로 허벅지가 떨리고 두려움으로 무릎이 휘청거렸다. 당신이 또 무슨 짓을 할지 알 수 없었다. 당신은 무슨 짓이든 할 수 있으리란 생각이 들었다. 아무렴, 당신은 무슨 짓이든 할 수 있지.

당신은 칼날이 튀어나와 있는 칼을 손바닥에 얹은 채 빙그르르 돌렸다. 당신이 그 무기에 얼마나 익숙한지, 그 물건을 얼마나 능숙하게 다룰 수 있는지가 그 한 동작에서 고스란히 드러났다. 당신은 나에게 접근했다. 당신의 동작은 포식자의 움직임, 부드럽게 발을 옮기는 흑표범의 걸음걸이, 서성거리는 사자의 몸짓이었다. 당신의 두 눈이 내 몸을 탐닉했다. 당신은 내 주위를 돌다가 내 뒤에서서 슬며시 칼을 쥔 팔을 내 목에 두르고 뭉툭한 칼 손잡이로 내 광대뼈를 쓰다듬었다. 다른 한 손으로는 내 몸을 갖고 놀았다. 젖꼭지를 꼬집고 젖가슴을 움켜잡고 갈비뼈를 어루만지고 탐욕스럽게 엉덩이를 주물렀다.

"당신은 나의 세이렌이야, 이사벨." 당신은 내 귓바퀴에 대고 낮은 목소리로 웅얼거렸다. "당신의 몸은 언제나 내가 거역할 수 없는 노래를 부르거든. 그리고 나는 오디세우스만큼 운 좋은 사내가 아니라서 세이렌의 노래를 거역하려고 돛대에 내 몸을 스스로 묶을 수도 없지. 내가 가진 것이라고는 오직 내 의지뿐인데, 당신에 대해서라면 내 의지는 늘 완전히 바닥이 나고 말아."

내가 어디에 와 있는 것인지 아직도 파악이 되지 않았다. 나는 주위를 둘러봤다. 당신의 말에 신경 쓰지 않으려고 애쓰면서. 당신의 집, 그러니까 당신의 빌딩 꼭대기에 있는 휑뎅그렁한 펜트하우스는 아니었다. 처음 와보는 곳이었다. 사방이 창으로 되어 있고 넓게 탁 트인 그곳은 완전히 텅 비어 있었다. 바닥부터 천장까지 모든 벽이 유리로 되어 있어서 맨해튼의 전망이 어디에서나 내려다보였다. 내 뒤에 승강기 문이 있었다. 그 방에서 눈에 보이는 것이라고는 고층 빌딩숲의 윤곽선뿐이었다. 280평은 족히 됨직한 그 공간의 바닥은 그냥 콘크리트였다.

"내 말 들었어, 이사벨?" 당신은 내 주의를 끌려고 칼끝으로 내 광대뼈를 건드렸다.

"그래, 케일럽." 나는 앞으로 걸음을 옮기다가 몸을 돌리며 물었다. "아니, 제이콥이라고 불러야 하나?" 그것은 당신이 얼마나 과격하게 반응하는지 알아보려는 일종의 테스트였다. 그리고 위험한 게임이었다.

그러나 당신은 아무런 반응도 없었다. 어쩌면 내 말의 뒷부분을 알아듣지 못한 것일 수도 있었다. 알 수가 없었다. 당신은 내게 다가왔다. 내 젖꼭지 끝이 당신의 정장 앞면에 닿도록. 그러고는 키스를 한 것처럼 고개를 숙였다. 미간에 주름이 팼고 두 눈은 고통이 가득해 보였지만 또렷했다. 당신은 키스를 하는 대신 내 이마에 자신의 이마를 댔다. 당신이 칼을 쥔 손을 내 목덜미에 대고 있었기 때문에 나는 함부로 몸을 움직일 수가 없었다. 나는 숨을 쉬지도 않았고 움직이지도 않았다. 심지어 당신이 내 뺨에 대고 숨을 쉬고 당신의 귀를 내 귀에 대고 비비고 당신의 턱을 내 어깨에 얹었는데도, 눈조차 깜박이지 않았다. 당신은 그 자세로 내 등을 내려다보았다. 그러고는 자신의 손놀림을 쳐다보면서 내 손목 사이로 칼날을 집어넣고 손을 비틀었다.

내 손목을 묶고 있던 비닐 끈이 잘렸고 나는 자유가 되었다.

가운이 바닥 위로 떨어졌다.

당신은 칼날을 접고 우리 안에 갇힌 호랑이의 걸음걸이로 내 주위를 돌았다. 무기를 주머니에 집어넣고 나를 빤히 쳐다보았다. 맙소사, 당신의 눈, 그 두 눈은 걱정이 가득하면서도 고통과 욕망으로 이글이글 타오르고 있었다. 얼굴은 당신, 케일럽의 표정으로 덮여 있었지만, 감정으로 가득 찬 당신의 눈은 가마솥이었다. 아니…… 금방이라도 폭발할 듯한 활화산을 안에 숨긴 채 무너져 내리고 있는 분화구의 호수였다.

마라톤을 방금 완주한 사람의 가슴처럼 당신의 가슴이 무겁게 부풀어 올랐다가 가라앉았다. 당신은 내가 모든 삶의 원천인 것처럼 쳐다보고 있었다. 당신은 죽어가고 있는 맹수, 그림자 속에서 날뛰는 맹수, 그림자 너머 달콤한 삶의 조각에 굶주린 맹수였다.

나는 꼼짝도 하지 않았다. 발가벗은 나, 취약한 나, 겁에 질린 나, 혼란스러운 나의 주위를 둥글게 맴도는 당신의 걸음걸이를 지켜보았을 뿐.

그 순간 당신은 내 뒤에 멈추어 서서 내 척추를 만졌다. 위에서 아래로 척추 마디마디를 건드렸다. 손바닥으로 다정하고 가볍게 내 엉덩이 위쪽을 쓰다듬었다. 그리고는 엉덩이 아래쪽을 받쳤다. 나는 움직이지 않았다. 당신의 손길이 싫었다. 혐오스러웠다. 하지만 광기가 있고 불안정한 당신이 두려웠다. 그래서 그 손길을 받아들일 수밖에 없었다. 로건이 있는 집으로 돌아가고 싶었다. 내 배 속에서 자라나고 있는 아기를 느끼고 싶었다.

당신은 내 마음을 읽으려는 듯 내 척추에 자신의 몸을 붙인 채 손가락으로 내 팔과 갈비뼈 사이 옆구리를 간질이더니, 두 손을 쫙 펴 내 배를 덮었다. 그리고 짧고 약하게 내 배를 꾹꾹 누르기 시작했다.

"사실이야?" 내 귓가에서 다정한 중얼거림이 울렸다.

"그래."

"얼마나 됐지?"

"13주." 목소리가 떨렸다.

"그런데도 내 아이인지, 아니면 그자 아이인지 모르는 거야?"

"몰라. 알 수 있는 방법이 없대. 출산 전까지는." 사실 의사는 알 방법이 있긴 하지만 위험 부담이 아주 크다고, 그런데 굳이 그런 검사를 할 필요가 있겠느냐고 말했고, 나는 그 의견에 동의했다. 그러나 그런 말을 할 생각은 없었디.

"당신한테는 그게 중요하지 않은 모양이군." 당신은 내게서 몸을 돌려 걸음을 옮겼다. 화가 난 듯 오랫동안 빠르게 걸었다.

그러다가 돌아와 내 앞에 무릎을 꿇었다. 호기심 가득한 두 눈을 크게 뜨고 손가락 열 개의 부드러운 끝으로 내 배를 눌렀다. 살그머니 경배하듯.

"하지만…… 당신 배 속의 아이가 내 아이라면……." 당신은 너무 충격적이어서 믿기 힘든 생각이라는 듯 이 말을 내뱉었다. "내 피가 당신 안에서 심장이 되어 뛰고 있는 거라면, 내 핏줄이 당신 자궁 속에서 자라고 있는 거라면?"

"그만해, 케일럽." 내가 속삭였다. "부탁이야. 제발…… 그만해."

"내 아이라면 그땐 어쩔 건데?" 당신은 일어서서 내 눈을 들여다보았다.

"나도 몰라. 그땐 어쩔 건지 나도 몰라."

"난 이미 당신을 놓아주려고 해봤어, 이사벨. 그것도 여러 번 시도해봤지. 하지만 난…… 그럴 수가 없어." 당신은 내 몸에서 고통스럽게 시선을 떼어내듯 다시 고개를 돌렸다. 수염이 까칠하게 자란 턱을 손바닥으로 문질렀다. "난 못 해. 당신이 임신을 했고, 그 배 속 아이가 내 아이일 수도 있는데, 내가 어떻게 당신을 놓아줄 수 있겠어?"

나는 위험을 무릅쓰고 당신에게 한 걸음 다가섰다. "그래야 해, 케일럽. 당신은 날 놓아줘야만 해. 당신이 날 위해 해줄 수 있는 일은 그게 다야. 의지는 당신 안에서 찾아. 케일럽, 제발."

"난 못해!" 필사적인 외침이 침과 함께 날아왔다. "내가 그동안 당신 때문에 어떤 일을 겪어왔는지 전혀 모르는 거야, 이사벨 드

라 베가?"

"그래, 난 몰라. 내가 어떻게 알겠어? 매번 나한테 거짓말만 하는데. 나한테 진실을 숨기는데. 내가 나 자신, 내 삶, 내 과거에도 접근할 수 없게 만드는데." 나는 천천히 숨을 내쉬면서 침착함을 유지하려고 애썼다. "당신은 원래부터 날 알고 있었지. 그렇지 않아? 내가 의식 불명에 빠지기 전에, 교통사고가 나기 전에 말이야. 당신은 원래 날 알고 있었어."

당신의 시선이 날카로워졌다. 그 시선이 피부를 베듯 내게 날아와 꽂혔다. "뭔가 기억이 났군. 그렇지?"

"그래."

"뭔지 말해."

"말을 해야 할 사람은 당신이야, 케일럽."

당신은 좌절의 한숨을 내쉬며 몸을 돌렸다. 바닥에 떨어져 있는 가운을 주워 내게 가져와 나를 위해 품을 벌렸다. 나는 두 팔을 소매에 넣었고 당신은 망설이듯 조심스럽게 가운 앞섶을 여며 주었다. 당신은 이런 식으로 행동한 적이 없었다. 내가 뭔가 소중한 존재인 것처럼.

언제나 나는 나 자신이…… 그저 소유물에 불과한 것처럼 느껴졌다. 질투심으로 가득 찬 당신이 감시하는 대상일 뿐, 당신이 실제 감정을 할애할 만한 가치가 전혀 없는 존재처럼 느껴졌다. 당신은 내가 그냥 다른 사람은 감히 소유할 수 없는 재산인 것처럼 굴었다. 소유는 하되 소중히 여기지는 않는.

그런데 지금 나를 바라보는 당신의 시선, 나를 만지는 당신의 손길은…… 지난 몇 년 동안 당신이 이런 면을 내게 조금이라도 보여줬다면, 우리에게, 우리 사이에 뭔가 특별한 감정이 생기지 않았을까? 그러나 이제는 다 지난 일이었다. 너무 늦어버린 일이었다.

당신은 몇 분간 꽤 오랫동안 허리끈을 붙잡고 매듭을 매더니, 어떤 물리적 힘에 강제된 듯 끈을 다시 풀었다. 들숨과 날숨을 반복해 쉬면서 가만히 날 바라보기만 했다. 내 눈을 통해 내 영혼의 깊이를 헤아리듯, 뭔가를 찾아내듯.

그러더니 별안간 몸을 돌리고 여러 걸음을 걸어 창가로 다가가서 낯익은 자세를 취했다. 한 팔을 수평으로 들어 올려 창문에 대고 팔꿈치를 구부린 뒤 그 위에 자신의 이마를 얹은 것이었다. 다른 손으로는 손가락을 움직여 규칙적인 리듬으로 창문을 두드렸다. 한쪽 무릎은 굽히고 다른 쪽 한 다리에 몸무게를 실은 채.

과거를 들여다보는 듯.

나는 당신으로부터 몇 미터 떨어진 지점 창문에 등을 대고 바닥에 쪼그려 앉았다.

"내가 처음 봤을 때 당신은 그냥 어린 계집애였어. 열다섯 살 될 날이 얼마 남지 않은 열네 살짜리 소녀. 그때 당신은 미숙한 소녀에서 사랑스러운 처녀로 넘어가는 과도기를 지나는 중이었지. 당신을 보는 순간, 나는 알았어. 당신이 장차…… 눈부시게 아름다운 여인이 되리라는 사실을. 군인들을 전쟁터로 내몰았던 트로이 여인 헬레네처럼. 하지만 그때는 아직 젖가슴도 나오지 않은 소녀에 불과했어. 머리를 대충 땋아 내린 당신은 두 눈을 크게 뜨고 이곳, 거대하고 불량한 도시, 현대의 바빌론을 쳐다보고 있었지. 부모님과 함께. 내가 당신이 눈부시게 아름다운 여인이 되리라는 사실을 알아챈 것은, 당신이 당신 어머니와 매우 닮아 있었기 때문이야. 성모 마리아를 닮은 당신 어머니는 정말 아름답더군. 아니 마리아보다도 훨씬 더 아름다웠어. 그 외모 때문에 살인이 날 수도 있고, 자신이 죽임을 당할 수도 있을 정도로 아름다운 외모였어. 진짜 스페인 미녀 말이야. 길게 찰랑대는 숱 많고 검은 머리, 40대의 나이에도 티 하나 없는 피부, 너무나 짙고 길어서 눈을 뜰 때 얼굴 피부에 스쳐 소리가 날 것만 같은 속눈썹, 게다가 그 몸매는, 이사벨, 당신 어머니는 여신의 몸매를 하고 있었어. 당신 아버지는 겁나 재수 좋은 사내였던 거지. 물론 당신 아버지도 잘생긴 얼굴이었지만 어머니보다 나이가 약간 많아 보였어. 40대 후반쯤? 관자놀이에 약간 흰머리가 자라나 있었고 그것 때문에 분위기가 독특해 보였어. 당신도 알지? 큰 키에 곧고 강한 몸, 숱은 많지 않지만 꽤 멋져 보이는 턱수염. 당신 어머니는 보도 안쪽에서, 아버지는 보도 바깥쪽에서, 당신은 그 사이에서 걷고 있었어. 솔직히 말해서 당신네 가족 세 사람은 방금 막 이민 보트에서 내린 사람들 같았어. 말 그대로, 세 명 다 여전히 손에 여권을 꽉 쥐고 있었거든. 세 사람은 여행객이라면 모두가 그러하듯, 5번가를 곧장 지나 걸어가고 있었어.

　나는 그 옆을 스쳐 지났고, 아주 짧은 순간이었지만 당신을 보자마자 내가 살아 있는 한 그 순간을 영원히 잊을 수 없으리란 사실을 알았어, 이사벨. 당신이 나를 쳐다봤고 나 역시 당신을 봤거든. 당신의 표정이 내게 말하고 있었어. 당신이 날 잘생긴 남자라고 생각하고 있다는 사실을. 그래서 나는 당신을 향해 미소를 지었지만 당신은 고개를 숙여 시선을 돌리고 발그레해진 얼굴로 키득키득 웃었어. 그 순간 나는 당신이 얼마나 아름다운 여자가 될지 알아챘어. 당신이 적당한 나이가 되면 내가 당신을 만날 수밖에 없으리란 사실도. 물론 당신 나이가 차기 전까지는 그럴 생각이 없었어. 난 소아 성애자도 아니었고 어린 소녀들을 사냥하는 포식자도 아니었거든. 그 당시 나는 내 세계에서 그런 남자를 보면 그들을…… 극단적으로 혐오하며 제거하고는 했어. 나한테 와서 어린 소녀를 찾는 남자는 그냥 사라지는 거지. 나는 그런 쓰레기들을 참아내는 인내심이 없어서 말이야. 과거에도, 지금도.”

당신은 창문을 두드리며 잠시 말을 멈추었다. 나는 당신이 이야기를 계속하리라는 것을 알고 있었기 때문에 그냥 기다렸다. 당신은 그 이야기를 계속해야만 했으니까.

“그 당시 나는 포주였어. ‘포주’말고는 다른 단어가 없군. 하지만 나는 내가 데리고 있던 여자들한테 잘해줬어. 돌보아 주고, 약을 끊게 해주고, 음식을 먹여 주고, 옷을 입혀주고, 숙식이 제공되는 일자리도 제공해주었지. 고객의 위생상태가 깨끗한지도 직접 확인했어. 거칠게 대한 적도 없고, 고객이 여자들을 학대하게 절대로 그냥 내버려두지 않았어. 그리고 그녀들이 받은 화대를 빼앗은 일 또한 한 번도 없어. 적어도 다른 포주들처럼 비용을 내지 않고 그녀들을 취한 적도 없지. 난 과거에도 지금도 착한 남자였던 적이 없어. 앞으로도 그럴 테고. 하지만 그 시절에는…… 진짜 나쁜 놈이었어. 한창 돈을 벌어들이고 있던 스물다섯 살의 나는 툭하면 모두에게 화를 냈어. 주먹질로 돈을 벌고 있었으니까. 사회적 지위, 성공에 목말라 있던 나는 무자비했어. 누구든 내 일을 방해하면…… 그걸 후회하게 만들어줬지. 하지만 나한테는 원칙, 기준, 나만의 스타일이 있었어. 최소 열여덟 살은 된 여자들만 받았고, 그 여자들은 모두 자신이 무슨 일을 하고 있는지 잘 알고 있었지. 절대로 강압적으로, 억지로 그 일을 시키지는 않았어. 그 여자들이 나한테, 그러니까 나에게만 충성하고 있는지 분명히 확인을 하기는 했지만…… 그 여자들은 희생자가 아니었어. 그러나 그때 당신은…… 난 당신 같은 여자를 본 적이 없었어. 너무나 사랑스럽고 순진하고 어렸지. 어려도 너무 어렸어. 그런데 당신은…… 나를 **알아봤어**, 이사벨. 날 똑바로 쳐다봤어. 당신의 시선에는 두려움도, 혐오감도 담겨 있지 않더군. 여타의 모든 사람과는 달리. 당신도 두려움과 혐오감이 담긴 시선으로 날 쳐다봤어야 했는데. 내가 진짜로 어떤 사람인지 판단할 능력이 있었다면 당신 역시 나를 그렇게 봤겠지만 말이야. 아무튼 나는 이기적인 사람이라, 날 쳐다보는 당신의 시신이 그저 좋았어.

그래서 당신네 가족 세 사람을 계속 지켜봤어. 그렇다고 불법적인 방법을 동원한 건 아니야. 그냥…… 뒤를 좀 밟았을 뿐이지. 당신은 브루클린에 있는 학교에 다니고 있더군. 당신 아버지는 굉장히 먼 친척이 운영하는 작은 보석 상점에서 일하고 있었고, 사장이 친구였는지, 아니면 먼 친척이었는지는 정확히 기억이 안 나는군. 당신 어머니는 호텔에서 객실 청소부로 일했어. 여왕이 될 외모를 타고난 여자가 하기에는 비천한 일이었지만, 당신 어머니는 활기차고 결연한 태도로 그 일을 해내고 있었어. 당신을 위해서. 당신이 새 신발을 신고 새 옷을 입고 넉넉히 용돈을 쓸 수 있었던 것은 모두 그 덕분이야. 당신 부모님은 두 사람 다 근무시간이 굉장히 길었기 때문에, 집에는 늘 당신뿐이었고, 밥도 당신 혼자 먹었어. 그 얘기는 당신이 혼자 있는 시간이 아주 많았다는 뜻이지. 당신이 친구랑 함께 있는 모습을 단 한 번도 본 적이 없어. 학교에서도 혼자 식사를 했고, 학교 밖에서도 친구를 만나는 일이 전혀 없었어. 당신은 학교가 파하면 종종 도서관으로 향했어. 가는 길에 매번 같은 식당에서 걸음을 멈추고 간식을 사 먹었어. 단 음식을 좋아하더군. 늘 콜라와 초코바를 먹었거든. 그런 당신의 모습을 지켜볼 때면 나는 늘 그게 일종의 반항 아닐까, 그것들이 당신 부모님이 허락하지 않는 음식 아닐까, 그래서 저런 음식을 사 먹는 것 아닐까, 생각했어. 아무튼 당신은 도서관에서 책을 읽으면서 아주 길고도 긴 시간을 보냈어. 당신만큼 책을 많이 읽는 사람을 나는 한 번도 본 적이 없었어. 학교가 끝난 시간부터 깊은 밤까지 책더미 속에 주저앉아서 책에 코를 박고 있더라고. 당신 아버지는 자정 전에 귀가하는 일이 거의 없었고, 당신 어머니도 자정이 거의 다 되어야 귀가를 했어. 두 사람 다 몇 시간 새벽잠을 자고는 일찌감치 출근했어. 일곱 시쯤. 아무리 늦어도 여덟 시쯤. 그런데 당신은……
아주 독립적인 소녀였어. 혼자 등교, 하교를 하는 것은 물론, 아침, 점심, 저녁 식사를 모두 스스로 해결하고 있더군. 그것도 늘 혼자서."

"당신이 아주 가까이에서 날 감시했다는 말로 들리는군, 케일럽."

당신은 굳이 고개를 돌려 나를 쳐다보지 않았다. "그래. 그게 별로 바람직하지 못한 짓이라는 건 나도 알고 있었어. 하지만 어쩔 수가 없었어. 일도 손에 안 잡혔어. 부지런히 일을 하는 대신 당신을 지켜보느라 중요한 거래들을 엉망으로 만들고 있었지. 그런데도 어쩔 수가 없었어."

"왜? 나의 어떤 면 때문에?"

당신은 한숨을 내쉬었다. "그냥…… 당신 때문이었어. 모든 것이. 지금 그 이유를 분명하게 설명할 수 있을지는 모르겠지만, 그때 당신 내면의 무언가가 내 내면의 무언가를 향해 말을 걸고 있었어. 당신이 다 자라기를, 당신이…… 나와 사귈 준비가 되길 기다리고 있자니 미칠 지경이더군. 하지만 난 당신의 삶에도, 당신 부모님의 삶에도 끼어든 적이 없어. 그러고 싶었지만 말이야. 당신이 학교에 걸어가지 않을 수 있게 차로 태워다주고 싶었고, 쓰레기 같은 음식을 그만 먹게 음식도 주고 싶었어. 당신 같은 몸은, 아니, 훗날 언젠가 내가 알게 될 당신의 몸은…… 그때 당신이 막 관리하고 있던 것보다 훨씬 더 나은 관리를 받아 마땅했으니까. 당신은 그때 그냥 십 대 소녀여서 잘 몰랐겠지만, 나는 당신을 더 아름답게 만들어주고 싶었어."

당신은 다시 한숨을 내쉬며, 손가락 마디로는 유리창을 두드리고, 발로는 바닥을 두드렸다.

"당신의 어떤 면 때문이었냐고?" 당신은 내 말을 따라 했다. "당신의 어떤 면 때문에 지금 이러고 있는 거냐고? 모르겠어. 그때 난 당신에게 말을 걸어본 적이 없었어. 그런데도 난…… 당신을 **알고** 있었어. 당신을 알고 있었다고. 당신이 어떤 책을 좋아하는지 알고 있었어. 고전문학, 소설, 철학책을 좋아했지. 헤밍웨이, 볼테르, 루소, 사르트르, 테네시 윌리엄스, 호손, 셰익스피어, 로맨스 문학…… 참 많이도, 참 지치지도 않고 읽어 치우더군. 당신에게는 지성, 다듬어지지 않은 아름다움, 잠재력이 가득했어. 나는 그 모든 것을 원했어. 당신이…… 잘 자라게 해주고 싶었어. 그 당시에 당신을 향한 내 열망은 성적인 것이 아니었어. 아까 말했다시피 난 포식자가 아니었거든. 절대 그런 인간은 아니었어. 이미 말했듯이 착한 남자는 아니었지만, 열네 살 계집애를 먹잇감으로 삼을 정도로 타락한 놈은 아니었다고."

"그 말을 믿어, 케일럽." 내가 말했다. 그리고 나는 그 말을 믿었다. 이유는 알 수 없지만 믿었다.

당신이 마침내 고개를 돌렸다. "내 말을 믿는다고?" 당신의 두 눈이 가느스름해졌고 턱 근육이 경직됐다. 당신은 그 상태로 숨을 쉬었다. "내게 당신을 해칠 마음이 없었다는 말을 믿는단 말이야? 내 마음이 옛날에 그랬다는 말은 믿고 지금 그렇다는 말은 못 믿는다는 거야?"

나는 신경 써서 다음 말을 골라야만 했다. "당신이 어린 소녀들의 포식자가 아니었다는 말을 믿는다는 거야. 내 말은 그런 뜻이야."

그러나 당신은 내 말을 듣고 있지 않았다. "그런데 그 밖의 다른 말들은 못 믿는다는 거지?"

"우리 사이에서 일어난 모든 일을 고려하면 아무래도 어렵지. 당신은 총을 쏘아서 하마터면 로건을 죽일 뻔했잖아. 실은 죽일 생각이었겠지. 또 나를 내 집에서 납치했고, 내 개한테 마취제를 놓았지. 내 손을 묶고 내 입에 재갈을 물리고 앞을 못 보게 내 머리에 뭘 씌웠잖아. 아주 오랫동안 진실과 거짓말을 섞어 말하고 중요한 내용을 누락시켰지. 그런데 당신 말을 어떻게 믿을 수 있지? 알 수가 없군."

당신은 눈썹을 찌푸리며 나를 물끄러미 바라보았다. "그런 이유라면 당신을 탓할 수 없겠군." 그러더니 돌아서서 유리창에 등을 대고 가슴 위에 팔짱을 꼈다. "하지만 가능한 한 내가 당신에게 하는 모든 말이 진실이라고 믿어 줘. 빠뜨린 것도 거짓인 것도 없으니까."

"믿어보려는 거야."

"그게 내가 부탁하고 싶은 거야."

"그런데 질문이 하나 있어."

"뭔데?"

"왜 하필 지금이야?"

당신은 두꺼운 유리창에 머리를 부딪쳐 쿵 소리를 내면서, 내면 깊은 곳에서 답변을 불러올리듯 실눈을 떴다. "지금이 그때니까. 여러 이유에서."

"거 참 명쾌한 대답이네." 나는 건조한 목소리로 빈정대듯 말했다.

당신은 콧방귀를 뀌었다. "진실을 원한다며?"

"그래⋯⋯."

"그럼 날 조롱하면 안 되지, 이사벨. 내가 누군지, 그걸 잊지 마." 당신은 다시 몸을 돌려 이전 자세를 취했다. 창문 쪽으로 얼굴을 돌리고 창문에 머리를 기댔다. 그러나 팔짱은 여전히 끼워져 있는 상태였다. "우리가 두 번째로 만난 것은 우연이었어. 내 얘기를 모두 의심하더라도 이 말은 믿어야 돼. 나는 당신이 적어도 열여덟 살이 되기 전까지는 절대로 당신과 직접 대면할 생각이 없었으니까. 그런데, 당신의 열여섯 살 생일 다음 날, 어떤 카페에서 당신이 날 보고 내게 다가왔어. 나는 당신이 그냥 스스로 가주기를 바라면서 되도록 무례하게 대했지. 당신이 나를 맞을 준비가 안 된 것은 물론, 나 역시 당신을 맞을 준비가 되어 있지 않았거든. 하지만 당신은 고집쟁이였어. 내 테이블에 앉더니 에스프레소 한 잔과 초코 케이크 한 조각을 주문하더군. 그러더니 마치 우리가 늘 알고 있던 사이였던 것처럼 음식을 먹었어. 그리고 당신 이름을 말하고 내 이름을 물었지."

당신의 침묵이 너무 길어져서 나는 당신이 잠이 든 것은 아닐까 불쑥 궁금해졌다. 그런데 당신이 이야기를 다시 시작했다. 이번에는 너무 낮고 작아서 거의 들리지도 않을 목소리로. 나는 가까이 옮겨 앉았다.

"내가 케일럽 인디고가 된 것은 순전히 당신 때문이야. 지금껏 이런 말을 한 적은 한 번도 없지만 사실이야. 당신이 내게 이름을 물었을 때 나는 겁에 질렸어. 내가 누군지 당신에게 알리고 싶지 않았거든. 당신이 내 정체를, 내가 포주이고 예전에는 몸을 파는 남자였다는 사실을 알아내는 게 싫었어. 잘은 모르겠지만 당신이 그 사실을 알아내는 건 어려운 일이 아니었을 거야. 세상엔 비밀이 없으니까. 난 그냥…… 겁에 질렸어. 그런데 내가 미스 에이미 밑에서 몸을 팔던 시절에 거길 드나들던 남자가 한 명 있었어. 미스 에이미의 고객이면서 동시에 내 고객이기도 했던 그 작자는 악랄하고 야만적인 개자식이었어. 냉혹하기 이를 데 없는 그 자는 뭔가를 베푸는 일이 없었지. 절대로. 그자 이름이 케일럽이었어. 예약 시간에 딱 나타나서…… 나를 이용하기만 했지. 나 역시 마냥 어리고 나약한 인간은 아니었지만 그자는……." 당신의 목소리가 갈라졌다. 당신은 숨을 들이마셨다. "난 그 사가 부러웠어. 자신의 모든 감정을, 모든 생각을 숨길 줄 아는 그 능력이 말이야. 당신이 내 이름을 물었을 때 그 이름이 떠올랐어. 그래서 나는 내 이름이 '케일럽'이라고 말했어. 당신은 '무슨 케일럽?'이냐고 물었지. 그런데 그때 당신은 파란 드레스를 입고 있었어. 당신도 아는 그 인디고색 드레스 말이야. 그냥 파란색이 아닌 인디고색 드레스. 그래서 케일럽 인디고가 태어나게 된 거야."

"그 얘기는 믿기 어려운데, 케일럽."

"나도 알아. 하지만 사실이야."

"케일럽이란 이름의 원래 주인, 그자는 어떻게 됐지?"

당신은 끙 소리와 으르렁 소리와 흠 소리의 중간쯤 되는 소리를 냈다. 이상한 소리였다. 인간의 소리가 아닌 짐승의 소리였다. "내가 죽였어. 미스 에이미가 죽고 내가 직접 사업을 하고 있을 때 그자가 와서 날 찾더군. 거절했더니 억지로 그 짓을 하려고 하는 거야. 그래서 싸웠고, 내가 이겼지. 그 뒤로 그자를 본 사람은 아무도 없어. 그자를 닮은 남자를 본 사람도 아무도 없을걸."

"그래서 자신이 케일럽 인디고라고 말했던 거로군."

"그래. 당신이 제이콥이란 이름을 모르길 바랐으니까." 잠시 침묵이 흘렀다. "카페의 만남은 그렇게 시작됐어. 한 주에 한두 번. 가끔은 그 이상일 때도 있었고. 난 계속 케일럽 행세를 했어. 나 자신이 아닌 인물을 연기한 거지. 표면적으로 어떤 감정도 느끼지 않는 척했어. 나에 대해서는 당신에게 어떤 이야기도 하지 않았어. 당신을 건드린 적도 없고. 당신은 나한테 홀딱 반해서 상사병을 앓고 있었는데 말이야. 당신의 감정을 부추기려고 한 적도 없어. 당신이 너무 어린 것만은 분명했으니까. 하지만 당신이 카페에 찾아오는 것을 막을 수는 없었어. 당신이 어떻게 날 보러 오는지 다 알고 있어서 쫓아 보낼 수도 없더군. 당신은 한 걸음씩 내게 다가왔고 나는 매번 등을 돌렸어. 난 매번 당신을 화나게 했지. 그런데도 당신은 늘 다시 카페로 돌아왔어. 당신은 내게서 멀리 떨어져 있을 수가 없었던 거야. 나도 마찬가지고. 그렇게 몇 개월이 흘렀어. 그리고 그 몇 달 동안 나는 케일럽이라는 페르소나가 꽤 유용하다는 사실을 깨달았고, 갈수록 더 케일럽 행세에 익숙해졌어. 케일럽은…… 침착하고 냉정했고 강력했기 때문에 그 뒤에 숨을 수 있었어. 그는 고아도, 노숙자 소년도, 창부도 아니었어. 나약하지도 않고 **자제력도** 강했어. 그래서 케일럽이 되는 것이 좋았어."

당신은 말을 멈추고 숨을 쉰 다음, 목청을 가다듬고 다시 이야기를 시작했다. "그런데 그때 예상치 못한 어떤 일이 일어났어."

"자동차 사고?"

"아니, 그건 아직 아니야. 훨씬 나중 일이지. 그 일은……." 당신은 천천히 여러 번 숨을 들이마시고 내쉬었다. "늦은 밤 나 혼자 있을 때였어. 나는 거리를 걷고 있었어. 술에 취해서. 술 마시는 일이 흔치 않았는데, 그날 밤은 중요한 거래 하나가 엎어지는 바람에 기분 전환을 할 필요가 있었거든. 그래서 평소에는 잘 다니지도 않던 싸구려 선술집에 가서 술을 마셨어. 그것도 아주 많이. 그러고는 비틀거리면서 집을 향해 걷고 있는데 당신이 나타난 거야. 도서관에서 집으로 걸어가는 당신이. 물론 도서관은 그보다 훨씬 이른 시간에 폐관하지만, 당신은 늘 도서관 근처 철야 식당으로 대출한 책을 가져가 거기서 커피를 마시면서 책을 읽고는 했지. 그 식당 여종업원들 모두가 당신을 알고 있었기 때문에 당신이 원하는 만큼 거기 앉아 있게 내버려두었어. 내가 그 식당 옆을 지나려는데 당신이 책과 가방을 들고 그 식당 문밖으로 나왔어. 당신은…… 아, 세상에, 나라면 절대 그렇게 입고는 집 밖으로 나가지도 못하게 할 옷을 입고 있었어. 미니스커트에 가슴골이 너무 많이 드러나는 블라우스를 입고 샌들을 신고 있었지. 당신은 내가 지켜봐 온 그 2년 동안, 그리고 우리가 카페에서 대화를 나누며 보낸 그 몇 달 동안 많이 성장해 있었던 거야. 유방이 발달하기 시작해서 가슴을 받쳐주는 브라를 차고 있었어. 물론 열여섯 살부터는 그런 속옷을 입을 필요가 없지만 당신한테 아무도 그런 말을 해주지 않았겠지. 당신 부모님은 당신을 무척 사랑했지만 집 밖에서 하루 종일 끝없이 일을 해야 했으니까. 비싼 물가의 무자비한 도시 뉴욕에서 살아가느라. 그래서 당신한테 다른 속옷을 입으라고 아무도 말해주지 않았던 거지. 나는 그날 밤을 기억해. 내 평생 그 어떤 밤보다도 더 또렷하게. 내가 당신 뒤에 있었는데 당신이…… 잘은 모르겠지만 내가 거기 있는 게 느껴졌는지, 당신이 고개를 돌려 나를 쳐다봤어. 그때 당신은 행복해 보였어. 기분이 굉장히 좋은지, 내가 보기에는 당신 눈에 즐거움이 가득했지.”

나는 이야기를 하는 당신의 태도가 영 마음에 들지 않았다. 당신의 목소리에 담긴 머뭇거림이 싫었다. 나는 얼어붙은 상태로 가만히 앉은 채 침묵을 지켰다. 있는 감각이라고는 청각뿐인 사람처럼.

"우리는 함께 걸었어. 당신이 내 손을 잡던 순간이 지금도 기억나. 그건 너무나 순진한 행동이었어. 하지만…… 나쁜 행동이기도 했지. 우리는 길을 건넜어. 자정이 거의 다 된 시간이어서 그 동네 도로 보도에는 사람이 몇 명 없었어. 당신 아파트에서 몇 블록 떨어진 곳이었던 기억이 나는군. 당신은 자신의 손을 내 손 안으로 밀어 넣어서 손가락을…… 깍지 끼었어. 그 손을 뿌리쳐야 한다는 사실을 알고 있었기 때문에 나는 숨을 멈추었지만, 술에 취해 있어서 그러고 싶지 않았어. 그래서 우리가 그냥…… 두 명의 사람인 척했어. 우리는 그렇게 손을 잡고 걸으면서 대화를 나누었어. 아니, 실은 이야기는 당신이 하고 나는 듣기만 했어. 지금 생각해 보면 당신은 대체로 조용한 소녀였던 것 같아. 나랑 있을 때만 빼고. 나랑 있을 때는 나를 위해 자신이 알고 있는 단어를 전부 다 끌어내고 있는 것처럼 느껴질 때가 종종 있었어. 그 단어들을 모조리 나한테 쏟아부으려고.

그때…… 당신이 모든 것을 바꾸었어. 나도, 그리고 당신 자신도. 내가 휘청거렸을 때였어. 갈라진 보도블록 틈에 발이 걸렸거든. 그런데 어찌 된 일인지 정신을 차리고 보니 내가 두 팔로 당신을 안고 있었어. 어떤 골목길 안쪽 벽에 몸을 부딪쳤는데, 당신이 내 품에 안겨 있더군. 당신에게서 좋은 냄새가 났어. 당신이 너무나 가까이 있었어. 나는 당신의 커다란 눈에서 시선을 돌릴 수가 없었어. 그런데 그 순간 당신이 내게 키스했어. **당신이 나한테 키스**를 했다고. 그러니까 모든 건 당신 탓이었어. 그때 당신이 내게 키스하지 않았다면, 나한테서 도망칠 수도 있었을 텐데. 당신을 맛본 뒤, 당신의 숨결에서 커피 향을 맛본 뒤, 당신에게서 처녀의 냄새를 맡은 뒤, 나는 깨달았어. 그냥 알게 됐어. 당신이 내 여자라는 사실을. 열여섯 살 숫처녀인 그 소녀가 내 여자가 될 운명을 타고났다는 것을.

그래도 나는 당신을 거부하려고 애썼어. 키스를 한 뒤에도 당신을 밀어내면서 뭐라고 상스러운 욕설을 곁들여가며, 나는 순진하고 어린 숫처녀랑 그 짓을 하는 사람이 아니라고 말했지."

핀 하나는 침묵을 찌를 수 있다. 칼 하나는 침묵의 거죽을 벗길 수 있다. 그리고 말 한마디는 침묵을 산산이 조각낼 수 있다.

당신에게서 시큼한 냄새, 가끔씩 깊은 밤 아빠의 숨결에서 나던 냄새가 난다. 하지만 이 냄새는 다르다. 케일럽의 냄새니까. 내가 당신을 맛본 것이니까. 내가 당신에게 키스를 하자 당신도 내게 키스를 했다! 아름답고 온당한 일이다. 당신이 마침내 나를 알아본 것이다. 엉덩이 바로 위 내 허리에 당신의 손이 얹혀 있다. 나는 당신이 내 몸을, 누구의 손길도 미친 적 없는 곳을 만져줬으면 좋겠다. 나는 몸을 기울여 내 가슴을 당신의 가슴에, 내 골반을 당신의 골반에 밀착시킨다. 날 만져달라고 말이 아닌 몸으로 애원하는 것이다. 내가 여자가 되었다는 사실을, 당신이 원하는 그런 여자가 되었다는 사실을 당신에게 보여 주려고. 당신의 목 깊은 곳에서 신음이 흘러나온다. 땅 깊은 곳에서 흘러나오는 것 같은 신음이

다. 땅이 만들어내는 소리 같은 신음이다. 당신의 손가락이 내 피부를 팽팽하게 당긴다. 내 허리를 움켜잡는다. 당신의 혀가 내 앞니를 건드린다. 나는 흐느끼며 입을 연다. 당신을 더 잘 맛볼 수 있게. 당신이 혀로 키스하는 법을 알려줄 수 있게. 이것이 내 첫 키스다. 내가 꿈꾸어 오던 모든 것이다. 케일럽과의 첫 키스라니! 아, 아, 아, ……이제 당신의 두 손이 움직이기 시작한다. 아래쪽으로 내 엉덩이를 향해. 그래! 좋아! 나는 다시 흐느끼고 그 순간 당신의 두 손이 내 엉덩이를 움켜잡아 내 몸을 들어 올리고 자신의 몸쪽으로 강하게 끌어당긴다. 그것이 느껴진다. 두껍고 단단한 것이 우리의 몸에 낀 채 내 배를 압박한다. 너무나 크고 너무나 단단하게 느껴진다. 어떻게 생겼는지 궁금하다. 물론 섹스가 뭔지는 나도 안다. 어떻게 하는지도 안다. 심지어는 내가 입으로 당신의 저기 아래 신체 부위를 입으로 빨면 당신을 기분 좋게 해줄 수 있다는 것도 안다. 구강성교. 여자들은 남자들에게 구강성교를 해준다. 그리고 남자들은 여자들에게 이런 것을, 당신이 지금 내게 하고 있는 일을 해준다. 당신은 내 엉덩이를 쥔 채 손가락으로 내 미니스커트 원단을 조금씩 모아 쥔다. 점점 더 내 엉덩이와 음부의 맨살이 겉으로 드러난다. 나는 팬티를 안 입고 있다. 내가 생각하기에도 무모한 행동이지만 나는 속옷을 입지 않는 것이 좋다. 옳지 못하고 조신하지 못한 행동이지만 너무나 좋다. 내 양쪽 허벅지가 서로 스치는 그 느낌, 걸음을 내디딜 때마다 신선한 공기가 음부 속으로 들어오는 그 느낌이. 아무도 눈치채지 못하게 의자에 앉을 때마다 신경을 써야 하지만 말이다. 나는 착한 소녀이지만 마냥 착하게 살고 싶지는 않다. 학교에서 나는 투명인간이다. 아무도 나를 신경 쓰지 않는다. 친구가 전혀 없다. 심지어 날 괴롭히는 아이도 없다. 나는 그냥 그곳에 없는 사람이다. 나도 관심을 받고 싶고 주목을 받고 싶고 인기 많은 아이가 되고 싶다. 이 나라에 오기 전에는 나도 중요한 사람이었다. 미국은 내가 짐작했던 나라가 아니다. 내 상상처럼 깨끗하지도, 웅장하지도, 아름답지도 않다. 엄마와 아빠는 언제나 집 밖에 나가 있어서 나와 함께 보낼 시간이 전혀 없다. 그 누구도 나와 함께 시간을 보내지 않는다. 케일럽만 빼고. 하지만 케일럽은 내가 자기랑 사귀기에 너무 어리다고 딱 잘라 말했다. 그래서 더 빨리 자라려고 애쓰는 중이다. 당신과 함께 있고 싶어서. 섹스에 대해서는 이야기를 들은 적도 있고 인터넷에서 찾아본 적도 있다. 그것과 관련된 영어 욕도 배웠다. 오늘 나는 팬티를 입지 않았다. 당신은 이미 알아챘을지도 모른다. 내가 더 이상 어린 계집애가 아니라는 사실을 당신은 이미 깨달았을지도 모른다. 그런 것이 틀림없다! 드디어 당신도 그 사실을 깨달은 거야! 당신이 내게 키스를 하고 내 엉덩이, 내 볼기짝을 주무른다. 나는 당신의 성기를 느끼고 있다. 어쩌면 나랑 섹스를 할지도 몰라. 나는 나의 모든 첫 경험을 당신과 함께하고 싶다. 첫 키스, 첫 남자친구, 내 처녀성을 취할 남자, 모든 대상이 당신이었으면 좋겠다.

당신은 내 치마를 걷어 내 허리에 감은 채, 거대하고 따뜻하고 거친 손으로 내 엉덩이를 주무르고 움켜쥔다. 다른 쪽 엉덩이도…… 아, 세상에, 아, 세상에, 아, 세상에…… 우리 사이에 끼어 있는 그것이 움직인다. 조금씩 내 음부 쪽으로. 물론 내 손으로 내 음부를 만진 적은 있다. 내 몸을 만져 놀라운 기분을 느낀 적은 있다. 내 안의 감각들이 폭발해 음부, 배 안에서 뭔가가 쪼개지는 것 같은 기분을 느낀 적은 있다. 어쩌면 당신이 그 기분을 느끼게 해줄지도 모른다. 아니면 더 좋을지도 모르지. 거기에 닿는 당신의 손가락이 느껴진다. 당신의 손가락이 너무나 부드럽게 내 음부 가장자리를 쿡 찌른다.

그런데 그 순간 당신이 동작을 멈춘다.

그러고는 거칠게 투덜댄다.

"팬티를 안 입었잖아." 그것은 질문이 아니다.

"그래요." 내가 속삭인다.

"씨팔."

당신은 지금껏 그런 욕을 한 적이 없다.

"왜요?" 당신에게 다시 키스하려고 하면서 내가 묻는다. 당신이 하던 일을 계속해주었으면, 계속해주었으면!

하지만 당신은 나를 밀어낸다. 거세게. 나는 그 바람에 하마터면 더러운 바닥에 넘어질 뻔했다. 당신은 벽에 기대어 선 채, 내 음부를 만졌던 손으로 자신의 얼굴을 문지른다. 그러면서 나를 빤히 쳐다본다. 당신의 두 눈은 난롯구멍처럼 가느스름하고, 당신의 가슴은 달리기 경주를 막 마친 사람처럼 위아래로 들썩인다.

"너 처녀지." 이 문장 역시 질문이 아니다. 당신의 목소리에서 물기가 묻어난다. 그러나 당신은 정신이 또렷하고 말짱하다.

"그래요. 하지만 난 준비가 됐어요. 이건 내가 원하는 거예요. 난 당신을 원해요, 케일럽."

당신의 두 눈에서 빛이 사라진다. 그 눈을 어떻게 받아들여야 할지 알 수가 없다. 그냥…… 무표정한 것 이상이다. 비어 있다. 딱딱하고 차갑다. 당신은 몸을 쭉 펴면서 두 손을 바지 주머니에 집어넣는다. 거만함이 손에 만져질 듯 끈끈한 파도가 되어 당신에게서 뿜어져 나온다. 당신은 나를 향해 성큼 한 걸음 다가선다. 당신의 얼굴과 내 얼굴 사이의 간격이 한 뼘도 안 될 만큼 가깝게. 그리고는 죽어버린 차가운 돌조각 같은 두 눈으로 나를 내려다본다.

"난 널 원하지 않아, 이사벨." 당신은 덤덤하고 쉽게 이 말을 내뱉는다. 나는 그 말이 거짓말인 것을 안다. "난 순진하고 어린 처녀 계집애랑은 그 짓 안 해."

나는 심장이 뒤틀린다. 눈이 따갑다.

"편하게 생각하려고도 해봤는데, 아무래도 넌 이러면 안 되는 거야. 그렇지 않아? 넌 너무 순진해! 설마 내가 진짜로 너랑 그 짓을 할 거라고 생각한 건 아니지? 섹스는커녕 내 좆을 빨게 해주지도 않을 거야. 그러니까 썩 집으로 가. 알았지? 집으로 가. 그리고 더 크면 그때 다시 와. 멍청한 풋내기 계집애야."

당신은 몸을 돌려 내게서 멀어진다. 비틀거리지도 않고, 전혀 흔들리지도 않는 걸음걸이로. 모퉁이를 돌아 사라진다. 1~2분 동안 간신히 참고 있던 눈물이 얼굴 위로 흘러내린다. 심장에 비수가 꽂힌 듯한 고통, 통증, 미움이 동시에 느껴진다.

나는 몸을 돌려 집으로 돌아간다. 매 순간을 되새기고 당신이 내게 했던 말을 한마디 한마디 곱씹으면서.

"그럴 생각은 아니었는데." 당신이 속삭였다. 세 마디 말이 그렇게 가냘프게 들린 적은 없었다. 특히나 당신이 하는 말은. "그럴 생각은 아니었어. 하지만 어떻게든 당신을…… 멈추게 해야 했으니까. 당신을 쫓아 보내야 했으니까. 내가 그 골목길에서 당신의 스커트를 찢어서 벗겨버린 뒤, 너무나 어리고 맛있어 보이는 당신의 열여섯 살짜리 보지에 그 짓을 하기 전에. 당신은 그때 이미 다 자라 있었어. 열여섯 살이면 여자지. 그러나 여전히 소녀이기도 했어. 너무나 순진하고, 너무나 천진했거든. 그리고 성 경험에 목말라 있었지. 당신은 나를 만나러 올 때면 화장을 떡칠을 하고 나타나고는 했어. 엄마의 향수를 독할 정도로 뿌리고. 난 당신이 그 카페를 향해 다가올 때 그 사실을 전혀 모르는 척했지만, 언제나 당신이 오고 있다는 것을 알고 있었어. 당신은 늘 길모퉁이에서 걸음을 멈추고 머리를 손으로 쓸어 정돈한 다음 젖꼭지가 도드라져 보이게 셔츠를 끌어 내리고 브라를 받쳐 올렸어. 맨다리가 더 드러나게 스커트를 끌어 올렸고. 당신의 피부가 겉으로 더 많이 드러나면 드러날수록 내가 지금보다 더 확실하게 당신의 유혹에 길들기라도 할 것처럼. 사실 당신의 그런 행동은 이미 활활 타오르고 있는 불에 기름을 조금 더 붓는 것에 불과했지만 말이야. 물론 당신은 몰랐겠지만. 나는 케일럽이었고 케일럽은 어떤 것도 내보여서는 안 됐어. 케일럽은 감정을 느끼지 않아야 했어. 그래서 당신은 몰랐을 거야. 그날 밤 하마터면 골목길 벽에서 흔해빠진 헤픈 년들처럼 나한테 그 짓을 당할 뻔했다는 사실을. 내게는 그날 밤 일이 환상과도 같았어. 나는 늘 상상하고 꿈꾸었어. 내가 다르게 행동했으면 어땠을까, 당신의 엉덩이를 잡고 당신을 들어 올려 내 허리에 다리를 감게 했으면 어땠을까, 당신의 몸에 내 성기를 꽂고 당신의 거기를 다치게 할 만큼 세게 그 짓을 했으면 어땠을까 하고. 당신은 처녀였으니까, 내 성기 위로 피가 줄줄 흘러내렸겠지. 처녀랑 그 짓을 해본 경험이 없어서 얼마나 날 단단하게 조여 줄까 궁금해하기도 했어. 수없이 많은, 아니, 무수히 많고도 많은 여자들이랑 그 짓을 해봤지만 그 여자들은 모두 당신보다 나이가 많았고 유경험자들이었거든. 대개 30, 40대 여자들이었고 그 이상도 있었어. 나이가 그보다 어리다고 해도 그 여자들 역시 그 짓을 거세고 빠르게 하는 세계에 이미 첫발을 들여놓은 여자들이었어. 그게 내가 그 짓을 하는 방식이었고. 그런 일을 겪었다면 아마 당신은 울었을 거야. 그랬다면 나는 키스로 그 눈물을 닦아내고 너무나 부드럽게 그 짓을 함으로써 나도 그렇게 할 수 있다는 사실을 당신에게 보여줬을 텐데." 당신은 지금껏 내가 한 번도 들어본 적 없는 어휘, 표현, 문장 순서, 억양을 사용해 조심스럽게 말을 했다. 당신도 그 사실을 알고 있는지는 알 수 없었다. 당신은 케일럽과 제이콥의 중간쯤에 흐릿하게 서 있었다. "자위행위를 할 때마다 내가 당신에게 하고 싶었던 온갖 행위들을 떠올렸어. 데리고 있는 창녀들과 섹스를 하면서도 그 여자들을 당신이라고 상상하곤 했지. 그러면서도 더 이상은 그 카페에 가지 않았고, 당신이 살고 있던 브루클린과는 거리를 뒀어. 거리를 두었다고, 이사벨. 난 당신을 위해서 거리를 둔 거야."

나는 그 말을 믿었다. 무서웠지만 그래서 믿음이 갔다. 당신은 열여섯 살의 나를 원했고 나는 스물아홉 살의 당신을 원했다. 하지만 당신은 나와 거리를 두었다. 내가 울음을 터뜨릴 만큼 거칠게 나와 그 짓을 하고 싶었기 때문에 거리를 두었다. 그 노력이 성공을 거두었다면 얼마나 좋았을까 싶었다.

"자동차 사고가 났을 때, 그곳은 맨해튼이었어. 지금까지도 당신이 왜 거기 맨해튼에 있었는지 모르겠어. 나랑 키스를 한 날로부터 몇 달이 지난 춥고 비 내리는 가을날, 자정이 지난 늦은 시간에 당신이 거기에서 뭘 하고 있었는지. 적어도 난 당신한테는 착했어. 당신한테만큼은 착한 남자였어. 당신이랑 거리를 두었으니까. 당신을 나로부터, 내 세계로부터 안전하게 지켰으니까. 그때 나는 산책을 하는 중이었어. 그 시절에는 걷는 걸 좋아했거든. 뭘 먹으러 갈 때도 걸어갔고, 고객을 만나러 갈 때도 걸어갔고, 그냥 걷고 싶어서 걷기도 했어. 그럼 생각할 수 있으니까. 당신을 최대한 자주 생각할 수 있으니까. 당신을 찾아내 내 집으로 데려와 계속 함께 있고 싶은 욕망을 걷기로 해소하고 있었던 거야. 난 걸으면서 신호등이 바뀌기를 기다리는 법이 없었어. 그날 역시, 차도 없었지만 정신이 딴 데 팔려 있었기 때문에 그냥 길을 건넜어. 늘 그랬듯이. 그런데 갑자기 차가 한 대 보였어. 낡은 초록색 임팔라가. 그 차가 지금도 기억나. 왼쪽 앞바퀴가 몹시 녹슬어 있었고, 앞 유리창에 금이 가 있었어. 차체는 거의 바닥까지 주저앉아 있었고. 꼭 부서진 돌덩이 같았지. 나는 그 자리에 얼어붙었어. 그 차가 나를 향해 돌진해오고 있었거든. 멈출 수 없을 만큼 빠르게. 그 순간 모든 것이 바뀌었어. 내가 몸을 피했다면, 내가 얼어붙지 않았다면…… 상황이 달라졌을 텐데.

운전자는 브레이크를 밟으면서 나를 치지 않으려고 차 방향을 틀었어. 젖은 시멘트 바닥에 쓸리면서 뒷바퀴에서 요란한 소리가 났지. 그런데도 차는 여전히 나를 향해 오고 있었어. 이번에는 차 옆면이. 그때 운전자가 보였어. 운전대를 잡고 있는 사람은 바로 당신 아버지였어. 욕을 하는지 고함을 지르는지, 당신 아버지의 입이 움직이는 것이 보였어. 앞 조수석에 앉아 비명을 지르는 당신 어머니도. 그리고 뒷좌석에 탄 당신도.

왜 그게 당신 가족이었을까? 이 엿 같은 세상, 이 빌어먹을 도시에 살고 있는 수백만 명의 사람들 중에 어째서 그게 당신이었을까? 왜 당신이었을까?"

정말로 왜 나였을까?

당신은 당신의 말에, 당신의 호흡에 숨이 막히는 모양이었다. 최고급 이탈리아제 가죽 구두코로 콘크리트 바닥을 긁었다. "별일 없을 수도 있었는데. 나는 마지막 순간 도로 밖으로 몸을 날렸고 당신네 차는 나를 치지 않은 채 교차로 안에서 회전을 하고 있었거든. 그런데 바로 그 순간 교차로 왼쪽에서 픽업트럭 한 대가 달려왔어. 와서 당신네 차를 들이받았지. 어머니 뒷자리에 앉아 있지 않았다면 당신은 그때 죽었을 거야. 차는 붕 날아서 데굴데굴 굴렀어. 내가 봤어. 당신네 차가 장난감이 든 성냥갑처럼 데굴데굴 구르는 것을, 씨팔, 내 눈으로 봤다니까. 그 트럭, 혹은 트럭 운전자가 어떻게 됐는지는 몰라. 그걸 알아낼 정신이 아니었어. 도로 밖으로 몸을 날렸지만 트럭이 지나가면서 나랑 스쳤거든. 사이드미러가 내 머리를 치는 바람에 정신을 잃었었지. 정신을 차렸을 때 당신네 차는 한 30미터쯤 떨어진 곳에 뒤집어져 있었어. 도저히 형상을 알아볼 수 없는 몰골로. 사방이 깨진 유리와 피투성이였어. 나는 몸을 일으켜 차로 다가가 안을 들여다봤어. 앞자리에 탄 당신 부모님이 보였어……" 당신은 말을 멈추고 조심스럽게 숨을 내쉬었다. "내가 뭔가를 보고 구토를 한 것은 그때 한 번뿐이야. 내가 한 일, 본 것, 겪은 일 때문에 구토를 한 것은…… 차 안에 있는 당신 어머니와 아버지는 어찌나 심하게 다쳤는지…… 한마디로 끔찍했어. 그것 말고는 달리 표현할 말이 없군. 그런데 당신은 차 안에 없었어. 뒷좌석은 비어 있었어. 당신이 차 밖으로 기어나갔는지, 차가 구르면서 튕겨 나갔는지는 알 수 없지만. 그건 지금도 몰라. 아무튼 400미터쯤 떨어진 곳에서 당신을 발견했어. 당신은 배로 기고 있었어. 피투성이였고 제정신이 아니었는데 이 말을 쉬지 않고 계속했어. 부모님을 살려달라는 말이었어. 'Ayuda me,

Ayudalos, Mama, Papa⋯⋯ ayudalos.'" 아마 내가 말했던 것처럼, 당신은 마지막 세 단어를 속삭이듯 말했다. 절망적인 어조로 문법에 맞지 않는 표현으로. "나는 당신을 안아서 병원으로 데려갔어. 그런데 그날따라 교통사고가 많이 나서 병원이 아수라장이었어. 진찰 서류도 절반밖에 작성하지 못할 정도로. 그 응급실은 말 그대로 악몽이었지. 피를 흘리고 있는 사람들, 이리 뛰고 저리 뛰는 의료진, 사방에서 달려 들어오는 응급차, 부상자를 분류하느라 진땀을 빼고 있는 간호사 등. 그야말로 전쟁터였어. 의료진이 내게 와서 당신을 데려갔어. 의료보험에 대해 묻기에 치료비는 내가 현금으로 내겠다고 했어. 그 사람들의 관심사는 그것뿐이었으니까. 나는 당신의 이름, 주소, 그리고 내가 알고 있는 몇 가지 정보를 서류에 기록했어. 내가 당신의 남자친구라고 말하고."

"그럼 노상강도는⋯⋯?"

"거짓말이었어."

"이해가 안 되는데."

"나도 알아." 당신은 숨을 내쉬었다. "내가 다음 날 다시 병원에 갔을 때, 당신은 응급실에도, 중환자실에도 있지 않았어. 그때 무슨 일이 일어났는지는, 지금까지도 전혀 몰라. 기록들이 마구 뒤섞여서 알 수가 없더라고. 의사들이 당신을 수술했고, 그때 당신은 회복되고 있는 것처럼 보였어. 그날 밤에는 수많은 교통사고 환자 외에도 총상 환자, 자상 환자 등 온갖 환자들이 밀려 들어와서 병원에는 각양각색의 환자 가족과 보험 조사원이 진을 치고 있었어.

당신 차트는…… 그 와중에 보관이 안 된 건지, 훼손된 건지, 유실된 건지 잘 모르겠지만 아무튼 없었어. 차는 폐차되었고 당신 부모님은 신원미상으로 분류됐어. 스페인에서 온 사람들이라서 시스템에 치과 기록이 없었고, 차 안에 신분증이 없었거든. 차가 박살나는 와중에 없어졌거나 깜박 잊고 집에 두었겠지. 그래서 그분들은 신원을 확인해줄 가족도 없고, 살인사건이든 뭐든 범죄 피해자라서 수사를 해야 할 이유도 없는 자동차사고로 사망한 다른 존 도와 제인 도들처럼 그렇게 처리되었고 당신은…… 혼자 남겨졌어. 혼자 수술대에 올라 그 아름답던 머리를 모조리 삭발당한 뒤, 꼭 회복되리라는 기약도 없는 수술을 장장 아홉 시간 반에 걸쳐서 받은 거야. 내가 병원에 돌아왔을 때는 수술이 이미 끝나 있었고 당신은 괜찮아 보였어. 아니, 내 말은 진짜로 괜찮았다는 뜻이 아니라, 고비를 넘겨서 생명을 건졌다는 뜻이야. 정상이 아니었고 상태가 정말로 안 좋기는 했지만 그래도 생명은 건졌다는 뜻이야. 그때 당신이 교통사고를 기억하고 있었는지, 너무 두려운 나머지 부모님에 대해 물을 수 없었던 건지, 그저 마취에서 깨어난 직후라 정신이 멍했던 건지는 나도 몰라. ……잘 모르겠어. 모르는 게 너무 많군. 어쩌면 실은 수술이 별로 성공적이지 않았을 수도 있어. 당신 정신이 그다지 또렷하지 못했던 것이 당신 뇌 속의 무언가가 잘 못되었다는 사실을 보여주는 징조 아니었을까. 병원에서는 날 억지로 집에 돌려 보냈고, 다음 날 다시 돌아갔을 때 당신은 병실에 없었어.

나는 미친놈처럼 발광했어. 그랬더니 병원 사람들이 내게 진정제를 놓더군. 그들은 내가 다시 깨어난 뒤 무슨 일이 일어났는지 말해줬어. 당신이 의식 불명에 빠졌다고, 뇌내출혈이 있어서 뇌 기능을 보존하려고 마취를 했다고, 뇌출혈을 잡았는데도 당신이 의식을 못 찾고 있다고. 나는 일주일 동안 당신 옆을 지켰어. 그러자 병원에서 나를 쫓아냈어. 보안 요원 여섯 명이 말 그대로 신체적인 힘을 동원해 나를 병원 밖으로 끌어내고는 택시에 태운 뒤 운전사에게 이 자를 어디로든 데려가라고 말하더군. 그 뒤 얼마 만에 병원으로 다시 돌아갔는지는 기억이 안 나. 며칠이었는지, 몇 주였는지, 모르겠어. 그냥…… 병원 밖에서 계속 술을 마셨고 내내 취해 있었어. 그래서 그때 일은 전혀 기억이 나지 않아.

마침내 침착함을 되찾은 뒤 나는 병원으로 다시 찾아갔어. 그 사이에 당신 병실이 옮겨졌더군. 이번에는 장기 입원 환자 병실이었어. 거기에서 근무하는 사람들은 이름 말고는 당신에 대해 아는 것이 아무것도 없었지. 당신은 마치 침대 위에 눕혀져 있는 시신 같았어. 그 병원에는 수많은 층, 수많은 병실, 수많은 간호사와 의사가 있었고, 차트든 뭐든 되는 대로 이리저리 돌아다니고 있었기 때문에, 당신이 요양 병실로 옮겨졌을 때 그곳에는 당신이 어디를 어떻게 다쳤는지 아는 사람이 아무도 없더군. 그리고 나에 대해서도. 그래서 내가 불쑥 나타나 당신 남자친구라고 주장하는데도 날 병실에 들여보내 줬어. 솔직히 말하면 뇌물을 좀 찔러주긴 했지. 난 그냥 내 여자친구가 너무나 보고 싶을 뿐이라고 슬픈 이야기를 곁들여 수백 달러는 족히 되는 돈을 집어줬어. 원래 거짓말도 한 명이 믿기 시작하면 다른 사람들도 모두 믿게 되는 법이니까. 사실 나는 정말로 당신을 보고 싶었고 내 관심사는 그것뿐이었어. 아무튼 병실에 들여보내 주기에 나는 당신 옆에 앉아서 울었어. 그리고 그날부터 매일 병원에 들렀어. 매일. 병실을 꽃으로 가득 채우고 시디플레이어를 가져가 당신을 위해 음악을 틀었어. 당신에게 책을 읽어줬고 또……."

다시 끝없는 침묵이 찾아들었다. 침묵을 잉태한 공기만이 가득했다. 당신은 양쪽 어깨를 들고 숨을 내쉬었다. 이미 많은 이야기를 했음에도, 지금껏 다른 사람에게는 물론 자신에게조차 들려준 적 없는 더 많은 이야기를 참고 있는 듯.

"제이콥은 그 병실에서 죽었어. 기력이 다해서 굶어 죽은 거야. 나는 그 무엇도 개의치 않았어. 내가 내 작은 제국의 다양한 업무를 처리하는 일을 시키기 위해 고용한 수많은 사람들은 내가 그동안 너무나도 열심히 일해 쌓아 올린 모든 것을 나 스스로 무너뜨리고 있다고 걱정했지만, 나는 그 모든 것을 팔아치웠어. 이미 말했다시피 데리고 있던 창녀들도 모두 내보냈고. 살 집과 직장과 돈을 주어서. 제이콥은 그렇게 조각조각 사라졌어. 당신이 의식 불명에 빠져 있는 동안…… 그러니까 나한테도 그런 시간이 있었던 거야. ……그냥 안전히 텅 비어버린 시간이. 나는 그 누구도 아니었어. 당신이 아무것도 아닌 존재가 되는 것에 대해 말한 적이 있었지, 이사벨. 그게 어떤 기분인지 나도 알아. 나 역시 그랬으니까. 그 누구도 내 이름을 몰랐고, 그 누구도 나를 신경 쓰지 않았어. 당신은 의식 불명에 빠져 있었고, 의식을 회복할 가능성은 극히 적었지. 그때 당신은 지구상에 존재하는 사람 중에 내가 누구인지 아는 유일한 인물이었어. 다른 사람들은 모두…… 사라졌어. 죽은 건 아니지만, 그 사람들이 아는 사람은 제이콥이었고, 제이콥은 없어졌으니까. 몇 달…… 자그마치 몇 달 동안 내게 말을 건 사람은 아무도 없었고, 내 이름을 부른 사람 역시 아무도 없었어. 병원 직원들은 일을 잘했지만, 그들에게는 돌보아야 할 환자가 수천 명이나 있었고, 당신은 그냥, 제정신이 아니고 매사에 무반응인 남자친구가 지키고 있는 식물인간 소녀에 불과했지. 그 사람들은 나를 무시했어. 나는 계속 혼자 지냈어. 내 바람대로 병원 사람들은 내가 병원을 계속 드나들어도 그냥 내버려두었거든. 나는 무수한 밤 동안 그 병실에서 잠을 잤어. 내가 거기서 잠을 잤다는 것은…… 제이콥이 거기서 잠들고, 일정한 시간이 되면 케일럽이 그 자리에서 일어났다는 뜻이야."

나는 당신의 이야기가 엮어내고 있는 주문을 함부로 깨뜨릴 수가 없었다. "도대체 얼마나……." 단어들이 꽉 차서 목이 메었다. "도대체 얼마나 오랫동안? 내가 얼마나 오랫동안 의식 불명에 빠져 있었지?"

유리창이 당신의 말을 울리고 있었다. 당신의 이미지와 함께 그 말들을 나를 향해 반사하고 있었다.

"4년 3개월 9일 동안."

13

4년 3개월 9일.

"지난번에 나한테는 6개월이라고 말했잖아!"

"거짓말이었어."

"노상강도가 있었다고 말했고!"

"그것도 거짓말이었어."

"당신은…… 내게 이름이 없었다고 말했어. 내가 누군지 아는 사람이 아무도 없었다고. 당신은 나한테……."

당신은 몸을 휙 돌렸다. "거짓말이었다니까!" 침과 함께 고함이 날아왔다.

천둥소리처럼 당신의 목소리가 쩌렁쩌렁 울렸다.

"왜?" 나는 당신으로부터 뒷걸음질 쳤다. 화산의 분화구를 통해 뿜어져 나오는 용암처럼 내 내면에서 끓고 있던 온갖 감정들이 목구멍으로 부풀어 오르더니 구토처럼 폭발했다. "도대체 왜?"

당신은 불타는 용광로의 뜨거운 공기를 넣은 풍선처럼 창문에 등을 대고 쭈그려 앉았다. "당신한테 진실을 들려줄 용기가 없어서. 당신 부모가 죽어서 화장되어 이름 없는 묘지에 묻혔다고, 당신이 알고 있던 모든 것이 사라졌다고 말할 수가 없어서. 당신은 아무것도 기억하지 못했어. 아무것도. 그런데 난 당신을 그대로 내버려둘 수가 없었어. 단 한 가지 기억도 없고, 자신의 이름도 모르는 상태로. 찾아오는 사람도 아무도 없었지. 당신은 거기서 그냥 그렇게 시간을 흘려보내고 있었던 거야. 그런 상황에서 내가 무엇을 할 수 있었을까? 내가 당신에게 당신 자신에 대한 진실을 말해줬다면 그게 좋게 작용했을까? 당신 가족이 살던 아파트는 이미 오래전에 비워졌고 거기 있던 물건들도 모두 다 팔리거나 버려졌어. 내게는 아무런 증거가 없었던 거야. 당신, 이사벨 드 라 베가는 내 머릿속에만 존재하는 여자였어. 그 이름, 그 정체성으로 당신이 무엇을 할 수 있었을까? 아마 아무것도 할 수 없었을걸. 그러니까 그건 아무짝에도 쓸모없는 정보였어. 뉴욕주의 주도가 올버니라는 사실을 아는 것만큼이나 당신에게는 아무런 의미도 없는 정보였던 거야. 하지만 내게 당신은…… 여전히 이사벨이었어. 그 소녀는……."

당신이 어딘가에 입장하려다가 실패한 듯 말끝을 흐렸다. 나는 당신이 무슨 말을 하려고 했을까 궁금했다. **그 소녀는 뭐?**

단 하나도 따로 분리해 표현할 수 없었지만, 온갖 감정이 한꺼번에 느껴졌다. 분노, 혼란, 동정심 등. 물론 당신을 향한. 이해가 갔다. 내가 당신 입장이었다면 어떻게 했을까? 스스로에게 물어보았지만 아무런 대답도 떠오르지 않았다.

"그리고 무엇보다도 당신한테는 달랑…… 그 몸뚱이만 남아 있었어. 생명을 건졌고 의식을 되찾기는 했지만 완전히 텅 빈 상태인 몸뚱이만. 도대체 어떻게 설명해야 할지 알 수가 없군. 의식이 돌아온 첫해에 당신 상태가 어땠는지. 당신은 말을 못 했어. 굉장히 약했고. 근육이 완전히 수축되어 있었거든. 의료진이 욕창이나 전신 마비를 막기 위한 최소한의 조치만 취했기 때문이지. 사실 당신은 다른 것은 물론 자기 자신에 대해서조차 인식하지 못했어. 그냥…… 거기 있었을 뿐."

당신은 창문에서 몸을 떼고 손으로 자신의 얼굴을 문질렀다. "당신이 의식 불명에 빠져 있던 4년 동안 나는 케일럽 인디고로서 내 제국을 건설해서 완전히 새로운 정체성을 만들어냈어. 새 사회 보장 번호, 새 운전면허증, 새 신용 이력, 새 직업 이력 등. 아무리 철저하게 조사해도 전모가 밝혀지지 않게. 나는 케일럽 인디고를 인생이 있는 완벽한 진짜 인간으로 확실하게 만들기 위해서 수백만 달러의 돈을 썼어. 어떤 탐정이나 금융기관 조사관이 아무리 철저하게 조사해도 믿을 수밖에 없게끔. 심지어 배우를 동원하고 막대한 비용을 들여 앨범 한 권을 통째로 채울 사진을 조작하기도 했어. 그 배우들에게 나에 대한 기억을 대본처럼 적어주고 외우게 했어. 누군가 찾아올 때를 대비해서. 제이콥 카슈파레크는 죽고 케일럽 인디고가 살아남은 거지. 그는 실재하는 사람이야. 그 남자가 나이고 내가 그 남자지. 내가 완벽하게 그 남자가 된 거야. 악센트를 없애려고 언어 치료 수업도 듣고, 케일럽이라는 나의 새로운 정체성을 좀 더 확실하게 만들려고 연기 학원도 다녔어. 심지어 나 자신에게조차 한 인간으로서의 케일럽을 각인시켜야 했으니까. 경영 수업을 통해 한낱 포주나 거래인이 아닌 합법적인 사업가가 되는 법을 배웠어. 그러고는 백지 위에 내 제국을 다시 건설했어. 훨씬 더 나은 제국, 합법적인, 흠, 그러니까 거의 합법적인 제국을. 하지만 그건 또 다른 이야기야. 오늘 하고 있는 이야기는 당신 이야기고."

"그래?"

당신은 내 말을 듣고 있지 않았다. "당신이 의식을 되찾을 무렵 나는 제이콥이었을 때보다 훨씬 더 부유한 사람이 되어 있었어. 그때는 고층건물, 내 소유의 빌딩을 짓는 중이었지. 당신이 의식을 되찾은 것이 확실해졌을 때, 별안간 기억을 몽땅 되찾을 가능성은 별로 없어 보였지만 신체적으로는 어느 정도 회복이 되었을 때, 나는 당신을 병원에서 데리고 나왔어. 병원 측의 바람, 의사들의 상당히 적극적인 반대를 무릅쓰고. 그때가 내가 제이콥 카슈파레크라는 이름으로 서명을 한 마지막 순간이었지. 내가 퇴원 서류에 서명을 하자 병원 측은 우리를 보내줬어. 나는 일부 완공된 내 건물 아파트 한 칸으로 당신을 들여보낸 뒤, 치료사들을 데려왔어. 당신이 말하는 법, 걷는 법을 비롯해 모든 것을 다시 배울 수 있게 도우려고. 당신이 정말로 누구인지 당신에게 말할 수 없겠다는 사실을 깨달은 것이 그 무렵이었어. 당신은 다른 사람이 되어 있었거든. 깨어났을 때…… 다른 사람이었어. 난 모르겠어. 내가 알고 있던 그 소녀는 사라져버린 건지. 그렇게 당신은 정체성 없는 스무 살이 된 거야."

당신은 내가 잘 듣고 있는지 확인하려고 나를 흘끔 쳐다보았다. "내가 그걸 기회로 이용했다고 스스로 인정하길, 내게서 그런 말을 듣길 바라는 거 알아. ……잘 모르겠군. 내가 그걸 기회로 이용해 당신을 내가 원하는 인간으로 만들었는지. 내 무의식 속에 그런 요소가 어느 정도는 있었겠지. 그러나 당신의 새로운 정체성이 조각되는 것을…… 내가 도운 건 사실이지만, 그건 전적으로 당신이 선택한 거야. 난 당신에게 그걸 강요한 적 없어. 무슨 일 때문에 미술관에 가야 했는데 당신을 데려갔더니, 당신이 미술관 밖으로 나오지 않으려고 했단 말이야. 나는 당신 휠체어를 밀고 이 그림에서 저 그림으로, 이 전시관에서 저 전시관으로 이동했어. 그런데 당신이 〈마담 엑스〉 그림 앞에서 날 멈추게 한 거야. 그건 사실이야. 내가 그런 게 아니야. 당신이 그런 거지. 나는 당신에게 온갖 종류의 책들을 가져다줬어. 고전문학, 현대 소설, 역사, 일대기, 범죄 소설 등등 온갖 책을. 그러면 당신은 읽고 싶은 책을 골랐어. 당신은 읽고 싶은 책만 읽었다고. 그 2~3년 동안 내가 한 일이라고는…… 스스로 자신을 찾아 나가는 당신을 도운 것뿐이야. 물론 내가 여러 가지를 가르치기는 했지. 예절, 태도, 당당함 같은 것을. 사람들을 어떻게 압도하고 사람들의 마음을 어떻게 읽는지도. 하지만 마담 엑스는 나 혼자 창조해낸 게 아니야. 우리가 함께 창조한 거지, 이사벨. 당신이 언제 기억을 되찾을지 모르는데 내가 그럴 까닭이 없잖아. 그러니까, 내가 당신한테 거짓말을 한 만큼 그 부분에 대해 당신이 느끼는 분노는 그럴 만하다고 나도 인정하지만, 마담 엑스 부분까지 내 탓만 하는 건 공정하지 못한 거야. 하기야 삶은 공정하지 않지. 안 그래?"

"난 몇 살이지?"

당신은 과거의 꺼풀을 털어내려는 듯 양쪽 어깨를 돌리며 눈을 깜박였다. "몇 살이냐고? 스물여섯 살."

"내 생일은 언제야?"

그걸 어떻게 잊겠냐는 듯 당신의 얼굴에 희미하고 미지근한 미소가 떠올랐다. "1989년 7월 2일."

"그럼 당신은 몇 살이야?"

"난 1976년 프라하에서 태어났어. 지금은 체코 공화국이 된 나라에서. 그러니까 서른아홉 살이지."

"그럼 우리가 처음 만났을 때는……?"

"그때 당신은 열네 살이고 나는 스물일곱 살이었어."

"그럼 우리가 처음 그 짓을 했을 때는?"

"그 이야기도 지금 해달라고?"

나는 턱을 들어 올렸다. "그래, 케일럽, 지금."

당신은 한숨을 내쉬며 손으로 머리를 흐트러뜨렸다. 확실히 서른아홉 살보다는 훨씬 더 젊어 보였다. 젊게 보면 서른 살이라고 해도 믿을 외모였다. "의식을 되찾았을 때 당신은 스무 살이었어. 스물한 살이 얼마 남지 않은. 그 뒤로 당신이 제 기능을 회복하기까지는, 그러니까 언어를 완벽하게 본인 의사대로 구사하고 운동능력을 전반적으로 온전하게 조절하게 되기까지는 2년 반이란 시간이 걸렸어. 그게 당신이 배우고 읽어서 마담 엑스가 되는 데 걸린 시간이야."

"케일럽."

"난 삼 년을 기다렸어, 이사벨……."

"내가 처녀였어?" 내가 당신의 말을 끊고 물었다.

당신은 두 손으로 자신의 얼굴을 문질렀다. "이사벨⋯⋯."

"내가 처녀였냐고?" 나는 다시 캐물었다. "당신은 내가 처녀가 아니었다고 말했잖아. 그런데 이제 와서 처녀였다고 말하려는 것 같은데. 난 기억이 안 나. 그렇다고 당신이 하는 말을 무조건 다 믿을 수는 없잖아. 그 거짓말들 속에서 내가 어떻게 진실을 가려내지?"

"당신은 처녀였어. 그게 진실이야."

"그건 왜 거짓말했어?"

당신은 무덤덤한 태도로 어깨를 으쓱했다. "이 모든 질문에⋯⋯ 대답해야 하는 위험을 무릅쓰고 싶지 않았거든. 우리가 처음 함께 잤을 때 당신이 처녀였었다는 사실을 알게 되면 당신이 던지는 질문에 내가 대답을 해야 하리라는 사실을 알고 있었으니까."

"말은 똑바로 해야지, 케일럽. 우리가 함께 잔 게 아니라 당신이 나한테 그 짓을 한 거잖아."

당신은 갑자기 사나운 태도로 내게 다가왔다. "아니, 이사벨. 전적으로 다 그런 건 아니야. 당신은 그걸 원했어. 나를 원했다고. 당신은 나를 몰랐어. 내가 사고 전부터 당신이 알고 있던 남자라는 사실을. 하지만 당신의 몸은 나를 알고 있었어. 나를 원했고. 그러니까 그 책임을 모두 나한테 떠넘길 생각은 하지 마. 거짓말한 것에 대해서는 책임을 지겠지만, 성적으로 당신이 주고 싶어 하지 않는데 내가 억지로 빼앗은 것은 아무것도 없어. 적어도 그 당시에는."

"그때 내가 몇 살이었지? 당신이, 아니, 우리가 처음 섹스를 했을 때."

"스물세 살이었어. 내가 처음으로 당신의 몸을 성적으로 만진 날은 당신의 스물세 살 생일이었어."

"왜 그때였지?"

"당신이 운동 기능을 완전히 회복할 시간이 필요했으니까." 당신은 한숨을 내쉬며 어깨를 으쓱하고 말을 이었다. "그리고 당신이 갑자기 기억을 되찾을 가능성이 없는지 확인할 필요가 있었으니까. 나는 계속 그런 일이 일어날까 봐 두려워하면서 살았어. 언제나. 이 순간을, 당신에게 모든 사실을 털어놓아야 하는 순간을 내가 얼마나 무서워하고 두려워했는지 알아? 당신에게…… 모든 것을 이해시켜야 하는 이 순간을. 그래서 기다렸어. 7년을 기다렸다고. 나는 5번가에서 맨 처음 본 순간부터 당신을 원했어. 골목길에서 당신이 내게 키스한 뒤로는 당신을 향한 **열병**을 앓았고. 당신을 향한 욕망 때문에 내가 미쳐버리겠구나, 그런 생각이 들 정도였지. 당신이 의식 불명에 빠져 있던 4년 동안 나는 그 옆에서 하루하루 나이를 먹어가는 당신을 지켜봤어. 매일 똑같은 상태였는데도. 그런데 의식을 되찾은 당신은 아무도 아닌 존재였어. 그래서 당신이 자신을 다시 세우는 과정을 도와야만 했지. 아니, 다시 세운다기보다는…… 새로운 자아를 창조하는 과정이었지만. 아무튼 나는 당신을 만질 수 없었고, 내가 그럴 수 없다는 사실을 잘 알고 있었어. 당신은 뭔가를 허락해줄 수 있는 상태가 아니었고, 무엇을 허락해야 하는지도 모르는 상태였으니까. 그리고 그것은 내가 그렇게 가볍게 취할 수 있는 것이 아니었으니까. 그런데 한 해 한 해 시간이 흐를수록, 당신이 나를 모른다고 해도, 나를 기억하지 못한다고 해도, 당신의 몸은 나에게 끌리던 당신을 기억하고 있다는 것이 분명해졌어. 그 말을 같은 뜻의 다른 말로 바꾸어 하면 당신이 나를 원하고 있었다는 거야. 당신은 그걸 어떻게 하는지, 몸을 어떻게 움직여야 하는지, 그게 무슨 의미인지 전혀 모르는 것 같았는데도 말이야. 그래서 나는 거부했어. 당신을 향한 내 욕망과 싸웠어. 3년을 매일같이. 당신이 몸을 못 가눌 때 당신을 목욕시키고 당신에게 옷을 입히고 음식을 먹인 사람은 나였어. 내가 당신에게 스스로 해내야 하는 모든 일을 가르쳤어. 매일 당신의 나체가 건네는 유혹과 마주해야 했지만 나는 당신을 만질 수가 없었어. 가질 수가 없었어. 내가 당신을 원하고 당신이 나를 원하는데도 당신을 가질 수가 없었다고."

당신은 말을 멈추고 침을 꿀꺽 삼켰다. 몸을 돌리며 손가락으로 다시 머리를 흐트러뜨렸다. 주먹 쥔 한 손을 허리에 얹은 채 목청을 가다듬었다.

"나는 당신과 나 자신을 향해 맹세했어. 당신의 스물세 살 생일이 될 때까지 기다리겠다고. 그때 당신이 완전히 회복되어 독립된 생활을 할 수 있다면, 신체 유지 기능과 운동 기능을 완전히 되찾으면, 그러고도 여전히 나를 원하는 반응을 보인다면, 당신과 신체적 관계를 맺는 모험을 감행해보자고, 하지만 그전까지는 안 된다고 말이야."

"그래서 그날 우리 집 부엌에서, 내 뒤에 와서 가만히 선 채 날 만지지는 않고……."

"그때 난 이미 불이 붙어 있었어. 미쳐서 제정신이 아니었지. 그날 일에 대비해 석 달 전부터 그 어떤 신체적 접촉도 피하고 있었던 터라 더욱 그랬지." 당신은 고개를 돌려 나를 빤히 쳐다봤다. 그날의 나를 바라보듯. "당신은…… 성적 에너지를 마음껏 발산하고 있었어. 몸을 떨면서. 당신 가까이 다가가자 당신이 뿜어내는 욕망이 느껴지더군. 나는 천천히 다가가느라 걸음을 한 발씩 내디딜 때마다 자제력을 한 숟갈씩 발휘해야 했어. 당신이 불편해하지 않도록. 내가 원하는 것은 그저…… 당신을 **취하는** 것뿐이었어. 부엌 조리대에 당신을 엎드리게 하고 그 짓을 어찌나 세게 했던지, 지층 기반이 흔들리는 것 같았지."

"그게 그날 나한테 느낀 당신 기분이었군. 당신은 정말로 나를 취하기만 한 거야. 정확하게 말해서 그냥 세게 나한테 그 짓을 한 거지. 그날 날 소유물로 만든 거라고."

당신의 시선이 내게 날아와 꽂혔다. 사납고 뜨겁고 격렬한 시선이었다. "맞아, 난 그랬어. 7년 동안이나 그날을 기다렸거든. 당신을 돌보고 당신의 온갖 요구를 다 들어주면서. 나는 내가 주는 방법을 알고 있는 모든 것을 당신에게 줬어. 그리고 맞아, 당신이 내 손길을 반긴다는 것이 명확해진 순간, 원래부터 내 것이던 것을 소유한 거야."

당신은 내게 다가섰다. 굶주린 포식자처럼 성큼 다가섰다. 나는 가운 앞섶을 단단히 여미면서 뒤로 물러섰다. 엘리베이터가 있는 쪽 벽이 내 등에 닿을 때까지. 이내 더는 물러설 자리가 없었다. 당신은 나로부터 몇 센티미터 떨어진 지점에 멈추어 섰다. 당신의 두 손은 옆구리에 얹혀 있었고 가슴은 들썩였다. 활활 타오르는 당신의 두 눈이 내 눈을 들여다보았다. 내가 성적 에너지를 발산하고 있었다던 당신의 말이 떠올랐다.

그 순간 성적 에너지를 발산하고 있는 사람은 당신이었다. 당신은 열기와 활기를 뿜어냈다. 당신은 살아 있는 성적 욕망의 용광로였다.

눈물이 나서 눈이 따끔거렸다. 속이 뒤틀렸다. 심장이 가슴을 뚫고 나올 것 같았다.

하지만 내 몸은…… 당신에게 반응했다.

활기를 찾고 있었다.

내 몸속에 존재하는 과거의 나는 그랬다. 그러나 현재의 나는 그렇지 않았다.

미래의 나 역시 그럴 리가 없었다.

"당신도 부인할 수 없을 걸, 이사벨." 당신이 속삭였다. 그러고는 자신의 입술로 내 입술을 건드렸다. 그것은 애무나 키스가 아닌, 깃털처럼 가벼운 접촉이었다. "당신은 부인할 수 없어. **당신…… 몸의…… 주인이……** 나라는 것을. 당신의 과거도 내 것이고, 당신의 영혼도 내 것이야. 그건 당신도 알고 있잖아."

당신은 두 손으로 내 엉덩이를 쥐었다. 우리 둘 사이에 끼어 있는 당신의 발기한 성기가 느껴졌다.

또다시.

내가 또다시 이런 상황에 처한 것이었다. 당신을 마주하는 상황에. 당신에게 본능적으로 반응하는 악마 같은 내 몸과 전투를 벌이는 상황에. 그리고 나는 맞서야 했다. 마치 내 몸이 아닌 것처럼. 내 존재의 일부가 너무나 강렬하게 당신에게 반응하고 있었기 때문에.

그런 짓을 또 저지를 수는 없었다. 그럴 수는 없었다. 그래서는 안 되는 것이었다.

그러지 않을 생각이었다.

"하지만 내 심장은 당신 게 아니야. 내 미래도 당신 것이 아니고." 나는 힘겹게 숨을 내쉬며 말했다. 사실 그 말은 한숨처럼 새어나왔다. 앙다문 치아 사이의 조각난 공간을 통해 쥐어짠 소리였다.

당신이 숨을 내뱉었다. 짧은 한숨이었다.

나는 용기를 내어 당신을 바라보았다. 당신과 시선을 맞추었다. 내 말을 듣고 있는 당신의 두 눈에 담긴 치열한 고통이 내장을 후비며 내 영혼 깊은 곳으로 파고들었다.

당신의 어깨는 들려 있었고 두 눈썹은 아래로 처져 있었으며 턱은 굳어 있었다. 당신의 두 눈이 녹아내렸다. ……슬픔 때문에? 아니면 분노 때문에? 그것도 아니면 그 두 가지 감정의 강력한 융합 때문에?

당신은 내 허리에 얹고 있던 손을 거두었다.

당신의 손가락이 구부러지면서 내 목을 조였다. 당신의 두 눈은 내 눈을 향해 있었다.

기관이 조여들었다. 숨을 쉴 수가 없었다. 눈꺼풀 뒤로 별이 보였다.

"당신은…… 내…… 여자야." 으르렁거리는 쉭 소리를 내며 당신의 입에서 흘러나온 말이었다.

내 몸이 땅에서 들렸다. 시야가 흐려졌다.

나는 당신과 싸우지 않았다. 그것이 내가 치러야 할 대가였기에. 당신은 마침내 내게 진실을 말해주었다. 나는 당신의 말을 모두 믿었다. 아니, 당신이 하지 않은 말, 그 행간에 숨겨져 있는 거대하고 대담하고 피비린내 나는 내용까지도 모두 믿었다.

당신의 가슴이 부풀어 올랐다. 당신에게서 어떤 소리가 흘러나왔다. 당신의 내장 깊은 곳에서 울려 나오는 치명적인 으르렁 소리였다.

치아 사이를 통해 폐 속으로 산소가 쏟아져 들어왔다. 당신의 손가락이 풀렸다. 천천히, 아주 느리게. 눈에 보이지 않는 힘이 당신의 손가락을 내 목에서 하나씩 떼어내고 있는 것처럼.

발이 다시 땅에 닿았다. 나는 쓰러져 두 손과 무릎으로 바닥을 짚었다. 목을 잡고 숨을 헐떡였다.

눈물이 흘러 흐릿한 시야 안으로 당신이 뒷걸음질 치고 있는 모습이 보였다. 여전히 내 목을 조이듯 한 손을 들어 올린 채. 한 걸음, 두 걸음, 그리고 세 걸음.

잠시 동안 나는 숨을 쉬려고 안간힘을 썼고 당신은 그런 나를 물끄러미 쳐다보기만 했다. 굳은 턱, 실눈으로. 평소에는 차갑기 이를 데 없는 갈색 눈을 통해 핏빛 감정이 이글이글 뿜어져 나왔다.

그 순간 당신은 주머니로 손을 넣어 핸드폰을 꺼내 번호판을 눌렀다. 핸드폰을 귀에 대고 말했다. "시간 됐어." 그러고는 전화를 끊은 뒤 기계를 다시 주머니에 집어넣었다.

당신은 조각상 같았다. 주먹 쥔 두 손을 옆구리에 얹은 채 나를 바라보고 있는 당신은. 나는 무릎을 꿇고 있었다. 가운 앞섶이 열려 있었고 머리가 눈을 덮고 있었으며 멍든 기관을 통해 고통스럽게 흘러나오는 호흡은 불안정했다. 나도 당신을 쳐다봤다.

당신은 두 손으로 나를 일으켜 세우고는 밀어냈다. 당신이 나를 엘리베이터로 끌고 가 태우는 동안 나는 당신에게서 시선을 떼지 않았다.

전에도 종종 그랬듯이 점점 좁아지는 엘리베이터 문짝 사이로 당신의 모습이 보였다.

큰 키, 곧은 몸, 넓은 어깨, 뒤로 넘긴 밤처럼 까만 머리, 신 같은 당신의 체형에 완벽하게 달라붙는 맞춤 정장, 주먹을 쥔 채 옆구리에 얹혀 있는 두 손. 그 손이 떨리고 있는 것이 보였다. 당신 특유의 습관대로 딱딱하게 굳은 당신의 턱이 보였다. 당신의 미간에 이랑이 패었다. 당신의 시선은 여러 감정으로 녹아내린 갈색을 띠고 있었다.

당신은 신 같았다.

이전에 당신은 **나의 신**이었다.

그리고 나는 내 발로 당신을 떠났다.

당신에게서 등을 돌렸고 당신을 부인했다.

내 미래를 선택했다.

나는 두 손을 쫙 펴 손바닥으로 배를 감싸고 살짝 눌렀다. 당신은 나의 행동을 보고 몸을 움찔했다. 당신의 고개가 목 뒤로 젖혀졌다. 문이 닫혔고 당신의 마지막 모습이 보였다.

확신할 수는 없지만 당신이 고개를 푹 숙인 채 무릎을 꿇는 것 같았다.

그 사실이 믿기지 않았지만.

두 눈을 감자 당신의 모습이 보였다. 키가 큰 당신, 고압적인 당신, 살아 있는 대리석을 깎아 만든 눈부시고 완벽하고 차가운 조각상이. 인간의 살로 빚어진 로마 신화 속 신의 모습이.

당신은 이제 더 이상 나의 신이 아니었다.

14

헬리콥터가 갑자기 속도를 낮추었다. 6미터 아래에 우리 집 옥상 테라스가 있었다. 출입구에 한 남자가 무릎을 꿇고 있었다. 어깨에 조준기 받침대를 얹고 눈에 조준경을 댄 채. 남자는 로건을 겨누고 있었고 로건은 옥상에 서서 프로펠러가 아래로 뿜어내는 강풍을 덤덤하게 견뎌내고 있었다.

헬리콥터 안에 수백 미터짜리 두꺼운 밧줄이 달린 윈치, 밧줄 끝에 매달린 발판 같은 것이 있었다. 거친 질감의 망으로 만들어진 안전띠가 내 상체와 허벅지를 조였다. 밧줄이 몇 미터 아래로 드리워졌다. 두 번째 남자가 손짓했다. 내가 헬리콥터 밖으로 나가 밧줄을 붙잡고 맨발로 동그란 금속 발판 위에 서면 옥상으로 줄을 내릴 모양이었다.

얼굴이 보이지 않게 검은색 헬멧을 쓴 남자가 내 안전띠에 달린 고리를 밧줄과 연결했다.

심장은 방망이질 치고 있었지만 나는 침착하게 손을 움직이며 조금씩 헬리콥터 문을 향해 나아갔다. 맨발에 닿는 바닥이 차가웠다. 떨리는 무릎으로 서서 두 손으로 밧줄을 꽉 잡고 숨을 들이마시고 참았다가 내쉬었다. 그렇게 두 번 숨을 쉬고 안전한 헬리콥터 내부로부터 밖으로 걸음을 내디뎌 물결 모양으로 만들어진 조그만 금속 원반 위에 내려섰다. 밧줄에 고리가 연결되어 있고 안전띠를 매고 있었는데도 겁이 났다. 그러나 겁에 질려 있을 시간이 없었다. 윈치에서 끽끽 소리가 나고 있었기 때문이다. 나는 빠른 속도로 하강했다. 목구멍 안에서 심장박동이 느껴졌다. 시야 안에서 점점 커지는 옥상, 점점 작아지는 헬리콥터를 보지 않으려고 두 눈을 질끈 감았다.

헬리콥터가 아래로 뿜어내는 바람 때문에 나는 좌우로 흔들리며 빙글빙글 돌았다.

속이 울렁거려서 이를 악물고 침을 꿀꺽 삼킨 다음 구역질 대신 숨을 내쉬었다.

그 순간 거칠지만 따뜻하고 익숙한 손이 나를 붙잡았다. 로건이었다. 로건이 능숙하고 빠른 손놀림으로 안전띠를 벗기는 동안 내가 할 수 있는 일이라고는 몸을 떨면서 휘청거리는 일뿐이었다. 소음과 괴성이 쏟아져 내리는 동안 나는 로건의 가슴에 뺨을 대고 있었다. 그의 심장에 귀를 대고 있었다. 헬리콥터가 상승하자 바람이 가라앉았고 그곳에는 우리만 남겨졌다.

나는 울었다.

어깨를 들썩이며 눈물을 흘렸다.

로건은 두 팔로 나를 안아 올려서 둥근 계단을 올라 침실로 데려갔다. 나를 침대에 눕히고 담요를 끌어당겨 우리의 몸을 덮었다. 나는 로건의 심장 소리에 정신을 집중하고 있었다. 이 세상에 그의 심장 소리만이 존재하는 것처럼.

쿵쿵······ 쿵쿵······ 쿵쿵.

"이사벨, 그자가 당신을 다치게 했나요?" 로건의 목소리는 낮고 따뜻했다.

어떻게 대답을 해야 할지 알 수가 없었다. 더 격하게 우는 것 말고는 할 수 있는 일이 없었다. 그런데 난 왜 울고 있는 걸까? 납치를 당해서? 높은 데서 내려오는 것이 무서워서? 집에 돌아왔다는 안도감 때문에? 케일럽을 향한 내 욕망과의 전투라는 마지막 테스트, 게임 끝판을 통과해서? 나를 놓아줄 때, 보내줄 때 고통스러워 하던 케일럽의 모습이 눈에 아른거려서?

그 모든 것이 다 원인이었다.

그리고 그것은 말로 표현할 수 없는 것이었다.

"무사히 집에 돌아왔잖아요, 로건. 난…… 괜찮아요." 나는 로건의 티셔츠에 대고 속삭였다. 내가 할 수 있는 말은 그것뿐이었다.

"무슨 일이 있었어요?" 낮게 울리는 로건의 목소리는 거칠고 불안했다.

케일럽이 내게 들려준 이야기를 나도 언젠가는 로건에게 털어 놓을 생각이었다. 그러나 지금은, 오늘은 아직 때가 아니었다.

"내가 선택한 사람은 당신이에요." 마지막 단어를 발음하는 내 목소리가 갈라졌다.

로건은 내 밑에서 몸을 뺐고 나는 눈을 뜨고 그를 쳐다보았다.

하나뿐인 파란 눈이 사랑으로 이글거리고 있었다. 하늘색 눈, 깊은 바다처럼 푸른 눈, 영원불변의 푸른색 눈이.

로건은 섬세한 손길로 내 광대뼈를 건드리더니 얼굴을 어루만 졌다. 내 머리를 쓸어 넘겼다. 팔꿈치로 몸을 괴고 고개를 숙여 나를 내려다보았다. 로건의 손이, 케일럽의 칼에 베인 붉은 상처에 닿았다. 그의 눈이 묻고 있었다.

"내 입에 물려 있던 재갈을 그 사람이 칼로 끊다가." 나는 속삭이듯 대답했다.

그의 손은 내 턱선을 지나 목으로 내려갔다. 그의 부드러운 손가락 끝이 내 목에 찍혀 있는 다섯 개의 멍 자국을 건드렸다. 네 개의 자국은 목 왼쪽에, 하나의 자국은 오른쪽에 찍혀 있었다.

나는 고개를 저었다. 그 자국에 대해서는 설명할 수가 없었다. "난 괜찮아요." 내가 할 수 있는 말은 그 한마디뿐이었다.

"그자가 당신한테 손을 댔군."

"난 괜찮다니까요."

"이사벨." 화난 목소리가 나를 나무라듯 거칠게 불렀다.

나는 한 손을 그의 목에 두르고 물끄러미 그를 올려다보았다. 내 눈에 담긴 고통, 혼란, 안도감을 그가 들여다볼 수 있게. 내가 말로 표현하지 못하는 모든 것을 그가 이해할 수 있게.

"그냥 날 사랑해줘요, 로건." 나는 이 말 역시 속삭였다. 목이 쉰 것 같았다. 소리 내어 말을 하려니 목이 아팠다. 케일럽의 손가락이 단순한 멍 자국보다 더 깊은 충격을 남긴 까닭이었다.

로건. 로건은 나의 안식처였다.

나는 내 삶 전체를 '당신', 로건으로 싹 바꾸고 싶었다.

내 영혼의 상처를 '당신'으로 덧칠하고 싶었다. '당신'으로 내 몸을 감싸고 싶었다. '당신'의 온기로 나 자신을 휘감고 싶었다. '당신'을 벌컥벌컥 들이켜 갈증에서 벗어나고 싶었다. '당신'으로 악몽,

흐릿한 기억을 불태워 거기에서 헤어나고 싶었다. 나는 '당신', 로건이 필요했다. 속속들이, 사사건건, 시시콜콜 '당신'을 원했다. '당신'의 사랑이라는 빛으로 어둠을 쫓아버리고 싶었다.

내가 이겼다.

내 발로 그를 떠났으니까.

그런데 왠지 자꾸 진 것 같은 기분이 들었다.

나 자신의 일부가 찢어져 밖으로 벗겨져 나간 것 같은 기분이었다.

다른 어떤 기분보다도 케일럽이 나를 뿌리째 뽑아낸 것 같은 기분이 강하게 들었다.

로건이 나를 향해 고개를 숙였다. '당신'의 보드랍고 따뜻한 입술이 내 입술을 눌렀다. 그 키스는……

바로 그 키스,

우리의 키스였다.

'당신'은 내일이 없는 사람처럼, 어제도 없었던 사람처럼 내게 키스했다. 로건은 내게 키스한 적이 한 번도 없는 사람처럼, 나와 사랑을 나눈 적이 한 번도 없는 사람처럼, 내가 사라지기라도 할 것처럼 키스했다. 지금도 내가 사라져가고 있기 때문에 나를 꽉 붙잡아야 할 것처럼 몸을 밀착시킨 채 내게 키스하고 나를 안았다.

내게 키스해줘요, 로건.

날 안아줘요, 로건.

나는 이 말을 입 밖에 내지 않았지만, '당신', 로건은 어떤 방법을 통해서인지 그 말을 알아들었다.

그의 손가락이 내 머리칼을 희롱했고 그의 몸이 내 몸을 내리눌렀다. 나는 그 무게를 즐기면서 내 혀와 뒤엉켜 있는 그의 혀에서 나는 톡 쏘는 맛을 탐닉했다. 그가 내게서 입술을 떼었고 우리는 둘 다 숨이 딸려 헐떡였다. 그가 내게 다시 키스했고, 나는 다시 내 눈에 담긴 말 없는 애원, 내 입술에서 뚝뚝 떨어지는 침묵을 통해, 내게 주어진 지각 변동의 힘을 필사적으로 그에게 보냈다. 애원은 로건의 티셔츠 뒷자락을 걷어 올리는 내 손가락에도 담겨 있었다. 그 바람에 잠시 키스가 끊겼고, 그 찰나의 순간에도 나는 미칠 것 같았다. 애원은 그의 청바지를 더듬는 내 손길에도, 내 가운의 허리끈 매듭을 푸는 내 손길에도 담겨 있었다. 둘이 함께 알몸이 되고 싶은 욕망, 피부와 피부를 비비고 싶은 그 욕망은 내가 평생 느껴본 어떤 욕망보다도 강했다. 나는 굶주려 죽어가는 중이었고 음식보다도 그것이 훨씬 더 필요했다. 목이 말라 죽기 직전이었고 물보다도 그것이 훨씬 더 필요했다.

나는 호흡보다도 그 키스를 더 원했다. 나는 '당신'의 산소만 들이마실 수 있었기 때문이다. '당신'의 호흡으로 내 폐를 채우면 따로 숨을 쉴 필요가 없었기 때문이다.

로건이 그럭저럭 옷을 다 벗어 던지고 내 위로 올라왔다. 그의 맨가슴은 드넓었다. 그의 흉근은 살을 면도칼로 조각한 듯 아름다웠고 그의 빨래판 복근 역시 같은 칼날로 세공한 듯 멋지게 물결쳤다. 그의 떡 벌어진 어깨는 하늘과 별로부터 인간을 지키는 지구보다도 더 광활했다. 그의 눈은 하늘이요, 태양이었다. 나를 데우고 내게 생명을 주는. 그는 내가 처음 보는 안대를 차고 있었는데, 부드러운 흰색 가죽으로 만들어진 그 안대에는 수백 가닥의 실을 정교하게 꼬아 만든 장식 매듭이 달려 있었다. 그것은 하나의 예술 작품이었다. 그의 긴 머리는 풀려 있었다. 벌꿀 색, 잘 익은 밀 색의 머리칼이 그의 어깨높이에서 찰랑대고 있었다. 거뭇하게 자란 그의 턱수염에도 머리칼 몇 가닥이 걸려 있었다. 그의 입술은 키스 때문에 붉게 부풀어 있었다. 고된 일로 손마디마다 상처가 나 있고 굳은살이 박인 거친 두 손이 내 몸을 더듬었다. 굴곡진 내 몸을 따라 움직였다. 그의 숨결이 내 살 속으로 열기와 욕망을 불어넣었다. 그 손은 내 젖가슴과 뺨을 똑같이 열정적으로 쓰다듬었다. 나는 숨을 쉬면서 그를 물끄러미 바라보았다. 그에게 내 영혼, 내 의지, 내 몸을 주었다.

그는 손바닥을 쫙 펴 내 배를, 안에서 생명이 자라고 있는 아랫배를 꾹 눌렀다.

나는 그를 향해 미소 지었고 그는 내 뺨에 남아 있는 눈물 자국에 입을 맞추었다.

그의 손은 내 몸을 간질이며 아래로, 점점 더…… 음부 가까이 내려가 허벅지를 희롱했다. 허벅지 위쪽 근육을 주무르고 살이 토실하게 오른 골반을 쓰다듬었다. 살이 좀 찐 까닭이었다. 당신은 임신이 체질에 맞는 모양이군. 그 사실을 인정할 수밖에 없겠는데. 안 그래도 풍만한 몸이 더 부드러워졌어.

나는 그 목소리를 쫓아냈다. 지금 이 순간에 그 목소리의 자리는 없었다.

내 마음속에 그 목소리의 자리는 없었다.

내 삶에 그 목소리의 자리는 없었다.

더 이상은.

나는 숨을 들이마시고 그 목소리를 지워버린 다음, 숨을 내쉬었다. 그 자리에 '당신', 로건이 들어섰다. 내 입가에 키스하는 '당신'이. 나와 눈을 맞추고 나를 바라보는 '당신'이. 내가 전투 중인 것을 알면서도 그 싸움을 나 스스로 치를 수 있게 해주는 '당신'이. 내가 승리의 달콤함을 맛보고 현재로, 이곳으로, '당신'에게로, 우리에게로 돌아올 수 있도록.

그리고 나는 그 일을 해냈다.

그곳에는 침묵만이 존재했다. '당신'의 숨소리와 나의 숨소리, '당신'의 손이 내 피부에 속삭이는 소리, '당신'의 손가락이 뜨겁게 젖은 내 음부를 뒤지는 낮은 절벅절벅 소리만이 존재했다. '당신'의 손길이 내 배 속으로, 내 음부 안으로 천국의 섬광을 끌어들이는 동안 내 입술에서는 헐떡임이 새어 나왔다. '당신', 로건의 손길이 전부였다. 내 몸을 만지는 '당신'의 손길을 따라 내 몸의 세포 하나하나가 다 느껴졌다. 내 목덜미를 더듬으며 다섯 개의 멍 자국에 일일이 키스하는 '당신'의 입술을 따라. 임신 때문에 더 크게 부풀어 오른 불룩한 내 젖무덤에 입을 맞추러 내려가는 '당신'의 입술을 따라. '당신'은 혀끝으로 내 젖꼭지를 꼭꼭 눌러 그것을 꼿꼿하게 세웠다.

　나는 엉덩이 쪽으로 발을 당겨 세우고 가랑이를 벌린 뒤 양 무릎을 옆으로 젖혀서 '당신'을 위해 내 몸을 열었다. 유연한 '당신'의 등 근육, 울룩불룩 멋지게 물결치는 '당신'의 아름다운 등 근육을 움켜잡았다. '당신'의 귀여운 금색 가슴털이 내 배와 허벅지를 간질여서 즐거움의 옹알이를 내뱉었다. '당신'의 민첩한 혀가 내 틈을 찾아내 질액, 쾌락의 물방울을 모조리 핥는 동안 아무렇게나 신음을 흘렸다. '당신'의 혀가 나를 절정으로 몰아가는 동안 엉덩이를 돌리고 몸을 뒤틀었다. 오르가즘을 느끼며 모든 목소리를 동원해 괴성을 내질렀다. 두 손을 '당신'의 머리칼 속에 묻고 거칠게 '당신'을 내 입 쪽으로 끌어올려, '당신'의 입가에 묻은 나의 체취를 샅샅이 핥았다. '당신'의 입이 격렬한 열정으로 내게 키스하며 신음을 흘렸고 나는 '당신'의 입술을 깨물었다. '당신'이 깜짝 놀라 끙 소리를 낼 때까지. 피 맛이 날 때까지.

　아, 로건, 나의 로건, 나의 사랑, 이제 '당신'이 느껴졌다. 내 몸 그 부위에서. 나는 야성적이고 숱 많은 '당신'의 금색 머리칼을 한 손으로 휘어잡으면서 '당신'에게 키스했고, 다른 한 손으로는 단단하게 일어선 '당신'의 성기를, 강철보다 딱딱하고 벨벳보다 부드럽고 탄력 있고 미끈한 당신의 성기를 미친 듯이 찾아 헤맸다. 성기 끝에 물방울이 맺혀 있었다. 욕망으로 묵직해진 고환이 성기 밑동 아래에, '당신'의 몸에 단단히 매달려 있었다. 나는 '당신'의 성기를 움켜잡고 어루만지고 애무했다. '당신'의 키스가 흔들릴 때까지.

'당신'을 내 쪽으로 끌어당겼다. 움켜잡은 당신의 머리를 잡아당겨 입술을 떼고 당신의 눈을 들여다보았다. 내 눈에 사랑과 열정의 눈물이 차올랐다. 수백만 가지 억눌린 감정들이 미친 듯이 끓어올라서 내가 할 수 있는 일이라고는 그 회오리를 견뎌내는 것뿐이었다. '당신'이 내 곁에 있어 내게 키스해 나를 삶으로 다시 데려와 주길, 내가 그 허리케인을 진정시킬 때까지 '당신'이 내 곁을 지켜주길 바라는 것뿐이었다.

그 순간 나는 허리케인이었다.

나는 '당신'을 내 틈으로 이끌었다. '당신'의 밑동을 움켜잡은 채 엉덩이를 들어 올리고, 도톰하고 탐스러운 귀두로 내 몸을 열었다. '당신'은 내 안으로 미끄러져 들어왔고 나는 헐떡이며 신음했다.

"로건⋯⋯." 나는 '당신'의 이름을 속삭였다. 그것은 축복이요, 애원이었다.

'당신'은 몸을 움직여 스스로 밑동까지 깊이 들어왔다. 내 안에 자신의 몸을 박았다.

나는 다시 '당신'의 머리를 모아 쥐고 '당신'을 확 아래로 끌어당겨 '당신'에게 키스했다. 입과 입, 골반과 골반이 맞닿았고 우리 둘의 심장은 같은 속도로 함께 하나가 되어 고동쳤다.

나는 마음껏 '당신'을 쳐다보았다.

'당신' 밑에서.

'당신'은 상체를 세워 뒤로 젖히면서 무릎으로 일어나 앉았다. 내 두 발을 자신의 팔꿈치 안쪽에 걸고는 다시 움직이기 시작했다.

처음에는 천천히. 한시도 내게서 시선을 떼지 않은 채.

강도가 점점 세지고 속도가 점점 빨라졌다.

'당신'의 활기찬 사랑에 내 젖가슴이 흔들리고 출렁대는 것이 느껴졌다. 한쪽 젖을 움켜잡고 젖꼭지를 꼬집었다. '당신'은 그 모습을 바라보고 더 세게 몸을 움직였다.

나는 내 음부를 만졌다. 손가락 끝을 몸 중간으로 집어넣어 음부를, 클리토리스를 원을 그리며 문질렀다. 이내 리듬을 찾아냈고 내 몸을 만지는 나만의 독특한 방식으로 빠르고 거칠게 원을 그렸다. '당신'은 내 음부를 문지르는 내 손가락 역시 쳐다보고는 한 손으로는 내 젖꼭지를 꼬집고 다른 한 손은 뒤로 젖혀 침대 머리판을 잡았다. 내가 그 팔을 지렛대 삼아 '당신'에게 내 몸을 더 밀어붙일 수 있게.

'당신'이 얼마나 세게 들어오든, 얼마나 깊이 들어오든, 나는 언제나 '당신'이 더 세게, 더 깊이 내 안에 들어오길 원했다.

격렬한 광기가 우리를 휩쓸었다. '당신'은 너무나 거칠게 나를 사랑했고, 나는 그 덕분에 사랑의 아름다움, 완벽함을 소리로 내지를 수 있었다. 그 순간 우리에게 사랑하는 것과 섹스하는 것은 같은 의미였다. 그 행위에 사랑 말고 다른 함의나 맥락이나 의미는 없었다.

"이사벨⋯⋯." '당신'은 떨리는 호흡을 내뱉으며 헐떡였고, 내 안에서 절정에 도달하면서 더 세게, 더 천천히, 더 깊게 몸을 박았다.

"날 사랑해줘요, 로건." 내가 웅얼거렸다. "아, 세상에, 로건, 난 당신이 필요해요."

"난 이미 당신 거예요, 이사벨. 영원히. 내 전부가."

나는 파르르 떨리는 눈꺼풀을 들어 올렸다. 그렇게 함께 움직이는 동안 자제력, 분별력을 비롯해 모든 것들이 내 몸에서 빠져나가는 것이 느껴졌다. 그 순간 어떤 공간이 열렸고, 그 속에서 나의 영혼과 '당신'의 영혼이 뒤엉키고 충돌하고 딱 맞물렸다. 나의 조직과 '당신'의 요체가 첨벙대며 하나로 꼬여 짝을 이루었다. 내 몸과 '당신'의 몸이 이어져 있는 그 순간 우리는 완벽한 하나가 된 것이었다. 나는 진정한 합일을 느끼며 그 안으로 침잠했다.

나는 오르가즘에 도달했고 '당신'을 단단하게 조이고 있는 나 자신을 느꼈다. '당신'의 미끈한 성기를 있는 힘을 다 동원해 음부로 조이고 아래로 끌어내리면서 몸을 뒤틀고 '당신'의 이름을 외쳤다. 폭발하듯 흥분하면서, 내 안에 불이 붙는 것을, '당신'의 정액이 나를 채우고 내 허벅지로 뚝뚝 흘러내리는 것을 느꼈다. '당신'은 움푹 팬 내 목덜미에 얼굴을 묻으면서 계속 사정했고, 내 턱에 키스하면서 지진 후 여진이 찾아오듯 엉덩이를 부르르 떨었다. '당신'이 몸을 떨 때마다 그 떨림이 내 몸을 관통했다.

"사랑해요. 세상에, 당신을 사랑해요."

"어떻게 사랑을 나눌 때마다 매번 그 직전보다 더 큰 즐거움을 느낄 수 있죠?" 내가 물었다.

"나도 모르겠어요. 하지만 그건 사실이에요. 가능하지 않을 것 같은데 이런 일이 일어나네요." '당신'은 내가 침대에 등을 대고 눕게 내 몸을 돌리고 두 팔로 나를 안았다. "지금도 믿을 수 없을 만큼 황홀한데 20년 뒤에는 얼마나 더 대단할까요?"

나는 '당신'의 가슴을 꼬집었다. "상상조차 하기 힘든데요." 그러고는 몸을 돌려 젖가슴을 '당신'의 가슴에 밀착시키고 고개를 돌려 '당신'을 올려다보았다. "그리고 로건, 내가 당신을 얼마나 사랑하는지도 당신은 상상조차 할 수 없을 거예요."

"아, 난 짐작할 수 있을 것 같은데요."

"그래요?"

"당신은 날 선택했잖아요. 그 사실이 모든 것을 말해주니까요."

나는 다시 고개를 돌려 '당신'의 가슴에 뺨을 내려놓았다. "그 사람이 나한테 모든 사실을 다 털어놓았어요."

"케일럽이요?"

"그래요."

"모든 사실을요?"

"그렇게 느껴졌어요. 진실로 느껴졌어요." 나는 잠깐 숨을 쉬었다. "적어도 그 사람이 말할 수 있는 것은 하나도 빼놓지 않고 다 털어놓은 것 같아요."

"내게도 들려줄 수 있어요?"

"정리할 시간이 필요해요, 로건. 너무나 많은 일이 있었거든요."

"시간은 얼마든지 가져요, 자기."

졸음이 몰려왔다. 나는 졸음과 싸우지 않았다. 기꺼이 항복하고 잠에 빠져들었다.

정신이 흐릿해질 때쯤 탁상 위 전자시계를 쳐다보았다. 낮 12시 41분이었다.

그렇게 짧은 시간 안에 그렇게 큰 변화가 일어날 수 있다니.

15

내가 잠에서 깼을 때 로건은 자리에 없었다. 침대 위 로건이 누워 있던 자리가 아직 따뜻한 것으로 보아 나간 지 얼마 되지 않는 모양이었다. 나는 침대 밖으로 나와 얼른 요가 바지와 티셔츠를 입고 로건을 찾으러 나갔다. 테라스가 비어 있어서 집의 본채인 1층으로 내려갔다. 부엌, 거실 역시 비어 있었다.

심장이 목구멍으로 치밀어 올랐다. 전자레인지의 시계가 2시 19분을 알리고 있었으니까 두 시간밖에 잠을 안 잔 것이었다. 로건은 어디로 갔을까? 집에는 망치로 두드려 만든 로건 소유의 구리 그릇이 하나 있었다. 로건의 두 손으로 받쳐 들면 딱 맞는 크기의 그 그릇은 낡아서 변색되고 모양이 변형되어 있었다. 그것은 현관 근처 선반 위에 놓여 있었고 로건은 언제든 집에 돌아오면 그 안에 열쇠 꾸러미를 넣었다. 그는 항상 현관으로 들어와 발꿈치로 문을 닫고 주머니에서 지갑을 꺼내 열쇠 꾸러미와 함께 그릇에 던져 넣는다.

그릇이 비어 있었다.

그 상황이 마음에 들지 않았다. 로건은 그냥 집을 나가는 일이 없었다. 최소한 어디에 간다는 것을 알리는 쪽지라도 남겼다. 혹은 내게 문자를 보내거나. 내 핸드폰은 부엌 조리대 위 충전기에 꽂혀 있었는데, 문자 역시 없었다.

　나는 핸드폰을 충전기에서 뽑아 들고 굽 없는 신발을 신은 다음 얼른 현관 밖으로 뛰어나가 엘리베이터를 타고 주차장으로 내려갔다. 우리의 지정 주차 공간이 비어 있었다. 그런데 그때 출구로 향하는 로건의 G63이 보였다.

　나는 달렸다. 위아래 속옷을 전혀 안 입고 있었지만 전력으로 질주했다. 주차장 출구에 멈추어 서서 지나가는 차가 없는지 확인하고 있는 로건의 차를 붙잡았다. 손바닥으로 차 뒤쪽 유리창을 때렸다. 로건은 차를 출발시키려다가 급브레이크를 밟았다. 문의 잠금장치 푸는 소리가 크게 철컥 들렸다. 문이 열리자 나는 자동차에 올라타 문을 닫고 벨트를 채웠다.

　잠시 침묵이 흘렀다. 차는 주차장 출구에서 꼼짝도 하지 않았다.

　"제기랄. 이즈, 지금쯤 당신은 잠을 자고 있어야 하는데." 그는 숨을 쉬었다. "이제 집으로 돌아가야 돼요. 당장."

　"싫어요." 나는 그를 흘끔 쳐다봤다.

　그는 아까 입고 있던 청바지와 티셔츠를 입고 있었지만 머리는 뒤로 질끈 묶고 블랙워터 야구 모자를 쓰고 있었다. 그의 무릎 위에 권총 한 자루가 놓여 있었다. 커다랗고 시커먼 총이었다.

　"무슨 짓을 하려는 거예요, 로건?"

로건은 교통의 흐름 속으로 끼어들었다. 오랫동안 대답이 없었다. 적어도 3킬로미터쯤은 달리고 난 뒤에야 로건이 말했다. "끝장을 봐야 하잖아요. 완전히."

"난 내 발로 그 사람을 떠났어요, 로건. 그 사람은 날 놓아줬고요. 날 데려다줬잖아요."

"그게 그자가 당신과의 관계를 끝냈다는 뜻은 아닐걸요."

"로건, 당신은 그 자리에 없었잖아요." 나는 그의 팔뚝을 건드렸지만 그는 계속 도로만 주시하고 있었다. "그게 끝이에요. 완전히 끝났다고요."

"그 자식이 당신한테 손을 댔잖아요." 그는 나를 쳐다보면서 손을 뻗어 내 목에 남아 있는 멍 자국을 어루만졌다. "그 자식이 당신 몸에 자국을 남겼어요. 당신은 목이 쉬었고요."

"하지만 날 놓아줬잖아요. 날 놓아줬다고요. 그리고 날 보내줬다는 건 이제 끝났단 뜻이에요."

로건은 대답하지 않았다. 그는 내 말을 듣고 있기는 했지만 결심한 일을 해버리기로 마음먹은 모양이었다.

1마일, 2마일, 3마일. 우리 집과 케일럽의 빌딩 사이, 중간 지점이 점점 가까워지고 있었다.

"로건, 제발요."

"당신은 임산부예요, 이사벨." 빨간불에 걸리자 그가 고개를 돌렸다. 그의 표정에 독기 어린 분노가 잔뜩 어려 있었다. "그 빌어먹을 자식이 내 집 옥상에서 대낮에 당신을 납치했어요. 내 개한테 진정제 총을 쏘았고요. 그리고 당신 **목을 졸랐잖아요**. 아까까지만 해도 나는 그 일은 당신네 두 사람의 문제니까 두 사람이 해결해야 한다고 생각하려고 애썼어요. 물러나 있으려고 안간힘을 썼다고요. 그자가 나를 죽이려고 했을 때도, 그 과정에서 내 한 눈을 앗아갔을 때도 그냥 넘어가려고 애썼어요. 그건 내 문제니까 그럴 수 있었어요. 복수는 내 스타일이 아니기도 하고요. 하지만, 이사벨, 내 집, 내 개, 내 여자가 한꺼번에 짓밟혔는데…… 손 놓고 가만히 있을 수는 없어요." 그는 조용했지만 그의 분노는 격렬하고 뜨겁게 불타고 있었다. 그가 완벽할 정도로 침착하다는 사실이 더 무섭게 느껴졌다.

다시 침묵이 흘렀다. 로건은 한 손으로 운전대를 잡고 있었다. 힘이 들어간 손마디가 창백했다. 턱은 팽팽하게 당겨져 있었다. 권총을 쥔 다른 쪽 손은 방아쇠울 옆으로 검지를 뻗은 채 엄지로 안전장치를 잠갔다가 푸는 동작을 반복하고 있었다.

그는 케일럽의 빌딩 앞에서 브레이크를 거칠게 밟았다. 타이어에서 굉음이 나도록 난폭하게 주차금지 표지판이 대문짝만하게 붙어 있는 자리에 차를 댔다. 로건은 그 무엇도 신경 쓰지 않았다.

"여기 있어요."

"로건, 난 당신을 또다시……."

그의 표정이 날 침묵시켰다. 내가 지금껏 한 번도 본 적 없는 로건 라이더의 일면이었다. 나는 그의 그런 모습이 무서웠다. "이사벨, 마지막으로 한 번 더 말할게요. 젠장, ……여기에서…… 꼼짝하지 말아요."

나는 가만히 있었다. 유리창을 통해 건물 로비가 들여다보였다. 로건이 SUV에서 내려 허벅지에 총을 딱 붙이는 모습을 지켜봤다. 그는 성큼성큼 걸어가 유연하고 능숙하고 단호한 몸짓으로 회전문을 밀었다. 아가리를 쫙 벌린 로비를 질러가는 로건의 모습이 보였다. 개인용 엘리베이터에서 내리는 렌에게 다가가는 로건의 모습이 보였다. 1.5미터도 채 안 되는 거리에서 렌에게 총을 겨누는 로건의 모습이 보였다. 로비에 흩어져 있던 몇 명 안 되는 사람들이 문밖으로 도망쳐 나왔다. 로건과 렌, 두 남자의 모습이 보였다. 로건은 렌의 이마에 총을 겨누고 있었다. 렌의 입이 움직이는 것이 보였다. 로건의 질문에 대답을 하는 모양이었다. 그자는 어디 있지?

로건이 뒤로 물러서며 총을 내렸다.

그 모습이 슬로모션으로 보였다.

렌이 자신의 정장 속으로 손을 넣더니 지금껏 내가 본 총 가운데 가장 큰 권총을 꺼냈다. 손잡이는 검은색이고 기다란 총신은 은색인 그 총은 대포라고 불러도 될 만큼 거대했다. 로건은 총을 자신의 허벅지에 얹은 채 걸음을 옮겼다. 몸이 가려져 있는 것은 아니었지만 로건이 렌을 바라보고 있는지는 불확실했다.

렌의 팔이 올라가는 것이 보였다. 손 대포가 로건의 두개골을 겨누었다. 나는 내가 비명을 질렀다고 생각했지만 알 수 없었다. 멀리 떨어져 있었는데도 렌의 검지가 방아쇠울 안으로 들어가는 순간이, 두꺼운 검지가 방아쇠를 당기는 순간이 보였다.

총구에서 불꽃이 일었다. 우리 사이에 빌딩 창문이 놓여 있었는데도, 메르세데스 내부는 방음벽으로 되어 있는데도 우레 같은 포성이 골을 울리는 것 같았다.

그러나 로건은 죽지 않았다. 그는 마지막 순간 비스듬하게 발을 틀어 두 손으로 권총을 벼락같이 들어 올렸다.

빵 빵!

그의 권총에서 두 개의 총알이 발사되었다. 그때마다 총구 끝에서 터지는 작은 불꽃이 보였다.

렌이 움찔하더니 비틀거렸다. 총이 아래로 기울어졌다. 은색 총대포가 바닥을 때렸다. 그 자리에서 피어난 붉은 꽃송이는 한 송이 장미가 되더니 이내 진홍색 웅덩이가 되었다. 아까는 흰색이었던 렌의 버튼다운 셔츠가 빨갛게 물들었다.

로건은 권총을 청바지 뒷주머니에 꽂고 셔츠를 내려 덮었다. 렌을 향해 몸을 숙여 렌의 정장 안주머니에서 뭔가를 꺼내고는 몸을 일으켰다. 몸을 돌려 출구 쪽으로 걸어왔다. 건물 밖으로 나와 차에 탔다. 자동차 시동은 아까부터 계속 걸려 있었다. 로건이 시동을 *끄*지 않았기 때문이다.

그 모든 일이 일어나는 데 채 일 분도 지나지 않았는데 렌은 이제 죽어 있었다.

로건은 나를 쳐다보지 않았다. 그는 완벽할 정도로 침착했다. 너무나 침착했다. 한 손에 카드키가 들려 있었다. 카드키를 손가락 사이에 단단히 끼운 채 한 손으로 운전을 했다. 전에는 흰색이었을 카드키에 붉은색 얼룩이 튀어 있었다.

나는 과호흡 증상과 싸우는 중이었다.

"긴장 풀지 말아요, 이즈. 아직 끝난 게 아니에요." 그는 나를 쳐다보지도 않고 말했다.

우리는 먼 거리를 이동하지 않았다. 그냥 그 블록 모퉁이를 돌아 개인용 지하 주차장 입구로 향했다. 거기에 카드키를 인식하는 노란색 상자와 빨간색과 흰색 줄무늬가 그려진 차단기가 있었다. 기계에 카드키를 대자 차단기가 올라가 우리를 들여보내 줬다. 우리는 아래로, 어둠 속으로, 괴물의 배 속으로 내려갔다. 푸른빛이 도는 메르세데스 전조등이 자동으로 켜졌고 흐릿한 빛이 주차장 내부를 비추었다.

차 몇 대가 널찍널찍하게 주차되어 있었다. 모두 케일럽의 차인 모양이었다. 메이바흐 상표의 차체가 낮고 날렵한 빨간색 스포츠카 한 대, 노란색 차 한 대, 초록색 차 한 대, 딱정벌레처럼 생긴 은색 차 한 대였다. 그 차들이 어떤 모델인지 나는 하나도 몰랐지만 상관없었다. 그 안, 우리의 정면에 개인용 엘리베이터가 있었다. 그리고 그 엘리베이터 왼쪽에 검은색 SUV가 세워져 있었다. 차에 붙은 상표가 레인지 로버라고 말하고 있었다. 그 차에 유유히 시동이 들어왔다. 차의 뒤쪽 승객용 문이 약간 열려 있었다.

차는 출구를 바라보게 주차되어 있었다. 운전석 문밖에 토머스가 왼쪽 귀에 이어폰을 꽂고 서 있었다. 토머스는 손가락 두 개로 이어폰을 눌렀다. 아마도 렌의 소식이 전해진 모양이라고 나는 추측했다.

엘리베이터 문이 열리자 로건은 차를 세웠다. 기어를 파킹 위치에 놓고 차 문을 벌컥 열었다.

발이 콘크리트 바닥에 닿자마자 총을 들어 올리며 앞으로 걸어갔다.

"손 들어, 토머스." 로건이 명령했다. "머리 위로, 당장."

토머스는 천천히 지시에 따랐다. 커다란 두 손을 깨끗하게 민두피 위에 얹었다. 겁먹지 않은 침착한 태도였다. 그는 유리벽 뒤에서 먹잇감을 노려보는 사자의 눈빛으로 로건을 노려봤다. 반격할 틈을 보고 있는 것이리라.

케일럽은 차분히 현장을 바라보면서 우리를 향해 걸어오고 있었다. 한 손은 바지 주머니에 꽂혀 있었고, 양복 소매를 걷어 올린다른 한 손은 핸드폰을 들어 귀에 대고 있었다. 머리를 뒤로 넘긴 것으로 보아 방금 전에 샤워를 한 것 같았다.

나는 차 밖에 서 있었다. 언제 어떻게 내렸는지는 기억나지 않지만.

로건은 여전히 들고 있던 총으로 토머스의 관자놀이를 건드렸다. "무기를 꺼내. 천천히, 두 손가락으로." 토머스가 지시에 따랐다. "이제 차에 타."

토머스는 거대한 몸뚱이를 운전석에 구겨 넣고 안전벨트를 맨다음 운전대 위에 두 손을 얹었다.

로건은 그러고 나서야 케일럽 쪽으로 주의를 돌렸다. "너, 이 개자식. 무릎 꿇어." 케일럽을 조준하고 있는 권총이 로건의 명령에 따르라고 그를 재촉했다.

케일럽은 통화를 끝내고 바지 주머니에 핸드폰을 집어넣은 뒤, 전혀 동요 없는 눈빛으로 로건을 빤히 쳐다봤다. "난 그럴 생각 없는데. 참석해야 할 사업 미팅이 있거든. 쏠 거면 얼른 쏴. 너랑 놀아줄 시간 없으니까."

"이사벨을 우리 집 옥상에서 납치하고 내 개한테 총을 쏠 시간은 있고 말이지."

"아무도 다치지 않았잖아."

"넌 이사벨을 우리 집에서 끌고 나갔어."

"그리고 돌려보냈지."

"넌 여자의 목을 졸랐어. 목에 멍 자국을 남겼다고. 칼로 얼굴을 베었고. 발가벗기고 울려서 돌려보냈잖아."

"가운을 입고 있었는데, 뭘."

"수영복을 칼로 끊었잖아, 이 개자식아."

"이사벨은 원래 내 여자였어. 내가 그녀의 모든 첫 번째 대상이야, 라이더. 첫 키스, 첫 경험, 첫사랑."

"이사벨은 널 사랑하지 않았어. 그건 스톡홀름 증후군일 뿐이야."

케일럽의 시선이 나를 행했다. "그렇게 생각한다면 넌 네 생각만큼 저 여자를 잘 알지 못하는 거야."

나는 케일럽의 시선에 그 자리에 얼어붙고 말았다. 그 시선 속에 뭔가가 있었다. 그 눈빛은 자체만으로도 평소와 달랐다. 내 눈에 보이는 저건…… 사과의 눈빛인가? 절망의 눈빛인가? 작별의 눈빛인가? 정의하기 힘든 뭔가가 있었다. 어둡고 비극적이고 결정적인 뭔가가.

케일럽은 로건을 향해 움직였고 로건은 총을 고쳐 잡고 총구로 케일럽의 광대뼈를 찔렀다.

"마지막으로 반복하지, 라이더. 쏠 거면 얼른 쏴. 안 쏠 거면 날 좀 혼자 내버려두고."

"마지막 유언은 그것뿐인가?"

"넌 나의 가장 충성스러운 고용인, 내가 아주 오랜 세월 데리고 있던 사내를 죽였어. 난 약속한 대로 이사벨을 멀쩡히 돌려보냈는데 말이지. 그런데도 넌 선을 넘어서 내 사업장, 내 집에 침입해서 내 친구를 죽이고 날 위협하는군. 뭘 원해, 라이더? 그걸 스스로 알고는 있는 거야?"

"네가 죽는 거." 로건이 비꼬듯 말했다.

"그럼 죽여. 난 무기도 없으니까." 케일럽이 중얼대듯 말을 하고 있어서, 나는 그 말을 들으려고 목을 쭉 빼야만 했다.

"로건, 하지 말아요." 한 걸음 앞으로 나서며 손을 뻗었다. 로건을 향해서? 케일럽을 향해서? 둘 다를 향해서? 알 수 없었다.

"차에 타요, 이사벨."

"이 문제에 대해서는 나도 당신 남자친구 의견에 동감이야. 차에 타, 이사벨."

나는 두 사람의 의견을 무시했다.

케일럽은 다시 로건에게 주의를 돌렸다. "넌 날 쏘지 못해."

로건은 공이를 당겼다. "과연 그럴까?"

"네가 냉혈한처럼 나를 살해하는 모습을 이사벨이 지켜보면 그게 저 여자한테 어떤 영향을 끼칠지는 너도 알지 않아?" 케일럽은 꼼짝도 하지 않고 로건이 권총 총구로 자신의 광대뼈를 누르게 그냥 내버려뒀다. "그리고 네가 여기 왜 왔는지 스스로에게 물어봐, 로건. 내가 네 집에서 이사벨을 납치해서? 정말 네 개 때문에 온 거야? 아니면 개인적인 이유 때문인가? 그건 너 자신 때문이야, 로건. 너랑 나의 관계 때문이야. 내가 널 감옥에 가두었으니까. 내가 판을 차려서 너를 꾀어냈고, 네 앞에 수백만 달러짜리 그물을 펼쳤기 때문이야. 내가 던진 그 미끼와 낚싯줄과 봉돌에 네가 걸렸기 때문이야. 그 결과 연방 감옥에서 5년 동안 콩밥을 먹어서 복수를 하고 싶은 거야. 아마 너 자신은 인정하지 않겠지만 그게 네가 여기 와서 나를 몰아세우고 있는 이유야. 마치 오늘 일어난 모든 일에 분노한 척 행동하면서. 하지만 이건 그냥 복수일 뿐이야, 로건. 간단하고 단순한 문제지."

"닥쳐!" 로건이 총구를 찔렀고 케일럽의 광대뼈에 상처가 나면서 피가 줄줄 흘러내렸다. "닥치란 말이야!"

"완전히 고삐가 풀렸군, 로건. 넌 네가 제정신인 것 같아? 그리고 여기서 자유롭게 나갈 수 있을 것 같아? 넌 이미 한 사람을 쏘았

어. 아직 신고는 안 했지만 말이야. 아마 신고는 안 하겠지. 렌은
나 말고는 그 누구도 죽음을 애도해 줄 사람이 없는 사내거든. 널
철창에 집어넣는 건 내게도, 렌에게도, 이사벨에게도 좋을 게 없을
것 같기도 하고. 하지만 네가 그 친구를 그냥 죽여 버린 거라면, 내
게도 양심을 품을 이유가 생긴 거야."

"그 자식이 먼저 날 쐈어."

"네가 그 친구를 위협했으니까. 그런 식으로 쓰러질 친구가 아
니었는데 말이야." 케일럽은 턱을 들어 올렸다. "다시 묻지. 도대
체…… 원하는 게…… 뭐야?"

"로건, 집에 가요." 내가 두 남자를 향해 한 걸음 더 다가섰다.

"뒤로 물러서요, 이즈. 가까이 오지 말아요." 로건은 총을 내려
허리띠에 꽂으며 몸을 돌렸다.

그는 잠시 동안 입가에 엄지를 댄 채 가만히 있었다. 그러더니
다음 순간 몸을 돌려 주먹을 휘둘러 케일럽을 가격했다. 어찌나 세
게 때렸는지 뼈에 금이 가는 소리가 들릴 정도였다.

케일럽은 뒤로 나동그라졌고 머리가 어깨 위에서 덜렁거렸다.
로건은 다시 주먹을 휘둘렀지만 그 주먹은 케일럽을 명중시키지
못했다. 로건은 휘청거리며 몸을 돌렸고 케일럽은 로건의 돌진을
막으며 그의 배에 주먹을 날렸다.

짧지만 인정사정 봐주지 않는 싸움이었다. 두 남자는 건장하고
힘이 세고 피 흘리는 것을 두려워하지 않았다. 나는 그들이 주먹,
무릎, 팔꿈치로 서로를 가격할 때마다 움찔거리며 그 모습을 지켜

봤다. 두 사람 다 피투성이였다. 내가 할 수 있는 일이라고는 울면서 그 모습을 지켜보는 것뿐이었다.

로건을 위해서.

그리고…… 케일럽을 위해서도.

왜냐하면 그 모든 사실에도 불구하고, 케일럽을 사랑하지 않았다고 딱 부러지게 말할 수가 없었기 때문이다.

두 남자는 이제 바닥에서 구르고 있었다. 케일럽의 무릎이 확 올라와 로건의 배를 파고들었다. 그 공격은 케일럽이 로건에게서 벗어날 수 있는 시간을 벌어주었다. 그리고 어찌 된 일인지 케일럽이 휘청거리며 일어섰을 때 로건의 권총은 자신의 주인을 겨누고 있었다.

로건은 숨을 헐떡이며 구역질과 기침을 했다. 코피가 흐르고 있었고 입술도 터져 있었다. 케일럽의 몰골 역시 그보다 나을 것이 없었다. 그러나 케일럽은 이제 일어서서 총을 휘두르고 있었다.

무방비 상태로 쓰러져 있는 로건에게 겨누어진 총, 끔찍한 데자뷰가 펼쳐진 순간이었다.

"케일럽, 안 돼. 제발, 제발 그러지 마. 또 그래서는 안 돼."

"여기 찾아온 건 이 자야, 이사벨. 이 자가 제 발로 날 찾아왔다고."

눈물 때문에 시야가 흐릿했다.

어지러웠다. 방향감각이 느껴지지 않았다. 나는 헐떡이며 흐느껴 울었다. 숨을 쉴 수가 없었다.

그 상태로 비틀비틀 케일럽을 향해 걸었다.

당신을 향해.

그를 향해.

아무것도 알 수가 없었다.

"그러지 마, 제발, 케일럽." 내 목소리가 들렸다. "제발. 난 그 사람을 사랑해."

"당신은 원래 날 사랑했잖아!" 당신이…… 그가…… 케일럽이…… 외쳤다. 그 입술에서 튀어나온 외침은 처음 들어보는 것 같았다.

"내가 그랬어?" 나는 당신 앞에 섰다. 당신의 팔을, 이두박근을 움켜잡고 온 힘을 다해 그 팔을 잡아당겼다. 총구를 돌리게 하려고. "그저 더 좋은 것을 전혀 몰라서 그랬던 것 아닐까? 나는 당신이 알아도 된다고 허락하는 것 말고는 아무것도 몰랐잖아! 당신은 수수께끼였어. 언제나 수수께끼였다고, 케일럽! 도저히 이해할 수 없는 존재 말이야. 당신은 아무것도 받아들이지 않고 아무것도 표현하지 않았어. 난 당신이 무슨 생각을 하는지, 당신 기분이 어떤지 알고 있었던 적이 없어. 당신이 무엇을 원하는지도 몰랐고. 당신은 내게 그 짓을 했지만 그 행위에는 아무 의미도 없었어. 당신은 나한테 키스한 적도 없고, 배려하듯 날 만진 적도 없어. 당신은 그냥 날 **소유한** 거야! 거기에 다른 뜻은 전혀 없었어. 그게 사랑이야?"

"이사벨……."

"아니! 지금까지는 내가 당신 이야기를 들어줬으니까, 이제는 당신이 입 닥치고 내 말을 들을 차례야! 기억이 많이 떠오른 건 아니지만 그 옛날 당신을 만나러 그 카페에 가던 일은 나도 기억나. 당신이 나를 어떻게 거부했는지, 그게 얼마나 마음 아팠는지도. 하지만 그때 나는 나이 많고 잘생긴 남자한테 홀린 멍청하고 어린 계집애에 불과했어. 난 내가 뭘 원하는지도 모르고 있었어. 그리고 그 일 말고는 내가 그 상사병에 걸린 어리석고 어린 이민자 계집애였던 기억이 전혀 없어. 그러니까 문제는 이거야. 내가 더 이상 그 계집애가 아니라는 거. 아주 오래전부터 그 계집애가 아니었다는 거 말이야. 그런데 그것 말고 나한테 또 무슨 기억이 있는지 알아? 나는 당신이 내 위에 군림하던 그 긴 시간, 나한테 그 짓을 하고, 하고, 또 하던 일, 나를 희롱하던 일, 나를 갖고 놀던 일, 잘못을 하지도 않았는데 날 안달 나게 해놓고 흥분하지 못하게 하던 일을 기억해. 목이 아플 때까지, 구역질이 날 때까지 목이 막혀서 숨을 못 쉴 때까지 내 입에 당신이 그 짓을 하던 일을 기억하고. 이러다가 머리 가죽이 홀랑 벗겨지겠구나, 그런 생각이 들 때까지 내 머리를 잡아당기던 일도 기억하지. 한밤중에 나타나서 나한테 그 짓을 하고 그냥 가버리던 당신도 기억해. 얼굴을 마주하고는 절대 섹스를 하지 않는 당신도 기억하고. 그게 내 기억이야. 당신을 위한 사물로 살던 기억! 당신의 노에로 살던 기억! 고작…… 당신의 **성적 노리개**로 살던 기억 말이야! 그게 나였어. 그게 나의 전부였다고. 그런데 이제 와서 당신이 인간적인 모습, 진짜 감정을 느끼는 진짜 인간의 모습을 약간 보여준다고 해서 내가 당신에게 돌아가야 할까? 흥. 무엇보다도 내가 그런 남자를 과연 사랑했을까? 난 당신에게 어떤 존재였지, 케일럽? 나는 어떤 의미였어? 몇 년이라는 그긴 세월 동안 도대체 왜 날 방치한 거야? 내가 의식 불명에 빠져 있는 동안, 당신이 내게 늘 말했던 6개월이 아닌 4년 동안 정말로 내 옆을 지켰다면, 왜 그런 거야? 도대체 왜? 그리고 이 정교한 페르소나는 왜 창조해낸 거야? 왜 그 모든 비밀을 숨겼지? 왜 나는 당신이 하는 말을 무조건 믿어야 하지? 나도 그러고 싶지만 내가 그럴 수 있을지 모르겠네. 당신은 그동안 나한테 거짓말을 너무 많이 했어. 당신에 대해서도, 나에 대해서도, 모든 것에 대해서도. 내 생각에 당신은 스스로도 어떤 것이 진실인지 이제는 잘 모르는 것 같아." 나는 로건을 막아섰다. 로건은 이제야 호흡을 되찾고 두 발로 일어서는 중이었다. 나는 권총과 로건 사이에 서 있었다. "이제 다 끝났어, 케일럽."

"난 아까 전에 이미 모든 걸 다 끝냈어. 당신을 놓아줬잖아. 그런데 이 자식이 당신을 다시 여기로 데려온 거야. 나한테로."

"총 치워, 케일럽." 나는 당신, 케일럽의 눈을 들여다보았다. 고통의 세계가, 지옥이, 괴로움의 세상이 보였다. 왜 지금이지, 케일럽? 왜 지금이냐 말이야?

'당신', 로건이 내 뒤에 섰다. 가슴이 들썩거렸다. '당신'을 느낄 수 있었다. '당신'의 열기가, '당신'이 숨을 쉴 때마다 '당신'의 가슴이 내 척추에 닿는 것이 느껴졌다.

그러나 나는 당신, 케일럽을 보고 있었다. 당신은 나를 빤히 쳐다봤다. 내 눈을 들여다보았다. 권총을 잡고 있는 당신의 손은 자연스러웠다. 당신은 총을 돌려 총신을 잡고 내게 손잡이를 내밀었다.

당신, 케일럽이 내게 다가섰다. 한 걸음, 두 걸음. 당신은 내게서 시선을 떼지 않았다.

"당신은 영원히 알 수 없을 거야."

"뭘 알 수 없을 거란 말이지?" 나는 속삭이듯 물었다.

"당신이 내게 어떤 의미인지. 전에도 당신에게 이 말을 한 번 한 적이 있지. 나는…… 그런 감정을 표현할 줄 아는 사내가 아니라고." 당신, 케일럽은 침을 꿀꺽 삼켰다. "그랬으면 좋았을 텐데. 몇 년이란 그 긴 세월 동안 당신에게 저지른 그 많은 잘못들을 모두 바로잡을 방법을 내가 찾아냈다면 좋았을 텐데."

"케일럽……."

당신은 약간 열려 있는 문을 통해 자동차 뒷좌석에 탔다. 마지막으로 나를, 내 배를 한 번 흘끗 바라본 뒤. 평소와 똑같이 무덤덤하고 차갑고 표정 없는 갈색 눈을 세게 깜박이면서. 내 자궁 속의 아이가 눈에 보이는 듯, 한 번 흘끗 보는 행동만으로 모든 가능성을 알아낼 수 있는 듯.

잠시 뒤 차 문이 닫혔다. 토머스는 SUV 자동차의 기어를 넣고 부드럽게 액셀을 밟아 출구로 향했다.

이유는 알 수 없지만 나는 그 차를 쫓아갔다. 자동차가 뿜어내는 배기가스를 맡으며 왜 뛰었을까? 권총은 여전히 내 손에 들려 있었다. 너무나 무거웠다. 렌의 생명을 끝장낸 물건이란 사실을 알기에 너무나 무거운 총이었다. 왜 내가 당신, 케일럽을 쫓아 거리로 나섰을까? 자동차들이 빵빵 경적을 울려대며 타이어가 끼익 소리를 내고 사람들의 고성이 울려 퍼지는 거리로.

'당신'이 내 뒤에 와서 서는 것이 느껴졌다. '당신'은 내게서 무기를 가져간 뒤 두 팔로 나를 끌어안았다. 달리는 나를 말렸다.

나는 당신의 자동차가 멀어져가는 것을 지켜보았다. 이것이 '끝'이라는 사실을 알 수 있었다. 나는 알았다. 알게 되었다.

안녕, 케일럽.

빨간 불이 켜졌다. 3차선의 일방통행 도로였다. 오른쪽 차선에는 특징 없는 하얀색 택배 트럭이 서 있었고, 왼쪽 차선에는 차체가 긴 검은색 SUV 자동차가 서 있었다. 당신의 레인지 로버는 비어 있는 가운데 차선, 두 자동차 사이로 들어가 섰다. 신호등을 바라보며 신호가 파란색으로 바뀌길 기다렸다.

내가 몸을 막 돌리려는 순간 신호등이 빨간불에서 파란불로 바뀌었다.

나는 뭔가를 직감했다. 뼛속으로, 핏속으로. 우우웅 전율이 느껴졌다. 그리고 눈을 한 번 깜박하기도 전에, 눈이 멀 것처럼 하얗고 밝은 노란 불꽃이 치솟았다.

쿠구구궁……

퍼어어엉!

나는 보이지 않는 벽 너머로 나가떨어졌다. 손가락이 보이지 않는 뜨거운 손이 나를 잡아당겼다. 나는 맞은편으로 나동그라지면서 어떤 택시 트렁크에 등을 쾅 부딪쳤다. 숨을 헐떡이면서 간신히 기침을 하고 흐느꼈다.

'당신'이 곁에 있었다. '당신'이 두 팔로 안으며 나를 끌어당겼다. 귓속을 울리는 위잉 소리 말고는 아무것도 들리지 않았고, 레인지 로버가 있던 자리에서 피어오르는 불꽃 말고는 아무것도 보이지 않았다. 불길이 일렁거리면서 슬로모션으로 연기를 피워 올리고 있었다. '당신'의 입이 움직이는 것이 보였다. '당신'의 얼굴이 불타는 잔해를 바라보고 있는 나의 시야를 가렸다. 하지만 '당신' 뒤로 그 잔해가 보였다. 불꽃이 깜박이며 이글거렸다. 숯덩이가 된 철판, 도로 사방에 튀어 있는 파편, 불붙은 옷더미, 뒤틀린 부품들, 산산조각이 난 플라스틱 부스러기들이 보였다.

"—벨…… 이사벨?" '당신'이 내 몸을 흔들었다. "이사벨! 날 봐요, 자기."

내 시선이 천천히 '당신'에게로 이동했다. '당신'의 하나뿐인 눈, 인디고색 눈으로. 그리고 다시 불꽃으로, 잔해로 돌아갔다. 도로 왼쪽, 벽이 붙은 주택들의 유리창이 박살 나 있었고 금속이 까맣게 그을려 있었다. 부서진 검은 차의 깨진 창문을 통해 누군가가 기어 나왔다. 얼굴과 몸에 난 상처에서 피가 흐르고 있었다. 사람들이 도우려고 달려갔고, 차에서 사람을 끌어내 잔해 밖으로 비틀비틀 이끌고 나왔다. 사람들이 모여들어 현장을 바라보며 손가락질을 하고 수군댔다. 핸드폰으로 사진을 찍는 사람도 있었다.

이상했다. 택배 트럭이 천천히 모퉁이를 돌고 있었다. 전혀 망가지지 않은 채 눈앞에서 사라지고 있었다. 하얀색 차체가 약간 그을리기는 했지만 멀쩡하게 모퉁이를 돌아 사라지고 있었다. 그 모습이 왜 눈에 띄었는지는 알 수 없지만 아무튼 그랬다.

'당신'이 나를 안아 올렸다. '당신'이 두 팔로 나를 안아 들자 '당신'의 심장박동이 느껴졌다. 마음이 안정되면서 그 소리에 집중할 수 있었다. 어지러웠다. 방향감각이 느껴지지 않았다. 귀에서 위잉 소리가 났고 열 폭풍에 그을려 얼굴이 화끈거렸다.

사이렌 소리가 어딘가 저 먼 곳에서부터 가까워지고 있었다. 거대한 빨간색 소방차 한 대가 가장 먼저 현장에 도착했다. 방화복을 갖추어 입은 소방관들이 소방차에서 뛰어내려 임무에 돌입했다. 진화를 시작했다. 사이렌 소리가 몇 개 더 들려왔다. 아마도 경찰차와 구급차의 사이렌 소리이리라.

로건은 나를 조수석에 앉히고 안전벨트를 채웠다. 시동이 걸리는 것이 느껴졌다. 나는 쇼크에 빠진 것 같았다. 모든 것이 슬로모션으로 보였다. 귀에서는 계속 위잉 소리가 났고 정신은 멍했으며 가슴은 먹먹했다.

케일럽이…… 죽은 거야?

로건은 일방통행 도로를 거꾸로 달렸다. 그것도 아주 빠르게.

모퉁이를 하나 돌았다.

그리고 또 하나.

차창밖 풍경은 평소와 똑같았다. 쇼핑백, 지갑, 서류 가방을 든 채 건널목을 건너는 사람들, 식당 앞에서 몸을 웅크리고 문밖에 게시해 놓은 메뉴를 살피는 커플들, 거리를 질주하는 무수히 많은 노란 택시들.

한 여자가 교차로에 서서 보행자 신호가 켜지길 기다리고 있었다. 나는 평생 해온 게임, 누군가의 인생을 상상하는 게임을 시작했다. 나보다 나이가 많아 보이기는 했지만 여자는 아직 젊었다. 금발의 아름다운 여자는 매우 짧은 치마와 풍만한 유방을 강조해주는 블라우스를 입고 있었다. 금발은 병을 이용해 만 듯 동그랗게 굽이치고 있었다. 화장이 너무 짙었고, 뾰족한 구두 굽 역시 너무 높았다. 한 남자가 여자의 뒤로 접근했다. 여자와 마찬가지로 보행자 신호를 기다리는 것이었다.

'당신'이 신호를 기다리는 동안, 나는 아직도 충격에서 헤어 나오지 못한 듯 어지럽고 기운이 없었는데도 차창을 통해 두 사람을 바라보면서 둘이 사랑에 빠지는 상상을 했다. 저 여자는 아마도 스트립걸일 것이다. 아니면 콜걸이거나. 저 여자에게는 비밀이 하나 있다. 집에 숨겨 놓은 아들이 그 비밀이다. 밝은 갈색 머리에 눈이 파란 그 개구쟁이 꼬맹이가 그녀에게는 세상 전부이다. 그녀는 스트립걸 일을 하고 싶지 않지만, 아들을 위해서, 하나뿐인 재주를 이용해 아들을 먹여 살리려고 그 일을 한다. 그때 한 남자가 같은 건널목에, 스트립걸인 금발 여자의 뒤에 와서 선다. 남자와 여자 사이에는 어느 정도 간격이 있어서 남자는 여자를 자세히 쳐다볼 수 있다. 추운 날씨에도 탱크톱과 땀복 바지를 입고 러닝화를 신은 남자는 역도 선수이다. 그 남자의 팔뚝은 너무나 거대하다. 필요 이상으로 두꺼운 팔이다. 그는 외롭다. 마초 기질이 있는데도, 신체적 존재감이 어마어마한데도 여자 주변에만 가면 긴장이 되고 혀가 굳어버려서 체육관에서 인생을 보내고 있기 때문이다.

나는 그 근육질 남자가 용기를 내어 여자에게 말을 거는 상상을 한다. 스트립걸도 용기를 내어 남자의 인사에 화답한다. 여자는 자신이 헤픈 여자처럼 보일까 봐 걱정스럽다. 자신은 그렇지 않은데도 생계를 유지하고 있는 방식 때문에 그렇게 보일까 봐. 사실 그녀는 절대 쉬운 여자가 아니다. 그래서 때로는 냉정하거나 오만하게 보일 때도 있다. 하지만 그녀 역시 외롭기 때문에 남자의 인사에 화답한다. 두 사람은 함께 걷기 시작한다. 남자가 여자에게 커피든 뭐든 한잔 하지 않겠느냐고 묻는다. 여자는 거친 근육질 외모에 가려져 있지만 남자가 실은 다정하고 사려 깊은 사람이라는 사실을 알아챈다. 열심히 일하는 사람, 그녀가 어떤 여자인지 기꺼이 알아내고자 할 사람이라는 사실을. 곱슬곱슬 만 머리, 노출이 심한 야한 옷, 낯선 사람들을 위해 발가벗고 춤을 추는 밤 따위는 기꺼이 무시할 수 있는 사람이라는 사실을.

이것은 내가 관심 전환용으로 꾸며낸 이야기다.

케일럽이 죽다니.

케일럽이 죽다니.

나는 차창밖을 내다보며 울었다. 뺨 위로 침묵의 눈물을 흘렸다. 나는 눈물을 숨겼다. '당신'이 이해해 줄지 알 수 없어서.

나 자신조차 이해하지 못하는 것 같은데.

케일럽이 죽다니.

16

나는 다시 악몽을 꾸기 시작했다. 폭발이 일어나는 악몽이었다.

매일 밤 나는 폭발을 느꼈다. 탐욕스럽게 이글거리는 불꽃을 보았다.

그 사람은 적이 너무 많았어요. 설명하듯 '당신'이 내게 말했다.

그 설명이 내게는 아무런 의미도 없었다.

케일럽이 죽었다. 그 직후 차 안에서 나는 소리 내어 울지 않았다. 그 방법을 알 수가 없었다. 아마도 그동안 너무 많이 울어서 눈물이 말라버린 모양이었다. 나는 당신, 케일럽을 위해 애도하지 않았다. 그저 당신의 죽음을 끊임없이 반복해서 겪고 있었을 뿐.

나는 우리가 함께 보낸 모든 순간을 다시 겪고 있었다. 내가 발가벗은 채 당신을 기다리고 흥분하던 모든 순간을, 겁탈당하고 소유 당하고 이용당하던 모든 순간을, 당신이 당신 특유의 가늠할 수 없는 눈빛, 당신의 생각이 전혀 드러나지 않는 그 눈빛으로 나를 바라보던 매 순간을. 당신이 바지를 어떻게 입었더라. 먼지 왼 다리를 넣고 그다음에 오른 다리를 넣었지. 바닥에서 살짝 뛰면서 바지를 끌어 올렸지. 민첩한 손가락으로 버튼다운 셔츠의 단추를 능숙하게 끼우고 셔츠 자락을 바지 속으로 넣은 다음 바지 지퍼를 올리고 후크를 채우고 허리띠 버클을 잠갔지. 이 모든 과정을 해내는 데 시간이 채 1분도 걸리지 않았지.

그러고 나서 당신은 가버렸지.

그러면 나는 혼자가 되었지.

당신이 다시 나타날 때까지. 당신이 자정 무렵에, 혹은 고객과의 약속 사이에 불쑥 나타날 때까지. 내 의지는 아무런 상관이 없다는 듯, 내 욕망은 아무런 의미가 없다는 듯 나를 소유하던 그 두 손. 내 옷을 벗기고 나에게 자세를 취하게 하던 그 손. 당신이 가장 즐기던 체위, 두 손으로 침대를 짚고 무릎을 꿇거나 창문을 마주 보고 서는 자세를 취하게 하던 그 손. 무릎을 꿇는 자세는 잠깐이었지만, 구역질이 치밀어 오르는 목구멍을 학대하듯 최대한 확장하고 오럴섹스로 당신에게 쾌락을 안겨주기 위한 자세였다.

밤이면 밤마다, 낮이면 낮마다 나는 당신의 성적 소유물로 살았다. 당신은 무릎을 꿇으라고, 옷을 벗으라고, 내 방으로 가서 기다리라고, 다음 고객은 어떤 사람이라고 말할 때 말고는 내게 말을 거는 일이 거의 없었다. 우리는…… 대화를 하는 일이 거의 없었다. 당신은 불쑥 나타나 명령을 내려 내 몸을 취하고 떠났다.

그리고 내 몸은 당신의 말에 **복종했다**. 아직까지도 내가 이상하게 여기는 게 바로 그 부분이다. 내가 언제나 복종했던 일. 내 몸이 당신의 명령에 반응했던 일. 당신과 관련된 일에 대해서는 내게 아무런 의지도 없었던 일. 당신에게 나를 통제하거나 내게서 반응을 이끌어내는 비밀스러운 방법이라도 있는 것처럼 느껴지던 일.

그래서 당신의 죽음을 애도하느냐고?

그런 것 같다.

잘 모르겠다.

나는 아무것도 모르겠다.

그날 텅 빈 건물에서 당신이 내게 들려준 이야기들은 진실일까? 4년 3개월 9일? 아니면 6개월? 난 몇 살이지? 그 기억들은 정말로 내가 되찾은 기억일까? 미술관에서 〈마담 엑스〉 앞에 앉아 있던 기억이 난다. 그런 다음 당신과 함께 〈별이 빛나는 밤〉을 보러 가던 일도 기억난다. 지금도 느껴진다. 내 휠체어 바퀴 밑으로 지나가던 바닥의 질감이. 어두운 대양 속 아름다운 섬처럼 침침한 분위기 속에 예술 작품 위에만 밝게 켜져 있던 조명이. 당신이 내 뒤에서 두 손으로 손잡이를 잡고 휠체어를 천천히 밀던 것도 기억난다. 당신이 알고 있는 작품을 손가락질하며 작품의 이름을 말하고 일방적인 대화를 이끌어가던 일도. 왼쪽으로 한 번, 오른쪽으로 한 번 모퉁이를 돌고 긴 복도를 따라가다가 마침내 〈별이 빛나는 밤〉 앞에 멈추어 서던 일도. 나는 그 일을 **기억한다**. 내게는 그 일이 **현실**이다.

그러나 그것은 불가능한 일이다. 〈마담 엑스〉와 〈별이 빛나는 밤〉은 다른 미술관에 전시되어 있기 때문이다.

따라서 내 기억은 거짓이다.

인간은 어떤 일을 소재로 기억을 창조해낼 수 있다. 인간은 거짓을 진실이라고, 진실을 거짓이라고 자신을 확신시킬 수 있다.

그렇다면 기억도 없는 상황에서 나는 무엇을 믿어야 할까?

모순이 존재한다면 무엇이 진실일까? 당신, 케일럽은 당신 자신에 대해서도 거짓말을 했다. 그런 당신이 나에 대해 진실을 말했는지 내가 어떻게 알겠는가?

나는 정말로 이사벨 드 라 베가일까? 케일럽 인디고가 무(無)에서 창조된 인물이라면, 이사벨 역시 당신이 창조해낸 인물일 수도 있지 않을까?

나는 그냥 당신이 목격한 사고의 희생자 중 한 명일뿐인데, 당신이 나를 보고 욕심이 생겨서 나를 취한 것이라면? 내가 아무것도 기억하지 못한다고 생각하는 것은 사실일까?

당신은 마담 엑스, 나는 케일럽. 내가 당신을 악당의 손에서 구했어.

당신의 과거도 내 것이고, 당신의 영혼도 내 것이야.

당신은 내 여자야.

나는 테라스에 서 있었다. 돌가루가 느껴지는 담장 위에 두 손을 얹고 밤의 도시를 물끄러미 내다보는 중이었다. 마치 도시가 숨을 쉬고 삶을 살고 움직일 수 있기라도 한 것처럼. 당신을 다시 겪으면서, 당신을 의심하면서, 나 자신을 의심하면서, 모든 것을 다 의심하면서, 내 이름과 내 과거와 내 기억을 의심하면서.

실제로 일어난 일은 아무것도 없다.

진실은 없다.

그때, 아, '당신'이 느껴졌다.

'당신'은 내 옆 담장에 몸을 기댔다. 등이 아닌 엉덩이를 기댔다. '당신'의 손이 '당신'의 입을 덮자 불꽃이 일면서 연기가 피어올랐다. '당신'은 숨을 들이마셨다.

지난 며칠 동안 '당신'은 내가 대부분의 시간을 혼자 보낼 수 있게 해주었다. 그 며칠 동안 나는 여러 일을 곱씹고 되새기면서 허우적대며 지냈다. 기억 속에서, 생각 속에서 길을 잃은 채.

"이제 그만하면 됐어요, 이즈. 그자는 이런 대우를 받을 자격이 없는 인간이에요." '당신'은 한입 가득 연기를 문 채 이렇게 말했다.

"난 모든 것이 다 의심스러워요, 로건."

'당신'은 입가에 담배를 끼우고 나를 끌어당겼다. 내 뺨이 '당신'의 가슴에 닿게. 내 귀밑에서 심장박동이 울렸다. "이 소리 들려요?"

"네."

"이게 뭐죠?"

"당신 심장이요."

"맞아요. 그 심장이 뭘 하고 있죠?"

"로건, 난 도대체……."

"내 심장이 뭘 하고 있죠, 이즈?"

"뛰고 있어요."

"왜일까요?"

"왜냐고요?" 나는 혼란스러움을 느끼며 코에 주름을 잡고 고개를 돌려 '당신'을 쳐다보았다. "그게 무슨 말이에요. 왜라뇨?"

"내 심장은 왜 뛰고 있을까요, 이사벨?"

"음. 그건 당신이……."

"당신을 위해서예요." '당신'은 뺨이 움푹해지도록 담배를 빨았다가 회색 연기를 뿜어냈다. "내 심장은 당신을 위해서 뛰고 있는 거예요."

"그리고 내 심장은 당신을 위해서 뛰고 있는 거고요. 하지만……."

"당신 이름이 뭐죠? 이름 전체 말예요."

"이사벨 마리아 드 라 베가 나바로요." 나는 불안정하게 숨을 내쉬었다. "하지만 그 사람이 거짓말을 너무 많이 했단 말예요, 로건. 이제는 무엇을 믿어야 할지 모르겠어요."

"내가 당신을 사랑한다는 사실을 믿어요. 내가 이 아기를 사랑한다는 사실을 믿어요." '당신'은 내 셔츠 밑으로 한 손을 넣어 내 배를 꾹 눌렀다. "이 생명, 당신의 배 속에서 자라고 있는 생명을요. 난 당신의 모든 점을 사랑해요. 난 마담 엑스와 사랑에 빠졌지만, 이사벨 마리아 드 라 베가 나바로와는 더 깊은 사랑에 빠졌어요. 그리고 지금도 하루에 한 번씩 꼭 당신과 사랑에 빠져요. 우리가 스페인에서 보낸 한 주, 기억해요?"

"물론이죠! 내가 살아 있는 한 절대 잊지 못할 거예요. 내 평생 최고의 한 주였거든요."

"우리가 스페인에서 지내는 동안 케일럽이 당신에게 어떤 거짓말을 했는지가 중요했나요? 어떤 말이 진실이고 어떤 말이 진실이 아닌지가 중요했나요?"

"아뇨." 나는 그 말이 작지만 무거운 진실이란 사실을 깨달으며 속삭였다.

"그래요, 그렇지 않았죠." '당신'은 담배꽁초를 저 아래 거리로 던졌다. "내 옆에 누워 잠에서 깨면서 당신은 그자를 생각하나요?"

"아뇨."

"그럼 무엇을 생각하죠?"

나는 얼굴을 붉혔다. "당신, 우리, 우리가 나누는 사랑을 생각해요."

"그럼, 어떤 말이 진실이고 어떤 말이 진실이 아닌지는 중요하지 않은 거네요."

"네."

"그래요, 그건 전혀 중요하지 않죠. 당신은 이사벨이에요. 그게 진실이에요. 당신은 이사벨이 되기로 **선택했고** 이사벨이 **됐어요.** 날 사랑하기로 선택했고, 내 사랑을 받아들이기로 선택했죠. 이제 과거를 흘려보내기로 선택할 차례예요. 과거는 당신을 정의하지 않아요. 물론 우리의 과거는 우리를 형성해요, 이사벨. 우리에게 영향을 끼치기도 하고요. 우리의 과거는 우리의 일부니까요. 때로 과거가 미래를 알려줄 수도 있어요. 그러나 우리의 과거가 곧 우리 자신인 것은 **아니에요.** 당신은 더 이상 미담 엑스가 아니에요. 어쩌면 케일럽이 당신 둘이 어떻게 만났는지, 당신이 몇 살인지, 당신이 얼마 동안 의식 불명에 빠져 있었는지, 자신의 정체가 무엇인지, 그 모든 것에 대해 거짓말을 했을 수도 있어요. 그자의 말은 진실일 수도 있고 진실이 아닐 수도 있어요. 그리고 그걸 확실히 알아낼 수 있는 방법은 없어요. 그자는 죽었어요, 이사벨. 그자가 진실을 알고 있는 유일한 인간이었는데 말이죠. 그런데 당신은 그동안 그자에게서 뭘 더 알아냈죠? 하물며 그자가 살아 있었을 때에도 더 알아낸 건 별로 없잖아요. 난 우리가 당신에 대해, 그자에 대해, 그 밖의 모든 일에 대해 완벽한 진실을 알아낼 수 있을 거라고 생각하지 않아요."

'당신'은 검지로 내 턱을 들어 올렸다. "당신은 여기 살고 있어요, 이즈. 그런 건 이제 중요하지 않아요. 아무것도 중요하지 않아요. 더 이상은요. 왜냐하면 자기, 당신과 내게는 함께 살아갈 아름다운 미래가 있기 때문이에요." '당신'은 내게 키스했다. 담배 맛이 났지만 상관없었다. 그게 '당신'이었으니까. "아직 쓰이지 않은 미래 말예요. 우리는 무엇이든 우리가 원하는 대로 미래를 만들어나갈 수 있어요. 하지만 그러려면 이제 당신이 케일럽을 보내줘야 해요. 제이콥을 보내줘야 해요. 마담 엑스를 보내줘야 해요."

나는 숨만 쉬었다. '당신'의 체취를 들이마시고만 있었다. 두 손을 쫙 펴 '당신'의 가슴에 얹은 채, 그 손을 밀어 올려 '당신'의 목덜미를 어루만지면서, 수염이 거뭇하게 자란 턱과 입술을 느끼면서, '당신'의 머리칼 속에 손가락을 묻으면서 '당신'을 들이마셨다.

그리고 '당신'에게 키스했다.

'당신'을 맛보았다.

그 키스를 통해, '당신'의 입술 맛을 통해,

나는 우리의 미래에 키스하고

우리의 미래를 맛보고

우리의 미래를 들이마셨다.

'당신'과 함께.

17

폭발이 일어나고 두 달이 흐른 어느 날 우리 집 초인종이 울렸다.

나는 책을 읽는 중이었고 '당신'은 요리를 하는 중이었다.

당신이 인터폰에 대고 대답했다. 웅얼거리는 목소리, 내게는 익숙하지 않은 차가운 남자 목소리로.

"알았소, 들어오시오." '당신'의 목소리에서 경계심, 조심성이 느껴졌다. "그런데 무슨 일이오?"

"드 라 베가 양에게 이야기를 해야 합니다, 라이더 씨. 죄송하지만, 그분 말고 다른 사람한테는 아무것도 알려드릴 수가 없습니다."

이제 내가 나서야 할 때였다. 나는 헐렁한 드레스와 허리 고무줄이 늘어나는 요가 바지 차림이있다. 들고 있던 전자책 기계를 내려놓고 기다렸다. 맨발에 니트와 청바지를 입은 편안하고 완벽한 '당신'이 먼저 모습을 드러냈다. 방문객은 키가 크고 야위고 약간 구부정한 사내였다. 어느 순간이든 바람이 불면 날아갈 것 같은 외모였다. 대머리인 사내의 머리에는 가장자리에만 흰색이 섞인 짙은 색 머리칼이 몇 가닥 남아 있었다. 비싼 쓰리피스 양복을 입은 사내는 가슴에 행커치프까지 꽂고 딱 어울리는 넥타이를 매고 있었다. 남자의 손에 얇은 갈색 서류 가방이 들려 있었다.

나는 자리에서 일어섰다. "제가 이사벨 드 라 베가인데요."

남자가 한 손을 내밀었다. "안녕하세요, 드 라 베가 양. 제 이름은 마이클 얀시 보웬입니다. 〈보웬, 브라운, 앤드 캘러헌〉 사의 공동 경영자 중 한 명이죠."

"제가 어떻게 도와드리면 되나요, 보웬 씨?" 나는 마담 엑스의 페르소나라고 생각되는 차갑고 냉담하고 거만한 태도로 말했다. 그녀를 완전히 잊었다고 생각했는데, 필요할 때 무심한 그녀의 태도를 소환해낼 수 있다는 사실을 알게 되자 안심이 되었다.

"우리 회사는 케일럽 인디고 기업의 대행사입니다. 대리인으로서 전국에 퍼져 있는 인디고 회사 전체를 관리한답니다."

"그러니까, 제가 어떻게 도와드리면 되냐고요?"

마이클 얀시 보웬은 커피 테이블 옆에 비스듬하게 놓여 있는 의자를 힐끗 쳐다보았다. "앉아도 되겠습니까?"

나는 불안감을 숨기려고 고압적인 태도로 의자를 가리켰다. "그러세요. 커피나 차 한 잔 드릴까요?"

"아뇨, 고맙지만 괜찮습니다." 마이클은 의자에 앉아 커피 테이블 위에 서류 가방을 내려놓더니, 엄지로 잠금장치를 딸깍 밀어 열었다. 그 안에서 서류봉투를 한 장 꺼내더니 다시 나를 바라보며 그 봉투를 내 앞에 내려놓았다. "드 라 베가 양도 아시겠지만 인디고 씨는 탁월한 사업가였습니다. 그분은 굉장한 부자였고, 그 자산 규모를 고려할 때, 자산 관리를 아주 잘하는 분이기도 했습니다. 그분의 자산은 맨해튼에 있는 고층건물, 자동차 몇 대, 전용 제트 기 한 대, 카리브해의 아담한 별장 등입니다. 부동산은 그 정도이 지만…… 전 세계 비과세 은행에 넣어놓은 유동자산이 어마어마 하게 많습니다."

"그게 저랑 무슨 상관이죠, 보웬 씨?"

보웬은 서류봉투와 그 안에 든 얇은 종이 묶음을 손으로 가리켰 다. "빌딩은 다른 부동산들, 사업체, 계열사들과 함께 이미 매각되 었습니다. 인디고 씨는 빚이 없었기 때문에 모두 꽤 큰 이윤이 남 았죠, 거기에 그분이 소유하고 있던 어마어마한 액수의 유동자산 을 모두 합쳐 놓았습니다."

"그러니까, 다시 물을게요, 보웬 씨, 그게 저랑 무슨 상관이냐고 요? 말씀을 하세요. 제가 어려운 법률용어들을 끝까지 들어드릴 시간이 없어서요."

보웬은 그 즉시 다시 봉투를 가리켰다. 정장 안주머니에서 비싼 펜을 한 자루 꺼내더니 그것으로 종이 묶음 첫 장을 두드렸다. "인 디고 씨는 정기적으로 유서를 작성했습니다. 몇 년 전 제가 개인 변호사로서 작성해드린 유서를 4개월에 한 번씩 검토하고 갱신했 는데 간단하지만 전면적인 갱신이었습니다."

보웬이 두드린 종이 맨 아랫부분에 숫자가 적혀 있었다. 아주 큰 수였다. 달러 기호와 마침표 사이에 적인 숫자에는 쉼표가 세 개나 달려 있었다.

"한 번 더 물을게요, 보웬 씨. 그게 저랑 무슨 상관이란 말씀이시죠?"

"4개월 전 유서를 갱신할 때 인디고 씨가 드 라 베가 양을 자신이 죽은 뒤 모든 자산을 물려받을 유일한 상속인으로 지정했습니다."

"뭐라고요?"

"일단 빌딩, 부동산, 여러 개의 업체와 기업을 매각한 뒤, 드 라 베가 양께서 수령에 동의한다는 서명을 하시면, 총 148억 7754만 3231달러 21센트를 고객님께 분산 지급해 드리기로 되어 있습니다."

머리가 핑 돌았다. "21센트라고요?"

보웬은 숫자를 확인했다. "네, 21센트 맞습니다."

"진담이시군요?"

"21센트 말씀이십니까?"

"아뇨, 보웬씨. 21센트 말고요. 아까 뭐라고 말씀하셨죠? 140 몇억이라고요?"

"148억 7754만 달러입니다."

아까부터 계속 숨쉬기가 힘들었다. "그 빌어먹을 개자식이 나한 테 140억 달러를 남겼단 말씀인가요?"

"그런 것 같습니다. 드 라 베가 양." 보웬은 펄럭펄럭 서류를 넘기며 유산 수령 절차를 설명하기 시작했다.

그냥 서명만 하는 것이 아니었다. 절차는 훨씬 더 복잡했다. 그리고 나는 그 설명을 듣고 있지 않았다.

나는 자리에서 일어서서 보웬 옆을, 테이블 옆을, 그 설명 옆을 떠났다. 보웬은 계속 설명을 하고 있었다. 결국 나는 걸음을 멈추고 한 손을 들었다. "사과드립니다, 보웬 씨. 부탁인데…… 잠깐만 조용히 계셔주세요."

2층으로 올라가 옥상 테라스로 나가고 있는 나 자신을 발견했다. 숨을 들이마시고 내쉬었다. 자리를 찾아 앉은 뒤 하늘을, 구름 조각이 점점이 찍혀 있는 옅은 하늘색 창공을 바라보았다.

'당신'의 기척이 들렸다. '당신'이 내 의자 옆자리에 앉는 것이 느껴졌다. '당신'의 두 팔이 내 어깨를 감싸는 것이 느껴졌다. '당신'은 내 등이 '당신'의 몸에 닿게 나를 뒤로 끌어당겼다. "보웬 씨한테는 우리가 그쪽 사무실로 찾아가겠다고 말했어요. 이 일에 대해 고민할 시간이 필요하다고요."

"고마워요, 로건."

"148억 달러예요, 이사벨. 엄청나게 큰돈이죠. 그 돈이면 당신은 세계에서 가장 부유한 사람들 대열에 낄 수 있어요."

"148억 달러가 어느 정도 큰돈인지, 난 잘 모르겠어요, 로건. 그 사람이 부자인 건 알고 있었지만…… 그게 그냥 부유한 정도인가요? 그 많은 돈을 어디에서 벌었을까요? 에스코트, 신부 서비스로 번 건 아니에요. 마담 엑스 사업으로 번 것도 아니고요."

"아니죠. 그건 확실히 아니죠. 그자는 온갖 것에 손을 대고 있었어요. 부동산, 주식, 첨단산업 등. 그자는 아마 대부분의 돈을 첨단산업 쪽에서 벌었을 거예요. 그자가 소유한 회사 가운데 어떤 의료기기 특허권을 보유하고 있는 기업이 있었어요. 모든 병원, 모든 의사의 진찰실, 전 세계 수백만 기반 시설에서 사용되는 기기의 특허권 말예요. 케일럽은 그 기기를 개발한 것이 아니라 그 기기를 개발한 업체를 매입한 거예요. 그 업체가 판매 유통망을 확보하지 못해서 허우적대고 있었으니까요. 케일럽은 그 특허권의 가치를 알아보고 그 기업을 인수했어요. 그런 다음에는 병원을 하나하나 확보해 나갔어요. 그러다가 마침내 초대형 병원의 소유주들이 그 기기에 관심을 갖게 되었고, 그 결과 들불처럼 빠른 속도로 그 기기가 보급됐죠. 아마도 당신이 의식 불명에 빠져 있었던 동안 일어난 일인 것 같아요. 그전에 그자가 보유하고 있던 재산은 부동산, 주식, 온갖 종류의 중소기업 몇 개가 다였거든요. 그 의료기기가 성공한 뒤로는 돈 놓고 돈 먹기가 시작된 거고요."

"그래도…… 그런 방법으로만 과연 148억 달러를 벌 수 있을까요?"

"물론 엄청나게 큰돈이죠, 이즈."

심장이 뒤틀렸다. "너무 큰돈이에요. 그리고…… 그 사람 돈이고요."

"생각해봐요. 알았죠? 아무리 그 자한테서 나온 돈이라고 해도

148억 달러잖아요, 이사벨. 그렇게 큰돈을 거절할 수는 없어요."

"나…… 난 못해요, 로건. 그냥 그럴 수 없어요."

"그렇게 큰돈을 거절할 수 있는 사람은 없어요."

나는 고개를 저으며 자리에서 벌떡 일어나서 사납게 걸음을 옮겼다. "아뇨, 로건. 그런 뜻이 아니에요. 난 그 돈을 받을 수 없어요. 단 한 푼도요. 그렇게는 못 해요. 받지 않을 거예요. 그 사람 소유의 것은 아무것도 못 받아요. 그 사람은 지금껏 날 충분히 소유해왔어요. 그런데 죽고 나서까지 날 소유하고 통제하려는 거예요. 그 돈을 받으면 난 영원히 케일럽 인디고의 소유물이 되고 말 거예요."

"진심이군요."

나는 고개를 돌려 '당신'을 쳐다봤다. "나한테 돈은 아무런 의미도 없어요, 로건. 아무리 현실적으로 생각하려고 해도 말이죠. 솔직히 말하면 나한테 돈은 그저 숫자에 불과해요. 그 돈은 아주 큰 숫자지만, 그래도 그냥 숫자일 뿐이에요. 그리고 케일럽의 것은 그 무엇도 받을 수 없어요. 그 사람이랑 계속 관계를 맺은 채 살아갈 순 없잖아요. 결국은 그렇게 되고 말 테니까요."

"알겠어요. 정말로 이해가 돼요. 그래도 한 번 생각은 해봐요. 적어도 하루 이틀 정도는."

나는 고개를 저었다. "아뇨, 로건. 그럴 필요도 없고 그러고 싶지도 않아요. 내 마음은 안 바뀔 거예요."

"당신이 그걸 원하는 게 확실해요? 그냥 이렇게 말할 수 있단 말예요? '고맙지만 괜찮아요. 당신의 148억 달러는 그냥 넣어두시겠어요?'라고."

"당신이 그렇게 말하니까 내 선택이 바보같이 들리잖아요, 로건." 나는 짜증이 났다. 솔직히 말하면 '당신'에게 약간 화가 났다. "나는 그 돈, **케일럽**의 돈을 거절함으로써 내 인생의 주인이 되려는 거예요. 내가 복권에 당첨된 게 아니잖아요. 내가 번 돈도 아니고요. 이건 무덤 속에서까지 날 조종하려는 케일럽의 수작이란 말예요. 나는 케일럽의 돈을 거절할 수밖에 없어요. 더 이상은 그 사람의 창작물, 창조물, 노예, 소유물로 살 수도 없고, 그럴 생각도 없으니까요. 액수와 무관하게 그 돈을 받는 건 나 스스로 그 사람의 지배 아래로 들어가는 거예요. 그 사람에게 또 나를 파는 거라고요. 그건 내가 그 사람을 영원히 떠나지 못하는 것이나 마찬가지예요. 내 인생을 지배하던 케일럽으로부터 자유로워지려면, 정말로 자유로워지려면, 그 사람과의 모든 관계로부터 자유로워져야해요. 아무리 막대한 액수라고 해도 그 관계에는 그 사람의 재산도 포함되고요."

'당신'은 걸어와 내 앞에 서고는 두 손으로 내 얼굴을 감쌌다. "돈을 받지 않겠다는 당신의 선택이 바보 같다고 말하려는 의도는 아니었어요. 그저…… 엄청나게 큰돈이라서, 이 세상에 148억 달러가 싫다고 말할 수 있는 사람은 없을 거라고 생각해서 한 말이에요."

"148억이란 숫자를 계속 말한다고 해서 그게 내 피부에 와 닿지

는 않아요, 로건. 나는 큰돈을 현실적으로 이해하는 능력이 없거든
요. 그걸 정말로 이해하는 사람은 없을 거라고 생각하지만 나는 더
더욱 그래요. 내 인생은 돈의 가치를 이해하는 데 필요한 경험을
할 수 있는 삶과 거리가 멀었으니까요." 나는 '당신'의 손목을 두 손
으로 잡았다. "게다가 난 그 돈이 필요하지 않아요. 어떤 기준으로
보더라도, 당신도 가난한 건 아니잖아요. 내가 원하는 것, 내게 필
요한 것이라면 그게 뭐든 당신이 그걸, 아니, 그 이상으로 내게 그
걸 사주겠죠. 나는 당신이 그러리라는 걸, 아니, 당신을 전적으로
믿어요. 내게 케일럽의 돈이 필요하지 않은 것은, 내 옆에 당신이
있기 때문이에요. 언젠가는 내 소망대로 나 역시 나만의 돈을 벌
수 있을 테고요."

"내가 당신과 함께 있어요, 자기. 당신은 내가 부양할게요."

"그럼 내 선택을 이해하는 거예요?"

"그래요, 이해해요. 너무나 오랫동안, 너무나 열심히 일했기 때
문에, 무일푼에서 출발했기 때문에 돈을 바라보는 내 관점은 당신
의 관점과 다르지만요. 나도 돈 자체를 목표로 추구하지는 않아
요. 성공을 추구하죠. 나는 내 일이 좋아서 즐기면서 최선을 다했
는데, 운 좋게 그 일이 많은 돈을 벌어주는 최고의 수단이 된 경우
예요. 따라서 나한테 지금 돈이 있다는 것은, 148억 달러가 어떻
게 보이고 어떻게 느껴지는지 그걸 현실적으로 가늠할 능력이 남
들보다 더 많단 뜻이에요. 당신이 거절하려는 것이 어떤 것인지 더
잘 이해한다는 뜻이죠. 그렇지만 이건 내가 해야 하는 선택이 아니

잖아요."

"이게 당신이 해야 하는 선택이라면, 당신이 결정을 내려야 한다면, 당신은 그 돈을 받을 건가요?"

'당신'은 잠깐 생각에 잠겼다. "나라면 그 돈을 내가 왜 받아야 하는지 합리화하는 데 더 집중할 것 같아요. 그냥 한 번 이야기해 볼까요?"

"그럼 해봐요. 난 결정을 바꾸고 싶은 마음이 없지만."

'당신'은 다시 생각에 잠겼을 뿐 내 말에 곧바로 대답하지 않았다. "내가 작은 제안을 하나 해도 될까요?"

"어떤 제안인데요?"

"그 돈을 거절하지 말아요. 아직은 잘 모르겠지만 그 돈을……다 써버리는 방법이, 그 돈이 필요한 사람 누구에게나 막 퍼주는 방법이 있을 거예요."

"그래서 나더러 어떻게 하란 말인가요?"

"기부하는 거예요. 그 돈이면 얼마나 많은 자선 재단을 설립할 수 있는지 알아요? 당신이 아무리 많이 기부한다고 해도 바닥나지 않을 만큼 많은 돈이에요. 그 돈에서 아주 적은 일부만 할애해도, 지역 학교 사업의 1년 비용 전체를 충당할 수 있을 정도로 큰돈이라고요. 도시 하나의 아이들 모두를 대학 교육까지 시킬 수 있죠. 수천만 명의 사람들에게 음식을 줄 수도 있고요. 아프리카에 우물을 만들 수도 있고, 노숙자들을 위한 쉼터를 세울 수도 있어요. 내가 말하려는 요점은 그 돈으로부터 도망치려고만 하지 말라는 거예요. 당신 자신을 위해서라면 그 돈을 받을 필요가 없겠지만, 그 돈을…… 금고 속에서 썩게 내버려두지 말라는 거예요. 받아서 다른 사람들을 위해 씁시다. 케일럽의 돈을 자금으로 비영리 재단을 세웁시다. 말 그대로 사람들을 도우며 그 돈을 다 쓰는 데 평생이 걸릴 수도 있어요. 148억 달러잖아요, 이사벨? 세상을 바꿀 수 있을 만큼 큰돈이에요. 세상을 바꾸는 데 그 돈을 써요."

"날 도와줄 건가요?"

"물론이죠."

"그럼 그렇게 해요." 내게 닥친 일 때문에 머리에서 열이 났다. 머릿속에서 여러 생각들이 너무 빠르게 빙글빙글 떠올라서 하나씩 차근차근 생각할 수가 없었다. "예전에 당신이 기부하는 자선 단체 이야기들을 들려줬을 때도 이런…… 흥분을 느꼈었어요. 당신 이야기를 듣는 것만으로도. 지금도 그런 생각을 떠올리기만 했는데도 흥분이 되네요. 세상을 더 나은 곳으로 만드는 것보다 케일럽의 돈을 더 잘 쓸 수 있는 방법은 없겠죠?"

"당신이 비영리 재단을 직접 운영하고 싶어요? 할 일이 아주 많은데요, 자기."

"하지만 이건 세상을 바꾸는 일이잖아요. 세상이 바뀌기 시작하면 케일럽에게 돈을 벌어 준 그런 직종들도 사라질 거예요. 당신 덕분에. 당신도 알잖아요. 내가, 아니, 마담 엑스 그녀가 하던 일에 내가 싫증을 점점 더 심하게 느끼고 있었다는 사실을요. 그 일에 무슨 가치가 있는지 의문이 든다고 전에도 말했던 것 같은데요.

그 일을 하면서 내가 얼마나 자주, 내 시간을 낭비하고 있는 것 같은 기분을 느꼈는지, 망가진 개자식들을 사람 구실이나 하게 만들려고 나 자신을 소모하고 있는 것 같은 기분을 느꼈는지 말예요. 특히나 내가 그 인간들을 바꾼 것이 아니라 그저 개자식을 내면 깊이 숨기는 방법을 알려준 것뿐이라는 사실이 분명하게 느껴질 때면 더더욱 그랬어요. 그런데 이 일은 어떤가요? 이 일을 제안한 사람은 당신이잖아요. 이건 삶을 바꾸는 어떤 강력한 일을 할 수 있는 절호의 기회예요. 난 돈만 기부하고 싶지는 않아요. 난…… 그 일을 **직접** 하고 싶어요. 우물도 직접 파고, 그 돈이 이루어내는 일을 직접 목격하고 싶어요."

'당신'은 끙 소리를 냈다. "그 일을 하는 당신을 지켜보면 참 멋지겠네요."

"당신도 돕기로 했잖아요, 로건. 우리가 함께 해내는 거예요."

"난 비영리 재단을 설립하는 일을 도울게요. 자금을 분산하고 면세 혜택을 받고, 뭐 그런 일 말예요. 그리고 당신이 그 밖의 다른 일, 직원을 채용하고 사무실 볼트와 너트를 조이는 일을 할 수 있게, 법인 허가를 받을 수 있게 해줄게요. 그게 내가 지금 하고 있는 일이니까요. 하지만 이건 당신 일이에요, 이사벨. 난 당신을 도울 거고, 어디든 당신과 함께 갈 거예요. 당신이 아프리카에서 우물을 파면 나도 함께 팔 거예요. 당신이 태국의 성매매 촌에서 소녀들을 구한다면, 나도 함께 구할 거예요. 하지만 자기, 그 모든 계획은 당신이 세워야 돼요."

나는 이의를 제기하지 않았다. '당신'의 말이 옳았기 때문이다.

평생 처음으로 내게 목표가, 나 스스로 선택한 어떤 것이 생겼다. 당신, 케일럽에게 빚을 졌지만.

또다시.

그러나 이번 빚은 긍정적인 것이었다.

당신의 재산으로 내가 해낼 일들을 볼 수 있다면 당신이 어떻게 생각할지 궁금했다.

18

나는 주치의의 진찰실 안, 초음파 검사실에 누워 있었고, '당신'은 내 왼쪽에 놓인 의자에 앉아 두 손으로 내 손을 꼭 쥐고 있었다. 나의 다른 한 손은 브라 밑까지 걷어 올린 셔츠를 잡고 있었다. 초음파 검사용 젤이 묻지 않게.

초음파 검사 전문가인 리사라는 여자가 검사용 막대에 붙은 손잡이를 잡고 내 배 전체를 문지르면서 이런저런 각도로 배 속을 화면에 띄우기도 하고 자판을 두드리기도 했으며 컴퓨터 마우스에 들어 있는 것 같은 볼을 돌리기도 했다. 리사는 태아의 크기를 측정하면서 곧 검사 결과를 확실히 알게 될 거라고 말했다.

나는 내 눈에 보이는 것을 판독하려고 애쓰면서 내 침대 맞은편에 놓여 있는 모니터 화면을 들여다보았다. 하지만 온통 알아볼 수 없는 것투성이였다. 물방울과 그림자와 흰색과 검은색, 가끔씩 색이 변하면서 움직이는 줄 같은 것 말고는 아무것도 보이지 않았다.

'당신'은 나를 흘끔 쳐다봤다. 집중을 하느라 그런지 눈썹이 축 처진 시무룩한 표정을 짓고 있었다. 내 눈에는 안 보이는 뭔가가 보이나?

리사가 버튼 하나를 누르자 갑자기 일정한 간격의 소리가 방을 가득 채웠다. 심장박동 소리였다. 그런데 메아리치는 소리, 혹은, 겹쳐 울리는 소리가 또 하나 있었다. 쿵쿵-둥둥-쿵쿵-둥둥, 딱 심장 소리라고 판단하기에는 너무 빠른 소리였다.

"이렇게 소리가 울리는 게 정상인가요?" 내가 물었다.

"제가 보기에는……." 리사는 말을 끝내는 대신 검사용 막대를 다른 부위에 대고, 그 부위를 확대하면서, 심장박동 소리를 다시 녹음했다.

막대를 문지르고 방향과 각도를 바꾸고 뭔가를 확대하면서, 눈썹을 찌푸렸다. 미간에 주름이 팼다.

"뭐가 잘못됐나요?" 내가 물었다.

"잘못된 건 없어요. 그저 제 생각이 맞는지 여러 방법으로 확인하려는 것뿐이에요. 그냥 가만히 누워 계세요." 리사는 방을 나갔다가 잠시 뒤 다른 여자 한 명을 데리고 들어와 초음파 판독 전문가 메건이라고 소개했다.

메건은 질 초음파 검사라는 사소하지만 놀라운 경험을 내게 안겨 주었다. 그녀는 리사와 같은 일을 했지만 질 내부로 기계를 넣는다는 점이 달랐다. 기분이 이상했다.

리사가 내게 아무 말도 하지 않았고 메건 역시 마찬가지였기 때문에 걱정이 되었다. 공황장애 증상이 또 나타날 것만 같았다.

"도대체 무슨 일인지 제발 말씀 좀 해주시겠어요?" 나는 내 목소리에서 두려움의 흔적을 지우려고 애쓰며 말했다.

'당신'은 내 손을 꽉 쥐며 나를 향해 미소 지었다. **괜찮아요.** '당신'은 말없이 내게 그렇게 말하고 있었다.

"그러죠." 메건은 어떤 부분을 확대하며 말했다. 이상하게 겹쳐 울리는 심장 소리가 다시 들렸다. 메건이 검사용 막대를 특정 각도로 지그시 눌렀다. 그러자 시커멓고 둥그런 자궁벽 안쪽에 떠 있는 자그마한 흰색 방울 두 개가 보였다. 메건은 검지로 모니터 화면을 가리켰다. "엄마, 아빠, 여기 보이는 게 아기들이에요."

"뭐라고요?" 나는 숨이 막히는 여자처럼 말했다. 정말로 그랬다.

"쌍둥이를 임신하셨네요."

"확실한 거예요?"

메건은 소리 내어 웃었지만 불쾌해하는 웃음은 아니었다. "네, 확실해요. 잘못 볼 수가 없어요. 특히 이 각도에서는" 그러고는 검지로 화면을 쿡쿡 찔렀다. "하나, 둘, 맞아요. 둘이네요."

쌍둥이라니.

아기가 자라고 있다는 건 이미 알고 있었지만, 둘이라니.

집으로 돌아왔다. 우리는 둘 다 어리둥절한 기분이었다. 현관을 통해 들어서자마자 나는 정신이 아득해 소파 위로 무너졌다.

충격적이었다. 엄마가 될 준비는 어떻게 하는 거지? 단편적인 기억 몇 조각 외에는 내게는 우리 엄마의 기억이 없었다. 그동안 떠오른 다른 기억도 없었고 앞으로도 그럴 것 같지 않았다. 최소한의 중요한 기억조차 없었다. 아버지에 대한 기억 역시 없기는 마찬가지였다. 대수롭지 않은 기억 한두 조각 말고는 내 어린 시절도 기억나지 않았다. 본보기가 될 만한 기억이 없는데, 내가 잘하고 있는지 어떻게 알지?

아이들을 사랑하는 문제는 걱정하지 않았다. 이미 너무나 격하게 미친 듯이 사랑하고 있었으니까. 나는 아이들을 떠올리고 아이들을 속삭여 불러보았다. 그러자 목구멍을 꽉 막아버리는 감정이 격렬하게 치밀어 올랐다. 아이들을 위해서라면 무엇이든 기꺼이 하고 싶은 마음이었다. 나는 이미 양육에 대한 책을 수십 권 읽은 상태였다. 그 주제를 다룬 블로그도 수백 개 구독하고 있었고 양육과 관련된 온라인 카페도 수도 없이 들락거렸다. 공원에 가서 아이들과 함께 온 엄마들을 지켜보기도 했다. 아기를 둘러 업은 내 모습을 그려보려고 애쓰면서, 자정이나 새벽 세 시쯤 일어나 아기에게 젖을 먹이는 내 모습을 상상하려고 애쓰면서, 자동차 카시트에 작은 생명을 앉히고 벨트를 채우는 내 모습을 떠올려보려고 애쓰면서.

상상은 쉬웠다.

그러나 현실은 언제나 내 상상과 달랐다. 물론 부모가 될 준비가 완벽하게 끝나 있는 사람은 아무도 없는 것 같았다. 생존과 가르침과 사랑을 전적으로 자신에게만 의존하는 생명이 존재한다는 사실을 진정으로 이해하는 것은 불가능한 일 같았다.

내 안에서 자라고 있는 생명을 떠올리는 행위는, 그 무엇보다 더 부모님을 그립게 만들었다. 부모님을 알고 싶은 마음이 간절했다. 그런 감정을 말로 표현하는 것이 내게는 너무나 어려운 일이었다. 사실, 부모님에 대한 기억이 거의 없었던 만큼, 내가 그리워하는 대상은 부모님이 아니었다. 내가 그리워하는 것은…… 부모님이라는 개념이었다. 나는 부모님이 기억났으면 싶었다. 부모님이 가까이 살아계셔서 조언과 도움을 청할 수 있었으면 싶었다. 또……

바라는 게 너무나 많았다.

많아도 너무 많았다.

"이사벨?" '당신'은 내 앞 바닥에 앉아서 나를 올려다보고 있었다. 하나뿐인 싱그러운 파란 눈으로 내 얼굴을 살폈다.

"쌍둥이래요, 로건." 나는 진실을 소리 내어 말했다. 그 진실을 입 밖에 내기만 했는데도 겁이 났다.

"쌍둥이래요, 이사벨." '당신'은 침착해 보였다. 너무나 침착해 보였다.

나는 '당신'을 내려다보았다. "당신은 아무렇지도 않아 보이네요, 로건."

'당신'은 어깨를 으쓱했다. "아기 한 명이 두 명으로 바뀐 것뿐이잖아요. 기저귀, 젖병을 비롯해 모든 것이 더 필요하기는 하겠네요. 사랑도 더 필요할 테고요."

"아기 하나도 감당할 준비가 난 아직 안 됐어요. 그런데 둘이라뇨?" 울지 않으려고 안간힘을 썼지만 헛수고였다. 눈물이 찔끔 났다.

'당신'은 소파 위로 올라앉아, 나를 안아 올렸다. 나는 이제 '당신' 무릎 위에 앉아서 '당신'의 심장 소리에 귀를 기울이고 있었다. 규칙적으로 느리게 울리는 그 소리가 나를 진정시켰다. "괜찮을 거예요, 자기. 우리는 이미 해내고 있는걸요."

"우리가 해내고 있다고요?" 확신은 서지 않았지만 그 말을 소리 내어 해봤다.

"물론 해내고 있죠. 난 이미 여분의 사랑도 챙겨놨어요, 자기." '당신'은 내게 키스했다. 내가 자신을 바라볼 수 있게 했다. 내가 그 말을 이해할 수 있도록, 그냥 듣기만 하는 것이 아니라 그 말에 귀 기울일 수 있도록. "당신과 아기 한 명에게 줄 사랑이 내게 넘쳐난다면, 당신과 아기 두 명에게 줄 사랑 역시 이미 충분한 거예요. 이사벨 당신은 어때 보이냐고요? 당신도 마찬가지일걸요."

"하지만 나는 아기 한 명도 돌볼 줄 모르는데요. 엄마가 되는 방법도 모르고요, 로건."

"아뇨, 당신은 이미 알아요."

나는 고개를 저었다. "나한테는 우리 엄마의 기억이 거의 없어요. 내가 가진 것이라고는 별것 아닌 기억 몇 조각뿐이죠. 그런데 내가 그 방법을 어떻게 알겠어요?"

"당신이 되찾은 그 몇 가지 기억들은 어떻죠?"

나는 숨을 들이마시고 내쉬면서 생각에 잠겼다. "우리 엄마가 참 훌륭한 엄마였다는 인상을 받았어요. 엄마는 나를 보살폈어요. 나를 사랑하셨고요. 그런데 엄마는 아빠도 똑같이 보살피고 사랑하셨어요."

"당신이 알아야 하는 것은 그것뿐이에요, 이사벨. 당신 어머니가 당신을 사랑했고, 당신을 보살펴주었다는 것 말예요. 당신 배 속의 이 아기들을……." '당신'은 손바닥으로 내 배를 짚었다. "당신은 사랑하게 될 거예요. 둘 다 똑같이. 이 아이들을 보살피게 될 테고요. 방법이 뭐냐고요? 세상에 부모가 되는 법칙이 있나요? 정말로 부모가 될 준비가 되어 있는 사람은 아무도 없어요, 자기. 하지만 다들 그렇게 해내요. 배우고 익혀서. 우리도 함께 배워나가면 돼요. 알았죠? 우린 아이들을 사랑하게 될 거예요, **함께**. 아이들을 보살피게 될 거고요, 그것도 **함께**."

나는 고개를 끄덕였다. 아직도 겁은 났지만 왠지 마음이 진정되는 기분이었다.

나는 괜찮을 거라고 내게 간접적으로 말하는 방법을 '당신'이 또하나 찾아냈다는 사실을 깨달았다.

그 뒤 몇 달은 점점 더 부풀어 오르는 배를 끌어안고 비엉리 재단 설립을 준비하며 지냈다. 나는 이름을 지었다. 아기들 이름 말고, 재단 이름을 지었다는 뜻이다. 인디고 재단이었다. 그 돈은 당신, 케일럽의 돈이었으니까. 당신이 번 돈이었으니까. 그 돈을 벌려고 일을 한 사람은 당신이었으니까. 로건과 내가 운용을 해도 그것은 당신의 유산이었으니까.

그런 규모의 재단을 설립하는 과정이 얼마나 복잡한지, 나는 그것을 이해할 수도, 설명할 엄두를 낼 수도 없었다. 그래서 매일매일 '당신', 로건에게 감사했다. '당신'이 그 과정을 얼마나 용이하게 만들어주는지, '당신' 자신의 사업체를 경영하면서 동시에 우리 재단의 계좌를 개설하고 직원 채용 면접을 보고 수천 군데 다른 곳으로 돈을 옮기고 하는 것이 얼마나 번거로운 일인지 잘 알고 있었기 때문이다. 나는 내 나름대로 자선활동에 대해 공부도 하고, 기부나 재단 기금 조성과 관련된 법률이나 규정이 어떻게 되는지 조사도 하고 그러는 중이었다. 본격적으로 그 일을 시작했을 때 내가 과정 전체를 다 파악하고 있어야 한다는 마음가짐으로.

기나긴 과정이었다.

그것은 소규모 창업이 아니었다. '당신'이 말했다시피 평생을 걸어야 하는 사업이었다. 그것은 경악을 금치 못할 만큼 큰돈이었지만, 재단의 기금과 도움을 필요로 하는 곳 역시 무수히 많았다. 그일을 생각하는 것만으로도, 목록을 분류하는 것만으로도 나는 주눅이 들었다. 알아야 할 것도 너무나 많았고, 도울 필요와 가치가 있는 일도 너무나 많았다. 어떤 일을 가장 먼저 하지?

'당신'은 내 옆 의자에 앉아서 나와 마찬가지로 일을 하는 중이었다. '당신'은 이제 거의 모든 일을 집에서 했다. 내 일을 최대한 잘 도울 수 있게 일찌감치 회사 내 인사이동을 감행해 환경을 조성해놓은 덕분이었다. 출산 예정일이 다가오고 있었다. 이젠 어느 날이든 나올 수 있어요. 주치의가 우리에게 말했었다. 그래서 '당신'은 한시도 내게서 떨어져 있지 않으려고 했다. 진찰을 받으러 갈 때마다 동행했고, 아기방을 중성적인 색깔인 초록색으로 혼자 칠하기도 했다. 초음파 성별 검사로 아기가 딸 한 명과 아들 한 명이란 사실을 알게 되었기 때문이다.

딸의 이름은 우리 엄마의 이름을 딴 카밀라, 아들의 이름은 우리 아빠의 이름을 딴 루이스였다.

'당신'은 아기 침대 두 개, 흔들 침대 두 개, 바운서 두 개를 나란히 놓았고, 우주복과 턱받이도 장만했다. 루이스의 물건은 파란색으로, 카밀라의 물건은 분홍색으로 말이다. 친환경 유아용품만 생산하는 어니스트 컴퍼니에서 기저귀와 거즈 수건과 연고도 잔뜩 사들였다. 내 배에서 아이들이 발길질하는 것이 느껴질 때면 '당신'은 내 배에 손을 얹었다. 그 거대한 배에. 나는 매머드가 된 기분이었다. 배가 너무 거대해서 꼼짝도 할 수가 없었고 온몸이 아팠다. 임신을 한다는 것이 어떤 것인지 이제는 뼈저리게 느껴졌다. 너무나 현실적으로. 그곳, 내 배 속에 있는 카밀라와 루이스는 세상 밖으로 나올 준비가 이미 되어 있었다. 아이들을 얼른 낳고 싶었다. 얼른 임신 상태에서 벗어나고 싶었다. 너무니 고달프고 힘들고 진이 빠지는 일이었기 때문이다. 나는 매사에 어찌할 바를 모르고 절절맸다. 그냥 침실에서 계단을 걸어 내려와 부엌에 가는 데

만도 영원처럼 긴 시간이 걸렸고, 잠을 푹 잘 수 없었기 때문에 계속 컨디션이 최악이었다.

나는 계획에 없던 아이를 낳고 혼자서 엄마가 되는 내 모습을 상상해 보았다. 내가 우리를 부양하고 돌봐 주고 보호해 주고 사랑해 주는 로건 없이 혼자 이 일을 겪는다면 어떨까? 혼자 아이를 키우면서 뉴욕 시내로 일을 다니는 여인의 모습을 상상해 보았다. 옥탑방 생활을 유지하려고, 부엌에 음식을 채워 놓으려고, 일터에서부터 퉁퉁 부어 아픈 발로 녹초가 된 몸을 이끌고 귀가하는 여인을.

그리고 그것이 인디고 재단의 첫 번째 사업이 되리라는 것을 알았다. 미혼모 지원 센터 체인을 미국 전역에 세우는 거야. 공과금도 대납해주고 식료품 창고도 채워주고 아기방도 마련해주고 아이들도 돌봐 주고 산후 우울증 치료도 해주는 그런 지원 센터 말이야. 서로 도울 수 있게 그곳에서 정기적으로 지역 미혼모 모임도 열고, 그들이 얼마나 힘든 상황에 처해 있는지 이해해주는 상담 전문가도 상주시키는 거야.

내 계획을 대충 설명하는 이메일을 작성해 '당신'에게 보냈다. 15분 만에 '당신'에게서 답장이 왔다. 그 이메일에는 다음으로 추진해야 할 실무 관련 조언이 담겨 있었다. 첫 번째 센터의 위치를 정할 것, 직원 인터뷰를 시작할 것, 센터 헌장 및 규약을 마련할 것, 다른 기부자를 모집할 것, 식료품 업체, 의료 전문 로펌, 탁아 및 보육 서비스 제공 등 협력 업체를 찾을 것 등. 또다시 나를 주눅 들게 하는 엄청난 목록이었다. 그러나 그 목록 덕분에 나는 사업의 시작을 한 걸음 앞당길 수 있었다.

보잘것없는 안목이나마 내가 보기에 그런 서비스가 가장 필요해 보이는 퀸스 지역에 첫 번째 센터를 세우기로 결정했다. 그리고 그 결정에 따라, 실시간 부동산 검색 사이트를 토대로 향후 이용 가능한 장소 목록을 작성해 '당신'에게 보냈다. '당신'은 다시 그것을 '당신'이 고용한 재단 설립자 비서 중 한 명에게 보냈고, 그 비서는 약도와 이용 가능한 장소들이 요구하는 서류들을 챙겨 들고 즉시 퀸스 지역으로 답사를 나갔다.

그 일을 하느라 그날 하루가 다 지나갔다. 몇 시간이 쏜살같이 지나갔다. 비서 카렌은 내가 선택하기 편하게 가장 가능성이 높은 장소 세 곳을 선별해 보고했다. '당신'이 예전 고객들에게 보낸 단 몇 통의 이메일만으로 그 프로젝트에 참여하고 싶다는 기부자 몇 명을 확보할 수 있었다. 나는 센터와의 협력 계약에 흥미를 보이는 보급품 공급 업체의 긴 목록을 살펴보았다.

우선 센터 이름이 필요했다.

나는 당분간 임시로 '곤경에 빠진 엄마들Mothers in Need'이라는 뜻의 MIN이라 부르기로 했다.

내가 쉬지 않고 몇 시간 동안 일을 하고 있었다는 사실을, 방광이 나를 향해 아우성치고 있다는 사실을 뒤늦게 깨닫고 이제 쉬기로 했다. 직전의 몇 시간 동안 이따금 자궁 수축이 느껴졌기 때문이다. '자궁 내 간헐적 수축'이라 불리는 증상일 것이라 짐작했다. 대개는 이리저리 걸음을 좀 걸으면 금세 가라앉는 증상이었다.

그러나 자리에서 일어서자 그 즉시 배를 쥐어뜯는 것 같은 날카롭고 고통스러운 수축이 느껴졌다.

픽! 허벅지를 지나서 다리를 타고 따뜻한 액체가 줄줄 흘러내렸다.

"로건?" 나는 조용하고 차분한 목소리를 유지했다.

'당신'은 나를 쳐다봤다. 내가 발목까지 내려오는 헐렁한 원피스를 입고 있어서 무슨 일이 일어나고 있는지 전혀 보이지 않는 모양이었다. "왜요, 자기?"

"양수가 터졌어요."

'당신'은 약 10초 정도 눈을 깜박이며 나를 쳐다보다가 자리에서 일어나 '당신'의 노트북과 내 노트북을 챙겼다. '당신'은 아무 말도 하지 않았다. 이런 상황에 대해 여러 번 대화를 나눈 적이 있었기 때문이다. '당신'은 내 팔을 붙잡고 나를 침실로 데려갔다. '당신'이 두 달 전부터 싸놓은 입원 가방을 꺼내는 동안 나는 욕실로 들어가 산모용 패드를 대고 여분의 패드를 두 장 더 챙겼다. 잠시 뒤 우리는 차 안에 있었다. '당신'은 짜증을 간신히 억누르면서 전형적인 맨해튼 교통 체증을 통과하는 중이었다. 때는 금요일 저녁 여섯 시였고, 그것은 맨해튼의 교통 상황이 악몽이나 다름없다는 뜻이었다.

'당신'은 한 손으로는 내 손을, 다른 한 손으로는 운전대를 잡고 있었다. '당신'의 턱이 굳어 있었다.

"로건?" '당신'이 나를 휙 쳐다보았다. "숨 쉬어요. 괜찮아요. 곧 도착할 거예요."

"도로 상황이 이 모양이니 차 안에서 아기를 낳을 수도 있겠는데요."

나는 창밖을 손으로 가리켰다. "흠, 구급차도 저기 서 있는 걸 위안으로 삼아요."

두 개의 차선 건너편에 경광등과 사이렌을 끄고 느릿느릿 이동 중인 구급차 한 대가 있었던 것이다. 창밖으로 운전사의 팔 하나가 늘어져 있었다.

'당신'이 드디어 웃음을 터뜨렸다. "어떻게 당신이 나보다 더 침착한 거죠?"

나는 어깨를 으쓱했다. "아직 진통이 본격적으로 시작된 것이 아니라서 그렇겠죠. 조금만 더 기다려 봐요. 틀림없이 곧 두려움에 벌벌 떨 테니까."

그리고 내 말이 정확했다. 책에서 읽은 대로 진통은 아직 시작도 되지 않은 것이었다. 몇 분 간격으로 자궁이 수축했고 고통스러운 통증이 느껴졌지만 아직 책에서 읽은 것만큼 아프지는 않았다. 내가 두려움을 느끼는 것은, 마찬가지로 책에서 읽은 내용으로, 일단 양수가 터지고 나면 자연분만과 제왕절개 둘 중 하나밖에 선택할 수 없다는 사실을 알기 때문이었다. 자연분만을 하지 못하면 어쩌지? 제왕절개는 하고 싶지 않았다. 배를 칼로 갈라 열고 싶지 않았다. 하지만 내가 모르는 나쁜 일이 생기면 어쩌지? 병원에 도착하기까지 시간이 너무 많이 걸려서 태아가 위험해지면 어쩌지? '당신'과 주고받았던 온갖 농담들 가운데, 도로 한 구석에서 아이를 낳는 일만큼은 절대로 피하고 싶었다. 그것이 '당신'을 진정시킨 이유였다. 나는 침착하고 자제력을 잃지 않는 '당신'이 필요했다. 이제 내가 두려움에 빠져들고 있었기 때문에.

그때 수축이 세게 느껴졌다.

배를 쥐어뜯는 것 같은 통증을 유발하는 날카롭고 격렬한 수축이 너무나 갑자기 엄습해서 숨을 쉴 수가 없었다. 너무나 고통스러워서 훌쩍거리는 소리조차 낼 수 없었다.

"숨 쉬어요, 자기. 숨을 배 속 깊이 들이마셔요. 기억나요? 수업 시간에 했던 것처럼." '당신'이 함께 참여했던 라마즈 호흡법 수업 이야기였다.

나는 숨을 쉬려고 안간힘을 썼다. 공황장애 증상이 나타날 때처럼 억지로 폐 속으로 산소를 불어 넣어야 했다. 억지로 공기를 흡입해 폐를 팽창시키고, 억지로 공기를 뿜어내 폐를 수축시켜야 했다. 계속 반복해서. 세상에, 너무나 힘이 들었다.

내가 느끼고 있는 증상이 '자궁 내 간헐적 수축, 그러니까 진통 예행연습이 아니라 실제 진통일지도 모르겠다는 생각이 들기 시작했다. 그것은 내 생각보다 아기가 더 빨리 나올 수도 있다는 뜻이었다. 마침내 수축이 가라앉았고 나는 시계를 쳐다봤다. 저녁 7시 32분이었다.

우리는 블록들 사이에 낀 채 몇 센티미터씩 전진하면서 반복해서 바뀌는 교통 신호를 기다리고 또 기다렸다. 몇 센티미터씩 전진하면서, 아무것도 생각하지 않으려고, 그냥 호흡과 평온을 유지하는 데만 집중하려고 안간힘을 썼다. 공포와 싸우면서, 언제 또 다음 수축이 엄습해올지 예측하지 않으려고 몸부림치면서. 몇 센티미터씩 전진하는 동안 1분씩 시간이 흘렀다. 마침내 그 교차로를 벗어났을 때는 5분이 지난 뒤였다. 그리고 정확히 8분 뒤에 다시 수축이 시작됐다.

진통의 단계에 대해 읽었던 내용을 떠올려 보려고 했지만, 내 뇌는 아무런 답도 내놓지 않을 기세였다.

수축과 진정의 반복이 두 번 더 지나간 뒤에야 우리는 겨우 우회전을 해야 하는 블록에 도달했다. 그런데 세상에, 그 블록에서 또다시 차 사이에 끼고 말았다. 다시 몇 센티미터씩 전진하는 동안 1분씩 시간이 흘렀다. '당신'은 말이 없었고 나는 그 사실이 반가웠다. 그래도 '당신'은 여전히 내 손을 잡고 있었다. 내가 진통을 견뎌내는 내내 '당신'은 아무 말도 하지 않았고, 나는 진통이 느껴질 때마다 '당신'의 손을 꽉 잡았다. 이러다가 손뼈가 바스러지겠다는 생각이 들 정도로 세게. '당신'은 그저 견디며 함께 내 손을 잡아줄 뿐이었다.

병원에 도착했을 때쯤 수축 간격은 6분이었다.

'당신'이 응급실 현관 앞에 차를 대자, 덩치 큰 흑인 남자 간호사가 휠체어를 밀고 나타났다. 간호사는 내 이름을 부르며 우리를 반겼다. 나는 기억이 나지 않았지만 아마도 '당신'이 먼저 전화를 걸어둔 모양이었다. '당신'의 목소리를 들은 기억은 있었다. 한창 진통의 고통을 견디고 있었던 터라 다른 데 주의를 기울일 여유가 없었을 뿐.

나는 휠체어에 앉은 채 병원 안으로 들어갔다. 그런데 '당신'이 내 옆에 없었다. 어디로 간 거지? 아마 주차를 하는 모양이라고 생각했다. 나는 '당신', 로건이 필요했다. '당신' 없이는 아무것도 해낼 수가 없을 것 같았다.

늘 그렇듯이 '당신'의 모습이 보이기 전에 '당신'이 느껴졌다. 곧 '당신'의 손이 내 손을 잡았고 '당신'이 내 곁에 있었다. 내 손에 키스를 하고, 괜찮을 거라고 말을 하면서. 진통이 한 번 더 찾아왔다가 진정될 즈음 우리는 산부인과 병동에 도착했다. 나는 '당신'의 도움을 받아 휠체어에서 일어나 분만 가운으로 옷을 갈아입고 침대에 누웠다. 여러 개의 전선이 내 몸에 연결되었다. 다시 진통이 시작됐다. 세고 고통스러운 진통이었지만, 진통 간격은 여전히 6분이었다.

간격이 얼른 짧아졌으면 싶었다. 고통을 원해서가 아니라 진통 간격이 짧아질수록 아기들을 내 팔에 안게 되기까지의 시간이 점점 더 줄어든다는 사실을 알고 있었기 때문이다. 그러니까 간격이 짧아진다는 것은 이 고통이 끝나기까지의 시간도 줄어든다는 뜻이었다. 우리 아기들이 안전하고 건강한지 알게 되기까지의 시간도 줄어든다는 뜻이었다.

의사 한 명이 등장했을 때 나는 공포와 사투를 벌이는 중이었다. 시간이 너무 오래 걸렸다. 진통 간격은 아직도 길었다. 한 시간이 더 흐른 뒤에야 산과 전문의가 들어와 내 상태를 확인했다.

중년 남자인 산과 전문의는 중키에 마른 사내였는데 손이 아주 작고 섬세했다. 짧게 깎은 숱 없는 머리와 정돈된 턱수염은 이미 흰색이었다.

자궁 문이 거의 다 열렸다는 데도 별다른 조짐이 없었다. 진통이 더 길어질 것이란 뜻이었다.

세상에, 너무나 아팠다.

두 시간 더 진통이 지속된 뒤 다른 의사 한 명이 들어왔다. 마취 전문의라고 했다. 나는 침대 가장자리에 모로 눕혀졌다. 침대 아래로 내 두 다리가 대롱대롱 흔들렸다. 간호사가 내 가운을 거의 다 벗기다시피 걷어 올렸다. 의사는 1~2분 정도 준비를 끝낸 뒤 붕대 꾸러미를 풀고 위생 장갑을 꼈다.

"아빠, 여기서 나가고 싶지 않으세요?" 마취 전문의가 '당신'에게 물었다.

"나는 전투 용병 출신이오. 바늘 따위에 겁먹지 않아요. 그리고 이 여자를 절대로 혼자 남겨둘 수 없소."

"그럼 산모 가까이 의자를 놓고 앉으세요. 두 손을 잡고 산모가 아빠 어깨에 이마를 댈 수 있게 해줘요." '당신'은 의사의 지시에 따랐다. 등에 차가운 액체가 발라지는 것이 느껴졌다. "이건 요오드에요. 국부 소독을 해야 하거든요. 이제 등을 굽히세요. 이마를 아빠 어깨에 얹고 몸을 구부려 척추가 내 쪽으로 튀어나오게 해보세요. 잘했어요. 이제 그 자세로 가만히 계세요. 꼼짝도 하지 마세요. 아셨죠? 숨을 깊게 들이마시고…… 내쉬고, 계속 그런 식으로…… 자, 이제 잠깐 따끔합니다."

맙소사, 따끔한 정도가 아니었다. 큰 칼이 살을 파고드는 것처럼 느껴졌다. 나는 이를 악문 채 치아 사이로 숨을 쉬면서 '당신'의 손을 꽉 잡았다. 뼈가 함께 부딪치는 소리가 들릴 정도로. '당신'은 극기하듯, 마음껏 으스러뜨릴 수 있게 손을 내게 맡긴 채, 의사가 주사를 놓는 과정을 지켜봤다. 나는 '당신'의 발을 내려다봤다. 당신이 하도 즐겨 신어서 다 헤진 아디다스 스니커즈를 내려다봤다. 수년간 계속 신어온 그 신발에는 끈이 두 겹으로 매어져 있었다. 신발 혀는 한쪽으로 밀려 있었고 뒤꿈치는 접혀 있었으며 '당신'의 발이 안에서 밀어온 수년의 세월 때문에 여기저기가 뚫려 있었다. 내가 고통 속에서 숨을 내쉬는 동안 의사는 내 등에 하고 있던 처치를 마쳤다.

의사는 말했다. "자, 됐습니다. 바늘도 잘 삽입됐고, 관도 잘 연결됐어요. 이제 제가 일종의 진통제를 주입할 건데, 그게 진통을 견디는 데 도움이 될 겁니다. 그럼, 순산하세요, 엄마, 아빠."

멍한 느낌이 갑자기 온몸을 휘감았다. 안도감이 밀려오면서 통증이 가라앉았다. 내 침대에 연결된 수축 측정 장치 화면이 보였다. 호기심을 느끼며 화면을 보았더니 선이 수축 상태를 표시해도 아무런 통증이 느껴지지 않았다. 감사하게도 평온함 말고는 아무것도 느껴지지 않았다.

또 세 시간이 지루하게 흘러간 뒤 산과 전문의가 다시 들어와서 내 상태를 확인했다. "아주 잘하고 계시네요, 드 라 베가 양. 이게 거의 백 퍼센트 자궁 문이 열렸어요. 좋은 소식이죠. 진통 간격도 이제 1~2분밖에 안 되고요. 그건 아기를 만날 시간이 가까워졌단 뜻이에요. 이제 곧 끝날 겁니다. 얼마 안 남았어요." 산과 전문의는 내 손을 한 번 토닥이고 다시 나갔다. 흰 가운을 펄럭이면서, 대머리를 번득이면서.

"얼마 안 남았다"던 산과 전문의의 장담과 달리, 몇 시간이 더 흐른 뒤에야 변화가 찾아왔다. 내가 몸을 이리저리 뒤척이며 졸고 있을 때였다. 어떤 통증이 느껴지기 시작했다. 약간 아득하게 느껴졌지만 그것은 진짜 고통이었다. 자궁을 아래로 끌어내리는 듯한 수축이 척추를 관통했다. 뭔가를 밀어내고 싶은 욕구도.

'당신'은 간이침대 위에서 대충 몸을 웅크린 채 잠들어 있었다. '당신'은 늘 군인들의 방식대로 어딘가에 머리만 내려놓으면 즉각 잠이 들었던 것이다.

나는 통증과 밀어내고 싶은 욕구를 몇 분 동안 참았다. 그러나 곧 참을 수 없는 지경이 되어서 배에 힘을 주었다. 내 안에서 필사적인 힘이 솟아났다.

호출 버튼을 누르자 몇 초 만에 간호사 한 명이 부산스럽게 들어왔다. 능숙하면서도 활기찬 간호사는 모니터를 확인하고는 '당신'을 흘끔 쳐다봤다.

"어머나, 이제 곧 나오겠네요, 엄마." 그리고는 '당신'의 발을 툭 건드렸다. "일어나 보세요, 아빠. 아기들이 곧 나올 거예요."

'당신'은 벌떡 일어나 앉아 눈을 비비고 몇 차례 깜박였다. 분만실은 곧 사람들로 가득 찼다. 한 사람이 침대를 조작했다. 침대의 아래쪽 일부를 열어 세우고 그 위에 안장 같은 것을 얹었다. 그러더니 내 두 발을 높이 들어 올려 가랑이를 쫙 벌렸다. 방 안에 있는 사람들 모두가 다 볼 수 있을 정도로 내 몸을 활짝 열었다. 하지만 나는 그걸 신경 쓸 겨를이 없었다. 척추 통증과 아이를 밀어내고 싶은 욕구에 온 신경이 다 쏠려 있었기 때문이다. 누군가가 머리 위에 매달려 있는, 앞이 안 보일 정도로 밝은 등을 켰다. 어떤 사람은 아이를 받는 데 필요한 물품들을 준비했고 또 다른 사람은 기계를 켜고 의자들을 옆으로 밀었다. 그들은 모두 오랜 시간 효율적으로 손발을 맞추어온 간호사들이었다.

"산모 머리 옆에 가서 서세요, 아빠." 산과 전문의가 문으로 들어오며 말했다. "산모 손을 잡고 있다가, 내가 산모에게 힘을 주라고 말하면, 아빠는 열을 세는 거예요. 산모가 숨을 한 번 쉴 때마다 열을 반복해서 세세요. 알았죠? 자, 그럼 시작해봅시다. 다 제대로 준비된 거 맞죠? 마리아, 척추 주사선 좀 빼줄래요? 이제 산모가 수축을 느껴야 하니까. 약간 아플 겁니다. 하지만 통증을 느껴야 언제 힘을 주어야 하는지 알 수 있어요. 아빠 손을 잡고 필요하면 그 손가락을 으스러뜨리세요. 분만 끝나고 우리가 치료해주면 되니까."

간호사 한 명이 척추에 연결된 정맥 주사선을 제거했다. 그러자 상황이 역전되었다. 평화, 침착함, 안도감…… 그 모든 것이 사라졌고, 온몸을 휘감는 맹렬하고 극심한 고통이 몰려와 그 자리를 차지했다. 계속되는 압박이 내 자궁과 아랫배로 집중됐다. 진통 사이에 간격이 없었다. 그렇게 느껴졌다. 숨을 쉴 틈이 없었다. 진통의 파도가 연달아 꼬리를 물고 몰아쳤다. 뭔가를 밀어내고 싶은 욕구도 계속 고개를 쳐들었다.

"아직 아니에요, 엄마. 아직 힘주지 말아요." 산과 전문의가 앞이 막힌 가운 같은 것을 입고 깨끗한 플라스틱 가면 같은 것을 쓴 다음 위생 장갑을 끼었다. "좋아요. 준비가 다 된 것 같네요. 수축이 이제 시작될 거예요. 엄마, 힘줄 준비하세요. 깊게 숨을 들이마시고…… 힘주세요! 아빠, 엄마를 위해서 숫자를 세세요."

'당신' 목소리가 들렸다. '당신'이 느껴졌다. 나는 이를 악문 채 마지막 근성까지 짜내어 고통을 견뎌냈다. 비명은 지르지 않았다. 거기에 힘을 낭비하지 않았다. 그냥 있는 힘껏 힘을 주고 또 주었을 뿐이다. 그동안 '당신'은 수를 세었다.

"일곱…… 여덟…… 아홉…… 열!"

나는 헐떡이고 훌쩍이면서 숨을 내쉬고는 고개를 돌려 '당신'을 바라보았다. '당신'이 땀 때문에 엉겨 붙은 머리칼을 내 얼굴에서 떼어 넘겨주기에 미소를 지으려고 애썼다. 그러고는 다시 공기를 들이마시고 숨을 참으면서 힘을 주었다.

다시.

또.

또다시.

"잘하고 있어요, 엄마! 아주 훌륭해요. 첫 번째 아기 머리가 보여요. 계속 힘주세요. 힘을 줘요!" 나는 얼른 숨을 들이마시고 더 세게 힘을 주었다. 뭔가가 내 몸에서 쑥 빠져나가는 느낌이 들었다. 잠시 침묵이 흘렀고, 잠깐이나마 고통도 잦아들었다.

다음 순간 어떤 소리가 분만실 안을 가득 채웠다. 그리고 그 순간 나는 돌이킬 수 없는 다른 존재가 되었다. 내 몸 바깥세상에는 그 소리와 내 심장 소리만 존재했다.

그것은 울음소리였다.

작고 가냘프지만 동시에 기운차고 우렁찬 소리였다.

높고 가늘게 떨리는 울부짖음이었다.

"득녀하셨어요, 엄마!" 산과 전문의가 축축하고 따뜻한 몸뚱이를, 꼬물대며 울어 재끼는 몸뚱이를 내 가슴 위에 내려놓았다. 아기는 아직 피와 오물 범벅이었다. 가느다란 금발이 모호크족 스타일로 주름진 정수리 위에만 촘촘하게 자라나 있었다. 아기는 주먹을 꽉 쥔 채 자그마한 손을 떨었고 작은 발로 발길질을 했다.

"안녕, 카밀라!" 나는 아기를 꼭 끌어안으며 속삭였다. "안녕, 우리 딸."

그러나 그 순간 진통이 다시 내 몸을 갈가리 찢었다. 나는 다시 힘을 줄 수밖에 없었다. 아직 내 몸 안에 밖으로 나올 준비를 마친 아기 한 명이 더 남아 있었으니까.

간호사 한 명이 카밀라를 데려갔지만 나는 생각을 할 수도, 숨을 쉴 수도, 어떤 감정을 느낄 수도 없었다. 통증을 느끼며 '당신'의

손을 잡고 힘을 주느라. '당신'은 다시 수를 세었고 나는 다시 힘을
주었다.

너무나 아팠다.

기운이 없었다.

그러나 아직 끝난 것이 아니었기 때문에 나는 힘을 주었다.

'당신'은 수를 세었고 나는 힘을 주었다.

내가 힘을 주면서 죽을 만큼 세게 '당신'의 손을 으스러뜨린 것
이 몇 시간인지 몇 분인지 알 수가 없었다. 시간을 가늠할 수가 없
었다. 하나부터 열까지 세는 소리와 진통 사이의 짧은 휴지기만이
느껴졌다. 그 상태로 힘을 주고, 주고, 또 주었다. 계속 힘주어요,
엄마…….

다시 힘을 주자 뭔가가 쑥 빠져나가는 느낌이 들면서 안도감이
밀려왔다. 다시 침묵이 흐른 뒤…… 울음소리가 들렸다.

아, 저 울음소리.

그 소리가 내 몸을 베어 열고 내 심장 속으로 들어왔다. 그 소리
가 내 세상을, 내 생명을, 내 존재를, 내 사랑을 그 자그마한 몸뚱
이 속으로, 꼼지락대며 울부짖는 남자 아기의 몸뚱이 속으로 밀어
넣었다.

"득남하셨어요, 엄마. 아들이랑 딸 모두 손가락, 발가락 열 개씩
제자리에 잘 붙어 있고요!" 그런데 신과 전문의의 목소리에서 이
상한 어조가 느껴졌다.

아들이 내 가슴 위에 놓이자 그 이유를 알 수 있었다.

카밀라는 피부가 하얗고 금발이었다. 간호사들이 안아 올려 목욕을 시키고 기저귀를 채우고 포대기로 싸는 아기가 보였다. 딸의 피부는 구릿빛으로 선탠을 하지 않은 '당신'의 피부처럼 하얗다. 머리칼도 '당신'을 닮은 금색이었다. 나는 아기가 두 눈을 뜨고 홍채가 영구적으로 안정이 되면 그 눈도 '당신'을 닮아 인디고색, 빛나는 푸른색을 띠게 될 것이라는 사실을 알아챘다.

그러나 내 가슴 위에 놓여 있는 아들은……

온통 까맸다. 숱 많은 머리도 까맣고 피부도 숯처럼 까맸다.

'당신'을 전혀 닮지 않은 외모였다.

나는 흐느꼈다.

알았기 때문이다.

깨달았기 때문이다.

그 아기가 당신, 케일럽의 아들이라는 것을.

아기의 이름은 루이스가 아니었다.

아기는 제이콥이었다.

나는 '당신'을 쳐다봤다. '당신' 역시 그 사실을 알아챘다는 것을 알 수 있었다. 이게 과연 가능한 일인지는 알 수 없었지만, 아기들을 보기만 했는데도 나는 알 수 있었다. 그 사실을 부인할 수 없으리란 것을.

'당신'은 고개를 숙여 내게 키스했다. 넓적한 엄지로 내 얼굴에 붙은 머리칼을 떼어내며 미소를 지었다. 햇살처럼 따사롭고 아름다운 미소를. "완벽한 아들이에요, 이사벨."

"하지만 이 아기는……."

"내 아들이에요, 내 사랑. 내 아들이라고요. **우리** 아들이고요. 알았어요?" '당신'은 점액이 끈적이는 회색 몸으로 화가 난 듯 주먹을 떨면서 울어대는 아기를 들어 가슴에 안았다. "아기 이름은 제이콥이라고 합시다."

내가 소리 내어 그 말을 했던가? 그런 것 같지 않은데.

그러지 않은 것이 분명했다.

그러니까 '당신'은 그런 사람이었다. 어찌 된 일인지 자신과 유전적으로 하나도 닮지 않은 아기를 자기 아들이라고 주장하고 자기 아들처럼 사랑하는 사람. 자기 아들이라고 주장하면서도 유전적 아버지에게 경의를 표하는 사람.

아기의 이름은 케일럽이 아니라 제이콥이었다.

내가 함께 사랑에 빠질 수도 있었던 남자 제이콥, 내가 예전에 알고 있던 남자 제이콥, 나를 놓아준 사람이라고 내가 믿고 있는 남자 제이콥이었다.

분만은 아직 끝난 것이 아니었다.

다시 한번 더 힘을 주어야 했다. 태반을 쏟아내기 위해서.

힘을 주어 그 일을 끝내면서도, 나는 이제 카밀라와 제이콥을 두 팔로 각각 안고 있는 '당신'에게 주의를 기울였다. 모든 것을 격렬하게 집어삼키는 사랑의 통증에 대면 그런 고동쯤은 아무것도 아니었다.

간호사들이 제이콥을 데려가 씻기고 기저귀를 채우고 검사를 하고 포대기로 감쌌다. 나에게 이제 일어나서 샤워를 하고 음식을 먹어도 된다는 허락이 떨어졌다. 몇 시간 동안이나, 아니, 거의 하루 종일 식사를 못해서 굶어 죽을 것 같았다.

이제 내게는 두 명의 아기, 아들과 딸이 있었다. 아기들은 잠을 자면서도 내 몸에 코를 비볐고 가냘프게 울면서 뭔가를 찾았다. 앞섶을 풀어헤치자 내 젖가슴 위에서 입으로 더듬더듬 젖꼭지를 찾아 헤맸다. 마침내 완벽하게 젖꼭지를 입으로 물고 젖을 빨았다. 아기의 입이 날카롭게 젖꼭지를 잡아당기자 아름답게 모유가 흘러나왔다.

그리고 그곳에 '당신'이 있었다. 내 옆에 앉아서 내가 아기들에게 젖을 먹이는 모습을 지켜보고 있었다.

"당신을 너무나 사랑해요, 로건." 지금 당장 내가 할 수 있는 말은 그게 다였다. 제이콥이 물려받은 유전적 유산과 관련된 감정들을 어떻게 말로 표현해야 할지 알 수가 없었다. 실은 나 자신조차 그 사실을 이해할 수가 없었다. "난 그저…… 당신을 사랑해요."

'당신'의 얼굴에는 눈물자국이 남아 있었고, '당신'은 그 자국을 자랑스럽게 여기는 것 같았다. 자기 자식의 출생에 눈물을 흘릴 수 있다는 것은 자신의 감정을 표현할 줄 아는 남자라는 증거였으니까. 그것은 나약함이 아니라 강인함과 자신감을 보여주는 증거였으니까. '당신'은 그렇게 세상 속으로 나의 삶을 데려온 것이었다. 그것은 새로운 삶이었고 아름다운 삶이었다. 어마어마하게 중요한 삶, 인생을 바꾼 삶이었다.

'당신'은 고개를 숙여 내게 키스한 다음 제이콥에게 키스했고 카밀라에게 키스했다.

완벽함이란 이런 것이구나, 그런 생각이 들었다.

출산일 다음 날 의사가 말했다. "우리가 지금 보고 있는 이 경우는 각기 다른 아버지에 의해 중복으로 수정된 케이스입니다."

의사는 말을 멈추고 펜 끝으로 구두 뒤꿈치를 두드리고는 나를 흘끔 쳐다봤다. 입 밖으로 낸 것은 아니지만 상황을 현실적으로 판단하려는 의도가 침묵 속에서 느껴졌다.

"쉽게 설명하자면, 같은 배란기에 여자의 몸에서 두 개 이상의 난자가 배란되었는데, 그중 두 개의 난자가 분리된 성적 행위에 의해 각기 다른 남성의 정자와 수정이 되는 경우죠." 의사는 다시 말을 멈추었다. 의사의 시선이 내게서 '당신'에게로 향했다가 다시 구두로 돌아갔다. "극히 드문 경우이긴 하지만 학회에 보고된 사례를 보면 여러 번 있기는 했습니다. 나는 아기를 받아온 지난 32년간 단 한 번도 본 적이 없지만요. 그러니까 실제적으로 말하자면, 함께 발달이 되었고 한 자궁에서 자랐음에도 유전적으로 반만 친남매인 이란성 쌍둥이인 거예요."

'당신'은 나를 위해 소리 내어 물었다. "그래서 아기들이 어떻다는 거요?"

"카밀라와 제이콥은 완벽하게 잘 해내고 있어요. 모든 산후 검사에서 좋은 결과를 받을 정도로 건강하고요. 모유도 잘 빨고 폐의 발달 상태도 훌륭합니다. 어떤 문제도 없어요."

"그럼 혹시 유전에 의한 무슨 부작용이라도……?"

"부작용이요? 아름답고 건강한 쌍둥이인걸요. 내일 아침에 퇴원해서도 됩니다."

"고맙소, 선생." '당신'은 의사의 말을 자르고 자리에서 일어서며 한 손을 내밀었다. 이제 그만 나가달라는 뜻을 분명히 했다. 의사가 나가자 '당신'은 내 쪽으로 몸을 돌려 내 손을 잡았다. "불한당 같은 놈."

"직업윤리에서 벗어나는 말은 한마디도 안 했는데요." 나는 '당신'과 똑같은 기분을 느끼면서도 그렇게 지적했다.

"물론 말은 그렇게 안 했지만, 당신을 바라보는 그 시선하며, 설명하는 그 방식하며……." '당신'은 어깨를 으쓱했다. "아무튼. 난 저 의사가 마음에 안 들어요."

"내 기분도 그래요. 하지만 그건 중요한 문제가 아니잖아요. 저 의사야 나에 대해서, 내 삶에 대해서, 내 상황에 대해서도 아무것도 모르는 사람이니까. 내 관심사는 오로지 당신이랑 우리 아기들뿐이에요."

"나도 그래요."

그리고 우리는 정말로 그랬다.

다음 날 아침 우리는 잠들어 있는 조그마한 보퉁이 두 개를 카시트에 눕히고 벨트를 채우는 중이었다. 커다란 카시트에 놓인 아기들이 얼마나 작아 보이는지 소곤대면서.

간호사가 나를 휠체어에 태워서 병원 현관까지 밀어줬고, 아기들은 둘 다 '당신'이 한 팔에 한 명씩 안고 내려왔다. '당신'은 아기들을 내 품에 차례로 내려놓고 차를 가져온 다음, 차에 고정해놓은 아기용 카시트에 아기들을 한 명씩 눕히고 안전한지 일일이 확인한 뒤에, 내가 우리 SUV에 타는 것을 도왔다. 아니, 사실은 나를 거의 안아 올려서 차에 태웠다. 기운이 없고 온몸이 욱신거리고 피곤했지만, 집에 간다고 생각하니까 신이 났다.

하지만 아직 나는 감정적으로 제이콥이라는 현실을 진정으로 극복하지 못한 상태였다. 그리고 지금으로서는 영원히 그럴 수 없을 것만 같았다.

제이콥은 내 아들이었다. '당신', 로건의 아들이었다. 그러나…… 그 아기는 처음부터 당신, 케일럽을 너무나 많이 닮아 있었다. 커다란 갈색 눈을 깜박이는 아기는 **당신** 그 자체였다. 제이콥은 주로 배가 고플 때 울었는데, 그 울음소리에서는 뭔가 까칠한 분위기가 느껴졌다. 내 귀에는 아기의 울음소리가 당신의 목소리와 비슷하게 들렸다. 기분이 이상했다. 아기의 턱선도 당신이었고 아기의 코도 당신이었으며 아기의 콧날도 당신이었다. 맙소사, 제이콥은 당신, 케일럽 그 자체였다.

'당신', 로건이 차 안에 클래식 음악을 낮게 틀고 천천히 조심스럽게, 방어적으로, 브레이크도 부드럽게 밟고 액셀도 부드럽게 밟으면서 운전해 우리를 집으로 데려가는 동안, 나는 계속 그 생각에 잠겨 있었다.

집에 도착했을 때도 나는 생각에 깊이 잠겨 있었다. '당신'은 나에게 가만히 있으라고 지시한 뒤 아기들을 데려다 놓고 나를 데리러 차로 다시 돌아왔다. 아기들은 잠이 들어 있었기 때문에 카시트에 눕힌 채 옮겨 놓은 상태였다. 우리는 함께 소파 위로 무너졌다. '당신'은 나를 '당신'의 가슴 위로 끌어올렸다. 내가 '당신'의 심장박동 소리를 들을 수 있게. 나는 졸기 시작했다. 잠에 취해 쿵쿵, 쿵쿵, 쿵쿵 심장 소리와 함께 잠 속을 떠다녔다. 창문을 통해 쏟아져 들어오는 따뜻한 햇살이 내 피부로 스며들었고 감긴 내 눈을 씻겼다.

그때 울음소리가 들렸다. 처음에는 작고 조용한 소리였다. 머뭇거리듯 떨리는 소리였다.

한 명의 울음소리였다.

'당신'이 일어서서 울고 있는 아기를 카시트에서 안아 올렸다. 제이콥이었다. '당신'이 내게 아기를 건네주었고, 나는 아기를 가슴에 안았다. 세상에, 너무나 작고 너무나 따뜻하고 너무나 보드랍고 너무나 사랑스러웠다. 나는 셔츠를 걷고 젖가슴을 꺼낸 뒤 젖꼭지로 떨리는 아기의 입술을 간질였다. 아기는 입을 오물거리며, 코를 훌쩍거리며 고개를 이리저리 돌렸고 몹시 배가 고팠는지 허겁지겁 젖꼭지를 물고 젖을 빨았다. 아직 너무나 작아서 한 손만으로도 아기를 안을 수 있었기 때문에 다른 손으로 숱 많은 까만 머리를 쓰다듬었다.

'당신'은 한시도 가만히 있지 않고 계속 꼬물대는 아기를 바라보았다. "지금껏 내가 본 아기 가운데 가장 아름다운 아기예요." '당신'의 목소리는 낮고 거칠었다.

나는 계속 어린 제이콥의 머리를 쓰다듬고 있었지만 내 눈은 '당신'을 향해 있었다. "할 말이 있어요. 적어도 한 번은 입 밖으로 소리 내어 해야 하는 이야기예요." 나는 제이콥을 한 번 내려다본 뒤 다시 고개를 들었다. "제이콥의 생물학적 아버지는 케일럽, 카밀라의 생물학적 아버지는 당신이에요."

"하지만 둘 다 내 자식이죠."

"나도 알아요. 당신의 그 마음은 한순간도 의심한 적 없어요."

"제이콥이 자라서 질문을 하기 시작하면 설명하기가 약간 곤란할 수는 있겠지만."

"그런 일이 일어나면 그때 가서 해결책을 찾을 수 있을 거예요." 나는 미소 지었다. "내가 하려던 말이 그거예요. 왜냐하면 내 마음이…… 그런데 말하고 보니 중요한 문제 같지 않네요."

"중요하지 않죠. 정말로요." '당신'은 내게 미소를, 로건 라이더 특유의 미소를 지어 보였다. 내면에서부터 뿜어져 나와 나를 따뜻하게 감싸는 미소였다. "이건 그냥 생물학적 부모와 양육하는 부모의 차이 문제예요, 이사벨. 일란성 쌍둥이도 따로 자라면, 한 아이는 폭력과 분노가 난무하는 지옥 속에서 자라고 다른 한 아이는 애정 가득한 화목한 가정에서 지리면, 더 자랐을 때 두 아이가 완전히 다른 어른이 되어 있을 가능성이 아주 커요. 왜냐하면 사람을 둘러싸고 있는 환경이 그 사람을 다르게 키워내니까요. 케일럽도…… 그 부모가 살아 있었다면 전혀 다른 어른으로 성장했을 수 있어요. 아버지의 사촌이 케일럽을 길거리에 내다 버리지 않았다면, 그가 평생 다른 사건들을 경험하며 성장했다면 말예요."

"하지만 당신도 몹시 어려운 환경에서 자랐잖아요. 그런데 지금 당신이 어떤 어른으로 성장했는지 봐요."

'당신'은 어깨를 으쓱했다. "우리가 할 수 있는 일이라고는 주어진 환경 속에서 최선을 다하는 것뿐이에요. 나는 인생을 그렇게 살아온 것뿐이고요. 우리는 매번의 선택을 합쳐 인생을 만들어나가요. 나는 변화하기를 선택했어요. 나 자신을 발전시키기로, 더 나은 사람이 되기로 한 거죠. 내 생각에 케일럽은 그저…… 어떤 시점에 굴복한 것 같아요. 환경을 극복하며 성장하려고 애쓰기보다는 자신에게 유리하게 환경을 조작하고자 하는 자기 자신에게. 케일럽을 평가하거나 용서하거나 비난하는 것은 이제 내 몫이 아니에요. 난 그자가 열심히 살았는지 잘 몰라요. 그러니까 예전에는 내가 그자에 대해 이러쿵저러쿵했을지 몰라도, 이제 그것은 내 몫이 아니에요. 그자와 나의 관계, 그자가 당신을 대하던 방식 때문에 그자에 대한 내 감정이 좋지 않다는 것은 나도 알고 있지만 그건 별개의 문제예요."

"그러니까 당신 말은, 아무리 케일럽의 유전자를 물려받았어도, 우리가 어떻게 키우느냐가 제이콥이 어떤 어른으로 성장할 것인가에 더 큰 영향을 끼친다는 뜻이군요."

"맞아요. 제이콥은 케일럽의 특이한 유전적 특질을 물려받은 만큼 자라면서 그런 성향을 내보이겠지만, 우리가 잘 키우면 돼요. 성인이 된 케일럽이 보여줬던 그자의 의심스러운 윤리의식을……아이가 갖지 않게."

"그 생각 마음에 드네요." 나는 방긋 웃으며 말했다.

"나도 그래요."

그때 카밀라가 울기 시작했다. 젖을 다 먹은 제이콥의 턱 밑에 모유 방울이 맺혀 있었다. '당신'은 카밀라를 안고 와 내 품에 내려놓고 제이콥을 안아 올렸다. '당신'은 품에 제이콥을 안고 내 옆 소파에 앉았다. '당신'은 모유에 취해 잠든 제이콥을 안고 있었고, 나는 카밀라에게 젖을 먹이고 있었다. 우리는 그렇게 함께 앉아 휴식을 취했다.

가족.

그 순간 그 단어가 벽돌 1톤이 쏟아지듯, 화물열차가 달려와 덮치듯 내 머리를 때렸다.

나에게 가족이 생겼구나.

그 사실을 깨닫자 내 눈에서 행복의 눈물이 흘러내렸다. 나는 눈물을 닦지 않았다. 그것은 아름다운 눈물, 고아였던 내 삶을 생각하면 충분히 이해가 가는 눈물이었기 때문이다. 그것은 우리 부모님을 위한 눈물인 동시에, 나 자신과 내 삶 전체를 위한 눈물이기도 했다. 그동안은 계속 나 자신만 찾아 헤맸는데, 이제는 내 곁에 '당신'과 카밀라와 제이콥이 있었다. 나에게 내 가족이 생긴 것이었다.

그리고 나에게 의지하는 저 작은 생명 둘과 나를 살아가게 하는 '당신'의 사랑이 나와 함께 있는 지금, 나의 과거는 전혀 중요하지 않았다.

솔직히 말하면 앞으로도 전혀 중요하지 않을 것 같았다. 나라는 여자, 이사벨 드 라 베가를 형성하는 일부로만 존재할 뿐, 마담 엑스는 더 이상 세상에 존재하지 않았으니까.

나는 언젠가 한 남자의 아내가 될 여자,

이제는 엄마가 된 여자,

때가 되면 자선사업가가 될 여자였으니까.

19

카밀라와 제이콥은 이제 생후 3개월이 되었다. 아기들은 아름답고 건강하고 완벽하게 쑥쑥 자라고 있었다.

그리고 우리에게는 단 한 순간도 둘이서만 있는 시간이 없었다. 그래도 나는 상관없었다. 정말로 상관없었다. 하지만 가끔은 '당신'하고만 시간을 보내고 싶었다.

'당신'은 물론 그 사실을 알고 있었다. 베스가 종종 전화를 받고 불려왔다. 아기 돌보기 역시 로건 라이더의 비서가 감당해야 하는 업무의 일부였기 때문이다. 게다가 베스는 쌍둥이 여동생을 키워 본 경험이 있었다. 그래서 베스가 종종 아기들을 돌보아 주었다.

어느 날 로건은 쌍둥이를 그 믿음직한 손에 맡기고 내게 말했다. 멋진 옷을 입고 굽 높은 구두를 신고 화장을 좀 하라고. 외출할 시간이라고.

로건은 헬스키친에 자신이 소유한 식당 '굴먼드Gourmand('대식가, 식도락가'라는 뜻 - 옮긴이)'로 또 나를 데려갔다. 우리는 이제 그 식당 단골손님이 되어 있었고, 주방 근처 칸막이 좌석 하나가 로건, 카밀라, 제이콥, 나를 위해서 늘 비워져 있었다.

그런데 이번에는 뭔가가 좀 달랐다.

식당 전체가 비워져 있었다. 손님이 한 명도 보이지 않았다.

목요일 저녁에 식당이 텅 비어 있다니 이상했다.

조명이 낮추어져 있었고 식당 중앙의 테이블에 초가 하나 켜져 있었다. 그 테이블에 두 명을 위한 식기가 차려져 있었다.

심장이 콩콩 울리기 시작했다. '당신'이 그동안 영화를 수도 없이 보여줬던 터라, 이런 준비가 '당신'이 곧 청혼을 하리라는 사실을 보여준다는 것쯤은 나도 이제 알고 있었다.

나는 준비가 되어 있었다.

실은 그냥 준비가 된 것 이상이었다.

삼인조 연주자들이 분위기를 잡았다. 각자 기타, 만돌린, 바이올린을 든 연주자들이 우리 오른쪽에 앉아서 부드럽고 아름답게 음악을 연주했다. 우리는 와인을 마시며 샐러드, 수프, 메인 요리를 먹었고, 와인을 더 마시며 디저트를 먹었다. 코스 요리가 다 나왔는데도 반지는 없었다. 청혼도 없었다.

나는 내 추측에 의문을 품기 시작했고, 이제 살짝 실망감이 차오르고 있었다.

식사가 끝나자 '당신'은 자리에서 일어서며 내게 한 손을 뻗었다. "이 건물 옥상에 작은 정원이 있는 거 알죠?"

나는 그 사실을 몰랐다. '당신'을 따라 엘리베이터를 타고 어떤 충계참에서 내렸다. 녹이 슬고 찌그러진 철제문을 열고 옥상 정원으로 나갔다. 작고 아늑한 정원이었다. 미로 모양의 격자 구조물을 타고 장미, 라벤더, 등나무, 인동 덩굴이 자라나 꽃을 활짝 피우고 있었다. 향긋하고 짙은 꽃향기로 공기를 가득 채우면서. 격자 구조물 전체에 엮어 놓은 전선 위, 작고 하얀 전구들이 금색 빛을 뿜어내며 마법 같은 분위기를 만들어내고 있었다. 어디 보이지 않는 곳에서 문 열리는 소리가 들렸다. 곧 만돌린 현이 떨리는 소리가 들렸고 거기에 바이올린 소리와 기타 소리가 더해졌다. 연주자들이 우리를 따라 올라온 것이었다.

'당신'은 격자 구조물로 만들어진 미로 사이로 나를 이끌었다. 미로는 보이지 않는 옥상 구석으로 이어져 있었다. 그 부분의 격자 구조물은 아치형으로 되어 있었고 그 아래에 연철로 만든 벤치가 놓여 있었다. 근처에 있는 작은 분수가 물을 뿌려 바위들을 간질이고 있었고, 분수대 물속에 조명이 켜져 있었다.

그 자리에, 벤치에, 꽃과 조명과 분수와 배경 음악으로 둘러싸인 그 정원에 앉아 있으니 그곳이 도시라는 사실이 믿기지 않았다.

"어째서 그동안 우리를 여기로 한 번도 안 데려온 거예요, 로건?"

'당신'은 나를 향해 빙긋 웃었다. "한 달 전만 해도 여기에는 이 정원이 없었거든요." 그러더니 쑥스러운 듯 어깨를 으쓱했다. "내가 직접 만들었어요. 당신만을 위해서, 오늘을 위해서."

"너무나…… 환상적이에요, 로건. 그냥 아름다운 것 이상이에요."

'당신'은 맞은편 정원 속 작은 공터에 있는 뭔가를 손으로 가리켰다. 작은 연철 테이블이 놓여 있었고 테이블 위에 빨간색 벨벳 천이 덮여 있었다. "가 봐요."

나는 일어서서 다가가 천을 벗겼다.

숨이 멎고 심장이 멈추고 그 즉시 눈에서 눈물이 흘러나왔다. "아, 로건."

"나는 전문 조각가가 아니라서. 하지만 최선을 다했어요."

"이걸 당신이 직접 만든 거예요?"

'당신'은 어깨를 으쓱했다. "물론이죠."

그것은 나무상자였다. 폭이 60센티미터, 두께가 30센티미터쯤 되는 정사각형 형태의 나무상자였다. '당신'의 겸손한 말과 달리 전문 조각가의 솜씨로 깎은 듯한 물건이었다. ……말로 표현할 수 없을 만큼 사랑스러운 상자였다. 광택을 입혀 은은하게 윤이 나는 나무에 붉은색 줄무늬와 소용돌이무늬 상식이 박혀 있었다. 청동 경첩은 기능만 살린 듯 단순했다.

뚜껑을 열려고 해보았으나 잠겨 있었다.

눈물이 흐르는 와중에도 웃음이 터져 나왔다. "우리 아빠 방식을 훔쳤군요, 로건."

"염치없게도 말이죠. 그것보다 더 완벽한 방식을 떠올릴 수 없다는 걸 깨달았거든요. 안 되나요? 방법만 잠깐 빌린 건데도?"

"그런데 열쇠는 어디 있어요?"

'당신'은 태연하게 어깨를 으쓱했다. "열쇠는 이미 마련해뒀죠. 당신이 직접 찾아야 하지만."

나는 정원을 가로질러 가 '당신'을 끌어안았다. 두 손으로 당신의 엉덩이를 더듬었다. 바지 뒷주머니에 손을 넣었다. 필요할 경우 '굴먼드'로 전화를 걸면 우리와 통화가 된다는 것을 베스가 알고 있기 때문에, 당신도 나처럼 핸드폰을 집에 두고 와서 뒷주머니는 비어 있었다. 내가 '당신'의 뒷주머니를 더듬는 동안, '당신'은 내가 접근한 틈을 타 내 입술을 훔쳤다. 그리고 또 한 번. 이제 키스는 걷잡을 수 없이 격렬해졌고 나는 참을 수가 없었다. '당신'의 넥타이를, 겉옷을, 셔츠 단추를 잡아 뜯었다.

그런데 '당신'의 셔츠 단추를 풀자 그것이 보였다.

빨간 끈에 묶인 청동 열쇠가.

바로 그 순간에도 내 가슴 사이에 매달려 있던 열쇠, 다이아몬드가 촘촘히 박힌 그 열쇠와 똑같은 모양은 아니었다. 단단한 청동 조각을 얇게 펴서 만든 그 열쇠는 하트 모양이었다. 그리고 그 열쇠에는 새겨 넣은 건지 찍어 넣은 건지 세 개의 글자가 적혀 있었다. LWR : 로건 위즐리 라이더Logan Wesley Ryder의 약자였다.

그것은 '당신'의 심장을 여는 열쇠였다.

나는 '당신'의 머리 위로 끈을 벗겨 열쇠를 꼭 움켜잡았다. 그러고는 우리 둘 다 숨이 막힐 때까지, 내 드레스 치맛자락이 엉덩이 위로 걷혀 올라갈 때까지 '당신'에게 키스했다. 우리는 서로 몸을 밀착시킨 채, 벤치 위에서, 그 옥상에서 사랑을 나누었다. 옷도 다 벗지 않은 채 필사적으로 격렬하게.

"이제 상자를 열 차례예요, 자기." '당신'이 내게 말했다.

나는 머뭇거리며 '당신'에게서 몸을 뗐다. 그 말이 맞았다. 드레스 치맛자락을 원래대로 끌어내리고 다시 한번 정원을 가로질러 테이블 쪽으로, 상자 쪽으로 다가갔다. 열쇠 구멍에 청동 열쇠를 꽂고 심장을 돌렸다. 딸깍 열리는 소리가 들렸다. 뚜껑을 열었다.

안에 짙은 파란색 벨벳이 대어진 상자 중앙에 백금 반지가 놓여 있었다. 반지 가운데에 눈부시게 빛나는 거대한 다이아몬드가 박혀 있었고 그 양옆에 그보다 작은 다이아몬드 두 개가 박혀 있었다.

'당신'이 내 뒤에 와서 섰다. 늘 그렇듯이 '당신'이 느껴졌다.

나는 몸을 돌렸고 '당신'은 나를 향해 손을 뻗었다. 나를 끌어안고 나를 빤히 내려다보았다. 내 입술에 대고 속삭였다. "나랑 결혼해주겠어요, 이사벨?"

나는 '당신'의 가슴에 내 가슴을 찰싹 밀착시켰다. 내 손에는 이미 반지가 끼워져 있었다. "좋아요, 로건."

"내 아기를 낳아주겠어요?"

나는 웃음을 터뜨렸다. "이미 낳았잖아요."

"아, 그렇지." '당신'은 내게 부드럽고 다정하게 키스했다. "그 녀석들이 있지."

나는 '당신'의 팔을 풀고 내 목에 걸려 있던 티파니 다이아몬드 열쇠를 빼 상자 안에 넣었다. 단순한 모양의 청동 열쇠를 열쇠 구멍에서 빼 빨간 리본을 내 목에 걸었다. 가슴 사이로 차가운 청동이 내려앉았다. "이제 당신의 심장은 언제나 내 심장과 함께 있을 거예요."

"그게 당신 어머니의 대답이었나요?" '당신'은 나를 꼭 끌어안았다. "아, 이거였죠? 내 심장을 매일 최선을 다해 계속 뛰게 만드는 것은 당신 심장이에요."

"이젠 우리 엄마 방식도 훔치려는 거예요?" 나는 '당신'을 놀렸다. "당신은 자신만의 방식을 좀 개발할 필요가 있겠어요, 로건."

'당신'은 내게서 몸을 약간 뗐다. "그거 농담이에요?"

"사소한 농담이죠."

"당신 몸을 열심히 문질러 홀딱 벗겨버려야겠군."

"내 몸 안을 열심히 문지르겠다는 뜻이겠죠."

"또 농담이에요? 그것도 야한 농담을?" '당신'은 깜짝 놀라 웃음을 터뜨렸다. "이보다 더 완벽한 청혼이 있을까요?"

나는 손을 '당신'의 아래로 향해 뻗으며 말했다. "다시 한번 더 섹스를 할 수 있다면 더 완벽하겠죠?"

"그게 내가 하려던 거요."

20

'당신'은 두 팔로 제이콥과 카밀라를 안고 있었다. 햇살이 쏟아지는, 눈부시고 아름답고 영광스러운 수요일 오후였다. 쌍둥이는 이제 생후 8개월이었다. 카밀라는 여기저기 걸어 다니며 모든 일에, 모든 사람에게 '싫어!'라고 소리쳤고, 제이콥은…… 차분했다. 조용하게 가만히 앉아서 노는 것을 좋아했다. 물론 뭔가 짓궂은 장난을 치고 싶을 때면 일어나 걸어 다닐 수는 있었지만 말이다. 사용하는 단어는 몇 개 안 되었지만, 알고 싶은 것이 생기면 언제나 분명하고 또렷하게 그 단어를 말했다. 그에 반해 카밀라는 지치지 않는 에너지의 결정체라서 늘 정신없이 좋알댔지만, 그 애가 말하는 단어 열 개 중 우리가 알아들을 수 있는 단어는 한두 개에 불과했다.

단적인 예를 들자면 이랬다. 제이콥은 아빠의 팔에 매달려 주위를 구경하는 것을 아주 좋아했지만, 카밀라는 아빠의 품속에서 몸을 비틀면서 내려달라고 몸부림을 쳤다. 이리저리 돌아다니며 비디오카메라의 플러그를 뽑고 마이크를 훔치고 옷장에서 옷을 꺼내어 내던지는 등 난동을 부리고 싶어서.

오늘은 MIN의 개소식이었다.

그 일을 시작한 지도 어느덧 1년이 흘렀다. 방해 요소도 너무나 많았고 협상해야 할 일도 너무나 많았다. 한마디로 해야 할 일이 산더미였다. 마지막 순간에 여러 명의 기부자가 기부 의사를 철회하는 바람에 또 새로운 기부자들을 모집해야 했다. 우리는 기부자가 필요했다. 창설 자금은 인디고 재단 기금으로 충당하고 재단으로부터 어느 정도 재정 지원을 받는다고 해도 하루하루 센터를 운영하려면, 다른 지역으로의 확장이라는 결과를 끌어내려면, 미국 전역에 체인을 갖춘 큰 규모의 센터로 성장시키려면, 그냥 내 힘으로 조달할 수 있는 것보다 더 든든한 재정적 지원이 필요했기 때문이다. 원래 우리가 결정했던 장소는 부적절한 선택으로 밝혀졌다. 지역사회의 이해관계, 건축적이고 구조적인 문제, 그 밖에 다른 문제도 무수히 많았다. 그래서 그때까지 준비했던 모든 것을 전면 백지화하고, MIN의 새 보금자리를 찾는 일부터 다시 시작해야 했다. 우리는 결국 '덤보DUMBO', 즉 '맨해튼 고가도로 아래 동네Down Under Manhattan Bridge Overpass'라는 새로 생긴 동네에 있는 고풍스럽고 귀여운 아파트 건물을 센터의 보금자리로 결정했다. 그 동네 지역사회는 자치구들이 대개 그렇듯, 우리를 두 팔 벌려 환영했다. '당신'은 매번 '당신'의 뛰어난 마케팅 실력을 입증해 보였다. 도시 전체에 퍼져 있는 자신의 정교한 사업 연결망을 동원해서.

우리는 '당신'의 사업 연결망을 통해서, 센터 건물에 기꺼이 자재와 시간을 기부하고자 하는 건설 회사를 찾아냈다. 그럴 만한 가치가 있었기 때문에 막대한 초기 비용을 들여 건물 전체를 사들인 뒤, 1층 내벽을 허물고 매일의 센터 운영이 이루어질 사무 공간을 만들었다. 2층은 의료 시설로, 3층은 갈 데 없는 임산부나 미혼모들의 임시 거주 공간으로 꾸몄다. 맨 위층인 4층은 비품 창고로 그곳에는 기저귀, 거즈 수건, 턱받이, 아기 옷, 임신복, 장난감, 책은 물론 심지어 자잘한 식료품까지도 바로 사용할 수 있는 상태로 보관되어 있었다. 우리는 그런 다음 몇몇 보육 시설, 아기 돌봄 서비스 업체와도 제휴를 맺었다. 의료 시설 근무자들은 모두 기본적으로 자신의 시간과 전문기술을 무료로 기부하는 사람들이었고 의약품도 대부분 기부받은 것들이었다. 엄청난 규모의 사업인 만큼 우리는 1년 내내 과다 업무에 시달렸지만 결국은 모두 해냈다.

그 자리에 참석한 사람은 모두 기부자들이었다. 건설 회사 건축가들과 그 가족들, 십여 명의 의사와 간호사와 그 가족들, 사무직 직원들, 모두가 기부자였다. 이쪽 교차로에서 저쪽 교차로까지 한 블록의 거리에서 차량이 완전히 통제되었고, 동네 식당들은 참석자에게 음식과 음료를 제공했으며, 가설무대에서는 진짜 밴드가 라이브로 음악을 연주했다. ……모든 것이 인디고 재단의 기부나 재정 재원이 있었기에 가능했던 일이었다.

나는 이제 무대에 올라 꽃송이처럼 모여 있는 언론매체의 마이크와 비디오카메라를 바라보면서 공황장애 증상을 억누르려고 안간힘을 쓰고 있었다. 사람들의 이목이 집중됐다. 도시 전체가, 아니, 실은 전 세계의 일부가 나를 바라보고 있었다. 센터의 어떤 면이 대중의 관심을 끌었기 때문이었다. 아니, 실은 나의 어떤 면이 대중의 관심을 끌었기 때문이었다. 나는 어느새 언론매체가 즐겨 다루는 사람이 되어 있었다. 기억 상실증에 걸려 내가 누구인지 모르는 상태로 흘려보낸 6년이란 세월, 당신, 케일럽이 떠난 뒤 세상에 밝혀진 당신의 비밀들, 마담 엑스라는 나의 예전 정체와 직업,

로건과 나의 낭만적인 사랑, 아버지가 다른 사랑스러운 쌍둥이 아기, 즉 어떤 상황에서든 대부분의 시간을 서로 함께 보내는 세상에서 가장 사랑스러운 쌍둥이 남매가 모두 언론의 관심사였다. 그러나 그중에서도 정말로 세간의 관심을 끈 것은 내가 세운 인디고 재단, 거기에 들어간 어마어마한 규모의, 믿을 수 없을 만큼 막대한 자선기금이었다. 그리고 나는 그 관심, 언론매체를 야무지게 활용했다. 언론을 이용해서 기부를 받아내고, 기꺼이 매주 하루 이틀씩 우리 의료시설에 와서 근무를 하겠다는 의사, 평소대로 교대 근무를 하고 우리 시설에 와서 기꺼이 몇 시간씩 봉사를 하겠다는 간호사들을 모집했던 것이다. 솔직히 말해서 센터에 그동안 쏟아부은 자금은 MIN에도, 인디고 재단에도, 나 개인에게도 무척이나 버거운 것이었다.

그러나 지금 당장 내 머릿속을 가득 채우고 있는 것은 내가 발언을 해야 한다는 사실뿐이었다.

"나는 행운아였어요. 나와 늘 함께 해주는 남자를 만났으니까요." 나는 말문을 열었다. "우리 아기들을 임신했을 때 나는 아무것도 혼자 하지 못했어요. 로건은 언제나 내 옆에 서서 한 걸음 한 걸음 내게 보조를 맞춰 주었답니다. 주치의에게 정기 진료를 받으러 갈 때마다 함께 가주고, 아기방을 꾸미는 일도 도와줬어요. 말이 도와준 거지, 실은 저 사람 혼자 모든 일을 다 했어요. 나는 쌍둥이를 임신해서 배가 너무나 불러 있었거든요. 한마디로 저 사람은 묵묵히 제 옆을 지켰습니다. 그러나 세상 여자들 모두가 그런 행운을 누리는 건 아니더군요. 그런 깨달음이 나를 '곤경에 빠진 엄마들Mothers in Need'의 설립으로 이끌었습니다. 어느 날 문득 그런 생각이 들었거든요. 쌍둥이가 아니더라도, 계획에 없던 임신을 해서 혼자 그 임신기를 견뎌내야 한다면 어떨까? 그런 일은 불가능하지 않을까? 일을 해야 해서 의사에게 진료를 받으러 갈 수 없다면 너무 힘들지 않을까? 의료 혜택을 받을 수 있는 자격이 되더라도 말이죠. 그 무렵 나는 이미 그 돈에 대해 알고 있었습니다. 그 돈을 상속받아 그 돈으로 어떤 일이든, 내가 원하는 일을 할 작정이었습니다. 그 돈이 나 하나를 위해서 쓰여서는 안 되는 돈이라는 것도 알고 있었습니다. 하지만 어디서부터 어떻게 시작하면 좋을지 알 수가 없더군요. 세상에는 도움이 필요한 사람들이 너무나, 너무나 많으니까요. 내가 도울 의향이 있는 자선 단체, 프로젝트, 아이디어를 쭉 써보기만 했는데도 종이 몇 장이 꽉 찰 정도였어요. 나는 물었습니다. 어디서부터 시작하지? 그런데 임산부가 이 과정을 모두 혼자서 해내는 것은 불가능하겠다, 그런 깨달음을 얻는 순간, 그곳이 나의 출발점이란 사실을 깨달았습니다. 그래서 아기들을 낳은 뒤 그 일을 시작했죠. 그로부터 1년 반이 지난 지금, 우리는 리본을 자르려고 이곳에 서 있습니다. 지금 이 자리에서 이렇게 웅장한 공식 개소 행사가 열리고는 있지만, 이곳에는 이미 한참 전부터 열심히 일해온 사람들이 있다는 말은 꼭 하고 넘어가야겠네요. 밍크시 박사와 하첼 박사는 두 분 다 벌써 지난주부터 우리 의료시설에 엄청나게 긴 시간을 기부해주셨습니다. 그 7일 동안 두 분이

받은 진료 예약은 이미 백 건이 넘었고요. 나는 MIN이 자랑스럽습니다. 자신의 자리에서 맡은 바 최선을 다해 우리의 꿈을 현실로 만들어가고 있는 MIN 가족 여러분 모두가 자랑스럽습니다. 특히 마이크, 지미, 에이브, 루크, 데니, 그리고 1년이 넘는 시간 동안 센터 건물을 짓느라 구슬땀을 흘려온 맥커스킬 건축 사무소 친구들에게 감사드립니다. 여러분이 계시지 않았다면 이루어질 수 없었던 일이기에 너무나 감사합니다. 그중에서도 특히…… 내 사랑 로건…… 고마워요. 미친 꿈에 불과했던 나의 허황된 계획을 늘 전적으로, 심지어는 본인의 일을 미뤄놓기까지 할 정도로 지지해줘서요. 오늘 우리의 개소를 응원하러 이 자리에 참석해주신 모든 분께 감사드립니다."

카메라 플래시가 번쩍거렸고 환호성이 터져 나왔다.

나는 그 뒤 너무나 직접적으로 쏟아지는 언론매체의 관심에서 간신히 벗어났다. 그런데 파티가 거의 끝나갈 무렵 여기자 한 명이 나를 구석으로 몰고 가 앞이 안 보일 정도로 밝은 조명, 카메라를 내게 들이대고 마이크를 내 얼굴에 갖다 댔다.

"이사벨 이제 '미니'가 비행을 시작했는데 다음 계획은 뭔지 말해줄 수 있나요?"

"미니요?"

기자는 싱긋 웃었다. "다들 그렇게 부른답니다."

"미니라고요. 흠, 그거 마음에 드네요. 그런데…… 다음 계획이 뭐냐고 물으셨나요?" 나는 그 질문에 뭐라고 대답을 해야 하는지 알고 있었다. MIN을 번듯하게 세우려고 마지막 세부사항까지 일일이 내가 다 직접 관여하며 일을 해왔기 때문이었다. 나는 미소를 지으며 숨을 쉬고는 차분히 그 계획을 떠올리는 데 집중했다. "내가 '임시 가정'이라고 부르는 사업이에요. '곤경에 빠진 엄마들' 사업과 마찬가지로, 이 도시 어딘가에 있는 건물을 한 채 매입할 생각입니다. 위치가 어디냐고는 묻지 마세요. 아직은 조사를 시작하지도 않았으니까요. 아무튼 그곳은 노숙자, 가출 청소년, 가정 폭력 피해자 등 잘 곳이 필요하고 자신의 삶을 개선할 수 있는 자원이 필요한 사람은 누구나 찾아와 도움을 받을 수 있는 센터가 될 거예요. 그곳에도 직원을 상주시키고, 의사, 약물 중독 치료 시설, 식료품 창고, 재활 치료사, 정신 상담사, 사회복지사, 잠을 잘 수 있는 따뜻한 침대, ……내가 기부받아 그 공간 안에 쑤셔 넣을 수 있는 것은 뭐든 다 갖출 생각입니다. 누구나 그곳에서 자신의 삶을 제 궤도로 돌려놓을 수 있게 쾌적하고 안전한 환경을 만드는 것이 기본 목표거든요."

아름답고 젊은 아시아계 미국인 여기자가 카메라맨에게 자신을 비추라고 지시했다. "감히 시인하건대 제 삶에도 그런 장소를 이용할 수 있었으면 참 좋았을 그런 시절이 있었답니다." 기자는 잠시 말을 멈추었다가 눈부시게 웃으며 카메라맨 쪽으로 시선을 돌렸다. "흠, 주변에 그런 시설이 생긴다면, 그건 이사벨 라이더의 공입니다. '임시 가정'이 곧 뉴욕에 상륙합니다. 제가 여러분께 드릴 수 있는 말씀은, 저도 그곳에 기부를 할 것이라는 말씀, 여러분 역시 그 일에 동참해주시길 바란다는 말씀뿐입니다. 그럼 스튜디오에 있는 제이크와 알리사, 다시 나와 주세요."

조명이 꺼지고 카메라가 물러났다. 카메라 앞에 서 있을 때 뿜어내던 눈부신 에너지가 소진된 듯 기자는 기운이 없어 보였다. 젊은 여자는 여전히 마이크를 손에 쥔 채 근처 계단에 털썩 주저앉았다.

"괜찮아요?" 내가 물었다.

기자는 어깨를 으쓱했다. "십 대 시절에 나는 몇 년 동안 집 없이 지냈어요. 가출 청소년이었거든요. 폭력 가정에서 도망친 흔해빠진 케이스였죠. 그래도 나는 운이 좋았어요. 햄버거 매장에서 패티를 뒤집는 일자리를 얻었거든요. 내가 그 일을 할 수 있었던 것은, 그저 그 매장 매니저가 우연히 꽤 괜찮은 사내였던 덕분이었죠. 난 뼈가 빠지게 일을 했고 골목길에서 눈을 붙인 다음 공중화장실에서 세수를 하고 일터에 나갔어요. 2년 동안 집 없이 전전하며 일을 한 뒤에야 겨우 나만의 작은 공간을 마련할 수 있었죠. 그리고 그 뒤로도 계속 뼈가 휘도록 일해서 지금 다니고 있는 이 직장을 얻은 거예요. 그런데…… 그 시절 내가 '임시 가정' 같은 곳을 이용할 수 있었다면 어땠을까요? 몸을 눕히고 깊은 잠에 빠질 수 있는 침대, 어딘가 샤워를 할 수 있는 안전한 장소가 있었다면 좋았겠죠?"

"그게 내가 하려는 일이에요. 그 일이 잘될 거라고 믿는 이유이기도 하고요. 그런 처지에 스스로 처해본 적 있는 기자님 같은 사람들이 나서서 도움을 베풀어줄 테니까요. 기자님도 그런 경험을 해보았기 때문에 그런 일을 겪을 수밖에 없는 다른 사람들을 돕고 싶은 거잖아요."

"맞아요." 눈부시고 아름다운 미소가 살아났다. "그러니까 장소가 확정되면 제게 좀 알려주세요. 저도 한몫 끼고 싶거든요. 솔직히 말씀드리면 제가 할 수 있는 일이라고는 자원봉사뿐이겠지만요. 그런 처지에 놓이는 것이 어떤 것인지 나는 지금도 생생하게 기억해요. 대부분의 경우 침대, 지붕, 식사가 필요하지만, 누군가 대화를 나눌 사람, 자신을 빌어먹을 자선의 대상이 아니라 평범한 인간으로 봐주는 사람이 필요한 경우도 많으니까, 난 그런 일을 하는 자원봉사자가 될게요."

"알겠어요. 난 여태 그런 생각은 못해봤네요. 이래서 우리한테 기자님 같은 사람들이 필요한 거겠죠." 나는 기자에게 MIN, 그러니까 미니 소속의 내 명함을 건넸다. "원한다면 당장이라도 자원봉사에 참여할 수 있어요. 이곳에 있는 여자들도, 당신도 알다시피 마찬가지로 대화 상대가 필요할 테니까요."

"곧 연락드릴게요." 기자는 다시 특유의 그 미소를 지은 뒤 다음 인터뷰를 하러 자리를 떠났다.

그리고 '당신'이 내 뒤로 다가왔다.

'당신'이 카밀라를 내게 건네자 아이는 즉시 두 손으로 내 얼굴을 찰싹찰싹 치며 웃음을 터뜨렸다. "엄마!"

"안녕, 꼬마 아가씨." 나는 아이의 뺨에 키스를 하고 뽁뽁 소리를 내어 아이를 까르르 웃게 만들었다.

아이는 나를 향해 계속 쫑알대며 이것저것 손가락질을 하다가 이내 내려달라고 몸을 배배 꼬기 시작했다.

나는 아이를 바닥에 내려놓고 조그만 손으로 내 검지를 잡게 했다. 그러고는 아이의 손에 이끌려 군중 속을 뚫고 거리를 건넜다. 아이는 근처 제과점 유리창을 향해 걸어갔다. 그곳 진열장엔 머핀, 도넛, 크루아상, 식빵을 비롯해 온갖 맛있는 음식들이 놓여 있었다.

그리고 나의 사랑스러운 꼬맹이 공주님 카밀라는 제 엄마를 쏙 빼닮은 아가씨였다. 단것을 무척이나 좋아했던 것이다. 아이는 불안정하고 자그마한 발로 깡충깡충 뛰면서 주먹 전체로 유리창 저쪽에 놓인 바나나 머핀을 가리켰다. 그러면서 전혀 "바나나 머핀"이라고 들리지 않는 소리를 계속 외쳐댔다. 자음과 모음이 잔뜩 들어 있었지만 전혀 조합이 안 된 소리였다. 내가 유리창 뒤 머핀을 가리키며 저거 말이냐고 아이에게 묻자 카밀라는 몹시 흥분해 계속 손을 뻗었다. 내 다리 위로 기어올라 머핀을 잡으려고 발버둥을 치면서 계속 소리를 지르고 까르르 웃어댔다.

그동안 제이콥은 아빠의 무릎 위에 앉아서 우리를 기다리고 있었다. 내가 손에 머핀 한 조각을 쥐여 주었을 때도 그저 빵을 입에 밀어 넣었을 뿐 말 한마디 하지 않았다. 그러나 아이의 미소, 기쁨과 만족스러움이 가득한 표정, 그거면 충분했다.

아이는 여전히 그 자체로 당신, 케일럽이었다.

이미 당신을 너무나 쏙 빼닮아 있었는데도 날이면 날마다 더 닮아갔다. 솔직히 말하면 너무 닮아서 이상하게 느껴질 정도였다. 당신을 아는 사람이라면 누구나 제이콥을 보는 즉시 아이의 얼굴에서 당신을 찾아낼 수 있을 정도였다.

그러나 아이의 행동은, 언제나 기꺼이 상황에 따르는 너무나 느긋한 태도로 보나, 쉽게 즐거워하는 기질로 보나, 그야말로 그 아버지에 그 아들이었다. 그러니까 내 사랑, '당신'의 생각이 옳았던 것이다. 제이콥은 우리의 아들, '당신'의 아들, 나의 아들이었던 것이다. 아무리 아이의 얼굴에서 당신, 케일럽이 보인다고 해도, 아무리 그 모습이 나의 저 깊은 내면에서 작고 막연하고 아득하지만 날카로운 어떤 통증을 유발한다고 해도, 제이콥은 완벽하게, 전적으로 우리의 아들이었다. 나는 그 통증이 뭔가를 떠올리게 해주는 작은 자극이라고 생각했다.

내가 처해 있던 상황, 지금 이 자리에 오기까지 내가 겪었던 일들을 떠올리게 해주는 그런 자극 말이다. 그리고 그 자극은 내게 행복감, 매일의 즐거움을 느끼게 해주었다.

'당신' 곁에서 매일 아침 눈을 뜨는 것, 매일 밤 '당신' 곁에 눕는 것, '당신'을 느끼는 것, '당신'을 맛보는 것, '당신'을 사랑하는 특권을 누리는 것, 그 모든 것이 내게는 기쁨이었다.

카밀라와 제이콥에게 키스를 하는 것, 아이들을 목욕시키는 것, 아이들의 옷을 갈아입히는 것, 아이들을 쫓아다니는 것, 아이들이 성질을 부릴 때 야단치는 것, 아이들을 사랑하는 것, 그 아이들의 엄마로 사는 것, 그 모든 것이 내게는 기쁨 그 자체였다.

아무리 시간이 새벽 세 시라고 해도, 새벽 세 시에 '당신'과 내가 한창 사랑을 나누고 있을 때 불만에 찬 아기의 울음소리가 온 집 안에 쩌렁쩌렁 울린다고 해도, 그것은 여전히 내게 기쁨이었다.

그리고 내 내면 깊은 곳에서 느껴지는 그 통증은 이런 생각을 떠올리게 만들었다. 당신이 나를 빚고 내게 음식을 먹이던 그 시간이 없었다면, 당신이 내 정체성에 대해 내게 거짓말을 늘어놓던 그 시간이 없었다면, 어쩌면 난 이곳에 존재하지 않았을지도 모르겠다는 생각을, 병원에 나를 혼자 버려두고 떠날 수도 있었는데 당신은 그러지 않았다는 생각을 떠올리게 만들었다. 그리고 그런 생각을 하면 감사한 마음이 들었다.

비록 시간이 너무 오래 걸리기는 했지만, 인생을 바꿀 기회를 내게 허락해준 당신에게,

삶에,

사랑에,

가족에게,

감사한 마음이 들었다.

인디고

난 당신을 지켜보고 있어, 이사벨.

당신은 영영 날 볼 수 없을 거야.

내 체취도 영원히 맡을 수 없겠지. 나는 투명인간, 아무것도 아닌 존재거든.

나는 유령이고 과거야.

나는 당신의 미래도 아니고 당신의 현재도 아니야. 그러니까 아무것도 아닌 존재인 거지.

당신이 불 꺼진 MIN 센터에서 나와 자동차를 향해 걸어가는 지금, 나는 골목길 안의 그림자야. 당신이 자동차의 시동을 거는 지금, 나는 당신 목덜미에 곤두서는 소름이야. 당신이 운전을 해서 집으로, 그에게로, 아이들에게로 돌아가는 지금, 나는 당신의 척추를 따라 흘러내리는 전율이야.

당신은 지금, 내 아들이 아닌 나의 아들, 제이콥에게 돌아가는 중이야. 내 아들은 영영 내 이름을 알 수 없겠지, 영영 내 얼굴을 알 수 없겠지.

나는 그 애 역시 지켜봐. 그 애가 자는 모습을 지켜봐. 그 애는 뒤척이거나 돌아눕는 법 없이 언제나 곤히 잠을 자더군. 맞은편에 누워 있는 키밀라는 끝없이 격렬하게 담요를 차내고 영양을 덥석 문 악어처럼 요람 안에서 몸부림을 치고 그러는데 말이지.

나는 자유야. 그게 나의 정체야.

죽음이 날 자유롭게 해줬어.

물론 난 정말로 죽은 게 아니야. 그건 모두 내가 더 이상 존재하지 않는다는 사실을 당신과 세상에게 확신시키기 위해 정교하게 조작된 거짓말이야. 꼭 필요했기 때문에 정교하게 꾸며 낸 거짓말이었어. 그렇게 하지 않으면 당신을 보내줄 수가 없었거든. 난 그럴 수가 없었거든.

그러려고 해봤어.

그것도 여러 번 반복해서 해봤지.

내 욕심과 싸우면서.

나는 내 발로 당신을 떠나려고 했어. 당신을 놓아주려고 했어. 그런데 그럴 때마다 아직 동이 완전히 트지도 않은 이른 새벽 어둑한 회색 하늘 밑 당신의 집 앞에서 서성대고 있는 나를 발견하곤 했어. 한 손에는 권총을 들고, 다른 손에는 열쇠 따는 지렛대를 들고 발톱처럼 손가락을 오그리고 있는 나를 발견하곤 했어. 눈 깜짝할 사이에 지렛대로 그 엉성한 자물통을 따버리고 당신의 집으로 숨어들어가 로건의 머리에 권총을 박아 넣어 그자를 영원히 끝장내고 당신을 데리고 나올 채비를 갖추고 있는 나를 발견하고는 했어.

나는 실제로 그 모든 것을 계획했었어.

당신 목에 작은 주사바늘을 꽂으면 당신은 정신을 잃겠지. 당신이 정신을 차렸을 때, 우리는 안티구아, 내가 거액이 적힌 수표책, 잘 세탁된 현금을 들여 매입한 그곳 별장, 내 소유의 별장에 가 있는 거야. 당신은 눈가리개를 한 채 해변에 알몸으로 누워 있어. 그러면 내가 당신을 천천히 깨우는 거야.

내 혀를 이용해서.

나는 아직도 그런 꿈을 꿔.

유령도 꿈은 꿀 수 있으니까.

특히나 나는 상상 속에서나 유령일 뿐, 여전히 살과 피로 만들어진 살아 있는 생명체니까.

그럼에도 나는 유령이야. 그리고 당신 꿈을 꿔.

나 혼자 당신을 차지하는 꿈을.

당신 앞에 나타나 당신의 이름을 속삭이고 당신의 체취를 맡는 꿈을.

어느 날 밤 나는 골목길 안, 시커먼 그림자 속에서 당신이 지나가길 기다리며 서 있었어. 잠시 뒤 당신이 굽 없는 신발로 보도를 사뿐사뿐 디디며 지나갔지. 내 옆을 지나갔어. 당신은 물론 당연하게도, 핸드폰에서 시선을 뗄 이유도 없었고, 내 쪽을, 내가 서 있던, 썩어가는 쓰레기가 가득하고 쥐가 찍찍대고 바퀴벌레가 바스락대는 대형 쓰레기통 근처 작은 어둠 조각 쪽을 쳐다볼 이유도 없었어.

하지만 나는 당신의 체취를 맡았어.

나는 당신을, 당신의 한 가닥을 흘끗 쳐다봤어. 당신은 몸에 완벽하게 맞게 재단된 미끈한 짙은 색 가죽 코트를 입고 있었어. 코트 밑에는 무릎까지 내려오는 하얀색 면 스커트를 입고 있었고. 이사벨, 그 스커트는 당신에게 아주 잘 어울렸지. 모성애와 행복감으로 가득한 당신은 그 어느 때보다 매력적이고 사랑스럽게 보였어.

스커트 안에 숨겨진 당신 엉덩이는 보는 것만으로도 아주 멋졌어. 입안에 침이 고일 정도로 매력적이더군. 세상에, 이사벨.

이사벨.

당신이 알기만 했어도.

내가 당신을 얼마나 많이 사랑하는지 당신이 그 낌새를 조금만 알아챘어도.

내가 언제나 당신을 얼마나 많이 사랑해왔는지.

그 몇 년이란 세월 동안 내가 당신을 얼마나 쫓아다녔는지 당신이 알기만 했어도. 당신은 부모님의 집에서 살금살금 빠져나오곤 했어. 역사 수업을 함께 듣는 다른 소녀들과 같이 못된 짓을 하려고, 싸구려 담배를 피우려고, 당신 나이의 소녀들이 보기에는 너무 야한 영화를 보려고. 당신, 순진하고 순수하고 부주의한 어린 계집애를 쫓아다니던 내가 그 자리에 있지 않았다면, 당신이 여러 번 납치당하거나 강간당하거나 살해당할 뻔했다는 사실을 알게 된다면 당신은 뭐라고 말을 할까? 난 늘 그 자리에 있었어. 그러다가 마침내 그 빌어먹을 카페에서 당신과 우연히 마주쳤지. 그 순간은 나의 악몽, 나의 추락, 나의 가장 거침없는 꿈이 한꺼번에 실현되는 순간이었어.

이사벨, 당신이 알기만 했어도.

당신의 순수성을 지키려고 내가 얼마나 많은 짓을 했는지.

당신 아버지의 노름빚을 내가 얼마나 자주 대신 갚아주고 내가 그랬다는 증거를 싹 없애버렸는지.

당신 어머니가 일하던 호텔, 그러니까 내 소유의 호텔에서 일하는 손버릇이 더럽고 질척대는 매니저를 내가 어떻게 해고했는지, 당신 어머니가 당황스러운 일을, 직장 내 성추행 신고라는 결실 없고 생계유지에 위협이 되는 과정을 겪지 않아도 되도록 내가 얼마나 세심하게 신경 썼는지.

내가 당신의 목숨을 구한 적이 얼마나 많은지 당신이 알기만 했어도. 하지만 당신은 전혀 몰랐지.

한 번은 당신이 택시에 치일 뻔한 적이 있어. 나는 말 그대로 몸을 날려 당신을 길 밖으로 밀어내고 우연인 척했어. 택시의 범퍼는 내 다리를 치었지. 그 일 때문에 나는 한 달 동안이나 다리를 절었어. 그런데 당신은 날 쳐다보지도 않더군. 아니, 쳐다보았는지는 몰라도, 날 전혀 알아보지 못했어.

당신이 마침내 날 알아보았을 때, 그 카페에서 날 알아보았을 때, 당신은 나한테 홀딱 반했어. 내 생각에는 내가 당신한테 반한 것보다도 더 반한 것 같았어.

내가 그러자고 했으면 당신은 나와 함께 도망쳤을 텐데.

그 골목길 안에서 내가 당신에게 그 짓을 하게 해줬을 텐데.

언제 어디서든 무릎을 꿇고, 숨이 막히도록 내 좆을 빨아줬을 텐데.

그러나 나는 말을 하지 않기로, 티를 내지 않기로 했어. 말을 많이 해버리면 당신 전부를 요구하게 될까 봐. 당신과 마주 서게 되면, 당신을 만지게 되면, 당신의 체취를 조금이라도 맡게 되면, 당신이 열여섯 살이든 말든, 당신을 내 마음대로 유린하고 당신의 처녀성을 짓밟게 될까 봐.

그래서 나는 나 자신을 증오했어, 이사벨. 이런 진실을 당신은 영원히 알 수 없겠지. 고작 깡마른 계집애 하나한테 너무나 중독되어 있고 너무나 홀려 있고 너무나 미쳐 있는 나 자신을 내가 얼마나 혐오하고 경멸했는지 당신은 알 수 없겠지.

그래도 내게는 당신을 계속 내 손아귀 밖에 둘 수 있을 정도의 자제력은 있었어. 당신에게는 참으로 다행스러운 일이지. 당신은 그보다 훨씬 나은 대접을 받을 자격이 있는 여자였으니까. 나는 추잡한 욕망으로 당신을 더럽히고 싶어 하는 내가 혐오스러웠어.

그 더러운 욕망 때문에 내가 스스로를 얼마나 가혹하게 처벌했는지, 이사벨, 당신은 모르지?

나는 굶주리고 피곤한 몸을 이끌고 하루에도 몇 시간씩 혼자 보도 위를 걸어 다녔어. 집에 가면 욕실로 들어가 당신을 생각하면서 자위행위를 하게 될까봐. 당신의 사랑스럽고 매끈하고 까무잡잡한 피부를 생각하면서, 당신의 숱 많고 새카만 머리를 내 한 손에 모아 쥐고 당신의 입에 끝도 없이 그 짓을 하는 장면을 떠올리면서, 당신을 내 침대 위에 무릎 꿇리고 당신 뒤에서 그 짓을 하는 장면을 상상하면서.

내가 할 수 있는 모든 방식을 동원해 당신에게 그 짓을 하고 당신을 소유하는 장면을 꿈꾸면서.

그래서 나는 당신을 미워하면서 몇 시간씩 걸었어. 나로 하여금 당신을 그렇게 더러운 방식으로 원하게 만드는 당신이 미웠어.

고작 깡마른 계집애 주제에.

순진하기 짝이 없는 어린 것이.

자신의 바로 뒤에 괴물이 도사리고 있다는 사실조차 눈치채지 못하는 무지한 것이.

그리하여 난 또다시 여기 있어, 이사벨. 한 번 더 그림자 속의 괴물이 되어서.

그런데 내가 뭐에 놀랐는지 알아, 이사벨?

당신은 눈이 멀었는지, 내가 당신 삶 속에 계속 나타나 주위를 서성대도 전혀 모르더군. 나는 언제나, 어느 곳에나 있었어. 보려고만 했으면 당신도 날 볼 수 있었을 거야. 그러나 당신은 내가 죽었다고 생각하기 때문에 그런 행동을 하지 않지.

난 당신을 쫓아다녀.

당신을 지켜봐.

지금의 나는 무지했던 스물다섯 살의 나보다는 훨씬 더 힘과 자제심이 강하니까, 당신은 영영 날 볼 수 없을 거야. 내 체취도 영원히 맡을 수 없을 거야.

난 이제 당신의 맛을 알아. 당신을 맛보고 핥고 포식하고…… **소유**해봤으니까. 이제 당신을 갖는다는 것이 어떤 것인지 **알기** 때문에, 오히려 더 강렬하게 당신을 원해.

그래도 그림자 밖으로 나가서 당신을 놀라게 하고 당신을 괴롭히는 짓은 절대 안 할 거야.

하지만 꿈을 꾸는 건 괜찮겠지.

난 어둠 속에 숨어서, 그 빌어먹을 하얀 스커트 안에서 살랑살랑 흔들리는 당신의 완벽하고 동근 엉덩이를 쳐다봐. 그리고 내가 그 엉덩이를 소유하는 꿈을 꿔. 그 엉덩이를 움켜잡고 찰싹찰싹 때리면서 내 심장이 만족할 때까지 당신에게 그 짓을 하는 꿈을 꿔.

그리고 내가 당신을 얼마나 많이 사랑하는지, 살짝이라도 당신이 그 낌새를 알아채는 꿈을 꿔.

내게 당신이 얼마나 절실하게 필요한지.

당신을 포기하려고 내가 어떻게 죽었는지.

당신에게 내 재산, 내 피땀의 열매, 지난 20년 동안 일해 번 결과물을 어떻게 주었는지. 내가 그 재산을 당신에게 주었잖아.

난 당신을 위해서 죽은 거야.

그런데도 여전히, 당신 곁을 진정으로 떠날 수가 없군.

예전에 당신이 그랬지, 이사벨. 나는 마약이고 당신은 중독자라고. 하지만 당신은 반대로 알고 있었던 거야. 중독자는 나거든.

나는 예전에 마약 중독자였어. 창부였을 때 나는 코카인을 흡입하고 메스암페타민을 피우고 헤로인 주사를 맞았어. 나를 물어뜯는 공포의 송곳니, 내 살을 베는 지옥의 발톱을 무디게 해줄 수 있는 것이라면 뭐든 했지.

나는 내 마음을 넌지시 알려줬지만 그게 끝이었어. 당신은 나를 피하고 내게서 몸을 돌렸어.

그때 나는 비명을 지르고 있었어, 이사벨. 그런데 당신은 나를 쳐다보지도, 내 소리를 듣지도 않았어. 내가 그렇게 매달리고 애원하는데도 말이야. 당신을 향한 욕망으로 미쳐 있었기 때문에 나는 당신을 위해서 나 자신을 갈가리 찢었지만 당신은 맹인이 되어 있었어.

당신은 날 떠났어.

로건에게 돌아갔어.

갈가리 찢긴 나를 혼자 내버려둔 채.

당신이 날 파멸시킨 장본인이야, 이사벨.

당신은 날 구할 수도 있었어. 최소한 나의 일부라도 구원해줄 수 있었어.

당신의 사랑이 내 영혼에 숭숭 뚫려 있는 수많은 구멍을 채워줄 수도 있었는데. 당신의 손길이 내 내면을 채우고 있는 어둠을 물리치는 초에 불을 밝혀줄 수도 있었는데.

그래서 난 당신이 미워, 이사벨. 날 떠났으니까.

난 알아. 분명히 **알아**. 우리 관계가 끝나갈 무렵에는 내게 남은 비밀이 전혀 없었다는 사실을 이사벨 당신도 알고 있었다는 것을.

그러나 너무 늦었던 걸까, 당신은 당신의 길을 선택했지.

나는, 당신을 사랑하기 때문에, 당신을 진심으로 사랑하기 때문에, 당신의 신택을 인정해야 한다고 생각했어.

그러자면 당신을 자유롭게 놓아줘야 했어.

그런데 내가 살아 있는 한, 당신은 영원히 나로부터 자유로워질 수 없으리란 생각이 들었어.

당신을 자유롭게 놓아줘야 하는데 말이지.

난 당신을 위해서 **죽은** 거야, 이사벨. 그러니까 난 당신의 예수요, 당신의 구세주야. 이 말을 들으면 어떤 이들은 신성모독이라고 하겠지만, 그건 사실이야. 난 당신을 살리려고 죽은 거야. 내 죽음으로 당신의 죄악이 씻겨 나가도록, 당신의 잘못이 용서되도록, 케일럽이라는 이름의, 당신에게는 부당한 당신의 흠결이 지워지도록.

난 당신이 미워. 날 떠나다니.

그런데도 여전히 당신을 사랑해.

난 영원히 당신을 사랑할 거야. 언젠가는 당신을 쫓아다니는 그림자가 마침내 텅 빌 수 있게 진짜로 당신을 떠날 수 있을 정도로 당신을 사랑할 거야.

예전에는 마약 중독자였지만 지금 난 깨끗해. 거기서 벗어났거든. 금단현상을 다 겪어낸 뒤 결국 깨끗해졌고, 그 뒤로도 계속 깨끗했어.

그러나 당신은 끊을 수가 없어.

당신에게서는 벗어날 수가 없어.

여러 번 해봤지만,

그럴 수가 없어.

하얀 드레스를 입은 당신은 눈부시게 아름답군.

당신은 머리끝에서 발끝까지 처녀성의 상징인 흰색으로 덮여 있어. 당신의 등과 엉덩이에 하늘거리는 시폰이 매달려 있어. 가슴골이 다 드러날 정도로 깊게 패인 앞섶이 통증을 유발하는군. 면사포가 당신 뒤로 몇 미터나 늘어져 있네. 당신은 베일을 쓰고 있지만, 왈츠를 추듯 우아한 몸짓으로 통로를 천천히 지나는 당신의 두 눈에 맺힌 눈물이 내 눈에는 보여.

하얀 드레스를 입은 당신은 눈부시게 아름답군. 당신보다 사랑스러운 신부는 영원히 없을 거야.

그러나 당신이 걸어가는 통로 끝에 서 있는 사람은 내가 아니야.

나는 늘 그렇듯이 지금도 그림자 속에 숨어 있어. 어둠에 휩싸인 대성당 2층 구석에서 우아하게 걷고 있는 당신을 지켜보고 있어.

아까 한 말은 거짓말이었어. 내 눈에는 당신의 얼굴이 보이지 않아. 하지만 상상은 할 수 있는 거잖아. 난 순백색의 레이스 뒤에 숨겨진 당신의 두 눈이 눈물로 반짝이고 있다고 상상해. 감정을 억누르느라 걷고 있는 당신의 가슴이 들썩이고 있다고 상상해. 당신은 언제나 너무나 감정적이니까. 소매가 다 닳아 없어질 정도로 감정이 풍부하니까. 아, 고객 앞에서 포커페이스를 유지하는 법을 내가 당신한테 가르치던 시절이 있었는데. 그러나 그 시절에도 당신은 카메라 렌즈처럼 투명했어. 그래서 당신 얼굴만 보면 마치 당신이 소리 내어 말하고 있는 것처럼 또렷하게 당신 생각을 알 수 있었지.

나는 여기 대성당 2층에 몇 시간 전부터 있었어. 내가 여기 몰래 숨어든 것은 결혼식 준비가 다 끝난 뒤야. 단상 주변 꽃 장식이 끝난 뒤, 하객이 앉는 긴 의자 끝에 장미꽃이 다 묶인 뒤, 당신을 위한 빨간 카펫이 통로에 깔린 뒤야. 기다리는 것 말고는 더는 할 일이 없어서 사람들이 다 나가버린 뒤 나는 살그머니 이 위로 올라왔어. 올라와서 꽃 장식과 하객 좌석과 단상과 통로를 물끄러미 내려다봤어. 상상하면서, 꿈꾸면서.

미워하면서,

분노하면서,

갈망하면서,

부러워하면서.

성당 측에서는 2층을 확인하라고 사람을 올려 보내지도 않았어. 원래 등잔 밑이 어두운 법인데 말이야.

그 덕분에 지금 내가 여기 있을 수 있는 거야.

춤추듯 천천히 한 걸음씩 꽃잎이 깔린 통로를 걸어가는 당신을 지켜보면서. 카밀라가 당신 앞에서 깡충깡충 뛰어가며 하얀 장미 꽃잎을 뿌리고 있어. 잠시 걸음을 멈추고 하객들에게 꽃잎을 한 움큼 뿌리는군. 하객들 머리 위로 꽃잎이 내려앉고 있어. 카밀라는 당신을 너무 닮았어. 아마 당신은 모르겠지만, 카밀라는 그 자체로 당신, 이사벨이야. 인생이 당신에게 장난기를 숨기는 법을, 말괄량이 기질을 드러내지 않는 법을 가르쳤지만, 그런 기질은 사라진 게 아니야. 지금도 당신 안에 있어. 당신은 용감해. 공황장애를 앓고 있고 종종 숨 쉬는 법을 잊은 채 얼어붙지만, 그때마다 당신은 자신이 해야 할 일을 해내고 있잖아. 난 당신의 그런 기질을 억누르려고 애썼지만 그럴 수가 없었어. 끝내는 당신의 활기찬 기질이 날 이긴 거지.

내가 금발이 아닌 흑발의 공주 당신을 그 빌어먹을 라푼젤처럼 내 빌딩에 가두어 놓았던 것은 나 자신을 위해서였어. 그것은 당신을 안전한 곳에 두기 위해서도, 당신을 보호하기 위해서도 아니었어. 내가 쳐놓은 울타리 너머 세상을 알게 되면 당신이 날 떠날까 봐 두려웠거든. 당신은 그때 나를 사랑하지 않았어. 그리고 당신 자신이 누구인지도 몰랐어. 그런데도 나는 당신이 자유롭게 세상 속으로 날아갈까 봐, 기억을 되찾을까 봐 겁이 났어. 당신이 인생을 찾고 사랑을 찾고 타고난 활기를 되찾을까 봐.

내가 당신을 격려해 두려고 그렇게 애를 썼는데도, 나 자신만 위하는 그런 조치를 취했는데도, 당신은 결국 방법을 찾아내더군.

그랬는데도 인생을 찾아내고,

그랬는데도 사랑을 찾아내고,

그랬는데도 날 떠나더군.

내가 당신에게 수많은 거짓말을 했던 것은, 내가 나약한 남자, 겉으로만 강한 척하는 남자이기 때문이야. 물론 내 몸은 강하고 내 마음은 단호하지. 하지만 당신과 관련된 일에서는 나약한 남자거든.

"친애하는 하객 여러분, 오늘 우리는 이사벨 마리아 드 라 베가 나바로와 로건 위즐리 라이더의 결합에 증인이 되려고 이 자리에 모였습니다……."성직자가 지루한 목소리로 웅얼거리며 주례사를 시작하는군.

당신은 로건의 눈을 들여다보고 있어. 단상 밑에 서 있는 당신의 옆모습이 보여. 당신의 가슴이 크게 위아래로 들썩이는군. 난 로건의 손을 잡고 있는 당신의 손마디가 하얄 것이라고 상상해. 당신이 숨을 쉴 때마다 드레스 상체가 부풀어 오른다고 상상해.

당신의 눈을 들여다보고 있는 나 자신의 모습을 상상해.

나는 주먹을 꽉 쥔 채 눈을 감고 숨을 쉬고 있어. 그런 상상을 지워버리려고. 난 당신을 위해 죽었고, 나 자신과의 약속을 지켜야 하니까.

내 죽음은 말하자면 하나의 맹세였어.

더 이상 만지지 않기, 더 이상 키스하지 않기, 더 이상 말하지 않기.

그래도 보기만 하는 건 괜찮겠지.

저기에 당신과 함께 서 있는 나 자신을 상상하면 맹세를 어기게 될 것 같아.

내가 당신을 정말로 사랑한다면 당신이 저 남자를 사랑할 수 있게 해줘야겠지.

내가 당신을 정말로 사랑한다면 당신이 저 남자랑 결혼할 수 있게 해줘야겠지.

여기 오지 말았어야 하는 건데. 저 광경을 보지 말았어야 하는 건데. 나 자신을 고문하지 말았어야 하는 건데.

이 고통을 참느니, 차라리 다시 한번 더 케일럽이 되어 저 식장 안으로 들어가는 것이, 다시 한번 더 케일럽의 포악함을 발휘하는 것이 더 나을 것 같아.

저자의 손을 잡고 저자의 이름을 부르고 저 자의 손에 반지를 끼우는 당신을 지켜보느니.

기쁨의 눈물을 흘리는 당신을 지켜보느니.

"자, 이사벨, 이제 이 남자를 당신의 법적 남편으로 맞이하여 아플 때나 건강할 때나, 부유할 때나 가난할 때나, 두 사람이 함께 살아 있는 한, 주님의 뜻을 따르겠습니까?"

"네, 그러겠습니다." 당신의 목소리는 또렷하고 확실하고 안정적이군.

"자, 로건, 이제 이 여자를 당신의 법적 아내로 맞이하여 아플 때나 건강할 때나, 부유할 때나 가난할 때나, 두 사람이 함께 살아 있는 한, 주님의 뜻을 따르겠습니까?"

"네, 그러겠습니다." 그의 목소리 역시 확실하고 자부심이 느껴지는군.

"그럼, 뉴욕 주정부와 우리 주님 예수 그리스도께서 제게 위임하신 권한으로 두 사람이 부부가 되었음을 선포합니다. 신랑은 신부에게 키스해도 좋습니다."

나는 그가 당신의 베일을 걷는 걸 지켜봐. 또렷한 목소리였음에도 당신의 뺨은 젖어 있군. 나는 그가 두 손으로 당신의 얼굴을 감싸고 엄지로 당신의 눈물을 닦는 모습을 지켜봐. 그의 긴 금발 속에 묻히는 당신의 손가락을 지켜봐. 키스를 하려고 발꿈치를 들어

올리는 당신의 발을 지켜봐.

당신들 두 사람, 당신과 로건이 키스를 하는군.

깊게,

격렬하게,

너무나 열정적이어서 참기 힘들 정도로. 내가 아니라 하객들이 참기 힘들 정도로. 하객들은 주로 당신들의 친구들, 인디고 재단의 기부자들이야. 그동안 당신들이 연락하고 지내면서 감동을 주고 도움을 주고 영감을 주어온 사람들이 참 많기도 하군. 당신에게는 가족이 없고 로건도 그건 마찬가지인데 말이야. 당신들에게 가족이라고는 상대방과 두 아이뿐인데 말이야.

요즘 자주 그랬듯이 내 시선은 제이콥에게 향해 있어. 나의 도플갱어, 나의 미니어처에게. 이제 비어 있는 반지 상자를 쥐고 있는 제이콥의 얼굴은 진지하고 심각하군. 아이는 키스를 하는 당신과 로건을 쳐다보고 있어. 이 난리가 다 무슨 의미인지는 몰라도, 진지한 상황이란 사실만은 아는 것처럼. 카밀라는 자신을 돌보아주는 여자, 이제는 가족처럼 가까워진 로건의 비서 품에 안겨 있다가 몸부림을 쳐서 그 손길에서 벗어나는군. 카밀라는 이제 자유가 됐고, 그 애를 제지하는 사람은 아무도 없어. 아이는 바람처럼, 서풍처럼 대성당 안을 거칠게 질주해. 까르르 웃음을 터뜨리면서 통로를 바쁘게 오르내려. 모두에게 꽃잎을 뿌리면서.

제이콥은 그런 카밀라가 못마땅한 듯 눈썹을 찌푸린 채 그 모습을 쳐다보고 있어. "엄마, 누나는 왜 저렇게 못됐죠?" 제이콥이 당신에게 물어.

당신은 그저 웃기만 하면서, 기둥 사이를 질주하다가 멈추어 서서 성수를 뿌려대는 카밀라를 쳐다보고 있어. "누나는 못된 게 아니란다, 아가. 그냥…… 좀 거친 것뿐이지."

"난 거칠지 않죠, 엄마?"

이 모든 대화가 대낮처럼 또렷하게 들려. 아이의 목소리는 작고 부드럽고 사랑스러워. 깊은 갈색을 띤 아이의 눈은 내 눈이야. 하지만 저렇게 표정이 풍부한 것은 당신을 닮아서겠지.

"그럼, 제이콥. 넌 훨씬 더 진지하잖니."

"그럼 내 성격이 누나 성격보다 훨 더 좋은 거죠?"

"그럼 네 성격이 누나 성격보다 훨씬 더 좋은 거냐고?" 당신은 아이의 말을 고쳐줘. "아니, 제이콥, 너랑 카밀라는 그냥 다른 거야. 그게 다야. 더 좋고 더 나쁜 게 아니라 그냥 다른 거란다."

"하지만 누나는 가끔씩 못되게 굴잖아요."

당신은 다시 웃음을 터뜨려 "그래, 가끔씩 못되게 굴긴 하지." 당신의 시선이 까마귀처럼 머리가 까만 아들에게 머물러 있군. "하지만 가끔씩 그러는 건 너도 마찬가지잖니. 넌 어제 벽에 낙서를 해놓고 그걸 카밀라한테 뒤집어씌우려고 했어. 그렇지?"

"알고 계셨어요?" 아이가 깜짝 놀라 물어.

"물론 알고 있었지, 꼬맹아. 넌 누나가 왜 혼나지 않았다고 생각하니?"

"그거야. 엄마는 늘 누나가 제멋대로 굴게 내버려두니까?"

"아니, 그건 범인이 누나가 아니라 너란 사실을 내가 알고 있었기 때문이야."

"그럼 나는 왜 안 혼났어요?" 나도 그 이유가 궁금하군.

당신은 아이를 안아서 당신 무릎에 앉힌 뒤, 눈을 덮고 있는 아이의 앞머리를 손으로 빗어 넘겨. 아이의 뺨에 키스하고 그 어느 때보다도 다정하게 말해. "네 계획이 좌절되는 걸 지켜보는 것만도 네게는 큰 처벌이었을 테니까. 내가 누나를 혼내지 않아서 화났지? 안 그래?"

"그랬어요."

"그럼 이제 그런 방법이 통하지 않는다는 걸 알게 됐지? 그러니까 누구도 혼낼 필요가 없는 거지."

"근데 범인이 나인 건 어떻게 아셨어요, 엄마?" 아, 저 어리둥절해하는 얼굴이라니.

"네 손톱 밑에 크레용이 끼어 있어서. 그리고 낙서한 벽지 밑에 크레용 몇 개가 놓여 있었는데 종이 껍질이 그대로 감겨 있어서."

"그래서요?"

"그러니까 종이 껍질을 벗기지 않는 네가 범인이지. 카멜라는 자기 크레용을 어떻게 하지?"

"껍질을 다 찢어서 벗겨요."

"그리고 그 크레용들은 부러진 것 없이 다 말짱했어. 카밀라는 자기 크레용을 어떻게 쓰지?"

"다 부러뜨려요."

"맞아. 그러니까 넌 자세한 것까지 다 꾸며내는 데 실패한 거야. 요 꼬맹이 범인 양반아."

"나보다 훨씬 똑똑하시네요, 엄마."

"난 그렇게 생각 안 한단다, 꼬맹아. 넌 정말 똑똑한 아이거든. 내가 너보다 나이가 많아서 더 현명한 것뿐이야."

"나도 언젠가는 나이 많고 현명한 사람이 되겠죠?"

"또다시 카밀라를 골탕 먹이려고 하면, 아마 멀리 도망쳐야 될 거야. 누나가 널 죽이려고 들 테니까. 너도 알다시피 누나는 성질이 좀 사납잖니. 그런 사태만 피할 수 있다면, 오래 살아남아 현명해질 수 있겠지만."

제이콥의 침묵을 보니 알겠군. 아이는 지금 열심히 생각하는 중이야. 이럴 때 보면 당신은 아이가 교활해지길 바라는 것 같아. "어쨌든 벽에 낙서하는 건 유치한 짓이죠?"

당신은 아이의 말에 웃으며 아이를 놓아줘. 빙긋 웃으면서 처음부터 끝까지 이 광경을 말없이 지켜보고 있던 로건이 몸을 숙여 제이콥의 머리를 흐트러뜨리는군. 카밀라는 야단법석을 떨고 있는 자신을 온 가족이 쳐다보고 있는 걸 깨닫고 약간 얌전해졌어. 그러더니 동그랗게 말아서 묶은 공주 금발을 연극을 하듯 얼굴 뒤로 쓸어 넘기고는 생기로 반짝이는 파란 눈을 깜박이면서 조신하고 우아한 자태로 당신, 제이콥, 로건을 향해 걸어가. 이제 당신들은 다 함께 나를 향해 걷고 있어, 기둥 사이를 지나 출구를 향해 걷고 있어.

당신이 지금 시선을 위로 올리기만 해도 나를 볼 수 있을지도 모르는데.

당신은 그러지 않는군.

당신은 카밀라의 손을, 로건은 제이콥의 손을 잡고 있고, 다른 손으로 서로의 손을 잡고 있어. 당신들은 모두 하나가 되어, 하객 좌석에 앉아 있는 친구들에게 인사를 건네.

위를 올려다보지는 않고.

그림자 속을 들여다보지는 않고.

물론 그러는 편이 훨씬 낫겠지만.

모두가 떠난 뒤에도 나는 한참을 더 기다린 뒤에야 1층으로 내려와.

통로에 떨어져 있는 장미 꽃잎을 한 움큼 주워서 가만히 들여다보다가 꽃향기를 맡아봐. 그런데 향기는 이미 다 날아가 버렸나 봐.

다음은 피로연이야. 나한테 한 가지 계획이 있어.

그 누구도 날 알아볼 순 없을 거야. 아무리 당신이라고 해도, 설사 날 정면으로 쳐다본다고 해도 날 알아볼 순 없을 거야. 오늘, 이 하루를 위해서 당신이 마지막으로 날 본 뒤로 계속 턱수염을 길렀거든. 그 수염에 음식을 묻히고 사납고 삐딱해 보이도록 수염을 막 뒤로 넘겼지. 내 눈에는 일회용 녹색 컬러렌즈가 끼워져 있어. 머리에는 딱 붙는 모자를 쓰고. 내가 입고 있는 옷은 새 옷이지만 바닥에 마구 내던져서 헌 옷처럼 만든 뒤 진흙을 발랐어. 토머스가 차를 몰아 그 옷을 몇 번 타이어로 뭉개줬고, 그 위에 썩은 쓰레기와 진짜 똥까지 묻혔다니까.

그 옷 위에 낡고 헤지고 얼룩이 묻고 악취가 나는 담요를 뒤집어썼어. 진짜 노숙자 사내한테 돈을 주고 산 담요지.

나는 담요를 귀까지 끌어올려 덮고 왼쪽 무릎이 안 좋은 것처럼 다리를 절면서 구부정한 자세로 걷고 있어.

화려한 호텔 홀이나 식당에서 열리는 평범한 피로연 대신, 당신은 '임시 가정'의 양 문을 활짝 열고 모든 사람을 초대했어. 케이크만 해도 열 가지가 넘는 종류가 있고, 닭 날개 요리, 닭가슴살 요리, 치즈를 끼운 햄버거, 샐러드, 집에서 끓인 수프 같은 평범한 음식에서부터 치킨 코돈 블루, 소갈비 요리, 연어 요리 같은 진짜 결혼 피로연 음식에 이르기까지 온갖 다양한 음식이 무료 뷔페로 제공되더군. 당신이 모든 사람을 다 초대했다는 말은, 당신 친구들뿐 아니라, 정말로 모든 **사람**을 다 초대했다는 뜻이야. 앞치마를 두르고 서 있는 뉴욕 시장부터 양배추 샐러드를 입에 쓸어 넣고 있는 노숙자에 이르기까지. 유명 인사, 프로 운동선수, 정치가들, 심지어는 부통령까지 이 자리에 참석했네. 올 한 해 동안 열린 저녁 행사 중 가장 큰 행사인 것 같아. 화려하고 유명한 손님들은 물론, 떼지어 나타난 노숙자들과 굶주린 사람들까지 모두 테이블에 앉아서 진짜 손님 접대용 음식을 즐기다니.

나는 안으로 들어가 군중 속으로 완벽하게 녹아들었어.

파티 기념품으로 외투, 모직 양말, 장갑, 모자, 스카프, 담요, 손난로 한 상자를 꽉꽉 눌러 담은 거대한 방수 배낭을 손님 한 명 당 하나씩 나누어주고 있더군. 하긴 겨울 결혼식을 택한 사람은 당신이지.

바깥세상은 꽁꽁 얼어붙는 날씨야. 지금도 영하 6도인데 기온이 더 내려갈 거래. 체감온도는 더 낮고.

건물 안으로 들어올 때쯤에는 추위 때문에 말 그대로 온몸이 꽁꽁 얼어서 손발에 감각이 느껴지지 않을 정도였어. 그러니까 구부정한 내 자세도, 손가락 없는 장갑을 낀 손의 온기를 유지하려고 두 손을 열심히 비비던 내 행동도 꾸며낸 것이 아니었어. 내 턱수염에 내려앉은 눈송이도 진짜고, 붉게 얼어붙은 내 뺨과 귀도 진짜였어. 내 배에서 들리는 꼬르륵 소리도 물론 진짜고 말이지. 이 자리에 오려고 장장 48시간 동안이나 아무것도 먹지 않았거든. 그래야 진짜 걸신들린 사람처럼 음식을 마구 퍼먹을 수 있을 테니까.

당신은 지금 케이크가 놓인 탁자 뒤에 서서, 바닐라 크림을 바르고 설탕가루로 장식한 2단 퍼지 케이크를 납작하고 긴 칼로 자르는 중이야. 나는 줄을 서서 기다리는 중이고. 마침내 긴 줄이 줄어들자, 뉴욕 시장이 양배추 샐러드를 내 접시 위에 퍼주고, 뉴욕 닉스 소속의 유명한 농구 선수가 내 접시 위에 치즈를 끼운 햄버거를 놓아주는군. 연어 요리 앞에는 눈부시게 아름다운 A급 여배우가, 소갈비 앞에는 유명 요리사가 서 있어. 당신이 이 자리에 불러낸 사람들과 당신이 이 음식들을 마련하느라 쓴 돈을 생각하니 정말 까무러칠 지경이로군.

당신은 정말 놀라운 여자야.

인디고 재단의 힘이 이 정도일 줄이야, 믿을 수가 없어. 당신은 지난 2년 반 동안 믿기 힘들 만큼 엄청난 일들을 이뤄냈어. MIN 은 이미 전국 규모의 센터가 됐지. 첫 센터를 개소하고 두 달도 채 지나지 않은 시점부터 다른 도시에서도 센터를 건립하려는 움직임이 일어났어. 그래서 당신은 잇따라 기금을 조성했고 내 돈 수백만 달러를 기부했지. 지금까지 전국에 문을 연 미니 센터가 벌써 모두 십여 개네. 다음 주에는 첫 번째 국외 센터인 남아프리카 공화국 센터가 개소하고 인도, 인도네시아, 태국, 영국의 센터도 곧 문을 연다지? '임시 가정'도 엘에이, 애틀랜타, 디트로이트, 댈러스, 시카고에 이미 문을 열었고, 당연히 더 많은 쉼터가 계속 생겨날 테니 곧 미니를 따라잡겠지. 일하기 좋아하는 나의 사랑스러운 이사벨, 당신은 그쯤에서 만족하지 않더군. 기존의 자선 단체 십여 군데에도 돈을 기부하고 있잖아. 그리고 또 입양아 위탁 시스템의 검토를 요구하는 전국 규모의 캠페인도 시작했지. 현재와 장래의 위탁 가정에 대한 전면적인 검토를 촉구하고 각 위탁 가정의 정신상담 이력을 참고해 선정 기준을 더 엄격하게 강화해달라는 그캠페인에서는 입양아들이 확실하게 안전하고 화목한 가정에 위탁되기를 바라는 당신의 진심이 느껴졌어. 그 캠페인이 성공을 거둔 것은 당신이 위탁 시스템을 검토하기만 하면 어떤 카운티에든 지급하겠다고 내건 기부금 5백만 달러의 당근과 부상으로 내건 국내 최고 두뇌집단이 설계한 이력 축적 시스템 덕분이지. 지금까지 그 사업들에 당신이 기부한 돈만 해도 1억 달러가 넘는데, 그게 다가 아니잖아. 백만 달러를 들여 입양 자선단체를 또 세웠지. 수만 달러의 재산을 보유해야 아이를 입양할 수 있는 경제적 기준에 미달인 부모들을 지원해, 까다로운 가정환경 조사 기준을 통과하기만 하면 입양을 원하는 부부 누구나 아이를 쉽게 입양할 수 있게 하려고. 그 단체는 돈뿐 아니라 넘쳐나는 대기자들을 분류하는 일을 도울 자원봉사 인력도 공급했어. 아이들과 부모들 양쪽 모두가 너무 오래 기다리지 않도록.

당신이 그 많은 일을 도대체 언제 다 해내는지, 어떻게 하루에 채 여섯 시간도 자지 못하는 사람에게서 이런 결과가 나오는지, 난 도무지 모르겠어.

나는 지금 음식을 담는 뷔페 줄에 끼어 있어. 디저트 먹는 시간을, 당신과 대면해야 하는 시간을 조금이라도 더 미루려고.

나는 열심히 음식을 퍼먹고 있어. 음식이 정말로 굉장해서 말이야. 오죽하면 몇 접시나 먹었다니까.

그런데 결국 더는 미룰 수 없는 지경이 되고 말았네.

나는 이제 디저트 받는 줄에 끼어 내 차례를 기다리고 있어. 작은 접시와 여기저기 홈이 있고 변색이 된 금속 포크를 한 자루 받아 들고. 아, 당신은 진짜 은제 식기에 담긴 음식을 나누어주고 있군. 아마도 저 그릇들은 꽤 인지도 있는 록밴드의 리드 기타리스트가 자기네 밴드 멤버에게 치우라고 시키겠지. 그 친구들이 접시들을 모아서 주방으로 가져가는 일을 하고 있으니까. 이제 당신과 나 사이에는 사람이 네 명뿐이야.

세 명.

두 명.

한 명.

맙소사, 드디어 내 차례로군. 당신으로부터 몇 센티미터 떨어진 거리에서 나는 당신의 체취를, 향수 냄새를 맡고 있어. 내가 연기하고 있는 인물에 금이 가서는 안 돼. 감히 그럴 수는 없지. 나는 구부정한 자세로 다리를 절면서 걸어. 밑에 포크를 끼워 잡은 채 내 접시를 내밀어. 내 심장은 미친 듯이 방망이질 치고 있어. 1초 사이에 백만 킬로미터를 달리는 말발굽 소리처럼. 나는 접시에 케이크 조각을 받은 뒤, 접시를 들어 올리면서 고맙다는 뜻으로 끙소리를 내. 내가 위험을 감수하고 낼 수 있는 소리는, 말이 아닌 끙소리뿐이라서 말이야. 말을 하면 당신이 내 목소리를 알아들을 테니까.

딱 15년 전처럼 내가 말을 하면, 당신을 향한 내 자제력을 또다시 모두 잃고 말 테니까.

하지만 당신이랑 눈은 마주쳐. 비록 찰나의 순간이지만, 그 순간…… 지구가 회전을 멈추고 심장이 박동을 멈추고 시간이 얼어붙어. 당신의 눈에 담긴 즐거움이, 평화가 보여. 마담 엑스는 오래전에 사라졌나 봐. 흔적조차 없는 걸 보면. 당신은 나를 향해 미소를 지어. 밝고 친절한 진짜 미소를 말이야.

"즐거운 시간 보내고 계신가요?" 당신이 묻네.

나는 고개를 끄덕이며 끙 소리를 내. 지금 목이 메는 건 포크 가 득 케이크를 퍼서 입으로 쑤셔 넣었기 때문이야.

"입에 맞는 음식이 있었나요?"

지금 당신은 혼자 있어.

5초 동안만 당신과 눈을 맞추고 당신과 손을 맞잡고 당신과 입 을 맞출 수 있다면.

당신의 심장은 나를 위해 뛰고 내 심장은 당신을 위해 뛸 수 있 다면.

사랑이 되살아났음을 알기에 족한 5초 동안만.

딱 5초 동안만.

하지만 내게 그런 시간은 영영 안 오겠지. 당신과 함께하는 그 런 시간은.

내게 주어진 시간은 그 5초의 절반도 안 되는 것 같아. 그 시간 동안 당신의 시선이 내 눈에 머물렀어. 날 알아보지 못하는 당신 눈에는, 내 의도대로 한 노숙자 사내의 모습만 보이겠지.

나는 당신의 질문에 대한 답으로 고개를 끄덕이고 걸음을 옮겨. 테이블에 앉아서 케이크를 입속으로 밀어 넣어. 내게 한 가지가 더 허락되는군. 종이컵에 든 뜨거운 블랙커피 한 잔이. 커피를 들고 자리에서 일어나. 온갖 물품이 든 배낭은 챙기지 않아. 그 물건이 정말로 필요한 사람들을 위해서.

당연하게도 당신에게 내 재산을 전부 다 줘버린 건 아니거든.

거의 다 이긴 하지만 전부는 아니야.

대략 1억 2천만 달러 정도를 모두 철저하고 조심스럽게 세탁해서 추적 불가능한 전 세계 여러 은행에 분산해 넣어놓았거든. 나도 먹고살기는 해야 하잖아.

지금껏 내가 마음대로 쓰던 돈보다는 작지만 1억 2천만 달러만 해도 굉장히 큰돈이야. 나에게 자유를 줄 수 있을 정도는 되는 돈이고말고. 대부분의 사람이 꿈꿀 수 있는 것보다도 훨씬 큰돈이지. 물론 내가 뒤에 담겨놓은 돈, 그러니까 당신에게 준 돈, 당신이 자신만을 위해 쓰기를 거부한 돈에 비하면 1억 2천만 달러는 잔돈, 푼돈에 불과하지만, 그건 비교하자면 그런 거고.

그 정도면 충분할 거야.

나는 커피가 가득 찬 종이컵을 쥐고 눈 속으로, 어둠 속으로 빠져나가고 있어. 교차로에 도착해 걸음을 멈추고 검은 하늘을 올려다봐. 땅을 향해 하얀 가루를 나른하게 잔뜩 뿌려대고 있는 검은 하늘을,

"난 당신인 거 알아, 인디고." 로건이로군.

나는 커피를 홀짝댈 뿐 아무 말도 하지 않아. 이제 쭉 펴고 서 있던 몸을 돌리며 그냥 노숙자 행세를 계속해.

"당신 안 죽은 거 알고 있었어. 폭발이 너무 깔끔하게 느껴지더라고."

"이사벨은 계속 그렇게 믿게 내버려둬." 자주 쓰지 않는 목에서 쉰 목소리가 나오는군. 최근에는 말을 할 일이 거의 없어서 말이야.

"물론 그럴 거야." 로건도 자기 커피잔을 들고 있어. 그런데 저 컵은 머그잔이군. 턱시도 재킷밖에 입지 않아서 얼핏 보기에도 좀 추워 보이네. "이미 떠난 버스야, 케일럽. 그러니까 젠장, 다시는 내 아내 앞에 얼씬도 하지 마."

"케일럽은 죽었어." 나는 남은 커피를 입에 쏟아부으며 말해. 혀 랑 목구멍을 홀랑 다 덴 것 같아. "자동차 폭발로 죽었잖아."

"원하는 게 뭐야?"

"없어." 나는 고개를 돌려서 이글이글 타오르고 있는 로건의 파 란 눈을 쳐다봐. "원하는 거 없다고."

"그러면 여긴 왜 온 거야?"

"일종의…… 마지막 작별인사랄까." 말하고 보니까 정말 그 말 이 맞는 것 같군.

로건이 내 눈을 빤히 들여다봐. 내 눈 안에서 뭘 찾나 봐. 난 상 관 안 해.

근처에 있는 쓰레기통에 종이컵을 던져 넣고 주먹을 외투 주머 니 안으로, 악취가 나고 오물이 묻은 외투 주머니 안으로 찔러 넣 어. 내가 입고 있는 단열 처리가 된 그 등산용 외투는 사실 150달 러짜리야. 외투 밑에 두꺼운 모직 스웨터까지 입어서 그런가, 꽤 따뜻하네.

나는 로건을 향해 다시 몸을 돌려. "한 가지만 약속해줘, 라이 더. 제이콥을…… 나보다는 훨씬 나은 남자로 키워주겠다고."

로건은 고개를 딱 한 번 까딱 움직여.

이제 나는 걸음을 옮겨서 그 자리를 떠나. 모퉁이를 돌 때까지 내 뒷모습을 바라보고 있는 로건의 시선을 느끼면서.

쉼터로부터 세 블록 떨어진 곳에 주차해 놓은 빨간색 벤틀리 벤테이가 안에서 토머스가 날 기다리고 있어. 내가 다가가는 것을 보고 트렁크를 열어주는군. 트렁크 안에는 가방 두 개가 들어 있는데, 하나는 옷이 든 가방이고 다른 하나는 빈 가방이야. 재빠르게 더러운 변장을 벗어서 뭉쳐버리고 새 옷을 입어. 청바지와 스웨터를 입고 부츠를 신어. 난 이제 정장을 입거나 넥타이를 매지 않거든. 변장용 옷을 빈 가방에 쑤셔 넣고 악취가 새어 나오지 못하게 지퍼를 올려. 그래도 이건 그냥 보관해두려고. 언젠가 또 쓸 일이 생길지도 모르잖아. 토머스가 나에게 물 한 병과 수건 한 장을 건네줘. 나는 턱수염에 묻은 음식물을 최대한 잘 씻어낸 뒤 수염을 수건으로 두드려 말리고 손가락으로 잘 빗어. 그러고는 텍사스 레인저스 야구 모자를 써.

"내가 운전하지, 토머스" 내가 운전석 문 옆에 서서 말해.

토머스가 어리둥절해하는 표정을 짓는군. 난 원래 운전을 절대 안 하거든. "사장님?"

"내가 운전하겠다고 했네."

"편한 대로 하십시오, 사장님."

나는 운전석에 앉아서 운전대 높이, 거울 각도를 조정하고 시트 열선을 켜. 라디오 채널을 돌려 거칠고 시끄러운 음악을 틀어. 토머스가 조수석에 올라타는 동안 말이야. 긴 손가락으로 계기판을 톡톡 두드리고 시트에 돌출된 바느질 선을 만지작거리고 등받이 각도를 조절하고 하는 걸 보면 토머스는 좀 불편한가 봐.

나는 내비게이션에 목적지를 찍어. 플로리다 마이애미. 열아홉 시간 21분이 걸릴 거라고 알려주는군.

우리가 맨해튼을 벗어날 때 토머스는 깜짝 놀라.

뉴저지에 도착했을 때도 깜짝 놀라고.

어떤 호텔 옆을 지나갈 때도 깜짝 놀라서 혼란스러워하는 표정을 짓는군. 난 당신으로부터 이렇게 멀리 떠나온 적이 한 번도 없었거든.

"사장님?"

"왜, 토머스?"

"어디 가시는 겁니까, 사장님?"

나는 내비게이션 화면을 건드려. "마이애미, 하얀 모래사장과 비키니 차림의 미녀들이 있는 도시로."

"그럼 이사벨 양은……."

"한 번만 더 그 이름을 입에 담으면 자네 미간에 총알을 박아줄 거야." 나는 쉿소리를 내며 말해.

토머스는 나의 그런 위협쯤에는 눈 하나 깜짝하지 않아. 그래서 호기심 가득한 눈으로 날 쳐다보며 이렇게 물어. "그럼 이제 다 끝내신 겁니까?" 그러더니 우리 뒤쪽을 향해 한 손을 흔들어. "그 모든 것들을…… 전부 다요?"

아주 오랜 시간 나는 침묵 속에서 운전만 해. 토머스의 질문을 곱씹으면서. 정말 다 끝낸 건가?

그래야겠지.

그래야만 해.

끝내는 방법은 아직 모르지만 그래야 돼.

다시 시작하는 방법 역시 아직 모르지만, 그것 역시 그래야 되고.

나는 50킬로미터를 달린 뒤에야 마침내 질문에 대답해. "그래, 토머스, 이제 다 끝났어."

토머스는 고개를 끄덕이고는 시트에 머리를 기대. 거대한 두 팔을 드넓은 가슴 앞에서 꼬아 팔짱을 껴. 운전용 모자로 눈을 덮은 채. "잘됐네요. 정말 잘됐습니다." 그러더니 혼잣말인 듯 낮게 웅얼거려. "시간이 너무 오래 걸렸네요. 정말 너무 오래."

"15년. 그게 다 끝나는 데 걸린 시간이야."

하지만 토머스는 내 말을 못 들은 것 같아. 이미 코를 골고 있는 걸 보면.

당신과 나의 간격이 500킬로미터쯤 되는 지점에서 차에 기름을 가득 채워. 내가 기름을 넣는 동안에도 토머스는 계속 자는군.

당신과 나의 간격이 1200킬로미터쯤 되는 지점에서 또 차에 기름을 가득 채워.

1200킬로미터.

이제 당신은 내게서 1200킬로미터 떨어진 곳에 있어, 이사벨.

사우스캐롤라이나 어딘가에 멈추어 서. 새벽 도로변에 차를 세워. 맨해튼을 떠난 지 아홉 시간이 지났군. 길가에 서서 등을 펴.

피곤해서 관절이 뻣뻣하고 눈이 뜨겁네. 하품을 하고 기지개를 켜.

북쪽을 바라보고 선 채.

그 자리에서도 당신이 내 눈에 보인다고,

당신이 느껴진다고 생각하면서.

아, 이제야 그걸 현실로 받아들일 수 있게 됐군.

당신이 날 떠났다는 사실을.

아니, 실은 내가 당신을 떠난 거야.

"안녕, 이사벨."

재신다 와일더(Jasinda Wilder)

뉴욕타임스, USA투데이, 월스트리트저널 등에서 주목하는 세계적인 베스트셀러 작가 재신다 와일더는 섹시한 남자들과 강한 여자들에 대한 자극적인 이야기를 다루는 성향을 지닌 미시간주 태생의 저자다. 『Forever & Always』, 『Alpha』, 『Beta』 등의 소설과 세계적인 인기를 끈 『Falling Into You』를 썼다. 그녀는 남편인 작가 잭 와일더와 여섯 명의 아이들 그리고 동물들과 미시간주 북부 농장에서 지내고 있다.

옮긴이 | 신윤진

아주대학교에서 사학, 국어국문학을, 한국방송통신대학교에서 영어영문학을 전공했다. 원작의 감동과 원문의 결을 잘 살린 책을 독자들에게 소개하고자 애쓰고 있다. 역서로는 『두 도시 이야기』(더클래식, 공역), 『엔젤폴』, 『캐롤라이나의 사생아』, 『애시』, 『나의 백 년』, 『세상에 하나뿐인 소년』, 『침묵의 힘』, 『유럽의 그림자』 등이 있다.

마담 엑스 | 세 번째 이야기 추방

초판 1쇄 인쇄 2019년 3월 20일
초판 1쇄 발행 2019년 3월 28일

지은이	재신다 와일더
옮긴이	신윤진
펴낸이	최종숙
펴낸곳	글누림출판사
편 집	이태곤 권분옥 홍혜정 박윤정 문선희 백초혜
디자인	안혜진 김보연 최선주
마케팅	박태훈 안현진 이희만

주소	서울시 서초구 동광로46길 6-6(반포4동 577-25) 문창빌딩 2층(우-06589)
전화	02-3409-2055(대표), 2058(영업), 2060(편집)
팩스	02-3409-2059
전자메일	nurim3888@hanmail.net
홈페이지	www.geulnurim.co.kr
블로그	blog.naver.com/geulnurim
북트레블러	post.naver.com/geulnurim
등록번호	제303-2005-000038호(2005.10.5)

정가는 뒤표지에 있습니다.
ISBN 978-89-6327-549-9 03840

* 이 도서의 국립중앙도서관 출판예정도서목록(CIP)은 서지정보유통지원시스템 홈페이지(http://seoji.nl.go.kr)와 국가자료공동목록시스템(http://www.nl.go.kr/kolisnet)에서 이용하실 수 있습니다. (CIP제어번호: CIP2019007480)